KB051734

공녀님!
공녀님!

공녀님! 공녀님! 4

Lady! Lady!

공녀님!
공녀님! 4

지은이 박희영
펴낸이 이형기
펴낸곳 도서출판 가하
브랜드 가하 에픽

초판인쇄 2014년 6월 13일
초판발행 2014년 6월 20일
출판등록 2008년 10월 15일 제 318-2008-00100호

주소 서울 영등포구 양평로 67, 1209 (당산동5가, 한강포스빌)
전화 02-2631-2846   **팩스** 02-2631-1846

www.ixbook.co.kr

ISBN 979-11-5682-161-8   04810
      979-11-5682-157-1   04810(set)

값 11,000원

Concents

22. 검 끝이 향해 있는 곳은

짧은 시간 그를 놀랍도록 흔들어댄 목소리가 들린 후 며칠이 지났다. 라미에에게 특별히 지시를 내렸던 보고서를 읽어 내리는 그의 눈이 심상찮게 요동쳤다.

보고서의 반 정도를 읽어 내린 그가 의자에 등을 깊숙이 기대며 고개를 젖혔다.

"이것이었나. 그 '이름'⋯⋯."

제스의 입술 사이로 짙은 한숨이 새어 나왔다. 의미를 알 수 없는 눈빛으로 허공을 바라보던 그는 집무실 문이 달깍 열리는 소리에 빠르게 반응했다.

"누구지?"

노크나 허락을 구하지 않고 들어올 이는 몇 되지 않는다. 라미에인가, 그것도 아니면⋯⋯. 제스는 경계 어린 눈초리로 문을 응시하며 검에 서서히 손을 가져갔다.

이윽고 문이 완전히 젖혀졌고, 누군가 들어왔다.

은색 눈, 은색 머리카락⋯⋯.

그녀를 마주하자 제스의 가슴에서 뭔가가 무너져 내렸다. 정신을 차렸을 때엔, 그는 이미 그녀를 안고 있었다.

　방에 돌아가서 자겠다는 걸 답지 않게 부득불 집무실에 잡아두었다. 그렇게라도 하지 않으면 아렌이 돌아왔다는 사실이 실감이 잘 나지 않았기에. 무슨 꿈을 꾸는지 아렌이 얼굴을 찌푸리며 몸을 뒤척였다.

　제스가 가만히 그녀의 얼굴을 들여다보았다. 그토록 돌아오길 바랐던 상대가 눈앞에 있다. 지키지 못했다, 뻔히 앞에서 보고도 놓쳐버렸다는 패배감과 상실감에 가슴이 무너져 내렸고……, 화가 났다. 흘러넘치는 감정을 폭발시키지 않기 위해 애를 썼는데도, 그의 주변으론 누구도 함부로 접근할 수 없을 정도로 어두웠고 살벌했다.

　그런데……, 그토록 돌아오길 바랐는데 우습게도, 막상 돌아오니 더 곤란해져버렸다. 온 정신이 마취된 것처럼 몽롱해지는 동시에 마음이 몹시도 시끄러워진 것이다.

　제스는 손을 뻗어 아렌의 얼굴 가까이 가져갔다. 큰 손이 공연히 그녀의 뺨 위에 흐트러진 머리카락 몇 가닥을 쓸어주었다. 코로 들고 나는 부드러운 바람에, 제스는 홀린 것처럼 고개를 숙였다. 그녀의 얼굴 위로 그림자가 드리운 순간 아렌의 눈꺼풀이 찔끔거리며 움직였다. 제스는 불에 덴 듯 황급히 물러났다.

　무슨 행동을 하려 했는지는 저도 황당해 믿기질 않았지만 미련은 여전히 남아 있었다. 제스가 믿을 수 없다는 듯 숨을 훅 들이쉬고 조금 물러섰다. 입을, 그래……, 입을……. 분명히 지켜주겠다고 다짐했었는데.

　"제스? 흐아암."

　기척을 느끼고 문득 잠에서 깨어난 아렌이 손으로 눈을 비비며 웅얼거렸다. 잠에 취해 몽롱한지라 그녀는 짙은 푸른 눈동자가 열을 품고 있는 것을 알아채지 못하고 여전히 잠에 취해 중얼거렸다.

"……아직도 안 자고……. 무슨 일……."

"…….."

제스는 답지 않게 말문이 막혀버린 채 가만히 있다가 고개를 돌려버렸다. 저도 모르게 시선이 자꾸……, 연분홍빛 입술에 빼앗겼다. 여자인 걸 안 이후로는 제어가 힘들었다. 이러다간 정말…….

"왜 그래……. 흐아아암……. 무슨 일……, 있어요?"

"아무, 것도."

손가락 마디마디가 허예질 정도로 제스가 손을 꽉 쥐었다. 그가 무슨 생각을 하는지는 꿈에도 생각지 못한 아렌이 크게 하품을 하고 말을 건넸다.

"근데 제스……. 열 있어요? 얼굴이 왜 빨간 것 같지?"

"네가 잘못 봤다. 더 자둬라."

그렇게 말하며 제스는 일어나려는 아렌을 억지로 눕혀버렸다. 몽환적으로 감기는 눈, 새털 같은 숨결에 제스는 순간 가슴이 뜨거워지는 걸 느끼며 황급히 자리에서 일어나버렸다. 더 있었다간 제가 어떤 짓을 할지 도저히 상상이 가질 않았다.

일어나자마자 아렌의 무릎 위로 덜그럭거리며 놓인 것은 다름 아닌 식사였다. 이게 뭐냐는 얼굴로 고개를 올리자마자 제스가 외면했다.

"먹어라."

"어라, 일어나자마자 뭐 먹는 건 속이 불편한데……. 지금 말고 나중에……."

"먹어."

먹지 않으면 딱밤이라도 먹일 기세다. 아렌은 부스스한 머리카락을 정리할 생각도 하지 못하고 수저를 들어 아침식사를 억지로 입에 밀어 넣으며 제스를 곁눈질로 봤다. 줄곧 빤히 그녀를 응시하고 있던 호수 같은 눈동자가 그녀에게서 바로 떨어져 나간다.

일주일 이상 자리를 비웠는데, 그것도 견습 기사가 무단으로……. 왜 아무것도 묻지 않는 걸까? 어째서 사라졌는지부터 이제껏 어디서 누구와 있었는지까지, 보통의 제스라면 말할 때까지 캐물었을 텐데. 마황의 보호 아래 마계에서 천왕과 놀다 왔다는 말을 쉽게 할 순 없었기에 사실 묻지 않는 게 고맙긴 하지만 말이다.

하지만 아무래도 뭔가 이상했다. 아렌은 한 숟가락 더 입에 넣고 우물우물 씹으며 간밤의 일을 돌이켜보았다. 그답지 않게 집무실에서 자고 가라고 거의 우격다짐으로 밀어 넣는 통에 그렇게 따르긴 했지만……. 밤새 온몸에 꽂히는 시선이 느껴져 사실 잠에서 몇 번 깨버리고 말았다. 그때마다 제스는 마치 무언가를 막으려고 하는 것처럼 그녀를 억지로 재워버렸다. 지금도 시선을 피하는 건 매한가지. 뭐지? 왜 저러는 걸까?

"제스, 혹시 뭐 잘못 먹었어요?"

"아니."

그렇게 눈을 피하며 대답해봤자 신빙성이 없어요, 라는 말이 목구멍까지 차올랐다. 어색함 속에서 식사를 한쪽 구석에 밀어놓고 일어서는 아렌을 향해 제스가 냉큼 물었다.

"어딜 가는 거지?"

"어? 제 방……에요."

일단 제스에게 생존 여부는 알렸으니 그녀를 걱정하고 있을 이들에게도 얼른 소식을 전해줘야 하는데……. 자다 일어난 꼴로 돌아다닐 순 없으니까 방부터 가야지.

아렌의 대답에 의자에 번듯하게 앉아 있던 제스가 벌떡 일어섰다. 긴 다리를 이용해 성큼성큼 문을 향해 걸어가더니 문을 열고 그녀를 빤히 바라본다. 아렌이 두 눈을 동그랗게 떴다.

"어디 가요?"

"나간다고 하지 않았나."

"그렇긴 한데⋯⋯."

"나도 볼일이 있다."

"아, 그래요?"

다소 어색한 대화를 얼버무리듯 끝맺은 아렌이 몸을 추스르고 따라나섰다. 아렌이 집무실에서 완전히 나설 때까지 제스는 문을 잡고 있어주다가 그녀와 같은 방향으로 걸음을 옮겼다.

기나긴 복도를 지나 계단을 내려갈 때까지, 무슨 말을 해야 할지 몰라 손발이 오그라들었다. 너무 오랜만에 보는 데다 포옹까지 받았으니 겸연쩍다고 해야 할까, 숨이 턱까지 가쁘게 차오르는 기분이었다. 전에는 제스와 자연스레 대화를 나눴는데, 지금은 그때 무슨 얘길 했었는지 모를 정도로 입을 떼기 어려웠다. 이럴 때 조금만 먼저 사교적이 되어주면 좋으련만, 언제나 그렇듯 제스는 원망스러울 정도로 말이 없다.

그런데 제스는 대체 어딜 가는 걸까? 볼일이 있다곤 했지만 지금 걸어가는 방향으론 견습 기사들의 숙소밖에 없는데⋯⋯. 제스가 숙소에 갈 일이 있던가?

눈을 데구루루 굴리며 제스가 갈 만한 곳을 유추해보던 아렌은, 붕대가 칭칭 감긴 그의 손을 발견하고 콱 잡았다.

"손은 또 왜 이래요? 샹들리에 때문에 다친 것, 나은 지 얼마나 됐다고."

"⋯⋯."

"아, 미안해요."

다짜고짜 손부터 잡았네. 아렌이 손을 떼려는 순간 이번에는 제스가 그녀의 손을 잡아챘다. 품어 안듯 포근히 손을 감싸더니 꽉, 쥔다. 아렌이 눈을 동그랗게 뜨고 그를 바라보자 두 사람의 시선이 정면에서 맞부딪쳤다. 단단히 다물어져 있던 그의 입술이 천천히 움직였다.

"아렌."

그녀의 손을 붙잡은 제스의 손에 점점 힘이 들어갔다. 손이 빨개질 만큼 꾹 누르는 힘엔 금방이라도 폭발할 것 같은 억눌린 감정이 진득이 배어 있었다. 손에 전해지는 온기와 힘을 잔뜩 의식하며 아렌이 속삭이듯 물었다.

"에……. 아까부터 이상했는데……. 무슨 할 말 있어요?"

그렇게 말하며 고개를 든 순간 아렌은 크게 놀라버렸다. 얼음장처럼 냉정하기 짝이 없던 그의 푸른 눈동자가 크게 흔들리고 있었던 것이다. 뜬금없는 그의 모습에 눈을 멀뚱거리는 그녀를 향해 제스가 어렵게 입을 열었다.

"그……게."

아렌은 자기 귀를 의심했다. '그……게.'라며 말하기를 머뭇거리는 제스라니, 지금 내 앞에 있는 사람이 제스가 맞긴 한 건가? 혼란스러운 감정이 고스란히 드러나는 그녀를 보며 제스가 어금니를 꽉 깨물었다. 정말로, 참기 힘들다.

"그러니까."

"……."

"……하아, 라미에를."

아렌이 뜬금없이 무슨 소리냐며 눈매를 좁혔다. 잠시 말을 끊고 호흡을 가다듬는 제스는 어느새 원래의 무표정한 그로 돌아와 있었다.

"라미에를 불러와."

툭, 내뱉듯 말하고는 돌아서서 멀어져간다. 그의 뒷모습을 멍하니 응시하던 아렌이 참았던 숨을 조심스럽게 내쉬었다.

"방금……, 뭐지?"

영문을 알 수 없는 행동과 그에게서 느껴지는 낯선 분위기에 아렌은 어리둥절해져 있었다. 라미에 부단장님을 부르는 일이라면, 굳이 그녀에게 시킬 필요가 없었다. 라미에 부단장의 집무실은 제스의 집무실 바로 밑에 위치해 있으니까! 제스가 대체 왜 저러는 걸까, 그녀를 따라나서질 않나, 손을 잡질 않나……. 손…….

아렌의 눈이 스르르 움직여 손바닥에 고정되었다. 제스가 얼마나 세게 쥐었던지 새빨개진 손은 여름햇살의 열기를 머금은 것처럼 뜨끈했다. 붉은 기가 가라앉을 때까지 못 박힌 것처럼 서 있는데, 그리 멀지 않은 곳에서 희미한 형체가 아른거렸다.

고개를 들자 아, 하고 작게 탄성이 나왔다. 갈색 곱슬머리에 저 친숙한 뒷모습. 찐따 부단장이다. 하도 오랜만이라 그런지 찐따 부단장마저 반갑네.

가만히 그를 보고 있던 아렌은 콧잔등을 찌푸렸다. 그도 그럴 것이, 그는 마치 누군가에게 자신의 존재를 들켜선 안 되는 것처럼 어두운 곳만 찾아 숨어 이동하고 있었던 것이다.

뭐야, 왜 저렇게 도둑처럼 숨어 다니는 거야? 저 사람은 적어도 기사단 내에선 저렇게 도둑고양이처럼 다닐 이유가 없는데? 제스한테 돈이라도 꾼 건가? 거리를 두고 한참 그를 응시하던 아렌이 안 되겠다 싶어 목청을 높였다.

"부단장님? 지금 뭐 하시는 거예요?"

몸을 흠칫거리는 게 다 보일 정도로 라미에가 깜짝 놀란 후 뒤돌았다. 그는 그 자세 그대로 눈만 위아래로 굴려 아렌을 보고는 언뜻 초조한 기색을 내비치며 주변을 살폈다.

평소라면 벌써 무시와 놀림이 가득한 독설을 유수처럼 쏟아내고도 남았을 텐데 한 마디도 없어? 아렌이 의아해하는 가운데, 주위에 아무도 없음을 확인한 라미에가 갑자기 수첩을 꺼내들어 무언가를 적더니 그녀의 눈앞에 들이밀었다.

: 어디 사라졌다 이제 돌아오는 거냐? 아, 됐어. 관심 없으니까 말 안 해도 돼. 그건 그렇고 무슨 볼일이야?

필담(筆談)? 이건 또 무슨 장난인가 싶었다.

"지금 뭐 하세요? 저 놀리세요?"

라미에의 얼굴이 말 그대로 썩어 들어갔다. 업신여기는 눈초리로 그녀를 내려다보던 그는 다시 펜을 들어 슥슥 휘갈겼다.

: 무슨 볼일이냐니까, 꼬맹아! 적기도 귀찮은데 볼일 없으면 붙잡지 마.

"혹시 묵언수행 같은 거라도 하세요? 왜 말을 안 하고 적어서 보여주세요?"

: 정말 꼬맹이 너다운 생각을 하는군. 할 말 없으면 난 이만.

"아, 잠시만요, 부단장님!"

라미에가 눈을 찡그리고 아렌을 내려다봤다.

"단장님께서 부르세요."

아렌의 말에 크게 흠칫하더니 그가 인상을 찡그리고 뒤통수를 벅벅 긁었다. 얼굴에 대문짝만 하게 '제기랄, 되는 일 하나 없네.'라고 쓰여 있었다. 뭔가 성가신 일이 생길 것만 같아 아렌이 엉거주춤 뒤로 물러섰다.

"그럼 전 이만……."

휙 뒤돌아 가려는데 라미에의 단단한 손이 그녀의 어깨를 턱, 잡아 돌려세웠다. 수첩이 쑥, 그녀의 코와 닿을 정도로 가까이 다가왔다.

: 너 말이야, 내 부탁 좀 들어줘야겠어. 단장님께서 왜 날 부르시는지 듣고 나에게 전해.

역시나 예감이 틀리질 않았다. 아렌은 눈을 데굴 굴려 그를 올려다봤다.

"……제가 왜요?"

: 잔말 말고 해.

아렌의 눈썹이 홱 꺾여 올라갔다.

"다짜고짜 이게 무슨 경우죠? 부탁이에요, 명령이에요?"

: 부탁 혹은 명령, 어느 쪽이든 내가 따라야 한다는 사실엔 변함없어. 넌 내 부하라는 사실을 명심하라고.

라미에가 반 강제로 아렌에게 종이를 쥐여준 후 그녀의 표정이나 의견 따위는 묵살하고 휙 뒤돌아 가버렸다. 다른 이들에겐 유들유들하고 능글맞은 라미에가 아렌을 칼날처럼 번득이는 감시의 눈으로 쳐다본다는 건 알고 있었지만 오랜만에 본 그는 유독 까칠해진 느낌이었다. 그가 세이에 의해 성대를 잃어 제스에게 그 사실을 감추고 있다는 건 꿈에도 생각지 못한 채, 아렌은 고개를 갸웃거리며 혼잣말을 중얼거렸다.

"왜 저러지……? 제스도 그렇고 부단장님까지 이상하네. 단체로 독버섯이라도 먹은 거야, 뭐야?"

어둠이 바닥에 두껍게 깔리기 시작한 어슴푸레한 초저녁, 검은 후드로 온몸을 가린 누군가가 시내 외곽에 위치한 작은 선술집 안으로 들어갔다. 검은 후드 아래로 언뜻 보이는 연한 갈색 눈이 어둑어둑한 선술집 내를 훑었다. 벽난로를 따라 안쪽을 따라간 시선은 자신을 향해 손을 흔들고 있는 이를 찾아낸다. 훤칠한 검은 후드 사내는 성큼성큼 다가가 테이블 앞에 앉아 바로 본론을 꺼냈다.

: 물건은?

검은 후드의 남자는 말 대신 단정한 글씨가 적힌 종이를 들이밀었다.

건너편에 앉은 등이 유난히 구부러진 남자는 비굴한 웃음을 지으며 옆구리에 끼고 있던 큰 꾸러미를 테이블 위에 올려두었다.

"여기 있습니다요."

꾸러미는 책 두 권을 나란히 뒀을 때와 비슷한 크기였다. 검은 후드의 남자, 라미에는 두 눈을 반짝이며 꾸러미를 집어 들었다. 한 번 쭉 훑어본 후 다른 손으로 종이에 무언가를 빠르게 적어 내려가더니 건너편 남자에게 들이밀었다.

: 이게 그 아르렐리아 공녀의 초상화란 말이지.

"그럼믄입죠. 헤헤헤! 이거 구하느라 정말 힘들었습니다. 저, 그럼 돈은 얼마나 쳐주실 겁니까?"

: 물건만 맞는다면 원하는 대로.

"헤헤헤, 감사합니다. 어서 확인해보시지요."

남자가 굽실대며 손짓하자 라미에는 망설임 없이 초상화를 꺼내 들었다. 두꺼운 천에서 초상화를 빼내자 먼지가 뿌옇게 일어났다. 공녀를 눈여겨보기 전에 라미에는 먼저 초상화 모서리쯤에 새겨진 레이나스 가문의 문장을 확인했다. 가짜가 아닌, 진짜 아르렐리아 공녀의 초상화다. 진품임을 인정한다는 뜻으로 고개를 짧게 끄덕이자 남자는 그제야 한시름 놓았다는 듯 거들먹거리며 입을 열었다.

"이야, 다시 한 번 말씀드리지만, 초상화를 구하느라 힘깨나 들었습니다. 요즘엔 사교계에도 자주 나오시는 모양이지만, 옛날에는 사교계는커녕 티파티에도 모습을 잘 드러내지 않았으니까요. 제가 그걸 구하려고 어찌나……."

이어지는 남자의 말은 싹 무시한 채 라미에는 초상화에 덮인 먼지를 탁탁 털어내었다. 구름같이 붙어 있던 연기가 걷히자 은색 머리카락을 가진 아름다운 공녀의 모습이 드러났다. 생기 있는 뺨과 짙은 눈썹, 도톰하고 붉은 입술, 신비로운 은빛 눈동자…….

생각지도 못한 외모에 라미에가 깜짝 놀라는 표정을 지었다.

꽤나 미인인데. 좀 더 크면 예뻐지겠군. 그런데 어딘가 낯이 익은데 어디서 봤지? 묘한 기시감이 들어 머릿속을 뒤적이다 보니 문득, 누군가의 얼굴이 초상화 위로 겹쳐졌다. 라미에의 눈이 가느다랗게 뒤틀렸다.

아니겠지, 설마. 그럴 리가……. 하지만, 머리만 조금 짧아진다면 동일인물이라고 해도 믿을 정도……. 동일인물?

믿을 수 없다는 듯 초상화를 응시하던 라미에가 점점 노기를 드러내기 시작했다.

아렌……. 이 자식! 앙다문 잇새로 이를 빠득 가는 소리가 새어 나왔다. 이러고 있을 때가 아니지. 라미에는 그 자리에서 서둘러 일어서면서 남자에게 돈이 한가득 담긴 주머니를 던졌다. 넘치는 금화를 본 남자는 주머니를 두 손으로 모아 쥐고 라미에를 향해 허리를 굽혔다.

"감사합니다! 감사합니다!"

라미에는 대답 없이 선술집을 나서서 왔던 길을 되돌아가기 시작했다. 전방을 똑바로 응시한 두 눈은 누구든 막아서는 이가 있다면 멱살을 잡고 패대기칠 정도로 거칠게 번들거렸다.

제스와 라미에가 가버린 후 아렌은 줄곧 연무장 근처 벤치에 앉아서 생각에 잠겨 있었다. 원래라면 집무실을 나와서 곧장 카일 등을 찾아가볼 생각이었지만, 그녀는 오늘 보여준 제스와 라미에의 알 수 없는 행동을 되짚어보느라 바빴다. 팔짱을 끼고 고심하던 그녀는 별안간 머리를 헝클이며 소리를 질렀다.

"으아아아! 난 모르겠다! 두 사람이 왜 그런지 내가 알 게 뭐람! 에잇!"

카일이나 찾으러 가보자며 자리에서 일어선 순간 그녀의 귀에 익숙한 목소리가 들려왔다.

"……아렌 님?"

아, 카일 목소리다. 마침 찾으러 갈랬는데 번거롭지 않게 잘됐네. 오랜만에 만날 카일을 반겨줄 생각으로 환하게 웃으며 뒤로 돌았는데 웬 노숙자가 떡하니 서 있었다. 정돈이 되지 않아 흐트러진 검은 머리카락과 며칠을 깎지 않았는지 푸르스름한 턱, 눈 밑의 진한 다크 서클, 움푹 팬 볼, 흙바닥을 구르고 온 것처럼 더러운 행색……. 머릿속에 남아 있는 평소의 깔끔한 모습과는 180도 달랐지만 분명 카일이었다.

"카일, 너 꼴이 이게 뭐……야?"

카일을 위아래로 훑어본 아렌이 걱정스레 물었다. 그녀의 목소리를 들은 카일은 눈에 띄게 움찔하더니 천천히 입을 벌렸다. 할 말이 목구멍에 걸린 듯 붕어처럼 뻐끔뻐끔. 아무래도 이상하다. 아렌은 걱정스러운 얼굴로 한 발짝 다가섰다.

"카일, 너 왜 그래?"

"공녀니이이이이이이이이이이임!"

"어억!"

엄청난 기세로 아렌의 이름을 부르며 뛰어온 카일은 아렌의 어깨를 잡고 앞뒤로 미친 듯이 탈탈 털기 시작했다.

"아렌 님 맞으십니까? 아렌 님이십니까? 정말 아렌 님이십니까? 제가 정신이 나간 나머지 헛것을 보고 있는 게 아니겠지요? 아렌 님 맞으십니까? 그 소악마 맞냐는 말입니다!"

"잠깐만, 카일, 이것 좀 놓고 말해! 너 왜 이러는 거야? 정신없어!"

"지금 왜 그러냐는 말이 나오십니까! 예? 어디 가셨던 겁니까! 도대체! 갑자기 어디로 사라지셨던 거냔 말입니다! 몸은! 몸은 괜찮으신 겁니까! 아니, 그전에 마족의 피를 드셨다는 게 사실입니까!"

공녀님!
공녀님! 4

"어? 그걸 네가 어떻게 알았어?"

아렌의 대꾸에 카일의 얼굴이 순식간에 새하얘졌다. 그러더니 잠시 멈췄던 손에 힘을 꽉 주며 얼굴을 아렌에게 바싹 들이밀었다.

"정말입니까? 그 여자의 말이 진짜였습니까! 오! 신이시여, 맙소사! 공녀님, 몸은 괜찮으십니까!"

카일은 듣는 사람이 더 정신없을 정도로 뇌까리며 그녀의 몸을 위아래로 살폈다. 짧게나마 자리를 비운 동안 기사단은 많이 변했는데, 그럼에도 카일은 변함없이 그녀만을 걱정해주고 있었다. 왠지 고향에 돌아온 기분에 아렌은 피식 웃으며 그의 등을 툭툭 쳐주었다.

"응, 먹긴 먹었는데 운이 좋아 살아났어. 걱정 안 해도 돼. 그런데 너 왜 이렇게 해쓱해졌어? 실연이라도 당했어?"

너스레에 가까운 아렌의 말에 카일의 눈썹이 확 꺾여 올라갔다.

"그걸 지금 말이라고 하십니까! 아아……. 정말 제 수명의 반 이상은 공녀님 덕에 팍팍 깎이고 있습니다. 대체 어디 다녀오셨던 겁니까? 제가 얼마나 걱정했는지 알기나 하십니까! 잘 계셨으면 연락이라도 주셨으면 좋았질 않습니까!"

카일은 목에 핏대까지 세워가며 열변을 토했다. 원망이 반쯤 섞인 그의 성화에 아렌은 미안해져서 그의 얼굴을 살폈다.

"아……. 정말 많이 걱정했나 보구나……."

"강 건너 불구경하듯 말씀하시지 마십시오! 저는 말입니다, 아렌 님의 의견을 최대한 존중해서 베이판으로 돌아가자는 말을 최대한 하지 않고 있습니다. 그런데 계속 이런 식으로 나오시면……!"

"잘 알았어, 카일. 이제 내가 왔으니 더 이상 걱정하지 말고 쉬도록 해. 너 그런 꼴로 다녔다간 사람들이 무서워할 거야."

왠지 잔소리가 시작될 것 같아 황급히 얼버무려 그 자리를 벗어나려 했지만, 보모 경력만 10년이 넘어 산전수전 다 겪은 카일에겐 어림도 없었다. 그는 슬그머니 빠져나가려는 그녀의 어깨를 탁 잡아채며 음산한 목소리로 말했다.

"어딜 가십니까, 아렌 님. 여기서 저와 차분히 담소라도 나누시지요."

"하……. 하하, 카일! 내가 지금 조금 바빠서 그런데 나중에 하면 안 될까?"

"……따라오십시오."

"잠깐만, 카일! 기다려! 카이이이이일!"

"안 통합니다. 따라오십시오."

카일은 일전에 보인 적 없던 험상궂은 얼굴로 아렌의 팔을 단단히 잡은 후 질질 끌고 갔다. 정말, 세 시간은 기본에 한 시간은 옵션이요, 두 시간은 서비스일 것 같다. 이대로는 안 돼! 밀대걸레처럼 질질 끌려가던 아렌이 재빨리 다리에 힘을 주어 버티며 카일을 향해 물었다.

"잠깐만, 카일! 자초지종은 좀 들어봐야 될 것 아니야! 나 없는 새에 기사단에 무슨 일이 있었는지 좀 말해달라고! 도망가지 않을 테니까!"

아렌이 낑낑대며 버티자 카일의 스산한 시선이 아렌에게 옮겨갔다.

"정말이십니까?"

"그래! 이 낯선 타국 땅에서 너와 내가 서로를 믿지 않으면 어쩌겠니? 믿어, 믿으라고!"

그렇게 말하면서도 아렌은 속으로 자신이 꽤 뻔뻔한 구석이 있다 생각했다. 카일도 똑같은 생각인지 지금 무슨 말을 하는 거냐는 눈으로 바라보다 이내 깊은 한숨을 내쉬었다. 어차피 최후엔 그녀의 고집을 꺾을 순 없는 걸 알고 있는 그이기에, 여기선 한 수 접어주는 게 나을 성싶다.

"……기사단 말이십니까?"

아렌이 잽싸게 고개를 끄덕였다.

"응응. 왜 이렇게 분위기가 안 좋아? 좀 썰렁한 것 같기도 하고. 무슨 일 있어?"

카일은 어떻게 설명해야 될지 모르겠다는 얼굴로 잠시 뜸을 들이다 입을 열었다.

"일전에 은청발의 마법사가 잡혀왔는데 말입니다."

'은청발의 마법사'라는 단어를 듣자 아렌이 호들갑을 딱 멈추고 침을 꿀꺽 삼켰다. 은청발의 마법사라면 분명히 세이를 일컫는 단어다. 그러고 보니……. 카트린느에게 붙잡혀 있던 날 세이가 어떻게 구하러 왔지? 그때 분명히 기사단에 있었을 텐데.

"처음엔 취조를 얌전히 받다가, 무슨 까닭에선지 갑자기 날뛰더란 말입니다. 저도 우연히 그 자리에 있었는데 실로 무시무시한 자였습니다. 황성 마법사 여럿이 있었는데 그 마법사 하나 감당해내질 못하더군요. 결국 주변을 쑥대밭으로 만들어버리고 떠나버렸습니다. 기사단은 속수무책으로 당할 수밖에 없었고 말입니다."

"그, 그렇구나."

아렌은 고개를 숙이며 입을 헤벌렸다. 세이, 기사단을 쑥대밭으로 만들고 날 구하러 왔단 소린가. 마족들을 지배하는 마황인 데다, 얼굴은 천사가 따로 없는데도 성격은 그 반대다 보니 그때 상황이 어땠을지 충분히 상상이 갔다. 오히려 기사단 전체가 파괴되지 않았다는 것에 감사를 해야 할 판이다. 카일이 계속해서 말을 이었다.

"그렇게 요주의 인물이었던 마법사를 그토록 쉽게 놓쳐버렸으니, 단장님께선 화가 많이 나신 모양인지 살얼음판에, 책임자이셨던 부단장님은 집무실에 박혀서 나오시질 않고, 공녀님은 온데간데없이 사라지시고……."

"잠깐, 방금 뭐라고? 부단장님이 집무실에 박혀서 나오질 않는다고?"

아렌이 고개를 번쩍 들고 눈을 잠시 카일 뒤에 뒀다 되돌렸다. 카일이 단정하게 고개를 끄덕였다.

"예. 은청발의 마법사를 놓친 후로 많이 상심하신 모양인지 집무실에서 나오질 않으시더라고요. 전 그 이후로 한 번도 뵙질 못했습니다. 살아 계시기나 한 건지, 뭐. 저와는 상관없지만 말입니다."

예전에 아렌에게 몸 파는 여자 운운했던 걸 아직 기억하는 모양인지 카일의 반응은 심드렁했다.

아렌은 흐음, 소리를 내며 손가락으로 카일 뒤를 가리켰다.

"다행히 살아 계시긴 하네."

"예?"

"뒤를 봐, 뒤를."

카일은 뒤돌아서 아렌의 손가락을 연장시켜 쭉 시선을 옮겼다. 그 끝엔, 짙푸른 어둠 속에 서 있는 훤칠한 사내가 있었다. 줄곧 이쪽을 향해 있던 갈색 눈에는 웬일인지 맹수가 으르렁거리는 듯한 사나움이 깃들어져 있었다.

라미에가 곧 걸음을 옮겨 아렌과 카일을 향해 성큼성큼 다가오기 시작했다. 당장이라도 달려들어 목을 졸라버릴 기세였다. 아렌은 정면을 향한 시선을 움직이지 않은 채 카일에게 목소리를 낮춰 물었다.

"근데……. 부단장님 어딘가 화난 것 같지 않아?"

카일 역시 다가오는 라미에를 바라보며 고개를 끄덕였다.

"예. 제가 보기에도 그렇습니다."

"왜 저러지? 붉으락푸르락……. 뭔가 불길한데. 카일, 혹시 너 뭐 잘못한 거 있어?"

"……제가 아렌 님과 같은 줄 아십니까?"

"지금 이 상황에서 농담이 나와?"

"농담이 아닙니다만. 아렌 님 때문이라는 데 제 월급의 반을 걸겠습니다."

카일의 말이 끝날 때쯤, 아렌 앞에 다가선 라미에가 아렌의 어깨를 포박하듯 잡아채고 흔들었다. 무엇엔가 화가 난 듯 두 눈을 부릅뜬 채로 입을 뻐끔거리지만 목소리가 아닌 쉰 것 같은 새된 울림만 퍼졌다.

"!"

아렌을 마구 잡고 흔들면서 얼굴을 일그러뜨리던 라미에는 그녀를 확 밀어버리고 품속에서 종이와 펜을 꺼냈다. 부들부들 떨리는 손으로 무언가를 적어 내려가는 와중에서도 기가 막힌다는 듯 조소에 가까운 웃음을 터뜨린다. 손가락에 꾹 짓눌린 펜이 마침표를 꾹 찍고 나서 형형한 눈빛이 아렌을 향했다. 그것은 아렌이 여자인 걸 알았을 때만큼이나 분노에 차오른 눈빛이라 그녀는 그저 어리둥절할 따름이었다. 라미에가 종이를 그녀의 속눈썹에 닿을 정도로 가까이 들이밀었다.

: 우선 너. 내가 예의를 차릴 일은 없으니 대접받을 생각일랑 하지 말도록 해.

"에? 뭘……."

옆에서 보고 있던 카일이 심상치 않음을 느끼고 라미에의 팔을 확 잡아챘다.

"왜 이러시는 겁니까? 이러는 이유부터 설명해주십시오."

카일은 여차하면 라미에의 팔을 꺾어버릴 생각이었다. 라미에는 사방이 울릴 정도로 세차게 코웃음을 치곤 옆구리에 끼고 왔던 초상화를 들이밀었다.

"이게 뭡니까?"

직접 보면 알 것 아니야, 라는 뜻으로 라미에가 눈짓했다. 카일은 약간 미심쩍어하면서 초상화를 집어 들었다. 초상화를 가리고 있던 천이 카일의 손에 따라 주름이 잡히며 천천히 거둬졌다. 고개를 쏙 내밀고 그것을 들여다본 아렌은 터지는 신음 소리를 막으며 입을 다물었다.

"이, 이건……."

당황하긴 카일도 마찬가지라 무언가 말을 할 듯 말 듯 입술을 달싹이면서도 쉬이 말을 내뱉지 못하고 있었다. 초상화 안에서 빛나고 있는 아르렐리아 공녀 그림 위로 무엇인가 적힌 종이가 슥 나타났다.

: 이거 베미탄 국의 아르렐리아 폰 레미나스 공녀의 초상화라고 받은 건데 말이지. 내가 아는 사람과 동일인물이라고 해도 믿을 정도로 엇비슷해 보이지 뭐야. 그 잘난 입으로 어디 한번 설명해봐.

"……."

라미에는 새하얗게 질린 아렌과 카일의 얼굴에서 답을 찾아냈다. 바람에 따라 초상화 위에서 덜렁거리고 있던 종이가 힘없이 그의 손아귀에서 구겨졌다. 한없이 추락하는 분노가 손등 위로 불거진 새파란 핏줄에서 올올이 전해졌다.

카일은 들고 있는 초상화를 천천히 내리며 침착하게 마음을 가다듬었다. 발뺌이 통하지 않는 증거가 있으니 마냥 부정할 수도 없는 일이었다. 입을 열려는 찰나, 놀라울 정도로 가라앉은 아렌의 목소리가 들려왔다.

"……보시는 바 그대로입니다."

"아렌 님!"

"저는 사실……, 아르렐리아 폰 레이나스, 레이나스 가문의 공녀입니다."

전조 없이 이어지는 대답에 상황은 깔끔하게 정리되었다. 라미에는 띵해지는 이마를 짚고 생각을 정리하려 애썼다.

하, 미친 자식들. 처음 봤을 때부터 무언가 석연치 않은 모습이 있다 했는데, 여자인 것도 모자라 신분까지 숨기고 있었던 거냐. 그러고 보니 카일은 처음 만났을 때, 누군가를 찾아다니고 있었다. 누구를 찾느냐는 물음에 '그분'을 찾고 있다고 했지. 그리고 그 상대는 아렌이었고. 기사단에 오고 나서도 아렌에겐 항상 경어와 존대로 대했다. 왜 진작 눈치를 못 챈 걸까!

라미에는 참지 못하고 카일을 밀쳐내고 아렌의 멱살을 잡고 들었다. 갑작스런 그의 행동에 힘없이 딸려간 아렌은 침착하게 그의 팔을 잡았다.

"놓으세요."

"공녀님께 손대지 마십시오!"

뒤늦게 카일이 라미에의 어깨를 잡아 우격다짐으로 떼어냈다. 뒤로 몇 발자국 밀려났으나 라미에의 시퍼렇게 날이 선 시선은 아렌으로부터 떨어질 줄 몰랐다. 무언가 말을 하려고 뻐끔거리다 이내 목소리를 잃어버린 사실을 상기하고 속으로 또다시 욕설을 내뱉었다. 그는 씨근거리는 숨을 내뱉으며 종이에 빠르게 무언가를 적어 내밀었다.

: 보아하니 베이판에 대역까지 세워두고 작정하고 나오셨더군. 아주 대단해. 나도 깜박 속을 뻔했지 뭐야.

"베이판에 있는 대역이라뇨? 그건 대체 무슨 말……."

: 이제 와서 모른 척을 참 잘도 하는군. 처음부터 속이려고 대역까지 준비해두고 왔으면서 말이야, 뻔뻔하게 주변 이들을 속여먹고……. 공녀님께서 사람 어이없게 만드는 데 참으로 능한 재주를 타고나셨습니다. 제가 혀를 내두를 정도로 뻔뻔하고 이기적이기까지 하시니.

"잠깐만, 대역이라니, 대체 그게 무슨 소리냐고요!"

: 미쳤군. 돌았어. 내가 여기 있다는 걸 알면, 그 책임은 누구한테 돌아갈 것 같으냐? 그 잘난 머리 굴려서 생각이란 걸 해봐.

거칠게 번들거리는 엷은 갈색 눈이 아렌을 담았다. 비록 지금은 기사단에서 라미에의 밑에 있다 하나 본래 신분은 타국의 공녀. 아무리 제국의 기사단 부단장이라도 함부로 할 수 있는 상대가 아니었다.

하지만 라미에로선 지금 아렌에게로 날아가려는 주먹을 억누르는 것만으로 힘들었다. 그런 모습을 한 번 겪어본 바 있는 아렌은 입술을 질끈 깨물었다.

틀렸다. 부단장님은 지금 사실 여부를 확인을 하러 나에게 온 게 아니야. 내 말도 들으려고 하지 않을 거야. 이제 어떻게 하지?

그때, 카일이 라미에에게서 아렌이 보이지 않도록 막아서며 최대한 정중한 어조로 말했다.

"곧 정리를 한 후 떠날 예정입니다. 떠날 때에도, 떠난 후에도 주변에 최대한 피해가 가지 않도록 힘써보겠습니다. 그때까진 공녀님의 안전을 위해 이 사실을 함구해주셨으면 합니다."

아렌도 조금이라도 그가 자신의 이야기를 들어주길 바라며 침착한 어조로 말했다.

"처음부터, 다 설명해드릴게요. 제가, 저도, 많은 후회를……."

아주 천천히, 힘겹게 심호흡을 하는 아렌을 노려보던 라미에가 삐딱한 조소를 머금었다. 땀에 젖은 머리카락을 쓸어 올린 손이 곧 또 무엇인가 적어 내려갔다.

: 그래, 충분히 반성하고 후회하고 있으니 그만하라 그거야? 그게 공녀의 자존심이란 건가? 죄책감에 앓은 내 마음만 고귀하고 거기에 죽은 사람들은 전혀 고려하지 않아? 너의 신분과 성별을 숨기고 사람들을 갖고 노는 게 재밌었어? 그리고 이젠 놀이가 지겨워져서 떠난다라? 웃기는군. 너희들에게 진심이란 게 있기는 했던 거야?

"……."

: 내가 널 오해한 사건 이후로 나는 은근히 미안하다고도 생각했고, 의외로 좋은 녀석이라고도 여겼어. 내가 단장님께 직접 이야기를 할 때까지 기다려

했는데 너는 마지막까지 상황을 더 형편없이 망치는……

거기까지 적은 라미에는 더 이상 못 참겠다는 듯 수첩, 펜을 거칠게 바닥에 집어던지더니 바람 소리가 날 정도로 뒤돌아섰다.

"잠깐만요! 부단장님! 조금 더 이야기를!"

아렌이 성큼 거리를 좁혀 서며 라미에의 팔을 잡자 그의 시선이 아렌에게 꽂혀 들어갔다. 차갑게 번뜩이는 음울한 눈, 고집스럽게 굳어 있는 라미에의 턱 선. 그를 정면에서 본 순간 아렌의 가슴은 철렁 내려앉았다.

더 이상 너와 이야기할 건 없어. 나. 분노에 질척이는 눈동자가 그렇게 말하고 있었다. 곧 무거운 발소리가 정적 속을 울리며 멀어져갔다. 남겨진 두 인영은 오랫동안 움직일 생각을 하지 못했다.

그리고 그들로부터 그리 멀지 않은 곳에, 마침 제스를 보러 왔던 이자벨이 숨어 있었다. 기둥 뒤에 숨어 그들의 모든 대화를 듣고 있었던 그녀는 믿을 수 없다는 듯 손으로 입을 가렸다.

'이게……. 대체 다 무슨 소리지? ……공녀라고? 저, 견습 기사가?'

그림자처럼 뒤에 서 있던 카일이 아렌을 바라보았다. 은색 머리카락이 바람에 흩날리며 어둠 속에서 반짝였다. 미동 없이 서 있는 자신의 어린 주군을 향해 한 발짝.

"아렌 님. 괜찮으십니까?"

"……괜찮아."

주먹을 꽉 쥐고 라미에가 사라진 모퉁이만 응시하던 아렌이 고개를 느릿하게 끄덕였다. 한 번, 두 번……. 그 얕은 날갯짓 끝에 그녀의 입이 천천히 열렸다.

"몇 가지 오해 정돈 풀어야겠다고 생각할 뿐이야. 그리고 조만간 베이판……으로 돌아가야 될지도 모르겠어."

"……괜찮으시겠습니까?"

아렌의 입에서 신음 섞인 한숨이 새어 나오는 소리가 들렸다. 한참 후에 그녀는 도망치듯 그 자리를 벗어났다.

"세이모어 공작님, 그럼 다음에 또 뵙겠습니다."

서늘하게 가라앉은 검은 눈이 건너편에서 다소곳이 고개를 숙이는 은발의 여성에게 향했다. 아렌과는 하등 관련이 없는데도 아렌의 자리에서 아렌의 옷을 입고 아렌의 약혼자를 상대하고 있는 이 여자, 가짜 아르렐리아. 교육의 효과 덕인지 이젠 그럭저럭 흉내는 내며 사교계에도 들락날락거리는 모양이지만……. 세이의 눈엔 여전히 미완성의 인형일 뿐이었다. 만남의 자리 내내 입을 굳게 다물고 있던 세이가 일어서며 예의상 인사를 건넸다.

"즐거웠습니다."

더는 무미건조할 수 없는 목소리임에도 가짜 공녀, 레베카의 얼굴이 붉게 물들었다. 세이는 뒤도 돌아보지 않고 레이나스 공작가를 나섰다. 철컹, 문이 닫히고 몇 발자국을 옮기자 주변의 광경이 확확 바뀌었다.

세 걸음 정도 옮겼을까, 세이는 이미 세이모어 공작 저택에 도착해 있었다. 2층 방을 향하는 계단을 오르는 동안 검은 눈은 어딘지 지친 기색으로 어두워졌다. 아렌이 베이판으로 돌아올 때까지 꼭두각시놀음에 장단을 맞춰주기로 했다지만, 아무리 그녀를 위해서라지만, 가짜 공녀를 볼때마다 드는 역겨움은 어쩔 수 없었다. 얕은 한숨을 내쉰 세이가 층계 중간쯤에서 문득 걸음을 멈추고 내리깔았던 눈을 움직여 자신 앞에 나타난 로도모나스를 바라봤다.

"그녀에게 무슨 일이 생긴 건가?"

조용히 고개를 끄덕인 로도모나스가 제스와 헤어진 직후 라미에와 아렌 사이에 있었던 이야기를 세이에게 전해주었다.

차가운 눈을 한 채 움직이지 않던 세이는 망설이지 않고 그곳으로 이동했다. 부단장의 집무실, 은신처라도 되는 양 외부로 통하는 구멍을, 문이든 창문이든 꼭꼭 잠근 까닭에 공기가 매우 텁텁했다.

라미에는 세이가 온 것을 미처 눈치 채지 못한 채 책상에 머리를 박고 고민에 빠져 있었다.

'이 사실을 제스에게 말해야 하는데, 그러려면 성대를 잃어버린 것을 밝혀야 한다…….'

라미에가 중얼거리는 말은 입 밖에 나오진 않았지만 세이는 그를 온전히 읽어냈다. 곧은 선을 그리던 세이의 입술이 열렸다.

"반갑습니다, 부단장."

세이의 목소리가 들리자마자 라미에는 발작이라도 일으키듯이 몸을 크게 흠칫하고 일어섰다. 어둠에 동화될 듯 서 있는 세이를 찾아내고 오랫동안 응시하다 가쁜 숨을 내뱉었다.

'마법사…….'

소름이 쫙 돋고 본능적으로 뒷걸음질 치려는 발을 오기로 붙잡았다. 여긴 왜 온 거냐, 라고 뻐끔거리자 세이가 입을 열었다.

"이거 실망입니다."

뭐가……, 실망이라는 거지?

"부단장의 성정과 자존심을 고려해봤을 때, 스스로 목숨을 끊을 거라고 여겼습니다만."

라미에의 눈초리가 점점 날카로워지는 가운데 세이가 나른한 어조로 말을 이었다.

"그와 같은 치욕을 당하고도 생을 이어가기에, 뭔가 대단한 각오라도 한 줄 알았더니 이번엔 건드린 사람이 아르렐리아 공녀라니."

조용조용한 목소리엔 숨길 수 없는 살기가 그득 배어 있었다. 뜻밖의 이름이 세이의 입에서 튀어나오자 라미에는 순간 놀라 몸을 흠칫했다.

　단순히 견습 기사 아렌과 아는 사이라고 생각했는데 어떻게 저 마법사가 그 사실을 알고 있었단 말인가. 대체, 저 마법사 정체가 뭐고, 아렌과는 대체 무슨 관계지?

　관망하는 듯한 태도를 취하던 세이가 무겁게 깔린 어둠을 뚫고 걸어 나왔다.

　"가만히 두었더니 당신, 이리저리 들쑤시고 다니고……."

　"……."

　"알아선 안 되는 일만 골라 건드리니, 죽고 싶어서 발악을 하는 건지 도무지 알 수가 없군."

　콱, 억센 손아귀가 한순간 성큼 다가와 라미에의 목을 잡아 올렸다.

　"뭐, 그 점이 재미있긴 하지만."

　라미에의 두 손이 부들부들 떨리는 와중에도 자신의 숨통을 틀어쥔 자의 팔을 움켜잡았다. 깊숙이 손톱을 박아 온 힘을 다해 떨어뜨리려 했지만 헛수고였다. 철옹성 같은 팔은 꿈쩍도 하지 않고 점점 올라갔다.

　라미에의 발이 바닥에서 떨어진 그때, 세이의 얼굴에 무서우리만치 아름다운 미소가 떠올랐다.

　"그냥 죽여버릴까……."

　"으으……!"

　"아니, 이왕 사실을 알게 된 것, 저와 거래를 하는 게 어떻습니까?"

　무슨, 개소리……!

　"쉿. 이야기는 아직 끝나지 않았습니다."

　타이르는 듯 입가에 어린 온화한 미소와는 달리 순간 목을 옥죈 손아귀의 힘이 조금 더 세졌다. 그에 따라 라미에의 이마에 푸른 힘줄이 솟아올랐다.

"선택지는 두 가지 있습니다. 첫째, 아르렐리아 공녀에 대해 함구하시고 그녀가 이곳을 떠날 때까지 몰래 보좌하십시오. 그럼 성대는 돌려드리도록 하겠습니다. 그게 싫으시다면 이 자리에서 목숨을 내놓으십시오. 꽤 간단한 거래 아닙니까?"

잠시 말을 멈춘 세이가 손아귀에서 힘을 조금 뺐다. 정신이 아득해져갈 즈음에 맞춰 숨구멍이 야트막하게 트이자 온몸의 세포가 불타는 듯 아우성이다. 마치 타는 목마름에 죽어가고 있을 때 물 한 방울 내어주며 목을 축이라는 것과 같지 않은가.

인간이 언제 가장 약해지는지 지독히도 잘 알고 있는 놈……. 악마다, 악마가 아니고서야 이런 기가 막힌 타이밍에 숨을 쉬게 해줄 리가 없다.

'내가 그딴 거래에 응할 줄……! 크윽!'

비인간적인 행동만큼이나 차갑게 번뜩이는 두 눈. 머릿속에 갑자기 필름이 촤르륵 돌아가며 마법사와의 마지막 만남을 상기했다. 선혈이 낭자했던 그날……. 어린애를 유린하듯 손바닥 안에서 가지고 놀던 악마의 모습이 아직도 그 자리에 있는 듯 선연하다.

"두려우십니까?"

정곡을 찌르는 말에 있는 힘껏 손아귀에 힘을 주었다 뺀 것처럼 라미에의 손끝이 덜덜덜 떨려 왔다. 서늘한 눈을 한 세이는 한 치의 표정 변화 없이 라미에를 자세히 보고 있었다.

마치 모든 것을 꿰뚫어보기라도 하듯이. 거래를 받아들이지 않는 것이 맞다. 목숨을 잃는 쪽을 택해야 한다. 비참하게 생명을 연장하느니 죽는 게 낫다.

머리는 분명 그렇게 울부짖고 있는데도 정말로……, 어쩔 수 없이 원하는 건, 본능이 말하는 건, 정반대의 것이었다. 일말의 감정도 드러내지 않는 세이의 무감한 눈이 일순 휘어졌다.

"대답, 잘 들었습니다."

말하는 중에 라미에의 목을 움켜쥔 손에서 흰 빛이 흘러나왔다. 봄날의 햇살보다 따스한 그것은 라미에의 목 안으로 스며들어가 한동안 텅 비어 있던 곳을 채웠다. 빛이 사그라지자 세이는 더러운 것이라도 치워버리듯이 라미에를 밀어냈다.

라미에는 성대를 되찾았다는 사실에 기뻐하기는커녕 마치 독이라도 삼킨 것처럼 새하얗게 질려 있었다. 아무리 본능이라지만 살고자 하는 욕망에 세이의 거래를 받아들였다는 자기혐오와 자괴감이 뒤범벅되어 자신을 몰아세우고 있을 것이 분명하다.

이번엔 정말로 스스로 목숨을 끊을 수도 있겠군.

세이는 츠, 작게 혀를 차곤 비참한 얼굴로 고개를 숙여버리는 라미에에게서 몸을 돌려 어둠 속으로 걸어 들어갔다.

이른 아침 고즈넉한 향취가 풍기는 황제의 정원에선 난데없는 노랫소리가 흘러나오고 있었다.

"내가 제일 차제남, 내가 제일 차제남, 여자들은 돌아보고 남자들은 따라 해!"

신나는 댄스 음악을 부르고 있는 이는 다름 아닌 하일렌 제국의 에슬란 황제. 평민의 옷을 입는 취미에 얼마 전부턴 정원 손질에까지 재미를 들였다고. 그리고 그 옆에 서서 혹여 지나가는 누구라도 들을까 싶어 주위를 살피는 이는 황제의 전속 시종인 콘라드였다. 그는 요즘 들어 점점 정도가 심해지는 황제의 일탈 때문인지 주름살이 눈에 띄게 늘어 있었다.

"……폐하, 그 노래는 유행이 지났는데 포기하시는 게 어떻겠습니까?"

"내가 봐도 내가 좀 끝내주잖아. 네가 나라도 이 몸이 부럽잖아. 내가 앉은 이 자리를 매일 넘봐, 피곤해."

"……."

흥이 나서 노래를 흥얼거리던 황제가 갑자기 가위질을 딱 멈췄다. 잠시 고개를 젖히고 무언가를 되뇌어보던 그는 콘라드를 뒤돌아보며 진지하게 물었다.

"콘라드, 방금 가사, 마치 누굴 지칭하는 것 같지 않나?"

"예?"

"내가 앉은 이 자리를 매일 넘본다는 가사 말일세. 꼭 내 자리를 넘보는 기사단장을 지칭하는 거 같지 않느냔 말이야."

"폐하의 자리라 하심은……?"

혹시 기사단장이 역모라도 꾀하고 있단 뜻인가?

콘라드는 조금 긴장해서 물었다. 황제의 눈매가 심상치 않게 빛났다.

"뻔하지 않은가. 차제남의 자리 말일세. 제기랄, 기사단장, 그놈 참 포커페이스더군. 부모가 누군지 상판대기 한번 보고 싶어. 에잉. 누가 봐도 내가 좀 죽여주잖아! 둘째가라면 이 몸이 서럽잖아!"

황제는 다시 노래를 흥얼거리며 고개를 돌려버렸고, 무엇인가를 꾹 눌러 삼킨 콘라드가 최대한 평탄한 어조로 호흡을 골랐다.

"폐하, 차제남이고 나발이고 체통을 지키심이……. 그 노래 그만 부르시는 게 어떻겠습니까? 혹시나 폐하께서 부르시는 걸 귀족들이 듣게 된다면 뭐라 왈가왈부할지 저어됩니다."

"허허허, 자네 말을 인용해보자면 콘라드, 황제고 나발이고 즐길 건 즐겨야지. 거기다 '내가 제일 차제남'은 하일렌보드 차트 1위까지 올라갔던 명품곡이라네. 귀족들도 들으면 좋아할 게야. 참, 차제남 월드 투어는 계획대로 잘 진행되고 있지?"

"예? 그것, 진담으로 하신 말씀이었습니까?"

분명 에슬란 황제가 얼굴 없는 가수로서 낸 1집 '내가 제일 차제남'이 성황리에 팔렸고, 그 소식을 전해 들은 황제는 껄껄 웃으며 가면을 쓰고 월드투어를 해야겠다고 말한 적이 있었다. 하지만 그건 그저 지나가는 농담으로 치부하고 넘겼건만, 갑자기 이 무슨 소리란 말인가.

콘라드에게서 아무 대답이 없자 황제는 의아한 눈초리로 그를 돌아봤다.

"그럼, 당연하지. 내가 이제껏 농을 한 적이 있나?"

요즈음 농이 아니었던 것이 있었습니까?

진지하게 고민에 빠진 콘라드에게 황제가 덧붙였다.

"참, 그 후엔 내 새끼와 함께 갈 관광지도 알아 오도록 해. 어떻게든 기사단장과 다녀온 곳보다 좋은 곳을 알아오게. 황제가 기사단장에게 질 순 없지! 어서 알아 와. 흘흘."

아렌과 함께 관광을 다닐 생각에 황제가 기분이 한껏 고양된 채 정원을 다듬었다. 콘라드는 뒤통수를 망치로 연속으로 몇 방 후려 맞은 기분이었다. 황제가 세계 공연과 여행에 나선다면 잡다한 업무는 누구에게로 쏟아질지 너무도 자명하지 않은가!

멍하니 허공을 바라보던 그가 다소 엄숙하게 입을 열었다.

"폐하, 신이 고이 보관하고 있던 사직서를 낼 때가 이제 온 것 같습니다."

단박에 거절하는 대답이 돌아올 줄 알았는데, 황제는 의외로 고개를 끄덕였다.

"하긴……. 자네도 많이 늙었지. 내 자네의 마음을 충분히 이해하네."

"정말이십니까, 폐하!"

놀라움 반, 기쁨 반으로 들떠 있는 그를 향해 황제가 화사한 미소를 던져주었다.

"그런 뜻에서 자네의 사직서는 내가 황제 자리에서 물러나게 될 즈음에 받아주겠네. 흘흘."

"차라리 사형시킨다고 해주십시오, 폐하……."

"제정신을 차리자."

아렌이 제 뺨을 손바닥으로 짝, 소리 나게 감싸며 중얼거렸다.

"제정신을 차리자."

이걸로 정확히 276번째. '제정신을 차리자'는 말을 읊조린 횟수다. 그녀는 어젯밤 라미에에게서 폭언 아닌 폭언을 들은 까닭에 어젯밤 내내 선잠만 잤다. 마음을 쿡쿡 찌르는 라미에의 말을 떠올리며 몸을 일으켰을 때는 이미 동이 틀 무렵이었다. 지나치게 신경을 쓴 탓인지 아파 오는 머리 때문에 몸이 찌뿌드드하고 곤기가 들어 아침을 유쾌하게 맞이할 수가 없었다.

"일단, 하나하나 정리해보는 거야."

다짐하듯 말하고 머릿속으로 여기 와서 알게 된 이들을 하나씩 이름을 나열해보았다. 정원사 할아버지, 정원사 할아버지의 친구, 프레드릭 형, 딘, 라미에, 오웬, 기사단원 모두……. 그리고……, 제스.

제스를 떠올리자 이상하게 가슴 한편을 칼로 쑤시는 것처럼 욱신거렸다. 하지만 라미에가 알게 된 이상 더 이상 자신의 정체와 성별을 밝히는 것을 미룰 수가 없었다.

"하……. 우선, 정원사 할아버지부터……."

한숨을 쉬며 일어나 방을 나섰다. 어슴푸레한 새벽빛 속에서 드러난 복도를 걸어가며 아렌은 얕은 한숨을 내쉬었다. 시작이 어려워서 그렇지, 막상 정리하기 시작하면 금방 끝날 것 같긴 했다. 라미에보다 더 배신감을 느끼며 치를 떨 수도 있겠지만, 그건 응당 감당해야 할 몫이니 어쩔 수 없다.

그래, 제스가 만약 화를 낸다고 해도, 일부러 한 게 아니라고, 그렇게 말하면 금방 화를 풀어줄 거야. 풀어주겠지? 풀어주지 않으면 어쩌지?

"아렌."

"흐어어어억!"

아렌은 느닷없이 들려오는 목소리에 그만 비명을 지르고 말았다. 목소리의 주인공이 다름 아닌 제스였기 때문에. 맞은편에서 줄곧 걸어오다 아렌을 보고 멈춘 제스가 조금 눈을 크게 뜬 채 그녀를 쳐다보고 있었다. 아렌은 쿵덕거리는 가슴을 진정시키려 손으로 쓸어내리며 입을 열었다.

"제, 제스."

아렌은 갑자기 최종보스를 만났단 생각에 아찔해졌다.

"……무슨 일이 있나."

"아, 아, 아니요. 아, 제스는 어쩐 일로 여기에……? 어제부터 견습 기사의 숙소 근처를 왔다 갔다 하는 게……. 볼일이 있나 봐요."

당황한 탓에 생각나는 대로 이것저것 주워섬긴 말이지만, 제스는 순간 적절한 대답을 찾지 못해 어깨를 잘게 흠칫했다. 아렌을 보러 왔다고 말하려던 목이 뻣뻣하게 굳어졌다. 잠시간의 어색한 정적을 깬 것은 제스 쪽이었다.

"눈이 붉은 것 같은데."

긴 손가락이 아렌의 눈꺼풀을 훑듯 지나가자 그녀는 잠에서 깨어나듯 정신이 번쩍 들었다. 허공에 멈춘 제스의 손을 잠시 보았다가 입술을 열었다.

"그냥, 잠이 안 와서요……."

"힘들면, 좀 더 쉬어라."

높낮이 없는 평탄한 어조에서 긴장감 하나 없는 배려심이 느껴졌다. 제스가 얼핏 웃는 것같이 보이기도 했다.

아렌이 팔을 뻗어 손가락을 그의 입술 끝에 가져갔다. 조금, 올라가 있나……? 유난히 따뜻한 손이 다가와 상대적으로 작은 아렌의 손을 잡았다. 마치 품어 안듯, 그렇게. 시선을 올려 눈을 바라봤다. 찔러들 틈 없는 무표정인 채였지만 아렌에게 향하는 푸른 눈은 잠잠한 호수처럼 맑고 깊었다. 갑자기 그에게 잡힌 손이 의식되어 얼굴에서 확확 불이 났다.

아렌은 슬그머니 손을 빼내려 했으나 제스의 손은 단단히 붙들고 놓아주지 않았다. 잡아당길 것 같았는데 오히려 제스가 한 발자국 더 다가왔다. 천천히, 얼굴이 맞닿을 정도까지 허리를 굽힌다.

"……아렌."

낮게 울리는 그의 목소리가 너무도 달콤하게 들렸다. 아렌은 저도 모르게 고개를 끄덕이려다 저었다.

"아, 아니요. 괜찮아요. 만나 뵈어야 할 분이 계셔서."

"누구?"

제스가 지그시 눈을 맞춰 오며 나직하게 물어온다. 단정하고 무표정한 얼굴에 묘한 페로몬이 묻어 나오는 게, 아렌은 지금 자신이 마주하고 있는 이 남자가 제스인지 의구심이 들었다. 그녀는 신경 쓰지 않아도 된다는 뜻으로 고개를 붕붕 저었으나 제스의 시선은 떨어질 줄을 몰랐다.

"걱정이 돼서 묻는 거다."

걱정? 아렌이 고개를 들자 제스의 푸른 눈이 다정하게 반짝였다.

"네가 내 눈앞에서 사라져버렸으니까, 당연한 것 아닌가."

제스는 고백하듯 말하곤 등을 곧게 폈다. 그러고는 해석할 수 없는 묘한 얼굴로 그녀를 바라보았다.

"그러니 되도록 내 시야 밖으로 벗어나지 말도록."

"그게 무슨……."

"가지."

제스는 그답지 않게 막무가내로 그녀를 잡아끌어 계단을 내려갔다. 멍하니 있던 아렌은 발을 굴러 그를 따라갔다. 왠지 모를 부끄러움을 느끼며 숙소에서 나온 아렌은 갑작스레 밝아진 햇볕에 눈을 찡그렸다. 이제어디를 향해야 되냐는 의문이 담긴 푸른 눈을 본 순간, 아렌은 저도 모르게 입을 헤벌렸다. 정말, 따라올 생각인지 생각하다 저도 모르게 큰 강아지 한 마리를 떠올려버렸다. 졸졸 따라다니는 강아지……. 어제부터 제스위로 미묘하게 겹쳐 보인다. 한번 말해볼까.

"제스, 강아지 기질이 좀……."

"……뭐?"

제스의 미간이 살며시 좁아졌다. 이런, 입이 먼저 움직여버렸다. 아니라고 고개를 도리도리 흔들자 어쩔 수 없다는 듯이 피식. 아……. 웃는다. 이번엔 진짜 웃는다. 눈을 다정하게 빛내며 과하지도, 덜하지도 않을 정도로만 입술로 곡선을 그리며 마치 한 폭의 그림처럼 웃는다.

만약 여기서 진실을 내뱉는다면……. 저 미소가 사라질까.

"아렌. 왜, 그러지?"

"……."

걱정된다는 눈빛을 마주하는데……. 차마 입이 떨어지지 않았다. 시간이 정지된 것 같은 순간이 지난 후 주변에서 누군가의 기척이 느껴져 아렌은 황급히 제스에게 잡힌 손을 빼냈다. 아렌보다도 먼저 기척을 느꼈던 제스는 순순히 그녀의 손을 놓아주며 시선을 옮겼다. 잠시 후 모퉁이에서 모습을 드러내는 건, 정말 뜻밖의 인물이었다.

"오랜만에 뵙습니다, 단장님. 그리고 아렌 경."

훤칠한 키에 서글서글한 외모, 그리고 불편한 한쪽 다리를 지탱하며 서있는 남자는 분명 익숙했다.

"오웬 님!"

제스와 라미에의 오랜 친구이자 얼마 전 제스와 함께 갔던 여행에서 처음 만났던 오웬. 조만간 기사단에 한번 들른다는 약속을 지키러 온 모양이다. 어느새 그들 바로 앞에 다가온 오웬이 아렌을 향해 인사를 건넸다.

"아렌 경도 오랜만입니다. 건강해 보여서 다행입니다."

"……기별도 없이 왔군, 오웬."

어느새 평소대로 돌아온 제스의 얼음장 같은 태도에 오웬이 정중히 고개를 숙여 보이고는 너스레를 떨었다.

"단장님께서 쌍수를 들고 환영해주시리라곤 생각하지 않았지만…….이것 참, 섭섭해지는 건 어쩔 수가 없군요. 그런데, 그것보다도 두분……."

느릿하게 말끝을 늘리며 오웬이 제스와 아렌을 번갈아 쳐다보았다.

"참 좋아보이시는군요."

"……."

"그러게 단장님, 이렇게 될 거 왜 발뺌하셔선……."

이러다간 오웬 입에서 어떤 말이 튀어나올지 모른다고 판단한 제스가먼저 아렌에게 말을 건넸다.

"아렌, 가봐야 할 곳이 있다고 하지 않았나?"

"아? 근데 오웬 님께서……."

"볼일이 끝난 후 집무실로 오도록."

내뱉듯 말한 제스는 당장 오웬에게 따라오라는 눈빛을 쏘아 보내고는획 뒤돌아갔다. 아렌에게 인사를 건넨 오웬은 서둘러 그를 뒤따라가며 말을 걸었다.

"단장님, 그런데 아렌 경은 남자가 맞는 거지요?"

"……."

한 치의 변화 없는 무표정에서 무언가를 읽어낸 오웬이 땅이 꺼져라 한숨을 내쉬었다.

"하아아. 역시 그렇군요. 슬픕니다. 여자라면 혹시나 하는 생각에……."

"쓸데없는 말 하지 마라."

"그도 그럴 게, 단장님께서 보물처럼 애지중지하는 이가 아닙니까. 여자였다면 정말 좋았을 텐데, 후우……."

"오웬, 그만."

나직하지만 단호하게 자르는 말에 오웬은 입을 다물었으나, 이제 이 일을 어찌해야 하나 내심 고민을 하기 시작했다. 제스의 집무실에 들어가기 전 오웬은 잠시 발을 멈추고 입을 열었다.

"아, 단장님. 저는 라미에 녀석 먼저 보고 오겠습니다."

"……그래."

"그럼 나중에 뵙겠습니다."

오웬이 정중히 고개를 숙이고 뒤돌아 라미에의 집무실로 향했다.

"폐하, 일전에 알아보라 하신 것들 말입니다."

콘라드가 정중히 서류를 내밀자 쭈그려 앉아서 꽃을 다듬던 황제가 천천히 몸을 일으켰다. 평소에 주절주절 웃으며 수다를 떨 때와는 딴판으로 대군주로서의 위엄과 권능이 서린 어조로 물었다.

"다 알아 왔나? 샅샅이."

"예, 폐하."

근엄한 얼굴을 하고 일정한 속도로 서류를 넘기는 황제에겐 추상같은 위엄이 넘쳐흘렀다. 서류를 넘길수록 황제의 얼굴엔 그늘이 지며 짙고 푸른 눈에선 불꽃이 튀기 시작했다. 마지막 장에 이르러서는 더 이상 참을 수 없다는 듯 서류를 테이블 위에 탕, 치고 내려놓으며 그가 으르렁거렸다.

"여기에 적힌 것들이 모두 사실인 게야?"

"예, 그렇습니다."

"감히……. 이것들이 감히!"

황제의 분노가 화산처럼 터지면서 눈에 새파란 불이 화끈 일어났다. 거친 손짓으로 서류를 처음부터 끝까지 넘겨본 그는 다시 한 번 테이블을 세차게 내리쳤다.

"저도, 조사해본 바……. 도저히 믿기지 않아……."

아무래도 믿어지지 않는 듯 콘라드의 얼굴엔 혼란이 가득했다. 한동안 거친 숨을 뱉어내던 황제가 스르르 의자에 몸을 기대며 눈을 감았다. 내 이것들을 어찌 처리할꼬, 작게 속삭인 황제는 이내 생각에 잠겨 얼굴을 잔뜩 찌푸렸다. 지금의 그는, 늘 나이를 헷갈리게 만들던 주책스러운 할아버지 끼가 가시고, 만천하를 호령하는 제왕 특유의 위풍당당함만 남아 있었다.

"이것들을, 어찌해야 할꼬……."

주름 깊은 손가락이 티 테이블을 톡, 톡, 톡 두드렸다.

황제의 혼잣말에 콘라드는 대답 없이 서 있었다. 그 자신도 혼란스럽긴 마찬가지였다. 아렌이라는 견습 기사와 기사단장을 알현실로 불렀다는 황제. 하지만 그 시각 황제는 정원에 있었다. 처음엔 그저 황제를 사칭한 사건이라고만 여겼는데 꼬리를 잡고 따라가보니 그 끝에 도사리고 있었던 것은 충격적이고 검은 진실.

콘라드가 알아낸 사실이 만천하에 드러난다면 황성, 아니, 하일렌 제국 통틀어 진한 피바람이 불 것은 자명해 보였다. 문제는 황제께서 이 일에 대해 어떻게 대처하시느냐인데. 콘라드는 내리깐 시선을 들어 황제를 바라보았다.

귀족들은 뒤에서 에슬란 황제를 이빨 빠진 호랑이로 부르지만, 콘라드
는 그것이 사실이 아니라는 것을 안다. 이빨이 사라진 것이 아니다. 다만
노련한 사냥꾼으로서의 호랑이는, 자신의 발톱을 적절한 시기에 꺼내길
기다리고 있을 뿐이다.

그 '때'가 도래하면 그는 아주 숙련된 솜씨로 먹잇감을 유린하고 마지막
엔 그 피를 취할 것이다. 문제는 황제가 황비와 이엔 황자를 먹잇감으로
인식하느냐, 인데……. 이엔 황자는 사라진 황태자, 루제나스 엘레벤 반
류라이어를 제외하면 유일한 황위 계승자이다. 황태자가 돌아오지 않는
이상 이엔 황자를 함부로 내칠 수도 없는 상황. 한 수 한 수가 중요해지는
때다.

"할아버지!"

낭창한 목소리에 상념이 깬 콘라드가 뒤를 돌았다. 아렌이라는 견습 기
사가 아주 오랜만에 황제의 정원에 찾아온 것이 보였다. 아렌은 알지 못
하지만 아주 오랜 시간 그녀가 오기만을 기다려왔던 황제는 아까까지의
고민은 모두 잊은 듯 벌떡 일어나서 두 팔을 벌렸다.

"내 새끼! 어디 갔다 이제 왔누!"

"할아버지, 보고 싶었어요!"

아렌은 구김살 없는 미소를 지으며 황제의 품에 안겨들었다. 추상같은
위엄을 지닌 황제에서 할아버지로 변모한 그가 허허 웃었다.

"허허, 그래그래. 욘석! 왜 이리 얼굴 비치는 게 뜸한 게야? 설마 이제
껏 할애비를 잊어버린 게야?"

"그런 말씀 마세요. 할아버지. 갑작스럽게 이리저리 여행을 가게 되는
바람에……. 할아버지는 그동안 무탈하셨어요?"

"허허, 내 새끼 기다리느라 목이 빠져버릴 뻔한 것만 제외하곤 괜찮단

공녀님!
공녀님! 4

다.”

“에이, 할아버지도 참…….”

자신을 반갑게 맞아주는 황제에게 바보같이 헤헤 웃어 보인 아렌은 문득 테이블 위에 어지러이 흩어져 있는 서류를 발견했다. 서류 여기저기 구깃구깃 접힌 것이 누군가가 고의로 잡고 구긴 것이 분명해 보였다.

“그런데 할아버지, 저 서류들은……?”

조금 이상하게 여겨졌다. 아무리 황제가 총애하는 정원사라지만 황제의 정원에 항시 머무르는 것도 모자라 서류를 읽고 있다니……?

아렌의 표정을 읽은 황제가 다급히 콘라드에게 눈짓했다. 콘라드는 귀신같이 그 뜻을 알아차리고 테이블 위에 흐트러진 서류를 쌓아 뒤집었다. 황비, 황자라는 단어만 보아도 놀랄 것이 분명하므로. 황제는 아렌의 시야를 슬쩍 가리고 섰다.

“아, 저건……. 음, 그래, 옳지! 정원 가꾸기 신기술에 대한 연구 자료란다.”

“연구……요?”

“그래! 요즘엔 정원사도 경쟁력이 있어야 하거든. 잘리지 않으려면 계속해서 새로운 기술을 연마해야 한단다. 이 노년기에 새 직장을 잡을 여력도 되지 않고 잘리지 않게 조심…….”

“……황제 폐하. 정말 너무하시네요. 정말 악! 독! 하세요!”

“응? 뭐, 뭐라고 했느냐?”

황제는 두 눈을 크게 뜨고 아렌을 바라봤다. 은색 눈에서 작은 불꽃이 일렁이며 타올랐다.

“평생 황성에서 정원사로 일하셨는데 경쟁력이 조금 뒤처진다 해서 잘리다니요. 거기다 할아버지에게서 쉬는 시간을 뺏어가다니, 너무하시잖아요. 좀 쉬엄쉬엄하게 해주시면 좀 좋아요!”

"저, 애야."

"항상 여기 계시는 거 보면 황제 폐하께선 아랫사람을 많이 부려먹는 모양인데……. 안 되겠다. 다음에 제가 멀리서 황제 폐하를 보면 뒤통수에 짱돌 하나 던져야겠어요. 할아버지를 이렇게 고생하게 만든 벌로요."

아렌이 어디 적당한 돌 없나 둘러보는 가운데 콘라드는 숨죽여 웃었고, '내 새끼'를 연발하며 줄곧 흐뭇한 미소를 짓던 황제는 뒤통수에 짜르르한 아픈 감각이 느껴지는 것 같아 침을 꿀꺽 삼켰다.

"뒤통수에 돌……. 그……건 곤란하단다, 얘야. 그게……. 그러니까……."

황제는 이마에 송골송골 맺히는 땀을 소매로 훔치며 되는 대로 말을 주워섬기기 시작했다.

"그러니까, 황제 폐하께서 연로하시잖니? 장난으로 던진 돌에 즉사할 수도 있단다……. 그렇게 되면 너는 황족 시해죄를 짓게 되는 거야……. 물론 내 새끼니까 봐주겠다만……. 큼, 아무튼 얘야. 황제 폐하를 너무 미워하지 말렴. 얼마나 좋으신 분인데, 물론 제국 제일의 차제남이라는 설명은 빼놓을 수가 없구나."

'차제남'을 유난히 강조하며 말을 맺는 황제의 얼굴엔 싱글벙글한 미소가 가득했다. 아렌은 기분을 풀듯 입과 턱을 움직거리며 후, 숨을 내쉬었다.

"할아버지께서 그렇게 말씀하신다면 어쩔 수 없죠. 하지만 너무 무리하지 마세요. 이 큰 정원을 책임지시려면 많이 힘드실 텐데……. 콘라드 할아버지도요."

줄곧 숨죽여 웃기 바빴던 콘라드는 아렌이 갑자기 말을 걸자 잠시 놀랐다가 고개를 끄덕였다. 뒤통수에 돌멩이가 꽂힐 위협이 사라지자 황제가 안도의 한숨을 내쉬었다.

"그래, 정원사 그거, 쉽게 보았는데 한번 해보았다 내 큰코다쳤단다. 잔디 깎기가 거참, 얼마나 까다로운지……. 이제야 겨우 다 배웠단다."

"네? 이제야 겨우 배우셨다고요?"

들릴락 말락 한 작은 목소리인데도 귀신같이 알아들은 아렌이 눈을 동그랗게 떴다. 제 무덤을 판 황제가 속으로 욕설을 내뱉었다. 이런 육시럴 방정맞은 입 같으니! 이 입을 언젠간 사형시키고 말 것이야! 이 상황에서 더욱 짜증나는 건 자신의 쩔쩔매는 모습을 보고 은근히 즐기고 있는 콘라드다.

어쭈. 조금 있다 보세, 라는 뜻으로 이를 으드득 갈아주었더니 억지로 미소를 지우긴 하지만 여전히 재미있다는 기색이 역력하다. 마음 같아선 당장에 콘라드를 손봐주고 싶었으나 아렌 쪽을 수습하는 게 먼저였다. 황제는 마른 목으로 침을 꿀꺽 삼키고 말머리를 돌렸다.

"참, 애야. 여행을 다녀왔다고 했지. 대체 어딜 다녀왔기에 이리 오래 걸린 게야?"

자신이 갔던 곳, 본 것, 먹은 것을 떠올리는 아렌은 그때를 떠올리며 잔뜩 흥분한 표정을 띠었다. 목소리는 갓 잡아 올린 생선처럼 생생하게 튀었다.

"아, 여행요! 할아버지, 혹시 하얀 엘프의 들판이라고 아세요? 너무 아름다운 곳인데……. 할아버지와도 꼭 같이 가고 싶어요. 거기서 말도 타고, 경치 구경도 하면서요."

아렌은 터울 없는 이웃집 할아버지를 대하듯 조잘조잘 이야기를 시작했다. 짧은 시간 내에 여러 고비를 넘긴 황제는 마음을 가다듬고 아이의 이야기에 귀를 기울였다.

시간이 지나 하늘에는 옅은 자주에서 짙은 자주로 변하며 노을이 불타올랐다. 한참을 떠들어대던 아렌이 무언가 생각난 듯 자리에서 벌떡 일어섰다.

"참, 할아버지! 제가 저번에 검술 보여드린다고 했었죠! 오늘은 잊지 않고 검을 가지고 왔어요!"

여자인 사실을 밝히기 전에, 옛날에 보여주기로 약속했던 검술은 마지막으로 보여줘야 하니까. 그렇게 생각하며 아렌은 입술을 꼭 깨문 채 검집을 틀어쥐었고, 황제는 느긋한 미소를 지으며 의자에 깊숙이 몸을 묻었다.

"내 네가 항상 검을 들고 오지 않기에 일부러 자신 없어서 보여주길 꺼려하는 줄 알았지 뭐냐."

놀림조의 어투에 아렌이 곧장 배슬배슬 웃으며 맞받아쳤다.

"할아버지도 참, 제가 이래 봬도 얼마나 훈련을 열심히 받는데요! 보고 놀라지나 마세요!"

"홀홀, 그래. 이 할애비는 보기보다 눈이 높단다. 어디 한번 놀라게 해보련?"

짧게 고개를 끄덕인 아렌이 검집에서 검을 뽑아들었다. 새하얀 검신이 노을이 낀 햇빛을 모아 잔디 위로 흩뿌렸다. 손잡이 부근에서 새겨진 'E. Karsian'이라는 글자가 빛을 머금고 반짝였다.

처음은 무심한 눈길로 바라보기만 하던 황제의 눈에 그 글자가 들어오는 순간, 얼굴에서 미소가 순식간에 씻겨나가는가 싶더니 차츰 굳어갔다. 이내 깊고 푸른 눈에 새겨진 감정은 경악과 놀라움. 그 옆에 선 콘라드의 입은 '폐, 폐하…….'라는 모양으로 오므렸다가 펴졌다 했다.

아렌은 이를 인식하지 못하고 검을 높이 치켜들었다.

"자, 이제 보여드릴게요. 기사단에서 배우는 검무인데요, 이걸 이렇게……."

"애야."

딱딱하다 못해 숙연한 목소리에 아렌이 두 눈을 동그랗게 하고 그를 바라봤다. 기침 소리조차 조심스러운 침묵 속에서 황제가 검지로 검을 가리켰다.

"그 검은, 본디 네 것이 아니지?"

"예? 네. 그런데⋯⋯. 어떻게 아셨어요?"

아렌이 어리둥절해하며 묻자 황제는 얼이 나간 사람처럼 그녀를 뚫어지게 바라만 보았다. 얼어붙은 시선에서 느껴지는 경악, 놀라움. 일찍이 본 바 없는 황제의 모습에 아렌은 자연히 검을 든 손을 천천히 내렸다. 의미를 알 수 없는 애절하고 고독한 시선으로 검을 보며 황제가, 천천히 몸이 깨어난 듯 혼잣말처럼 말을 건네어 왔다.

"얘야, 가르쳐주지 않겠니, 그 검의 원래 주인을."

"⋯⋯."

그 애절한 요청에 아렌은 도무지 어떻게 해야 할지 쉽게 가늠을 할 수 없었다.

검의 주인은 기사단장인 제스다. 그렇게 사실대로 대답해주는 게 맞는 걸까? 혹시 단장님께 해가 되면 어쩌지? 아니, 애초에 왜 이런 걸 궁금해하는 걸까? 또, 이 검이 내 것이 아니라는 건 어떻게 안 거지? 수많은 물음이 머릿속을 떠나지 않고 둥둥 떠다녔다.

대답을 할지 말지에 대해 고민하는 와중 눈에 새기듯 들어오는 것은 황제의 푸른 눈이었다. 아무런 기약 없는 기다림을 경험해본 사람만이 띨 수 있는 특유의 눈빛. 메마름과 결핍, 허전함이 자리한⋯⋯, 세이와 같은 눈빛.

아렌은 저도 모르게 입을 열었다.

"⋯⋯단장님요."

황제가 두 눈을 부릅뜨고 아렌을 응시했다. 아렌은 그에게 제대로 들은 것이 맞았다는 걸 주지시키기 위해 재차 입을 열었다.

"기사단장님이요."

"뭐?"

"기사단장님이 주셨어요. 어머니의 검이라고……, 하셨어요."

황제는 그대로 모든 움직임을 멈췄고 콘라드는 감히 숨소리조차 내뱉질 못했다. 검을 볼 때보다 더한 놀라움이었던지 황제는 눈썹과 입꼬리가 부자연스럽게 휜 이상한 표정을 지었다.

"……허."

한참 동안 허공을 응시하던 황제가 허탈한 듯이 웃음을 터뜨렸다. 자조적인 웃음을 걸고 한동안 나직하게 웃어대던 황제가 한 손으로 마른세수를 했다. 너무 혼란스러운 마음에 황제는 눈꺼풀이 터지도록 질끈 눈을 감았다. 고장 난 기계처럼 한참 그러고 있던 황제가 천천히 입을 열었다.

"……아렌, 이 할애비의 부탁 하나 들어주련?"

"네, 말씀하세요."

서서히 열리는 푸른 눈동자는 알 수 없는 광채로 번뜩거렸다.

"기사단장을 데려오너라. 황제의 알현실로 말이다. 아무것도 묻지 말고 빨리."

"예?"

"아무것도, 묻지 말고."

황제의 목소리엔 강압과도 같은 힘이 있었다.

"황제 폐하의 명이라고 전해라. ……어서 가거라."

아렌은 뭐에 홀린 사람처럼 황제를 응시했다. 저 단호함과 간절함……. 동요하고 놀라며 몸을 긴장해서 굳히는 이유를, 왠지 자신은 알고 있는 기분이었다. 본래 이곳을 찾은 이유는 따로 있었지만 아렌은 지체 없이 걸음을 옮겨 기사단으로 향하기 시작했다. 끝도 없을 것 같은 길을 따라가며 그녀는 제스의 얼굴을 떠올렸다.

아렌은 기사단의 입구를 지나서 바로 본관으로 향했다. 스산한 바람이 불길한 기운을 머금고 스쳐 지나갔다. 그녀는 저도 모르는 사이 어느새 뛰고 있었다. 본능적으로 이 일은 최대한 빠르게 처리해야 된다는 것을 알고 있다. 본래 제스의 것이었던 검이 그녀가 걸음을 옮길 때마다 절그럭거리며 소리를 냈다. 까마득히 먼 기억이 물감 번져나가듯이 머릿속을 뒤흔들었다.

「어머니의 검이다. 그 검에 부끄럽지 않은 검술을 펼치도록.」
「항상 이 검은 들고 다니시더라고.」
「그 검은 단장님이 처음 오셨을 때부터 지니고 있던 검이란 말이야.」

아렌은 입술을 꾹 깨물고 계단을 두세 개씩 건너뛰며 올라갔다. 숨이 목까지 차올라서 가슴이 격하게 오르락내리락했다. 어둠을 눈으로 훑어 제스의 집무실 앞에 서 있는 누군가를 발견했다. 구름 한 점 없는 맑은 하늘과 같이 청아한 하늘색 드레스를 입은 그녀는, 여러 번 마주쳤던 이자벨 공녀다. 제스와의 혼인 설도 나돌았던……. 그러니까 아마도, 제스를 사랑하고 있는 하일렌의 공녀. 그녀는 어쩐 일인지 집무실 문을 노크할지 말지 망설이고 있었다.

"아."

곧 아렌을 발견한 이자벨이 짧게 탄성을 터뜨리며 문에서 한 발짝 뒤로 물러섰다. 방금까지 촉촉했던 금색 눈이 아렌을 담자마자 얼음처럼 싸늘해졌다. 그 여자다.

"아렌 경이라고 하셨나요."

"네."

고개를 끄덕이며 떨떠름하게 대답하자 이자벨의 눈이 광선이라도 뿜어낼 것처럼 이글거리기 시작했다.

"당신, 무슨 속셈으로 기사단에 들어온 거죠?"

여자면서, 그것도 공녀면서. 이자벨은 뒷말을 삼키며 눈에 불을 켜고 아렌을 꽤 얄밉게 쏘아봤다. 이제 보니 맑고 결곡한 눈매부터 가녀린 몸매까지……. 어딜 봐도 여자다. 왜 예전에는 저렇게 눈에 훤히 보이는 연극을 간파하지 못한 걸까? 아렌은 얼마 전 라미에에게서도 똑같은 말을 들었던 기시감을 느끼며 인상을 찡그렸다. 이건 갑자기 무슨 뜬금없는 말이야?

"왜 대답이 없나요?"

"그야 물론 기사가 되고 싶어서 기사단에 들어왔습니다만. 그 이외의 이유도 있어야 합니까?"

깔깔하게 낮아진 목소리로 톡 쏘듯 대꾸하자 이자벨의 입술이 삐뚜름해졌다. 비단처럼 고왔던 그녀의 얼굴이 일그러지면서 나타나는 감정은 경멸. 그녀는 제스에게 아렌의 정체를 밝히러 왔다는 입장을 한순간에 잊어버리고 그만 속에 있는 말을 그대로 내뱉고 말했다.

"당신이 기사단에 있는 게 내 눈에 거슬리니까."

"……."

"더 솔직히 말해볼까? 네가 그분 옆에서 얼쩡거리는 게 거슬려."

거칠게 따지고 드는 그녀의 기세에 놀랐는지 아렌의 눈이 휘둥그레졌다. 그 모습조차 거슬려서 이자벨이 치맛단을 손으로 꽉 쥐고 부들부들 떨었다. 지금 그녀에겐, 앞에 있는 이 견습 기사가 타국의 공녀라는 사실은 중요치 않았다. 남자라고 방심하는 동안 제스를 빼앗겼다는, 오직 그 하나의 진실이 그녀의 숨통을 움켜쥐었다.

숨이 가빠 온다. 여자인 줄 알았다면 진작 처리해버렸을 것을……! 마음 같아선 목에 핏대라도 세우며 고함을 지르고 싶은 마음이었지만, 자신은 제국의 공작 영애다. 고상함을 잃어버려선 안 된다. 이자벨은 가감 없이 튀어나오려는 거친 말을 최대한 자제했다.

"내가 무언가 조치를 취하기 전에 기사단을 떠나는 게 좋을 거야."

한참 후에 잇새로 새어 나온 것은 깔깔하게 낮아진 위협이었다.

"아, 기사 노릇하느라 머리가 굳어졌을 테니 좀 더 직접적으로 말해야 알아들을까? 서로 웃기는 짓거리 하기 전에 그 몸뚱이 이끌고 꺼져. 그렇지 않으면…….."

그녀의 엄포가 줄줄이 이어지려 하자 잠자코 있던 아렌이 말을 끊어버렸다.

"죄송한데 말씀 다 하셨으면 이만 가보겠습니다."

이자벨이 콧잔등을 왈칵 찌푸렸다.

"뭐라고?"

"지금 심부름 때문에 지나가려던 차였습니다. 괜찮겠습니까?"

지금 이자벨에게 신경을 쓸 시간이 없다 여긴 아렌이 그녀 옆으로 비켜 지나가려고 했다. 노골적인 무시. 이자벨의 얼굴에서 핏기가 가신 듯 새파래지며 입술이 달싹거렸다. 결국 손이 허공을 가르고 올라갔다. 아렌의 뺨을 가격하려던 손이 허공에서 탁 붙잡혀버렸다. 같은 여자라도 아렌은 기사로서 훈련을 받은 몸, 반사적으로 이자벨의 팔을 잡은 것이다.

"놔!"

이자벨이 송곳니가 드러나도록 이를 갈며 손을 빼기 위해 아등바등거렸다.

"너! 내가 누구인 줄 알고……!"

후, 아렌이 가볍게 한숨을 내쉬었다.

"이자벨 공녀님, 죄송하지만 전 공녀님의 말을 들을 생각이 없습니다."

"이게!"

"손목, 놔드리지 말까요?"

이번엔 아렌의 목소리도 꽤나 무거웠다. 거친 말 한마디 더 내뱉으려던 이자벨의 입이 힘없이 닫혔다. 그녀에게서 한 발 물러서며 아렌이 손목을 잡아챈 손에서 힘을 뺐다.

"한마디만 하겠습니다. 무슨 이유건 지금 공녀님께서 저에게 참견할 주제가 됩니까?"

바락바락 억지를 부리는 이자벨을 아렌은 더 이상 참아줄 수가 없어 직설적으로 말했다. 정곡이 찔린 이자벨의 볼이 상기되면서 경련이 일 듯 씰룩거렸다.

사실 정답이다. 이자벨은 제스의 그 무엇도 되지 않는 데다 아렌은 엄연히 기사로서 하일렌에 머물고 있다. 아무리 공녀의 신분이라도 나가라며 협박하는 것은 월권행위에 지나지 않는다. 이것이 기사단장인 제스의 귀에 들어간다면……. 거기까지 생각한 이자벨은 할 말을 찾지 못해 그만 입을 다물어버렸다.

사시나무처럼 전신을 부들부들 떠는 그녀를 보며 아렌은 흘러내린 머리카락을 쓸어 올렸다. 도대체 이 공녀는 갑자기 왜 이러는 걸까, 이럴 시간이 없는데, 빨리 제스를 만나야 하는데…….

때마침 굳게 닫혀 있던 집무실의 문이 안쪽에서 스르르 열렸다. 방 안에서 흘러나오는 빛을 등지고 제스가 모습을 드러냈다. 이자벨을 스치듯 지나간 푸른 눈이 아렌에게 향했을 땐, 전에 보지 못한 온화한 빛이 서렸다. 한없이 사랑스러운 존재를 바라보는 듯한 부드러운 눈길. 아렌도 입가에 잔잔한 미소를 폈다.

"단장님. 황제 폐하께서 부르세요."

"……그래."

제스가 낮게 가라앉은 목소리로 다정하게 속삭였다. 이자벨이 참지 못하고 한 걸음 앞으로 나섰다.

"제스 경. 저, 드릴 말이……."

제스의 눈길이 스르르 움직여 이자벨에게로 향했다. 아까와는 다른 싸늘한 시선이 얼음조각처럼 그녀를 파고들었다. 굳이 말로 듣지 않아도 명백한 거절의 의미가 전해져 와 차마 시선을 계속 마주하고 있을 수가 없었다. 허공을 긁어내리듯 떨어지는 눈동자. 곧이어 들려오는, 살을 에는 듯한 차가운 말투.

"실례하겠습니다."

제스가 간단히 고개를 숙여 예를 갖춘 후 뒤돌았다. 두 사람의 발자국 소리가 멀어져갈수록 이자벨의 마음은 짙은 모멸감과 자괴감으로 물들어갔다. 걸어가는 두 사람에겐 끼어들 틈이라고는 없다. 아렌을 향하는 제스의 그 따뜻하고 다정한 눈빛이 눈앞에서 떠나질 않는다. 설마 했는데 역시나, 제스는 여자란 사실을 몰랐을 때부터 아렌에게 급속도로 마음을 뺏겨버린 게 분명하다.

이자벨의 눈빛이 한층 더 음울해졌다. 어느 정도 예상을 하고 있었지만 막상 마주하니 억장이 무너지려 했다. 기사단장과 나란히 걸어가는 저 여자, 저렇게 쉽게 사랑을 얻는다는 것 자체가 부당하고 끔찍하게 느껴졌다.

이자벨은 피가 날 정도로 입술을 깨물었다. 두고 보아라. 최악 중의 최악의 방법으로 너의 정체를 까발려서, 몸도 마음도 만신창이로 만들어줄 테니.

황제를 알현하러 가는 길은 마치 가시방석과 같았다. 거짓말 한 자도 보태지 않고 정말, 정갈하고 규칙적인 발소리만 울리면 약속이나 한 듯

쏠리는 시선이라니. 주변에서 쏟아지는 선망의 눈길에 조금 민망해진 아렌이 슬그머니 제스의 얼굴을 올려다봤다. 석고처럼 딱딱하게 굳어 있는 얼굴은 온종일 변화가 없다. 세상에 저렇듯 주변에 무관심한 이가 또 있을까.

"……아렌. 늦었다."

"네?"

"혹시 그 마법사와 함께 있었던 건 아니겠지?"

"말하기 곤란해요."

순간 제스의 걸음이 딱 멈췄다. 제스의 짙은 눈썹이 움찔거리는 것을 보며 아렌은 속으로 미안해졌다. 황제의 정원에 들락거린다고 함부로 말하고 다니면 안 될 것 같아서 말을 못 한 건데…….

아렌이 우물쭈물하고 있자 이번엔 제스 쪽에서 곤란해졌다. 곤란하게 만들려고 물은 게 아니었는데. 제스는 가만히 그녀를 바라보다가 조심스럽게 손을 들어 그녀의 머리에 올렸다. 녹아들듯 다정하고 정성스럽게, 하지만 조금은 어색하게 툭, 툭……. 곧 그의 입술이 움직였다.

"그, 러니까……. 걱…….."

"……."

"……정, 되니, 항상, 눈에 보이는 곳에 있으라는, 말이다."

질릴 정도의 무뚝뚝한 말투로 뚝뚝 끊어 말한 제스가 다시 걸음을 옮겼다. 언제 그랬냐는 듯 잠시 드러났던 한 줌의 감정을 차가운 무표정 아래 감춰버린다. 아렌은 자신의 머리에 남아 있는 온기를 의식하며 그의 뒤를 따랐다. 알현실 앞까지 도착하기까진 그리 오래 걸리지 않았다. 커다란 문 앞에 선 제스가 문고리를 잡아 돌리는 걸 보면서 아렌의 가슴이 크게 뛰었다. 말로만 듣던 하일렌의 철혈군주를 볼 수 있다니 설레지 않을 수가 없었다.

경첩이 매끄럽게 돌아가며 문이 열리자 넓은 알현실이 모습을 드러냈다. 어둠 속에 파묻힌 알현실은 고요하고 엄숙했다. 들어가기 전에 시선을 쭉 돌려보던 아렌은 어딘가 익숙한 얼굴을 발견하고 못 박힌 듯 멈춰버렸다.

"어? 정원사……."

말을 채 끝내기도 전에 제스가 아렌의 손을 잡아끌고 알현실로 들어갔다. 육중한 문이 쿵 닫히자 그는 고개를 숙이며 예를 갖췄다.

"황제 폐하를 뵙습니다."

제스가 예를 갖추며 고개를 숙이는 걸 보면서도 아렌은 도저히 믿을 수 없어 눈만 부릅뜨고 있었다. 멀리 떨어져 있지만 똑똑히 알아볼 수 있었다. 넉넉한 미소를 짓고 자신을 바라보고 있는 이는 분명 정원사 할아버지였다.

움직이지 않는 시선을 조금 내렸다. 평민의 옷이 아니다……. 위엄 있는 황제의 복식이다. 규칙적으로 오르락내리락하던 가슴이 멈춰버렸다. 옆에서 제스가 걱정스런 눈길을 보내는 것이 의식이 되었지만 감히 움직일 수가 없었다.

"단장님. 이쪽으로 오십시오."

뜻밖에 들리는 익숙한 목소리에 아렌이 화들짝 놀라며 정신을 차렸다. 황제에게 정신이 팔린 탓일까, 언제부턴가 옆에 서 있었던 프레드릭을 발견하고 또 한 번 놀랐다. 프레드릭 형이 왜 여기에? 이상하다. 시간도 시간이니만큼 프레드릭은 기사단에 머무르고 있어야 했다. 거기다 무슨 일인지 낯빛도 좋지 않고 눈빛도 흔들리는 게 영 께름칙한 기색이었다.

"아렌."

다정한 목소리. 아렌은 고개를 들어 그제야 제스를 담았다. 차분하게 내려앉은 푸른 눈동자가 안심하라는 메시지를 전하고 있었다. 그에 동화

된 듯, 벽력처럼 울리던 심장이 서서히 제 규칙적인 패턴을 찾아가기 시작했다. 제스가 먼저 걸음을 옮기며 아렌의 등을 살짝 밀어주었다. 그를 따라 두어 걸음 옮겼을 즈음, 아렌은 뒤에서 그림자처럼 찌르고 들어오는 은색 날을 보았다.

검은 눈 깜박할 사이에 공기를 가르며 제스의 등으로 쇄도해 들어갔다. 예상했다는 듯 제스 쪽에서 새파란 호선이 번쩍이더니 챙, 상대편의 검을 간단히 떨어뜨렸다. 제스의 검을 받아낸 반동으로 프레드릭은 거세게 엉덩방아를 찧으며 넘어졌다. 방금까지 그의 손에 들려 있던 검이 쇳소리를 내며 바닥에 나동그라졌다.

창백히 질린 프레드릭, 무섭도록 무표정한 제스. 어느 쪽이 먼저 공격했는지 헷갈릴 정도였다. 안쓰러울 정도로 온몸을 바들바들 떨던 프레드릭은 이마가 땅에 닿을 정도로 고개를 조아리며 목 놓아 외쳤다.

"용서해주십시오, 단장님! 이 자리에서 목을 베어주십시오!"

왜, 프레드릭 형이 왜? 제스에 대한 충성심 하나만은 라미에 못지않은 프레드릭 형이 왜 제스를 공격한 거지?

"단장님, 죽여주십시오!"

거친 울부짖음 사이로 허허, 하는 황제의 웃음소리가 들리는 듯했다. 열 개의 검은 그림자가 제스를 포위하듯 다가왔고 새파랗게 타오르는 검이 허공을 가르며 움직였다. 커다란 손이 아렌의 어깨를 잡아당기며 보호하듯 안았다. 눈으로 쫓을 새도 없이 제스의 검은 암살자들의 검을 차례로 쳐내 떨어뜨렸다.

휭, 휭. 공기를 찢는 파란 불꽃. 아렌을 완벽히 보호하면서도 제스의 검은 거침없이 움직이며 암살자를 할퀴었다. 몇 번인가 챙 소리를 내며 검이 막혔으나 그때마다 곧 더 강맹한 일격으로 보답할 따름이었다.

차앙! 크고 맑은 타격음을 마지막으로 사방에서 쏟아지던 공격이 멈췄다. 거친 숨을 뱉으며 제스로부터 거리를 벌리는 암살자들은 온몸에 상처를 달고 있었다. 제스의 검기가 얼마나 위력적인지 알고 있는 아렌으로서는 저들이 살아 있는 것만 해도 용하다 여겼다.

"살아남았나."

같은 목소리, 다른 분위기.

"다들 물러가라."

강철 같은 명령이 떨어지자마자, 비틀비틀 일어난 프레드릭과 열댓 명의 암살자들이 알현실을 급하게 빠져나갔다. 어느새 안개처럼 휘몰아치던 새파란 검기도 점점 사그라졌다. 당황한 아렌의 시야 속에서 황제가 입꼬리를 씩 말아 올렸다.

"용케도 살아남았군. 하긴, 검기를 운용하는 기사단장에게 암살자 열 명은 너무 약했던가."

"⋯⋯."

제스에게선 무섭도록 응답이 없었다. 석고상이나 나무 옆에 서 있는 그런 기분이었다. 그 모습을 본 황제는 흡족하다는 듯 고개를 끄덕였다.

"황제⋯⋯, 폐하? 하일렌의 황제⋯⋯, 폐하⋯⋯? 이게⋯⋯, 대체 어떻게 된⋯⋯."

몇 번인가 입을 달싹거리던 아렌이 마침내 머릿속에 맴도는 의문을 뱉었다. 아, 내 새끼가 많이 놀랐겠구나, 중얼거린 황제는 예전과 같은 넉넉한 미소로 얼굴을 탈바꿈하며 창가에 마련된 티 테이블로 걸음을 옮겼다.

"자, 둘 다 따라오너라. 할 이야기가 많다."

아무 일도 없었다는 듯이 의자에 앉아 어서 오라는 듯 눈짓하는 황제 때문에 어지러운 머릿속이 정리되질 않았다. 그저 평범한 정원사인 줄로만 알았던 할아버지가 실은 황제였다니. 그리고 '철혈군주'라 불리는 황제가 기사단장인 제스를 암살하려 하다니, 어째서⋯⋯?

"괜찮나."

제스의 걱정스런 말에 아렌은 화들짝 정신을 찾고 고개를 끄덕였다. 아렌은 제스를 따라 테이블에 가서 앉았다. 황제는 검지로 찻잔을 문지르며 평소와 같이 가볍게 말을 걸었다.

"아렌, 본의 아니게 너를 속이게 되어 미안하구나. 자, 차라도 마시며 마음을 가라앉히어라."

"예? 예."

아렌이 엉거주춤 대답하자 옆에 서 있던 콘라드가 기다렸다는 듯 그녀와 제스 앞에 놓여 있는 고급 찻잔에 차를 따라주었다. 아렌은 황제의 전속 시종답게 정갈한 옷차림을 한 콘라드를 멍하니 바라봤다.

이분도 정원사가 아니었구나. 그녀의 시선을 의식했는지 그가 찻주전자를 바로 세우며 난감한 미소를 지었다. 아렌이 마음을 가라앉히며 찻잔을 들려는 순간, 옆에서 냉혹한 목소리가 울렸다.

"차라리 자결하라 명하시는 게 어떻겠습니까, 폐하."

"음? 그게 무슨 소린가, 기사단장."

황제가 넉살 좋은 미소를 지으며 대답하자 제스의 눈이 섬뜩하게 빛났다.

"독살은 소용없다고 말씀드리고 있습니다."

경악감에 멈칫한 아렌 앞에서 황제는 태연하게 웃으며 콘라드에게 눈짓했다. 콘라드는 잽싸게 다른 찻잔과 제스의 것을 바꾸어주었다. 독살이라니, 그럼 처음에 제스 앞에 놓였던 차엔 독이 섞여 있었단 말인가. 대체 왜……. 한 가지 의문에 꼬리를 물고 이어지는 물음에 아렌은 혼란스러웠다. 그에 응답하듯 황제가 입을 열었다.

"먼 옛날."

"……."

"강한 왕권을 휘두르며 대륙 전역을 휩쓸었던 레드로 1세가 어떻게 죽었는지 아느냐? 발코니에 서 있다 암기를 맞아 얼간이처럼 세상을 떠났지. 지금과 같은 강대국의 기틀을 마련한 샤르한 4세 또한 가장 가까운 심복에게 암살을 당해 허무하게 죽었다. 그 외에도 셀 수 없이 많은 왕들이 독살로 인해 죽었지."

매끄럽고 간단히 설명을 마친 황제가 차 한 모금을 마셨다. 조금 쓰군, 인상을 찌푸린 후 찻잔을 내려놓고 느긋하게 등받이에 등을 기댄다.

"물론 전염병으로 죽은 전례도 있지만 그건 시험해볼 수가 없으니 넘기도록 하고. 암살자에게 당하지 않은 것만 해도, 갖춰야 할 조건 중 하나 정돈 충족시켰으니 안심이로군. 그도 그럴 게……."

갖춰야 할 조건? 무슨 조건?

"황자랍시고 자리를 차지하고 있던 놈들은 암살자들을 보자마자 전부 비명을 지르며 도망을 다녔으니까. 밥만 축내는 축생 같은 놈들, 일찍 뒈지는 게 낫다 싶어 전부 공개처형 시켜버렸지만."

비정함이 드러난 황제의 표정에 비해 제스는 질리도록 무정하게 대답했다.

"저를 부르신 용건을 말씀해주십시오."

"네 어미는 어디 있느냐?"

"세상에 계시지 않습니다."

아렌은 숨소리조차 내지 못할 정도로 놀라버렸다. 이것은 황제와 기사단장의 대화가 아니다. 아비와 자식의 대화다. 생각지도 못한 진실을 너무도 급작스럽게 맞닥뜨린 아렌은 다리에 점차 힘이 풀려가는 걸 느꼈다. 앉아 있어서 다행이다. 그렇지 않으면 주저앉았을지도 모르겠다.

그녀가 묵묵히 침묵을 지키는 가운데 석고상처럼 얼굴을 굳힌 황제가 대화를 이어나갔다.

"……죽었단 말이냐. 어쩌다?"

"살해당하셨습니다."

"어느 연놈들이?"

"말씀드릴 수 없습니다."

"까닭이 무엇이냐?"

"폐하께서 그들 중 하나가 아니라는 확신을 가질 수 없기 때문입니다."

"이 아비가 아내와 아들을 시해하기 위해 자객을 보냈다고 말하고 싶은 것이냐?"

"가능성을 배제할 생각은 없습니다."

제스 특유의 냉혹한 푸른색 눈동자엔 일말의 감정도 느껴지지 않았다. 오랫동안 기다려왔던 아내가 이미 세상을 떠났다는 소식에 황제의 얼굴에 진한 그늘이 내리덮였다. 쓸쓸한 눈빛은 황량한 사막처럼 메말라 있었다. 온몸의 기운을 다 빼내는 듯한 깊은 한숨을 내쉬며 떨지 않기 위해 안간힘을 썼다. 세상이 흔들리는 것 같았다. 황제는 이마를 짚으며 고개를 숙였다.

"……네 어미가 남긴 말은 없느냐?"

"루제나스, 엘, 반, 류, 라, 어가 전부입니다."

"루제나스 엘레벤 반 류라이어."

뚝뚝 끊어진 음절을 황제가 정정해주었다. 또 다른 묘한 감정이 덧대어진 눈으로 말없이 한참 동안 바라보다 굳은 입을 열었다.

"제국의 황태자 이름이다. 그리고 동시에. 너의 이름이다."

많이 놀랄 것이라 여겼다. 가면처럼 딱딱한 얼굴에 변함이 없는 것은 경악을 가리기 위함이라.

"알고 있습니다."

예상외의 대답에 놀라움에 동그랗게 커진 세 쌍의 눈이 일제히 제스에게 향했다. 숨소리를 내는 것조차 조심스러운 분위기에서 황제가 눈매를 가느스름하게 좁히며 입을 뗐다.

"안 지 얼마나 됐지?"

"얼마 되지 않았습니다."

여전히 평탄한 어조로 대답하며 제스가 얼마 전의 일을 떠올렸다. 얼마 전, 정확히는 아렌이 사라진 사이 그 앞에 모습을 드러냈던 정체 모를 마법사 세이. 그가 취한 태도와 했던 말로 미루어 짐작컨대 그는 붉은 연꽃이었던 게 확실하고, 어떠한 계기로 손을 뗐다.

문제는 그다음인데, 그는 붉은 연꽃에 대한 정보를 넘기려 하면서 '루제나스 엘레벤 반 류라이어'라는 이름을 넌지시 던지고 갔다. 그리고 오래 지나지 않아 라미에로부터 전달받은 서류에는 그 이름이 누구의 것이었는지가 상세히 나와 있었다.

그때부터 알고 있었다. 자신이 제국의 황태자이며 아버지는 황제라는 것을. 그런데도 먼저 황제를 찾지 않은 까닭은…….

"왜 나를 찾아와서 사실을 밝히지 않은 거지?"

"밝힐 필요가 없기 때문입니다."

황제는 눈 한 번 깜박이지 않고 대꾸했다.

"내 듣기엔 그 말이 네 본래의 자리로 돌아올 생각이 없단 뜻으로 들리는구나."

"후계는 이옌나스 황자로 족할 거라 여깁니다."

"이옌나스는 성정이 온화하긴 하나 그뿐이다. 황제의 자리에 앉을 그릇이 못 돼."

"유감스럽게도."

제스가 서리가 내린 것 같은 차가운 조소를 드러냈다. 긴 속눈썹이 드리운 그림자에 어두워진 푸른 눈은 살을 뚫고 가를 정도로 선득했다. 웬

만한 그의 모습엔 익숙해진 아렌조차도 소름이 돋을 정도였다.

"전 황태자 자리로 돌아갈 생각이 없습니다. 더 이상 여기에 머무를 이유 또한 없으니 이만 물러나겠습니다."

단호하게 말을 끊고 의자를 밀고 일어난 제스는 바람 소리가 날 정도로 휙 몸을 돌렸다. 아렌도 덩달아 엉거주춤 일어났다. 황제는 신비한 빛을 머금은 하늘로 시선을 옮기며 입을 열었다.

"에클렛은, 그곳에서 행복했느냐? 살아 있는 동안만이라도 행복해했느냐?"

나직하지만 결코 무시할 수 없는 말이 들려오자 앞으로 나가려던 제스의 발이 우뚝 멈췄다. 적막이 사방을 포위한 가운데 황제와 기사단장은 한참 동안 서로를 바라보았다.

"확언할 순 없으나."

"……."

"……적어도 제가 보기엔 그러했습니다."

제스는 더 이상 할 말은 없다는 듯 자리를 떠나버렸다. 그를 따라 알현실을 나선 아렌은 황제를 잠시 보고 머뭇거리더니 곧 사라졌다.

육중한 문이 닫히는 소리가 울린 후 황제는 두 눈을 지그시 감았다. 깊이 파인 주름이 시름을 여실히 보여주고 있었다. 황제 옆에 그림자처럼 지키고 서 있던 콘라드는 그의 의중을 충분히 헤아리고 입을 다물었다. 깊은 생각에 잠겨 찻잔을 검지로 톡톡 두드리던 황제가 난데없이 유쾌한 웃음을 터뜨렸다. 큭큭, 재미있다는 듯 손으로 까슬까슬한 턱을 쓸었다.

"이보게, 콘라드. 정말 우습지 않은가? 이 내가 오랜 세월에 걸쳐 찾아왔던 에클렛은 죽고, 아들은 알고 보니 황성의 기사단장이었다는군. 허, 허허. 큭큭. 기사단장이라, 다음 차제남이 내 아들이라니 그나마 잘된 일이야."

자조 섞인 웃음을 터뜨리며 그가 술을 들이켜듯 찻잔을 홱 꺾어 차를 모조리 입에 털어 넣는다.

"폐하, 지금 농을 하실 때가…….."

"허허, 그래. 농을 할 때가 아니지, 아니야."

입가에 걸린 미소와는 달리 황제의 속은 까맣게 타들어가고 있다는 것을 콘라드는 알고 있었다. 오래전 에클렛이 제 발로 황성에서 도주했다는 걸 안 순간 황제는 진노하여 그들을 당장 잡아들이라 명했다. 불같은 노호성에 콘라드는 에클렛과 루제나스가 잡히면 목숨을 구제하지 못할 거라 생각했다. 그들이 사라진 지 5년쯤 됐을까, 황제는 추적을 중단시켰다. 대외적으로는 자신의 아내와 아들이 아니라 선포하고 자격을 박탈했지만, 실상은 달랐다.

에클렛이 누구인가. 평생에 걸쳐 유일하게 사랑했던 사람이다. 아들인 루제나스 또한 전례 없이 아끼고 사랑하였다. 잡아들이기보단 그들이 자의로 돌아오기를 기다렸고, 그들이 떠난 빈자리를 견디지 못해 밤마다 술을 마셨다. 하루는 혼잣말을 하듯 콘라드에게 말한 적이 있다.

살아 돌아오기만을 기다린다고. 돌아오기만 한다면 화를 내더라도 못 이기는 척 모든 것을 용서할 거라고. 도망간 이유도 묻지 않고 책하지 않겠다고. 그러니 돌아만 와줬으면 좋겠다고…….

에클렛이 죽었다는 소식을 접하고 절망했을 것이다. 아들인 루제나스를 찾아서 분명 기뻤을 것이다. 살아 돌아온 아들을 안고 왜 이제야 왔냐고, 보듬어주고 싶었을 것이다.

하지만 황제는 아버지일 뿐 아니라 제국 전체를 책임져야 할 황제다. 아들보다는 황태자를 찾았다는 사실에 기뻐해야 했고 동시에 시험해봐야 했다. 콘라드는 황제의 깊은 눈에 깃든 애환을 읽었다. 불쌍하신 분.

몇 번인가 크게 숨을 내뱉은 황제는 어느새 강렬한 기백을 지닌 철혈군주로 돌아와 콘라드에게 명을 내렸다.

"콘라드, 황비에게 알현실로 오라고 기별을 넣게."

"명을 받듭니다."

콘라드가 고개를 숙였다.

알현실에서 나와 기사단으로 향하는 동안 아렌은 아무 생각도 하지 못한 채 제스의 뒤만 따라갔다. 마치 강한 전류에 닿기라도 한 듯한 충격이었다. 제스가 황태자였다, 정원사 할아버지는 황제였다, 정원사 할아버지와 제스는 부자지간이었다……. 각각 하나씩, 천천히 알게 되었다면 모르지만 세 개의 진실이 동시에 물밀듯 쏟아지니 숨통이 턱하니 짓눌리는 기분이었다.

나도 이런데, 제스는……? 멍하니 생각하며 아렌이 제스의 망토를 덥석 잡았다. 두 사람의 발소리가 고요한 정적에 흡수됐다. 개미 한 마리 얼씬하지 않는 공간 속에 아렌과 제스가 마주 보고 섰다.

"……괜찮나."

괜찮으냐고 눈으로 묻자 제스에게선 대답 대신 반문이 돌아왔다. 얼결에 고개를 끄덕인 아렌은 조금 이맛살을 찌푸렸다.

"지금 나를 걱정할 때예요? 제스는, 괜찮아요?"

"괜찮지 않을 일이 있던가."

큰 손이 아렌의 머리 위에 툭, 떨어진다. 언제나처럼 무뚝뚝한, 너무도 담백한 대답에 허탈한 기분까지 들려고 했다. 나 같으면 누군가 와서 '내가 네 애비다.'라고 하면 무슨 헛소리냐고 소리를 버럭 질렀을 텐데. 사실 '이럴 수가! 아버지셨어요?'라며 놀라워하는 제스는 상상이 가지 않지만 이런 반응은 안으로 감정을 꽁꽁 숨겨놓는 느낌이라 그리 달갑진 않았다.

이해가 가지 않는 쪽은 황제도 마찬가지였다. 아무리 황제라도 어떻게

20년 만에 처음 만난 아들에게 암살 시도를 할 수가 있을까. 제스 또한 냉랭하다 못해 냉소적이기까지 한 태도라니. 그냥 이해하길 포기해야 할지도.

아렌은 잠시 머뭇대다가 신중하게 입을 열었다.

"황태자 자리 말인데요. 정말로……, 돌아갈 생각 없어요? 붉은 연꽃도 더욱 쉽게 잡을 수 있을 텐데."

"붉은 연꽃은 더는 뒤쫓지 않는다."

아렌이 눈을 동그랗게 떴다. 볼 위로 흐트러지는 머리카락을 쓸어주기 위해 올라오는 손을 아렌이 탁 잡아챘다.

"잠깐, 제스. 그게 무슨 소리예요? 붉은 연꽃을 찾기 위해 이제껏 달려왔잖아요. 기사단장이 된 것도, 줄곧 뒤를 쫓은 것도……."

"나는."

제스가 조용히 말을 끊었다. 밤하늘을 닮은 푸른 눈은 적막해 보였다.

"……또 다른 나를 만들길 원하지 않는다."

"그게 무슨……."

"붉은 연꽃이 사용한 독, 켄케스의 끝을 추적한 결과 수장은 황비 전하인 것을 알아냈다. 얼마 전에."

예고 없이 치고나오는 말에 아렌은 입을 다물 수밖에 없었다. 설마, 하는 동시에 카트린느의 목소리가 머릿속을 스쳐 지나갔다.

「네가 천방지축으로 붉은 연꽃을 들쑤시고 다녔는데도 왜 이제껏 목숨을 부지할 수 있었다고 생각하느냐? 설마 황비 전하가 그걸 몰랐으리라 생각하는 건 아니겠지?」

손에 불끈 힘이 들어갔다. 아렌이 마족의 피를 먹고도 살아나리라 생각지 못했기 때문에 카트린느도 무심코 내뱉은 말이겠지. 이제야 모든 아귀가 맞아떨어진다. 제스가 황태자라면 어머니인 에클렛은 황후였을 것. 황비가 황후를 죽이러 나섰다, 황위 때문인 것은 자명했다. 그렇다면 또 하나의 자신을 만들길 원하지 않는다는 소린…….

"이옌나스."

호수에 던져진 돌멩이처럼, 제스의 은은한 목소리가 허공으로 퍼져 나갔다.

이옌나스 엘리오 반 류라이어, 에슬란 황제와 레이아나 황비 사이에서 태어났으며, 몸이 약해 거처에서 개인 수업과 치료를 받는다는 황자. 황성에서 오래 일한 시종들도 만나기 어렵다는 유일한 황위 계승자. 제스가 황태자라면 이옌나스와는 배다른 형제가 될 것이고 제스의 복수 상대는 동생의 어머니가 되는 것이다. 그리고 복수에 성공하는 동시에 이옌나스가 어떻게 될지는 불 보듯 뻔했다.

누구보다도 차가워 보이지만 속은 다정한 이 남자는, 복수를 접고 모든 것을 자신이 감수하기로 한 것이다. 나무처럼 움직임 없이 서 있던 제스가 팔을 뻗어 한 손으로 아렌의 뒷머리를 감싸 당겼다. 가슴에 볼이 닿을 즈음 다른 한 팔로는 허리를 감아 안았다. 마계에서 돌아왔을 때 아렌을 안은 것이 다소 강압적이었다면, 이번엔 부드럽지만 도저히 거부할 수 없는 포옹이었다. 그가 아렌의 허리를 감은 손에 좀 더 힘을 줬다.

"잠깐만 이렇게 있어라."

감미롭고 낮은 목소리가 귓가에 맴돌았다. 마음에 바람이 든 것처럼 간질거리는 이상한 느낌이 들었다. 콩닥콩닥, 작게 울리는 심장박동을 들으며 우는 아이 달래듯 그의 머리를 쓱쓱 쓰다듬어주며 그를 가만히 내려다보았다.

그로서도 복수를 접는다는 게 그리 쉽지는 않았을 것이다. 20년간 그를 끌어오듯이 했던 동기였으니까. 지금 그는 누구보다도 괴로울 것이다.

제스는 어색할 정도로 아무런 움직임이 없었다. 한참 만에 들려온 것은 다소 갈라지고 메마른 음성이었다.

"아렌. ……지 않겠나?"

"네?"

제스가 팔에 힘을 조금 풀면서 상체를 바로 세웠다. 숨결이 생생히 느껴질 정도로 가까운 거리에서 두 눈을 마주하며 그가 입을 열었다.

"나와 떠나지 않겠나?"

"…….”

"둘이서.”

세스도 장난을 치는구나, 아렌은 피식 웃으며 입을 열었다.

"어디로요?"

"……어디든.”

뭐야, 답지 않게 농담이 기네. 아렌은 핀잔이라도 쏴붙일 생각으로 시선을 올려 제스를 바라봤다. 한 치의 흔들림 없는 푸른 눈과 마주한 순간 아렌의 입가에서 미소가 사그라졌다.

"진담……이에요?"

제스의 고개가 짧게 끄덕거리는 걸 본 아렌은 더듬거리며 입을 열었다.

"왜……, 나예요? 항상 데리고 다니기 싫어하더니…….”

제스의 곧은 입매에 눈치 채기 힘들 정도의 옅은 미소가 맺혔다.

"……뭐, 비교할 대상이 없을 정도의 사고뭉치니 골치는 아프겠지만.”

"제스, 지금 시비 거는 거예요?"

아렌이 입술을 삐죽거리며 곁눈질로 제스를 흘겼다. 잠시 후 그가 깊숙이 가라앉은 음색으로 말을 이었다.

"그런 너를, 어느 순간부터……, 마음에 두었으니까.”

갑작스런 고백에 아렌은 명치를 무언가로 얻어맞은 듯 멍해졌다. 곧 제스의 손이 그녀의 손을 품어 안듯 살짝 포개서 자신의 가슴 위에 갖다 댔다.

두근, 두근, 두근…… . 애틋한 심장박동이 손바닥 전체에 스며들었다. 빠른 박동에 따라 그녀의 가슴도 열꽃이 핀 것처럼 확 뜨끈해져 왔다. 낮게 가라앉은 감미로운 제스의 목소리가 들려왔다.

"언제부턴가 너를, 마음에 품게 되었다. 그뿐이다."

"…… ."

너무도 그다운, 짧고 간결한 사랑 고백이었다. 화려한 말로 치장되지도 않았고, 먼 길을 빙 돌아 건네는 말도 아니었다. 감정을 덧대거나 빼길 원하지 않는 그의 솔직한 진심이었다. 바람이 두 사람을 감싸자 긴 흑발과 은발이 섞였다. 평소엔 얼음조각이 박혀드는 느낌이 들 정도로 시린 눈에서 낯선 긴장감이 느껴졌다. 크고 따뜻한 손이 한쪽 뺨을 깊숙이 감싸며 온기를 전했다.

"기사단 앞에서 기다리겠다."

닿을락 말락, 맴돌던 그의 손은 가느다란 선을 그리며 내려와 머리카락을 귀 뒤로 사륵 넘겨주었다. 그의 행동은 그림자 같았다. 인기척마저 느낄 수 없을 정도로 고요하고 섬세했다.

"어떤 선택을 하든 탓할 생각은 없다. 강제되는 것 없이 오로지 너의 마음 가는 대로 하면 될 거다."

고백을 받아들일 거면 같이 떠나고, 아니라면 나오지 말라는 말이다. 차분히 말을 내뱉으며 제스는 언뜻 곤란해하는 듯도, 웃는 것도 같은 묘한 표정을 짓고 있었다.

잠깐, 그런데…… . 제스는 지금 여자인 줄 모르지 않던가. 순간 심장이 와장창 깨지는 것 같았다. 간지러운 설렘을 느낄 새도 없이 죄책감부터 들었다. 라미에가 했던 말, 제스에게 남자라고 속이는 것이, 그에겐 얼마나 힘든 일인 줄 아느냐는 말부터 마계에서 돌아오자마자 나누었던 깊은 포옹, 어디를 갈 때마다 답지 않게 따라붙던 제스의 모습까지.

하나씩 뇌리를 스치며 가슴 고동이 점차 세차게 몰아쳤다. 저 철두철미하고 단정한 그가 고백을 할 때까지 얼마나 힘들어 했을지는 익히 짐작이 갔다. 그렇기에⋯⋯, 더 이상 숨길 수 없다고 생각했다.

아렌은 저도 모르게 제스의 소맷부리를 낚아챘다.

"제스, 내가⋯⋯, 말하지 못한 비밀이 있어요."

한 단어를 내뱉을 때마다 숨이 가슴께에 걸린 것처럼 막혔다.

"나는 사실 제스를⋯⋯, 속이고⋯⋯, 있어요."

무슨 말을 하고 있는 거냐는 제스의 얼굴을 차마 마주하지 못해 시선을 내려버렸다. 마음을 진정시키기 위해 침을 삼키는 소리가 유난히도 크게 들렸다. 보이지 않는 손이 그녀를 옭아매듯 온몸이 팽팽하게 긴장됐다.

"실은 나는⋯⋯."

숨죽인 속삭임이 끝을 맺지 못했다. '나는 여자예요.', 당신을 속였다는 말 한 마디 내뱉기가 그토록 힘들다.

"말하기 힘들면 하지 않아도 된다."

얼핏 달래듯, 다정한 그 목소리에 아렌은 정말 울 것 같아서 아랫입술을 꾹 깨물었다. 아, 나는 참 이기적이었구나. 이런 사람한테 대체 나는 무슨 거짓말을⋯⋯.

그의 소맷자락을 잡은 아렌의 손끝이 바르르 떨렸다.

"황태자 전하."

제스가 귀에 익은 목소리를 좇아 눈길을 돌렸다. 황제의 전속 시종인 콘라드가 그를 향해 정중히 허리를 숙였다. 전할 말이 있으니 잠시 시간을 내달라는 말에 제스는 잠시간 아렌에게 시선을 두었다. 할 말이 있는 것 같았는데, 작고 붉은 입술은 열릴 기미가 보이질 않는다. 아렌이 갑자기 왜 이런 반응을 보이는지는 알 수 없으나 나중에 들을 기회가 있을 것이다.

"한 시간이다."

쏴 하는 바람 소리와 함께 나지막한 제스의 목소리가 실려 전해졌다. 곧 그는 콘라드와 함께 눈 깜짝할 새에 멀어졌다. 모퉁이를 끼고 사라지는 그의 뒷모습을, 아렌은 멍하니 바라보고만 있었다.

"……예?"

찻잔을 쥔 황비의 손이 살짝 떨렸다. 그에 따라 찻잔 안에 담긴 다갈색 찻물이 파르르 흔들렸다.

"황태자를 찾았다고 했소."

황제의 알현실에서 황비의 건너편에 앉은 황제가 차를 한 모금 마시고 대답했다. '황태자'라는 단어를 들을 때부터 황비는 눈에 띄게 동요하고 있었다. 찻잔을 든 손에 점차 떨림이 심해지는 통에 다른 쪽 손으로 감싸 겨우겨우 지탱한다. 표백된 듯 하얘진 얼굴로 황비가 힘겹게 고개를 끄덕였다.

"그렇습니까……? 참으로, 잘된 일입니다."

"진심으로 그렇게 생각하오?"

아차 한 황비가 기쁨을 가장하여 화사한 미소를 지었다.

"예, 물론입니다. 폐하. 이것은 폐하께, 나아가 황실에, 더 나아가서는 하일렌 제국에 길이 남을 경사일 것입니다."

"그렇게 생각해준다니 고맙구려, 황비."

치맛단을 모아 쥔 황비의 손이 경련이 일듯 떨렸다. 믿기 힘든 일이었다. 황태자가 살아 있다니? 그녀는 피가 맺힐 정도로 입술을 꾹 다물었다.

에클렛 황후, 그녀의 술수인가. 이 황성에서 오직 홀로 황비의 본색을 꿰뚫어보았던, 황비가 아무리 웃는 낯으로 대한들 속으론 칼을 품고 있음을 누구보다도 잘 알고 있던 그녀. 그런 그녀를 이 손으로 죽였다. 아들 또한 불바다 속으로 사라졌다.

다른 누구의 것도 아닌 자신의 두 눈으로 똑똑히 봤단 말이다. 황제와 닮은 깊고 푸른 눈동자를 가진 그가 화마에 휩쓸려 사라지는 것을. 진홍빛으로 물들어가는 하늘도, 스쳐 지나가던 바람도 모두 기억하거늘 어찌 그가 살아 있단 말인가.

"오랫동안 찾아다녔는데 생각보다 가까운 곳에 있더이다. 글쎄, 기사단장이었을 줄이야."

할 말을 찾지 못하고 있던 황비가 믿을 수 없다는 듯 언성을 높였다.

"뭐라, 뭐라 하시었습니까? 기사단장 말씀이십니까!"

"그렇소. 무슨 문제라도 있소?"

황제는 창백하게 질려 있는 황비를 지그시 바라보며 물었다. 그녀는 황급히 표정을 가다듬으며 아니라는 뜻으로 고개를 저었다.

"이제 어찌하실 요량이십니까?"

감정의 동요를 미처 다 숨기지 못해 목소리가 심상치 않게 떨렸다. 황제는 느긋하게 두 손을 깍지 끼고 의자에 깊숙이 등을 기댔다.

"황위를 물려줄 생각이오."

역시! 황비가 두 눈을 터지도록 질끈 감았다.

"워낙 외골수라 아직 승낙하진 않았으나 계속 설득을 해보려 하오. 시간이 지나면 생각이 달라지겠지."

"……."

"내 황비에겐 참으로 미안하외다. 허나 이옌나스는 황제가 될 재목이 아니라오. 비록 황위는 물려주지 못하나 처우에 있어선 걱정하지 않아도 될 것이오."

이어지는 황제의 말은 귀에 들어오지 않았다. 아니, 황위를 물려줄 생각이 없다는 말을 들은 순간부터 더는 그의 말에 주의를 기울일 생각이 없었다. 지금 떠오르는 것은 단 하나, 황성 뒤편으로 물러나 죽을 때까지 숨죽이고 살아야 할 이엔나스 황자의 모습이었다. 사시나무처럼 부들대는 손을 꾹 눌러 고개를 들었다. 이내 그녀의 얼굴에 떠오른 것은 놀랍게도, 미소였다. 그것도 아주 평안한.

"괘념치 마십시오, 폐하. 폐하께서 내리신 결정입니다. 소인은 그 뜻에 따를 것이옵니다."

"……그리 이해해주니 다행이구려."

황제가 찻잔에 남은 마지막 한 모금을 마시자 기다렸다는 듯 황비가 일어섰다. 꽃보다도 화사한 미소를 머금은 그녀는 황금색 눈을 빛내며 입을 열었다.

"폐하, 제가 폐하를 위해 베이판 왕국에서 특별히 찻잎을 가져와 준비해두었습니다. 침수에 드시기 전 한잔 대접해드리고 싶습니다만, 허해주시겠습니까."

"물론이오. 황비가 직접 타주는 차라니, 기대가 크군."

"황공하옵니다."

공손히 대답한 황비는 찻잔에 찻잎을 넣은 뒤 찻주전자를 높이 들고 아주 적은 양의 물을 빙글빙글 돌리며 천천히 따라 잎을 적셨다. 진한 비취색 찻물이 충분히 우러나왔을 때쯤, 황비가 찻잔을 황제에게 들이밀었다.

"드십시오, 전하."

"음."

얼핏 요사스럽게 빛나는 금색 눈동자가 황제의 손에 접착된 듯 움직였다. 찻잔이 들리고, 입에 닿고, 찻물이 넘어가며 목울대가 껄떡대는 모습을 확인하자 묘한 이채가 감돌았다. 찻잔을 입에서 뗀 황제가 쓴 과일을 통째로 집어삼킨 듯 미간을 좁혔다.

"찻잎을 너무 많이 넣은 것은 아니오? 차 맛이 조금 진하구려."

"폐하."

"말해보시오."

황제가 고개를 들었다. 그의 시선 끝에는 황비가 담겼다. 시종 부드러운 호선을 그리던 붉은 입술이 묘하게 비틀어지며 찌그러졌다. 이내 잇새로 잘근잘근 씹듯 나오는 음성은 귀에 거슬릴 정도로 탁한 음성이었다.

"……이 모든 건 폐하의 탓입니다."

"황비, 방금 뭐라고……. 흡!"

황제가 갑자기 자신의 가슴을 꽉 움켜쥐며 숨을 삼켰다. 황비의 싸늘한 눈빛이 화살처럼 내리꽂히는 가운데 이마를 따라 목덜미까지 새파란 핏대가 불룩 솟았다. 숨을 가다듬으려 애를 썼지만 가슴속에서부터 피어오른 불덩이가 목구멍을 막아버릴 듯 치고 올라왔다. 손끝에서부터 시작된 떨림은 곧 온몸에 번졌다.

"그러게 제가 일찍이 제안을 드릴 때 받아주셨다면 목숨을 잃는 일도 없지 않으셨습니까."

"황……비, 설마……."

숨을 쉬기 어려운지 꺽꺽거리는 소리를 내며 황제가 테이블을 잡고 간신히 몸을 가누었다. 가느다랗고 하얀 손이 다가가 황제의 몸을 지탱하는 손을 탁 쳐냈다. 쿵, 그의 몸이 처박히다시피 바닥으로 무너졌다.

우아하게 일어난 황비가 경건하게 고개를 숙였다.

"폐하를 영원히 잊지 않겠습니다."

"……큭."

"너무 심려 마십시오, 폐하. 그토록 어여삐 보시는 황태자도 곧 폐하 뒤를 따를 것이니."

황제의 눈이 경악에 물들어 커졌다. 불에 덴 것처럼 온몸을 오그라뜨리던 그가 어느 순간 움직임을 딱 멈췄다. 채 감지 못한 푸른 눈에서 서서히 빛이 사그라졌다. 그를 오랫동안 바라보던 황비는 곧 걸음을 옮겨 알현실을 나섰다. 주의 깊게 주변을 둘러보고 아무도 없음을 확인한 그녀가 입술을 비틀어 올렸다.

이 알현실을 나선 마지막 사람은 황태자가 될 것이다.

어둠 속에서 빛나는 금색 눈이 오싹할 정도로 위험천만하게 번들거렸다.

「언제부턴가 너를, 마음에 품게 되었다. 그뿐이다.」

먼 옛날 소녀였을 시절, 고백을 받게 된다면 설렐 거라고 어렴풋이 생각했던 적이 있다. 그런데 외려 아팠다. 심장에 과도를 꽂아놓은 듯 고통스럽다. 그의 손이 감겼던 부분마다 열꽃이 피듯 뜨거웠다.

제스가 떠나자고 한다. 모든 걸 뒤로하고……. 아렌은 어지러워서 지끈거리는 머리를 붙잡고 휘청거리는 다리에 힘을 빳빳이 주었다. 고백을 받아들인다면 세상과 지위를 버려야 하고 그렇지 않으면 제스와 이별이다. 칼로 썰어낸 것처럼 극단적이지만 피할 수도 없는 선택이었다.

— ……렌.

바람에 녹아들듯 부드러운 음성에 정신이 번쩍 들었다. 아렌은 황급히 자신의 귀걸이에 손을 가져갔다. 지상으로 오기 전 세이가 걸어준 귀걸이에서 그의 목소리가 흘러나오고 있었다.

— 아렌. 무슨 일입니까?

"세이!"

반가운 마음이 넘쳐나는 아렌의 목소리에 잠시 후 낮은 웃음소리가 울렸다. 듣는 사람이 기분 좋아질 정도로 감미로운 음색에 입가에 미소가 절로 맺혔다. 그의 목소리만 듣는 건데도 세이의 온기, 숨결, 눈길, 부드러운 미소가 생생하게 느껴졌다.

"웬일이에요, 세이?"

— 그건 제가 묻고 싶은 말입니다. 조금 전 아렌의 상태가 심상치 않았는데 혹 무슨 일이 있습니까?

어느새 진중하게 변한 세이의 목소리에 아렌이 움찔했다. 내 상태를 세이가 어떻게 알지? 아니, 그것보다도 무슨 일이 있냐고 묻다니, 제스가 고백을 하고 함께 떠나자고 했다고 어떻게 말하느냔 말이야. 다른 누구도 아닌, 세이에게. 곧 그녀는 무언가를 억누른 듯한 평탄한 어조로 입을 열었다.

"무슨 일……. 그런 것 없어요."

— ……그렇습니까, 그럼.

"세이!"

통신이 끊기기 전에 아렌이 황급히 그를 불렀다.

— 말씀하십시오.

언제나처럼 세이는 그녀가 말할 때까지 참을성 있게 기다려주었다. 아렌의 입이 무언가 말할 듯 말 듯 달싹이다가 이내 기나긴 한숨을 뱉어낸다.

"조금 뜬금없는 질문일지도 모르겠는데 세이……는……. 뭔가 중대한 일을 결정해본 적이 있어요? 마황이 아닌 세이의 마음에 관한 결정 말이에요."

— …….

"······세이?

왜 대답이 없지, 귀걸이가 고장 났나?

아렌이 귀걸이를 톡톡 건드리자 간격을 두고 세이의 목소리가 다시 들려왔다.

— ······예, 있습니다. 단 두 번, 목숨을 건 결정을 내린 적이 있습니다.

"그때마다, 망설여지지 않았어요?"

— 예, 조금도.

너무도 그다운, 잠시의 주저도 없는 대답이었다. 세이는 마황이다. 모든 존재의 가장 위에 우뚝 서 있는, 태생부터 고고한 그에게 망설임이라니, 그럴 리가 없다. 빛이 없어도 은은하게 빛나는 은청발을 떠올리며 아렌이 어설프게 웃다 말았다.

— ······아니, 첫 번째는 조금 망설였을지도······, 모르겠습니다.

"정말요? 그래서······, 어떻게 했어요?"

아렌은 눈을 휘둥그레 뜬 채로 그의 목소리에 귀를 기울였다. 잠시 묘한 침묵을 지키던 그가 아까보다 조금 가라앉은 목소리로 화제를 돌렸다.

— 아렌, 이제 돌아올 때가 되지 않았습니까?

아렌의 얼굴에서 미소가 점점 빠져나갔다. 그녀는 마음속에 뭉게뭉게 피어오르는 불안감을 느끼며 입을 뗐다.

"갑자기······, 그게 무슨 말이에요?"

— ·······.

"세이?"

도무지 뜻을 알 수 없는 말이었다. 대체 어딜 돌아간다는 말인가. 그러고 보니 저번에도 그랬었지. 기다리고 있겠다고. 세이는 대체 어디서 날 기다린다는 걸까. 마계? 아니면······.

— ······공작님.

"어? 세이, 방금 무슨 소리가……."

— 아렌, 조만간 뵙겠습니다.

다급히 끊어내는 듯한 세이의 목소리 끝에 통신이 뚝 끊겼다. 사위가 쥐 죽은 듯 조용해진 가운데 아렌이 천천히 고개를 들며 읊조렸다.

"여자……, 목소리? 공작님?"

23. 가시덤불 왕관

"아렌, 조만간 뵙겠습니다."

그것으로 아렌과의 통신을 끝낸 세이가 천천히 몸을 돌렸다. 흑요석을 닮은 눈이 스르르 움직여 누군가를 찾아들었다. 그와 시선이 마주친 가짜 아르렐리아, 레베카의 얼굴에 꽃이 피어나듯 웃음이 활짝 폈다. 드레스 자락을 손으로 살포시 움켜쥔 그녀가 우아하게 고개를 숙이며 인사를 건넸다.

"세이모어 공작 전하."

볼에 홍조를 띠며 수줍어하는 그녀를 담자 세이의 검은 눈이 메마르게 가라앉았다. 세이가 먼저 걸음을 옮겨 테이블로 향했다. 옆으로 스쳐 지나가는 것만으로 그녀의 맥박이 빨라지는 게 귓가에 들려왔다. 레베카가 세이 자신을 따라 의자에 앉고 익숙한 듯 차를 우리고 천연덕스럽게 그녀인 양 말을 거는 모습을 보자, 불쾌감이 가슴 가운데서부터 짙게 깔려 퍼졌다.

"공작님, 공작님께선 무도회는 즐기지 않으시는지요?"

"······."

해사한 미소와 곱게 휘어지는 눈. 단 네 번 만난 것인데도 처음의 서투른 모습은 온데간데없다. 그게 문제다. 본래 외양부터 아렌과 닮은 여인을 찾아왔을 테지만 지나치게 비슷하지 않은가. 유려한 곡선 무늬가 새겨진 찻잔이 세이의 손에 들렸다.

"곧 에솔렛 가(家)에서 무도회가 열린답니다. 그곳에 혹 저와 함께……."

"사양하겠습니다."

단칼에 베어내는 대답에 레베카가 눈에 띄게 주춤했다. 바르르 떨리는 손끝을 갈무리하여 애써 웃는 그녀의 얼굴을 보자 세이의 곧은 입매가 심상치 않게 뒤틀렸다. 뻣뻣하게 굳은 레베카의 목이 꿀꺽, 마른침이 넘어가는 게 심히 거슬렸다.

딱히 그녀에게 악감정이 있는 것은 아니었다. 오히려 무감하다. 그렇기에 그녀와는 속이고 속아주는 관계 이상으론 추호도 엮이고 싶지 않았다. 아렌이 제자리에 돌아올 즈음엔 저 꼭두각시도 더 거치적거리지도 않을 것이다.

하지만 한 가지 거슬리는 것은…….

"공작님. 저어……."

세이의 시선이 레베카를 찾아들었다. 봉숭아물을 들인 것처럼 불그스름한 입술이 무언가를 말하려고 달싹거렸다. 그녀를 가만히 바라보던 세이는 우아한 손짓으로 찻잔을 내려놓으며 일어서려 했다.

"공작님!"

애탄 부름에 세이의 움직임이 멈췄다. 빚어낸 듯 수려한 그의 얼굴에 희미한 짜증이 짙게 내리깔렸다.

"아, 저……."

망설이던 그녀가 크게 용기를 내어 입을 열었다.

"벌써……, 가시나요? 저, 공작님!"

다시 걸음을 옮기려는 그를 그녀가 한 번 더 붙잡았다.

"예전부터……, 여쭤보고 싶은 것이 있었습니다. 저, 혹……, 공작님, 공작님께선 연모하는 이가 있으……십니까? 그러니까……. 사랑하는 사람이……."

아무 대답이 돌아오지 않자 레베카가 조금 초조한 듯 입술을 질끈 물었다. 뒤돌아선 세이를 하염없이 바라보며 손을 들었다가 허공에서 멈춰버렸다.

창문 틈새로 새어 나온 바람에 그의 머리카락이 부드럽게 휘날렸다. 청색 감도는 은발에 자연스레 눈이 홀리고 마음을 빼앗겼다. 처음 본 그 순간부터 그랬다. 그를 보자마자 정신이 나간 것처럼 그에게 미친 듯이 빠져들었다. 함께 있었던 순간순간을 떠올리는 것만으로 꽃향기에 취한 것마냥 정신이 아찔해졌다.

이것은 운명이라 여기고 그에게 어울리는 사람이 되기 위해 노력했다. 하지만 아무리 노력해봐야 자신은 어쩔 수 없는 아르렐리아의 대역이라는 진실이 뼈아팠다.

아르렐리아, 가장 떼고 싶으나 뗄 수 없는 이름. 지금은 자신의 것이지만 언제든 그녀가 돌아온다면……. 아니, 그것보다도 저 아름다운 사람 옆에 더는 서 있을 수 없을 것이다. 그래서 초조했고 얼굴 한번 본 적 없는 이에 대한 질투심이 끓어올랐다.

"저는, 사실……. 사실은…… 공작님을……."

실낱같은 희망이 움터서 그녀를 재촉한다. 두근거리는 고동 소리가 귓전을 꽉 메웠다. 레베카의 가슴이 크게 부풀었다.

"공작님을…… 사모……."

"그 전에."

세이가 짧고 단호하게 끊어낸 후 몸을 돌렸다. 그의 얼굴엔 감정이라곤 느껴지지 않는 메마른 미소가 걸려 있었다.

"당신의 본명부터 밝히시는 게 어떻겠습니까?"

왜 저런 표정이지? 레베카의 눈이 크게 열렸다. 첫 만남에서 '본명이 뭐냐'고 물어본 이후 더는 아무 말이 없어서 그저 그녀에 대한 호의로 속아주는 건가 싶었는데, 갑자기 기습을 당한 기분이었다. 그녀는 딱딱하게 얼어붙은 채 감히 숨소리조차 낼 수 없었다.

"껍데기만 적당히 꾸며두었다고 세이모어 가(家)가 속을 것이라 생각하셨습니까?"

말 한마디마다 진하게 배어 있는 냉정한 불쾌감에 몸이 절로 떨렸다. 혼란스러운 마음을 가눌 수 없어 고개를 돌려버렸다.

나를 알아봐주었던 게 아니었단 말인가…….

자그마한 신음을 흘리며 레베카가 한 발짝 뒤로 물러섰다. 감기약을 먹은 듯 어질거리고 이마엔 식은땀이 맺혔다.

"제가, 제가 아르렐리아입니다. 제가 아르렐리아입니다."

필사적으로 항변했으나 이미 입술은 떨리고 있었다. 심정이 어떻든 간에, 그녀 입으로 가짜 공녀라고 밝힐 순 없었다. 가만히 그녀를 바라보던 세이가 발을 옮겼다. 두어 발짝 앞에 멈춰 선 그가 천천히 몸을 기울여 낮게 속삭였다.

"레이나스 공작도 대단하군, 빈민가에서 죽어가던 짐승을 데리고 와서 진짜와 흡사하게 만들어두다니."

"빈민가라니요……!"

"그것이 제 목을 조르는 짓임은 모르고, 어리석게도."

경악한 그녀가 언성을 높이자 세이가 검지로 그녀의 입술을 꾹 눌렀다. 곧이어 떠오르는 천사 같은 미소.

"소란을 피우지 마십시오. 일이 커지는 건 원하지 않습니다."

레베카가 잠잠해지자 세이가 천천히 입술에서 손가락을 떼어냈다. 정

81

체가 탄로 난 와중에서도 그가 남기고 간 향취에 정신이 혼미해지는 것 같았다. 홧홧하게 달아오르는 입술을 의식되는 것 또한 당연했다.

"이전처럼 행동하시면 됩니다. 아무것도 모르는 듯, 그렇게. 다만."

"……."

"그녀와 똑같은 옷을 입고, 똑같은 곳에서 산다고 하여 당신이 그녀가 된 양 착각하는 불상사는 없길 바랍니다. 이건, 경고입니다."

레베카는 벌레처럼 스멀스멀 기어오르는 공포를 떨쳐버리며 입을 열었다.

"저는 추호도 그런 생각을 한 적이 없습니다!"

"인간의 욕망은 끝이 없어서 반드시 그렇게 될 겁니다. 허나 기억해두십시오."

"……."

"당신은 그녀가 될 수 없습니다, 절대."

사위가 쥐 죽은 듯 조용해진 가운데 아렌이 천천히 고개를 들며 읊조렸다.

"여자……, 목소리? 그리고……. 공작님?"

그리고……. 이제 돌아올 때가 되지 않았냐고? 아렌은 멍하니 허공을 응시했다. 머릿속에 새가 들어가 시끄럽게 지저귀는 것마냥 마음이 어수선했다. 제스의 고백도 세이의 의미를 알 수 없는 말도……. 골머리가 아프다. 평온한 일상에 갑자기 들이닥친 파편을 무엇부터 처리해야 할지 난감했다.

「한 시간이다.」

아렌의 어깨가 눈에 띌 만큼 크게 움찔했다. 달칵, 레이나스 가문의 인장이 찍힌 단검과 제스가 준 검이 부딪치며 작은 마찰음을 냈다. 시선을 내려 가문의 단검을 보았다가 문득 공녀로서 자신의 모습을 떠올렸다. 방패 위에 검이 두 개 교차한 문장을 보니 새삼 그리운 향취가 가슴 가득 들어섰다.

「도망치시는 겁니까?」

처음 카일이 왔을 때 아렌에게 건넸던 말이다. 그때는 아니라고 부정했지만 냉정하게 정의하면 그의 말이 옳다. 가출은 곧 도망이었고, 책임감 없는 이탈이었다.

그리고 지금 황태자의 자리를 뒤로한 채 떠내려는 제스도 자신과 똑같은 선택을 하려 하고 있다. 레이나스 가문을 나설 때부터 그녀가 끊임없이 품고 살았던 후회와 죄책감을 그 또한 갖게 될 것이다.

자신과 같은 전철을 밟게 내버려둘 순 없었다. 고백에 대한 대답 전에 진실을 밝히는 게 먼저다. 설득이 우선이다. 이제는 정말 모든 것을 풀어야 할 때다.

미동이 없던 그림자가 움직이기 시작했다. 황제의 시종장인 콘라드를 따라 어디로 향했는지는 모르나 마지막엔 집무실에 돌아오리라. 뛰듯이 걸어 기사단 본관 앞에 도착한 그녀는 자꾸만 약해지려는 마음을 붙잡으며 심호흡을 내뱉었다. 타성적으로 제스의 집무실로 향하는 발걸음, 그 소리가 그녀를 채근하듯 울렸다.

몇 계단쯤 올랐을까, 위층에서 군화 밑에서 나는 저거덕저거덕 소리가 크게 들렸다. 본관이 이렇게 시끄러울 리가 없는데, 아렌이 인상을 찌푸렸다. 기사단장이 어쩌고저쩌고 하는 소리는 들렸지만 분명하질 않았다.

불길한 느낌이 든 아렌이 3층에 이르는 중간 계단에서 멈춰 섰다. 어찌

된 일인지 다수의 근위대원이 제스의 집무실을 중심으로 바쁘게 뛰어다니고 있었다. 어수선함과 소란 사이로 누군가의 목소리가 날카롭게 울렸다.

"기사단장이 황제 폐하를 암살한 후 도주했다! 어서 찾아!"

흰 제복을 차려입은 근위대원들이 눈앞이 어지러울 정도로 이리저리 뛰어다녔다. 집무실의 문을 쾅쾅 발길질하는 소음 위로 '이곳엔 없습니다!', '빨리 흩어져서 기사단장을 찾아봐!' 같은 외침이 덧대졌다.

가슴이 철렁했다. 진실을 밝히고자 했던 생각이 초반부터 틀어진 게 문제가 아니었다. 지금 저들이 외치는 말이 무슨 말인지 얼른 납득이 가질 않았다.

"뭐라고? 암살한 후 도주해? 누가? 누구를? 이게 무슨, 말도 안 되는……!"

아렌이 저도 모르게 소리를 지르며 한달음에 계단을 뛰어올라갔다. 날카로운 목소리에 주변을 분주히 뛰어다니던 근위대원들의 시선이 일제히 그녀에게로 몰려들었다. 아렌은 가쁘게 숨을 몰아쉬면서 제스의 집무실 안만 하염없이 바라봤다.

제스의 책상이, 책장이, 모든 것이 도둑이라도 든 것처럼 어질러진 광경을 보자 가슴이 쿡쿡 쑤셨다. 눈을 질끈 감았다 떠봐도 아수라장인 채 그대로다.

"이봐, 너!"

누군가 우악스럽게 팔을 잡아당기자 넋을 놓은 사람처럼 힘없이 딸려 간다. 어깨를 꽉 틀어쥐고 얼굴을 들이미는 이는 근위대장인 아론이었다.

"이런, 이런. 혹시나 했는데 이게 누구신가. 기사단장의 끄나풀 아니야?"

너 잘 걸렸다는 식의 어투에도 아렌의 시선은 여전히 집무실에서 떠날 줄을 몰랐다.

"무시하는 거냐?"

아론이 그녀의 턱을 한 손으로 잡아채고 억지로 제게로 틀었다.

"기사단장…… 아니, 반역자는 어디 있지?"

순간 은색 눈동자에서 불꽃이 튀었다. 참지 못하고 그의 손을 뿌리친 것도 잠시, 다시 옥죄어 오는 힘에 그녀가 미간을 찌푸렸다.

"모릅니다. 안다 해도 말씀드릴 일 없을 테니 놓으십시오."

"이게 감히 어딜!"

말끝에 점점 얼굴을 일그러뜨리던 아론이 급기야 손을 올렸다. 아렌이 이어질 타격감을 대비하여 눈을 질끈 감은 것도 잠시, 다시 떠보자 자신에게 향하던 아론의 팔이 누군가의 손에 붙들려 제지당하고 있는 모습이 보였다.

제스? 희망에 부풀어 눈을 돌린 순간 그녀를 맞이한 것은 오웬이었다. 그는 평소에 늘 넉넉한 미소를 짓던 모습과는 달리, 지금 가면처럼 표정을 굳히고 있었다. 잡은 팔을 내팽개쳐버리듯 뿌리친 후 그가 입술을 움직였다.

"오랜만이군, 아론 경."

"오웬……. 네가 왜 여기 있는 거지? 다리를 잃은 날, 기사단을 완전히 떠난 걸로 알고 있는데."

잔뜩 날이 선 눈으로 오웬을 노려보면서 아론이 이를 갈았다. 어둠 속에 마주친 시선은 불꽃이 타오르는 듯 맹렬했다.

"물러서, 근위대장."

또 하나의 그림자가 오웬 뒤로 성큼성큼 다가왔다. 그를 본 아론이 한쪽 입꼬리를 야비하게 보일 정도로 비틀어 올렸다.

"이것 봐라, 부단장까지 납시었군."

"닥쳐."

한 마디로 일축한 부단장 라미에가 아렌의 어깨를 잡아 뒤로 끌어당겼다. 아론의 시야에서 그녀를 가리면서 다시 입을 열었다.

"네놈과 긴말할 생각 없어. 왜 네놈의 하수인들이 기사단을 더럽히고 있는지 제대로 설명해야 할 거야."

근위대는 황실 직속이며 기사단은 황실을 제외한 모든 일을 처리한다는 차이만 있을 뿐 둘은 대등한 관계였다. 따라서 근위대가 기사단에 와서 수색을 한다거나, 지금처럼 기사단장의 집무실을 부수고 침입하는 것은 엄연한 월권행위였다.

하지만 아론은 대수롭지 않은 듯 피식 웃으며 어깨를 으쓱했다.

"이야, 우리의 부단장께서는 아직도 다혈질을 고치지 못했……."

순간 라미에의 주먹이 허공에 사선을 그리며 아론의 얼굴에 꽂혀 들어갔다. 미처 피하지 못한 아론이 그대로 바닥에 내동댕이쳐졌다.

"대장님!"

뿔뿔이 흩어져 있던 근위대원들이 황급히 몰려들어 아론을 부축했다. 비틀거리며 일어서는 그는 새빨갛게 부어오른 볼을 감싸며 이를 바드득 갈았다. 라미에가 간단히 주먹을 회수하며 차갑게 내뱉었다.

"네놈이 오웬의 다리를 건드린 이후, 분명히 경고했을 텐데. 다시 눈에 보였다간 살아서 돌아갈 생각 하지 말라고."

아론이 퉤, 입안에 고인 피를 뱉어내며 턱을 움직였다.

"이런 식으로 행동했다간, 분명 후회할 텐데."

"짖어대봐."

아론이 품속을 뒤적거리더니 잘 말린 두루마리를 펼쳤다.

"눈이 있다면 보시지."

라미에는 그의 말이 끝나기도 전에 자신의 코에 닿을 듯 가까이 다가온 두루마리를 거칠게 빼앗아들었다. 전언을 쭉 읽어 내려갈수록 그의 눈매가 서서히 찌푸려졌고, 마지막 황실의 인(印)까지 확인한 후엔 완전히 일그러졌다. 때마침 정신을 차린 아렌 또한 고개를 빼내 전언을 읽어 내려가다 입을 쩍 벌렸다.

"모함이에요! 황제 폐하를 암살하다니, 단장님은 그런 짓 따위 하지 않았어요!"

창백해진 그녀의 얼굴을 감상이라도 하듯 아론이 입가에 비죽대는 웃음을 걸었다.

"기사단장을 체포하라는 명을 내리신 분은 다름 아닌 황비 전하시다. 황제 폐하께서 붕어(崩御)하신 지금, 황비 전하의 뜻이 곧 제국의 뜻. 네 발언은 지금 황권(皇權)에 위배되는……."

"기사단장님은 여기 계시지 않아. 개소리 집어치우고 꺼져."

라미에가 아론의 말을 끊어내며 두루마리를 그의 앞에 던졌다. 내내 실실거리던 아론의 얼굴에서 미소가 씻긴 듯 사라졌다.

"그렇게는 안 되겠는데."

그의 말이 끝나기가 무섭게 기다렸다는 듯 수십 명의 근위대원들이 우르르 몰려와 아렌, 라미에, 오웬을 중심으로 원을 그리며 둘러쌌다. 아론의 손짓 한 번에 수십 개의 은색 날이 허공에 자취를 남기며 셋을 향해 어금니를 드리웠다.

"너 이 자식, 지금 한판 떠보자는 거냐?"

냉기가 뚝뚝 떨어지는 라미에의 경고에도 아론은 계속해서 빙글빙글 웃기만 했다.

"개인적인 감정은 자제하시지, 부단장. 나, 근위대장은 그저 반역자 기사단장 아래에 있는 모든 기사단원을 체포하라는 황비 전하의 명을 따를 뿐이야. 그리고……."

반쯤 돌아갔던 아론의 눈이 아렌에게로 못 박혔다.

"저 은발 녀석은 특별히 따로 불러오라고 하시더군."

황비의 금색 눈이 요사스러웠다. 첫 느낌은 그러했다. 아렌을 마주하자 장미꽃처럼 붉은 입술이 호선을 그렸다.

"또 보는구나."

또라니? 아렌은 의아했으나 경계를 풀지 않고 황비를 똑바로 응시했다. 마찬가지로 아렌을 빤히 바라보던 황비가 고개를 살짝 틀어 근위대장을 향해 입을 열었다. 순금에서 뽑아낸 듯 아름다운 금발이 아름답게 물결쳤다.

"나가보도록 해."

"예."

달칵, 근위대장이 문을 닫고 나가자 황비의 눈길이 아렌을 스쳐서 그녀가 들고 있는 보고서로 내려갔다. 불안한 침묵 속에서 아렌은 조심스럽게 눈을 굴렸다. 왠지 느낌이 굉장히 좋질 않았다.

"저는 왜 부르신 겁니까?"

"너는……. 유감스럽게도 내가 손을 댈 순 없으니 말이다."

"그게 무슨 뜻……입니까?"

그제야 황비가 고개를 들어 아렌을 바라봤다. 정수리 가운데 자리 잡은 머리장식, 등허리까지 풍성하게 내려온 금색 머리카락, 새하얀 드레스. 모든 것이 완벽한 미를 뽐내고 있었으나 눈빛은 얼음장보다 차가웠다. 예쁘고 아름답지만 손대기가 껄끄러운 장미 같은 느낌이 물씬 전해졌다.

"너와 관련된 일만 아니라면, 네가 세이라고 부르는 그자, 설령 기사단이 전멸하더라도 잠자코 있을 테니 말이다."

세이의 이름이 왜 황비에게서 거론되는 거지? 아니, 그것보다…….

"기사단이 전멸하다니요? 뭔가 잘못 알고 계신 모양인데 단장님은 황제 폐하를 시해하지 않았습니다! 제가 그 자리에 있어서 알고 있습니다! 증언을 할 수도 있어요!"

아렌이 필사적으로 외쳤으나 황비는 그저 미소만 짓고 있을 뿐이었다.

"증언? 용기는 가상하다만 사실이 어떻든 지금은 아무 상관이 없단다."

"상관이 없다니요, 단장님은 반역자가 되고 기사단은 전원 잡혀 들어갔단 말입니다! 바로 짓지도 않은 죄 때문에 말입니다! 거기다 전멸이라니, 이게 대체!"

"쓸데없는 입 놀리지 말거라. 혓바닥 간수를 잘 못 하는 아이는 딱 질색이니까."

방이 울리도록 높아지던 음성을 끊고 황비의 목소리가 귓전을 두드렸다. 아렌은 어디서부터 바로잡아야 될지 가늠이 되질 않아 말문이 막혀버린 채, 무시무시하게 그녀를 노려만 보았다.

차갑게 웃은 황비가 일어서서 다가와 코끝으로 그녀를 내려다봤다.

"너도 그 자리에 있었다면 기사단장이 황태자인 사실을 알고 있겠구나. 그래, 너에게 물어보면 되겠어."

아렌이 한 발자국 뒤로 물러서는 순간 두 손이 뱀처럼 빠르게 다가와 어깨를 콱 움켜쥐어 제지했다.

"난 우선 황태자가 모습을 드러낼 때까지 손발을 철저히 잘라내줄 요량이란다. 무엇을 어떻게 해주어야 그가 가장 고통스러워할지, 생각하는 것만으로도 기쁘구나. 옳지, 그 남자가 기사단을 특별히 아꼈으니 한 시간마다 기사단원의 목을 하나씩 베어주면 어떨. 응? 어떻게 생각하니?"

"뭐라고……!"

아렌이 입을 쩍 벌리자 황비가 고개를 내려 그녀의 귓가에 나직하게 속삭였다. 연인에게 사랑을 속삭이듯 달콤하기 짝이 없는 목소리였다.

"너는 몸 무사한 곳에서 지켜보아라. 네 동료의 목이 하나씩 떨어져 나가는 것을. 언제까지 버틸 수 있을까 궁금해지는구나. 황태자도, 너도."

황비의 안면 근육은 더없이 아름답게 피어나는 데 반해, 눈빛엔 선연한 광기가 맴돈다. 선득한 냉기와 본능적인 공포가 아렌의 온몸을 스쳐 지나갔다.

이 여자, 미쳤어. 미쳐버린 거야.

"당신, 대체 뭘 원하는 겁니까? 지금의 당신은 도저히 정상이라고 볼 수가 없어!"

황비가 짙게 웃었다. 풍성하게 핀 장미마냥 그녀의 미소에서는 향기마저 나는 듯했다.

"내가 원하는 건 오직 황태자의 죽음, 단 하나란다."

지독하게 가시 박힌 말을 남기고서 황비는 방에서 나갔다. 그 광기 어린 미소가, 말이, 눈빛이 전해 오는 적대감은 아렌을 향한 것이 아닌데도 그녀의 손끝이 떨려 왔다. 차갑게 식어가는 손을 꽉 맞잡고 아랫입술을 꾹 깨물었다.

이럴 때일수록 진정해야만 한다. 황후와 황태자, 그리고 계승권이 있는 황자와 황비 사이에서 더러운 분쟁이 일어나는 일은 역사적으로 흔하지 않은가. 그 일이 이렇듯 가까운 사람과 관계된 일이고 황제 암살로까지 번져서 정신을 못 차릴 만큼 당황스럽지만 우선 이곳에서 빠져나가는 것이 먼저다.

아렌은 사방을 둘러보다 문으로 달려가 문고리를 잡고 돌려보았다. 철컥거리는 소리만 날 뿐, 열리진 않는다. 밖에서 잠가둔 것이 분명했다. 문뿐만이 아니다. 창문이나 환풍기 등 외부로 향하는 모든 출입구는 철저하게 봉쇄되어 있었다. 거사가 끝날 때까지 감금해두려는 거다.

"젠장……!"

아렌이 욕설을 나지막이 내뱉으며 문을 쾅 걷어찼다. 아까의 황비 모습을 떠올려보면 정말이지 그녀는 제정신을 가진 사람이라고는 도저히 생각할 수 없었다. 금색 눈동자 속에서 일렁이던 광기, 그 위로 카트린느의 새카만 눈이 겹쳐지며 오한이 들었다.

제스의 어머니인 에클렛에 이어 아버지인 황제까지 시해하고 결국엔 제스에게까지……. 무엇이 그토록 당신을 미치게 만들었나.

어쩔 수 없이 세이를 불러야 하나? 귀걸이로 향하던 손이 일순 멈칫거렸다. 세이에게 말만 한다면 분명 이곳에서 나가는 건 물론 황비에 관련된 사태 또한 손쉽게 정리할 수 있을지도 모른다. 하지만 이제껏 과격했던 그의 행동을 고려해봤을 땐, 자신과는 상관없는 일이라며 방관하다가 아렌을 이 위험한 곳에 둘 수 없다며 강제로 다른 곳에 데려갈지도 모른다.

그건 안 돼. 허공에 멈춘 손이 천천히 떨어졌다.

"로도모나스."

아렌의 말이 떨어지기가 무섭게 검은 털 뭉치가 나타나 핑그르르, 공중제비를 돌았다. 크고 초롱초롱한 녹안이 사방을 요리조리 둘러보더니 제스가 없다는 걸 깨닫고 별처럼 반짝인다.

"로도모나스!"

아렌이 한 번 더 부르자 로도모나스가 몸집에 비해 작은 날개를 파닥거리며 날아와 폭 안겼다. 볼이 빨개질 정도로 비비적거리더니 말 한 마디 건네지 않았는데도 알아서 공간이동 마법을 발동시켰다.

눈부신 빛이 번쩍이며 허공에 사르르 녹아내린 다음 아렌의 눈앞에 펼쳐진 곳은 기사단에 있는 그녀의 방이었다. 방은 도둑이라도 든 것처럼 어지러웠고, 깨진 창문 틈을 타고 들어온 바람에 문이 힘없이 삐거덕거리고 있었다.

아렌은 그림자처럼 움직여 복도를 살폈다.

"남은 기사는 없지?"

바로 옆에서 들리는 근위대원의 목소리에 아렌이 흡, 숨을 삼키며 어둠 속에 몸을 숨겼다. 두 명의 발자국 소리가 복도를 울리며 다가왔다.

"응, 이쪽은 없는 것 같아. 히야, 기사단도 참 안됐는걸. 기사단장 하나 잘못 만나서. 반역에다 황제 암살이라니, 간이 크기도 하지."

"그러게 말이야. 그런데 이제 하일렌은 어떻게 되는 거지? 황제 폐하께서 승하(昇遐)하셨으니 계승권을 가지고 있는 이엔나스 황자께서 황위를 이으시는 건가?"

"아마 그렇겠지. 내일 회의에서 중앙 일곱 귀족의 만장일치가 필요하다지만 어차피 형식상 개최되는 것 아니겠어? 이제부터 황비께서 이 제국을 통치하시다시피 하실 텐데 누가 감히 반대표를 던지겠냐고."

"그렇다면 우리 근위대에게도 떨어질 떡고물이 조금은 있겠지, 캬. 좋다. 난 다른 건 필요 없고 휴가나 갔으면."

"아서라, 기사단원들의 시체를 치우려면 하루가 멀다 하고 일을 해야 할 텐데."

약속이나 한 듯 둘은 한숨을 쉬며 계단을 내려갔다. 군화가 잘그락거리는 소리가 사라지고 난 후엔 사위(四圍)는 무거운 침묵에 휩싸였다.

억눌렸던 아렌의 호흡이 잇새로 가늘게 떨리며 새어 나왔다. 이미 기사단원들은 모두 끌려가버린 모양이다. 더욱 암울한 것은 황비가 아렌의 귓가에 속삭였던 위협이 그저 말로 끝나지 않는다는 사실이었다.

오웬, 라미에, 프레드릭, 리안, 코델리아……. 기사단에서 함께했던 이들의 얼굴이 뇌리에 스쳐 지나가며 손끝에서 맥이 풀리듯 힘이 빠져버렸다. 아렌은 벽에 턱 기대 주르르 미끄러져 내려갔다.

'어떻게 해야 할까, 어떻게…….'

은색 눈동자에 그늘이 드리워졌다. 무릎 사이로 고개를 묻은 순간, 그녀의 귓가에 무언가가 딸깍이며 열리는 소리가 미세하게 들려왔다. 서랍이 저절로 열리는 소리였다.

뭐지? 아렌이 경계 어린 눈으로 바라보고 있자 서랍 속에 있던 두루마리가 허공에 둥실 떠올라 아렌 앞으로 날아왔다. 달빛처럼 은은하게 빛나는 두루마리를 보자 자연스레 세이의 목소리가 귓가에 울려 퍼졌다.

「이것도, 가져가십시오.」
「이게 다 뭐예요, 세이?」
「두루마리는……. 적당한 시기가 되면 저절로 열릴 테니 기다리십시오. 억지로 열어보려고 던지거나 하셔도 소용없을 겁니다.」

"적당한 시기……."
아렌이 홀린 듯 중얼거리며 두루마리를 집어 들었다. 이제껏 아무리 열어보려 해도 꿈쩍하지 않던 두루마리가 그녀의 손길에 반응하듯 촤르륵 펴졌다. 처음엔 동그랗던 눈이 두루마리 안에 적혀진 내용을 읽어갈수록 심상치 않게 변해갔다. 가장 아래까지 읽은 다음 믿을 수 없다는 듯 다시 처음으로 되돌아간다. 그렇게 몇 번 거듭하여 읽은 다음에야 그녀는 갈라진 입술을 겨우 움직였다.

"로도모나스, 내일 아무래도……. 공간이동을 한 번 더 해야 할 것 같아."

제국을 통치하던 에슬란 황제가 안가(晏駕)한 지 하루도 채 지나지 않아 황비는 중앙 7귀족이 참석하는 대의회를 소집했다. 국상(國喪)이 발표된 뒤라 차분한 걸음으로 복도를 걸어가는 황비와 그녀를 따르는 관리도 검은 상복을 입고 있었다. 세 발자국 옮길 때마다 귀족과 관료가 물결을 그리며 고개를 숙였고, 황비는 아름다운 얼굴에 미소를 머금으며 가볍게 고개를 끄덕여주었다.

오랜 역사가 그대로 스며든 듯 웅장하고 두꺼운 문이 큰 소리를 내며 열렸다. 문이 완전히 열리자 원탁에 빙 둘러 앉아 있던 여섯 명의 중앙 귀족과 상석에 어색하게 앉은 이옌나스 황자가 보였다. 황비가 회의장 안으로 한 발짝 들인 순간, 그들은 약속이라도 한 듯 일어서서 절도 있게 목례를 했다.

"황비 전하."

황비는 짧게 고개를 끄덕이며 인사를 받은 후 자연스럽게 황자 옆, 가장 상석에 가서 앉았다. 그녀가 작게 손짓을 하자 황자와 여섯 귀족들이 착석했다. 그들을 쭉 둘러보던 황비가 언짢은 듯 눈살을 찌푸렸다.

"한 자리가 비는군요."

여섯 쌍의 시선이 일제히 공석으로 향했다가 황비에게 되돌아갔다.

여섯 귀족 중 유일하게 여자인 이자벨 공녀가 가장 먼저 입을 열었다.

"전하, 공(公)께선 시간이 되었을 때 전언을 보내시니 괘념치 마옵소서."

황권을 견제하기 위한 하나의 장치로서 에슬란 황제는 황제 책봉이나 국혼과 같은 국가중대사에서 중앙 귀족의 만장일치가 필요하다는 정책을 내놓았다. 하지만 일곱 귀족 중 하나에 대해선 이름이나 작위조차 알려진 바가 없다. 그는 다만 시간에 맞춰 친서를 통해 그의 뜻을 전달할 뿐이었다.

황비가 못마땅하다는 듯 춧, 작게 혀를 찼다. 회의를 열어 뜻을 모으는 것도 번거로운 찰나에 황제 책봉이라는 중대사에서조차 모습을 드러내지 않다니.

뭐, 상관없다. 참석지 않은 자의 재가(裁可) 따위, 무시해버리면 그만인 것을.

황비는 천사 같은 미소를 되찾으며 이자벨 공녀에게 시선을 주었다.

"그러고 보니 힐버른 공작께서 보이시지 않으시는군요."

이자벨이 예의 바르게 고개를 숙이며 입술을 움직였다.

"예, 아버님께서 몸이 편찮으셔서 피치 못하게 소녀가 대신 참석하게 되었습니다."

"좋습니다."

짧고 단호한 대답을 한 후 황비가 턱을 도도하게 치켜들고 귀족들을 응시했다.

"자, 시간이 많이 지체되었으니 바로 본론을 꺼내도록 하죠. 이른 시각 공들을 불러 모은 것은 다름이 아니라 황자의 황위 계승에 대해 논의하고자 함입니다."

귀족을 대표하여 자리에 앉은 여섯 귀족의 얼굴이 하나같이 경악에 물들었다. 황비 그녀가 황자를 황위에 옹립하기 위해 줄곧 많은 노력을 기울여온 건 익히 알고 있었으나 이토록 숨김없이 드러내리라고는 생각지 못했던 것이다.

"하오나 전하, 지금 국상도 다 끝나지 않았는데……!"

"저, 어마마마."

"황자는 입 다물고 있도록 하세요."

술렁이는 분위기 속에서 이옌나스 황자가 어머니인 황비에게 넌지시 말을 건넸으나, 그녀는 눈길 한 번 주지 않고 제지했다.

"황제의 자리는 설령 국상 중이라 할지라도 한시도 비워둬서는 안 되는 자리입니다. 그걸 모르고 하는 말은 아니겠지요, 에르윈 백."

"분명 그렇기는 하오나, 아직 황자 전하께선 연세가……."

"나이가 적다 하여 능력이 미흡한 것은 아니지요. 공작께서 지금 황자의 자질에 대해 의심하는 것이오?"

"물론 그런 뜻은 아……닙니다, 황비 전하. 제가 어찌 그런 불경한 말을 입에 담을 수 있겠습니까."

연이은 황비의 가시 돋친 말에 에르윈 백작이 한 수 접고 물러났다. 어딘가 께름칙한 그의 표정과는 확연히 대비되는 찬연한 미소가 황비의 얼굴에 젖어들었다.

"물론 그런 뜻이 아니겠지요. 작위에서 물러날 생각을 가지고 있지 않다면 말입니다. 그렇지 않습니까, 바스틴 공."

노골적인 협박이 퍼부어지자 에르윈 백작과 바스틴 공작이 목이 잘릴까 봐 두려운 듯 시선을 회피했다. 마치 기 싸움에서 승리라도 거머쥔 듯 여유롭게 웃던 황비가 하나하나 점찍듯 귀족들을 눈여겨 살폈다.

"물론 황자가 아직 어려 제국의 모든 일을 도맡아 할 순 없을 겁니다. 그렇기에 황자가 자립할 때까지, 이 늙은 어미가 옆에서 성심성의껏 도울 것입니다. 그러니 그에 대해선 염려하실 필요 없습니다."

섭정(攝政)! 왕이 어리거나 사고가 있을 때 누군가 대신하여 통치하는 일을 일컫는다. 하지만 이제껏 황비의 행동으로 미루어봤을 때 표면적으로만 그 자리에 앉아 있을 뿐, 실제론 제국을 제 손에 넣고 쥐락펴락할 것이다. 에슬란 황제가 살아생전 이것을 염려하여 황자를 황태자로 만들지 않은 뜻을 알고 있으면서도, 누구도 쉬이 이 사실을 입 밖에 꺼내지 못했다. 황제의 자리가 공석인 만큼 현재로선 모든 권력이 황비에게 쏠려 있는 까닭이다. 이 자리에서 한 마디 말실수라도 했다간 어떤 처분을 받을지는 불 보듯 뻔했다.

잔뜩 움츠린 그들과는 달리 황비는 마치 날씨 이야기를 하듯 가볍게 말을 이었다.

공녀님!
공녀님! 4

"또한, 반역자 기사단장에 대해선 확실한 처벌이 있어야 합니다. 흉악무도한 그자가 어디로 도주했을지 모르는 만큼 하일렌 제국, 나아가 대륙 전체에까지 수배령을 내려야 할 것입니다."

"하지만 기사단장이 했다는 증좌가 없는 마당에 수배령까지……."

황비가 이마에 주름을 잡았다.

"증좌가 없다니. 황제 폐하께서 붕어하시기 직전 마지막으로 만난 게 기사단장입니다. 이보다 더 명확한 상황이 어디 있단 말입니까?"

도를 지나친 그녀의 발언에도 누구 하나 지적하는 이 없었다. 숨소리 또한 감히 내지 못했다. 그저 바짝 말라가는 목으로 침을 넘기는 소리마저 들릴까 조심스러워했다.

고양이 앞에 쥐마냥 꼼짝도 못하는 그들을 보며 황비가 만족스럽게 웃었다. 아무도 없었다면 소리 내어 웃었을 것이다. 황제가 살아 있을 때만 하더라도 그녀에게 따박따박 말대꾸를 일삼던 것들이, 지금은 머리가죽이 오그라들 듯 잔뜩 몸을 움츠린 모습이라니.

그녀가 팔을 뻗어 서류를 들자 회의장 벽에 다섯 걸음 정도마다 하나씩 서 있던 시종 중 하나가 잽싸게 다가와 집어 든다. 황비의 턱짓 한 번에 서류가 귀족들에게 전해지고, 그들은 반론 한 번 펼치지 못하고 서명을 해나간다.

여섯 개의 칸이 모두 채워졌을 때쯤, 황비의 눈매가 심상치 않게 가늘어졌다.

원형으로 둘러앉은 귀족들 중앙에, 눈부신 빛이 한 번 번쩍이더니 이곳에 있어서는 안 될 누군가가 모습을 드러낸 것이다. 달빛을 담은 듯 눈부신 은색 머리카락에 단호하게 빛나는 눈동자.

"누구냐! 네 감히 여기가 어디라고 들어온 것이야!"

중앙 귀족 중 하나가 놀라 소리치자 황비가 손을 드는 것으로 막아선

다.

"반갑구나, 어린 기사 소년. 네 여긴 어찌 온 것이냐?"

"고발하러 왔습니다."

"……누굴, 말이냐?"

황비의 금색 눈에 섬뜩한 광채가 스쳐 지나갔다. 그를 마주하는 은색 눈동자는 한 발자국도 물러서지 않고 팽팽하게 맞섰다.

"황비 전하를, 고발하러 왔습니다."

"……."

"저는 이 자리에, 황비 전하의 죄를 밝히고자 왔습니다."

아렌의 목소리는 작지만 그 자리에 있는 모든 이들이 들을 수 있을 정도로 무게가 있었다. 귀족들은 하나같이 당황한 채 우왕좌왕하기 시작했다.

"저 소년은 어디서 나타났단 말인가! 아니, 그보다도 황비 전하의 죄라니 대체……!"

"네 이놈! 무엄하다! 뭣들 하느냐, 저놈을 당장 끌어내지 않고!"

"바로 이게 황비 전하의 죄를 밝혀줄 증거들입니다."

아렌이 두루마리를 들자 기다렸다는 듯 로도모나스가 앞발을 획, 휘둘렀다. 순간 아렌이 들고 있는 두루마리와 똑같은 두루마리가 범람하듯 공중에서 쏟아졌다. 이자벨 공녀를 포함한 중앙 귀족들은 자신 앞에 놓인 두루마리를 보고 몹시 당황하여 황비의 눈치를 봤다.

황비가 잡아먹을 듯 매서운 눈빛을 아렌에게 고정한 채로 입술을 움직였다.

"읽어보아라."

"저, 전하……."

"어서 읽어보라는데도!"

황비의 호통에 백작 하나가 미친 듯이 고개를 끄덕이며 두루마리 하나를 집어 들었다. 금방이라도 주저앉을 듯 창백한 얼굴로 더듬더듬 위에서부터 천천히 읽어 내려가기 시작했다.

 "제, 제국력 108년, 에클렛 황후와 황태자 암살 시도. 114년, 에클렛 황후 사, 살해. 116년 상단 불법 인수 및 합병, 117년, 제국 충신 서른 명 암살…. 제국력 129년 베이판의 위조지폐 제작, 황태자 암살 미수, 그, 그리고 황제 암, 암살……!"

 백작의 말이 끝나기 무섭게 누군가 숨을 들이켜는 소리가 울렸다. 하나같이 어찌해야 할지 모른 채 눈치만 보는 가운데 가장 먼저 움직임을 보인 것은 아렌이었다.

 "이 모든 것을 자행한 것은 다름 아닌 황비 전하이십니다. 그리고 이제는 제국을 손에 넣고 뒤흔들려 하고 계시지요. 제 말이 틀렸습니까?"

 얼핏 당돌하다고 느껴질 만큼 거침없는 말을 가만히 듣고 있던 황비가 나지막이 웃음을 터뜨렸다. 하지만 그럴수록 금색 눈동자는 더욱 요사스럽게 빛났다.

 "카트린느가 무엇 때문에 널 건드렸는지 알겠구나. 잘 알겠어. 이리도 주제 파악을 못 하니 당연했겠지."

 "……그게 무슨 말씀입니까?"

 황비는 그림자처럼 소리 없이 자리에서 일어섰다. 그녀의 움직이는 발에 따라 검은 레이스가 달린 드레스 자락이 뱀처럼 스르르 움직였다. 아렌에게서 세 발자국 정도 떨어진 곳에서 걸음을 멈추고 일그러진 미소를 얼굴에 퍼뜨린다.

 "아이야, 네가 나타난 건 조금 의외이긴 하다만, 저 중앙 귀족들은 어차피 내가 시키는 대로 움직이는 꼭두각시일 뿐이란다. 이런 걸 보여봐야 저들이 할 수 있는 건 아무것도 없어."

마치 어린아이를 달래는 듯한 조곤조곤한 어투였다. 그녀의 말을 들을 수록 아렌의 눈이 점점 커졌다.

믿을 수 없다는 듯 고개를 좌우로 젓던 그녀가 애원하듯 중앙 귀족들을 바라봤다. 하지만 하나같이 이마에 맺힌 식은땀을 훔치며 그녀의 시선을 외면할 뿐이었다. 심지어 이자벨 공녀조차도.

노력이 헛것으로 돌아간 것을 깨닫자 머리가 띵해졌다. 이제 자신에게 남은 카드는 없다. 어떻게든 자신의 힘으로 제스의 무죄를 증명하려 했으나 역부족이었단 말인가. 이제, 어떻게 해야 될지 막막하다. 가슴이 철근을 올려놓은 듯 뻐근했다.

황비는 얼이 빠진 아렌을 보며 낮게 웃음을 터뜨렸다. 그러곤 상석 주변에 서 있는 근위대원에게 눈짓을 보냈다. 그녀의 뜻을 번개같이 알아들은 근위대원은 소리 없이 다가와 검을 빼들었다. 무방비한 견습 기사 애송이 따위, 한 방에 보내버리면 그만이라고 생각하며 있는 힘껏 검으로 내리그었다. 아니, 내리그으려 했다.

챙강!

옆에서 울리는 거친 쇳소리에 아렌은 깜짝 놀라 고개를 돌렸다. 순간 아, 하고 입이 절로 벌어졌다. 유난히도 키가 큰 시종 하나가 언제 다가왔는지 그녀 앞에 있었다. 단순히 있다뿐인가, 검으로 근위대원의 검을 막아서고 있었다.

가볍게 밀어내자 근위대원은 용수철 튕기듯 중심을 잃고 쿵, 넘어졌다. 둘을 번갈아보던 아렌은 이내 자신 앞에 선 시종에게 시선을 고정했다. 생김새도, 체격도 모두 다르지만 아, 이 사람이 누군지 알 것만 같았다. 그리움이 북받쳐 올라 눈물이 울컥 솟았다.

"제스……."

그녀의 읊조림에 시종이 천천히 뒤를 돌았다. 무슨 마법이 걸렸는지,

그가 목깃 근처에 달려 있던 배지를 빼내자 빛이 일렁이면서 그의 모습이 점차 변해갔다. 짧았던 머리는 어깨 근처에 내려올 정도로 길게, 장막에 가린 듯 어두웠던 눈동자는 호수처럼 푸르게. 눈으로 보고도 믿기질 않아서 손을 뻗어 그의 뺨을 훑어 내렸다.

진짜다. 진짜 제스다.

"괜찮나."

얼핏 들으면 감정이 없다 싶을 정도로 무뚝뚝한 어투였으나 아렌은 알 수 있었다. 지금 이 순간, 그는 그 누구보다도 그녀를 걱정하고 있다는걸. 아렌은 슬로모션처럼 고개를 끄덕였다. 지금으로선 반가움에 눈물을 쏟지 않는 것만으로 힘겨웠다.

"황태자……! 네가 어찌 여길!"

뒤에서 황비가 경악을 금치 못하고 비명을 질렀다. 꼼꼼히 아렌을 살피던 푸른 눈동자가 스르르 움직여 그녀를 담았다.

"지금 하시던 것, 그만두십시오."

"뭐?"

"그렇지 않으면 황비 전하, 이것이 제가 갖추는 마지막 예의가 될 수도 있습니다."

금방이라도 비수가 튀어나올 정도로 싸늘하게 식은 말투였다. 명백한 경고를 담은 그의 말에 노여웠는지 그녀의 목에 핏발이 튀어나왔다.

"황태자……! 네 어미를 따라 너마저 끝까지 날 방해하는구나. 잘되었어, 잘됐다마다. 이곳에서 죽여주마. 너의 목을 베어내어 황성 앞에 걸어둘 것이다. 너의 어미와 같이 처참하게 죽여줄 것이야!"

정신이 나간 사람처럼 미친 듯이 외치는 황비를, 제스는 그저 무정한 눈으로 바라보고만 있을 뿐이었다. 그의 태도에 더욱 화가 난 황비가 정신없이 발악하며 검을 집어 들었다.

죽인다, 죽인다, 죽여버릴 거야. 이번에야말로……!

무엇엔가 홀린 사람처럼 쉴 없이 중얼거리며 검을 들어 올린 그때, 회의장의 문이 한 번 더 열렸다.

"이제까지 잘 보았으니 그만 됐소, 황비."

뜻밖의 목소리에 순간 회의장의 공기가 경악으로 얼어붙었다. 정적 속에서 무거운 발이 회의장 안으로 향했고, 모든 이들의 시선이 자연스럽게 목소리의 주인공을 찾아갔다.

"황제 폐하!"

중앙 귀족 중 하나의 외침이 메아리처럼 울려 퍼졌다. 전속 시종인 콘라드를 대동한 황제가 유쾌하게 눈을 빛내며 좌중을 둘러봤다.

"아니, 잠시 보지 못하였다고 공들이 많이 수척해졌군. 무슨 변고라도 있었소?"

황제가 들으라는 듯 너스레를 떨며 시선을 옮겼다. 깊고 푸른 눈동자가 중앙 귀족, 아렌, 제스, 이옌나스 황자를 차례로 훑고 상석으로 향했다. 아직까지 감히 고개를 돌리지 못하고 있는 누군가를 발견하자 입가에 싸늘한 조소만이 남는다.

"아, 지금 그 누구보다도 놀란 이는 황비인 것 같군. 괜찮소?"

"……."

숨을 쉬고 있는 건지 의심이 될 정도로 미동이 없던 황비가 결국엔 천천히 돌아섰다. 넉넉한, 한편으론 씁쓸한 미소를 짓고 있는 황제를 보자마자 헉, 숨을 삼킨다. 그녀의 얼굴은 피가 빨리듯 새하얗게 변해갔고 떨리는 입술 사이로 이가 따닥따닥 부딪치는 소리가 새어 나온다.

"폐……하께서 어떻게! 어떻게!"

"많이 놀란 모양이오, 황비."

"어……. 어, 어어어……떻게……! 분명히, 폐하께서는……!"

"그래, 나는 분명 어젯밤 그대의 앞에서 독을 마시고 죽었지. 그 모습을 분명 눈으로 확인하고 떠났으니 기함할 법도 하오."

지켜보는 귀족들의 눈에 경악이 스쳐 지나갔다. 뭐야, 기사단장이 암살한 게 아니었어? 놀라워하는 눈빛들.

아렌 또한 처음 듣는 소리라 눈을 휘둥그레 떴다. 정곡을 찔린 황비가 어찌할 바를 모르고 부들부들 떨고 있자, 그녀를 비웃듯 황제가 혀를 찼다.

"츳, 황비. 다소 실망이구려. 붉은 연꽃의 수괴(首魁)가 이렇게 쉽게 걸려들어서야. 그간 내 감시망을 벗어나던 실력은 어디로 갔소?"

"그, 게 무슨……!"

'붉은 연꽃의 수괴'라는 한마디로 그녀를 충격에 빠뜨린 황제는 일순 냉정하기 그지없는 군주의 모습으로 돌변하여 노호를 터뜨렸다.

"그런데 황비는 어찌하여 허락도 없이 어전에서 머리를 들고 있는 것이오! 당장 예를 갖추지 못하겠소!"

방을 가득 메우는 추상같은 위엄에 여섯 귀족이 가장 먼저 정신을 차리고 고개를 숙였다. 제스의 고개 또한 기울어지며 흑발이 어깨 위로 흘러내렸다. 뒤늦게 정신을 차린 아렌도 따라서 경례를 했지만 정작 황제가 명령을 내린 상대인 황비만은 꼿꼿이 서 있었다.

황제의 선명한 경고가 어린 눈을 똑똑히 노려보며 그녀가 입을 열었다.

"……이미 한발 늦으셨습니다, 폐하. 그렇습니다, 폐하께서도 이제 어쩔 도리가 없으실 겁니다."

황비는 팔을 뻗어 테이블 위에 놓여 있던 서류를 집어 들었다. 우악스런 손길에 종이가 우그러지는 소리가 들렸다. 한 손으로 테이블을 짚고 그녀가 등을 쫙 폈다.

"보이십니까? 이것. 이미 이엔나스 황자가 황위를 물려받는다는 중앙 귀족의 재가(裁可)가 내려진 상태입니다. 중앙 귀족의 만장일치 제도는 폐하께서 직접 만들어서 내리신 법령(法令)입니다. 아무리 황제 폐하시더라도 이를 번복하실 수는 없습니다!"

"……황비."

"아시겠습니까! 이 안건은 통과되었습니다. 이제는 이옌나스가, 내 아들이 황제란 말입니다!"

발악하듯 소리 지르는 황비를 보며 질릴 법도 하건만, 가만히 그녀를 바라보던 황제는 그만 큭, 소리를 내어 웃고 말았다. 견고한 울타리처럼 버티고 있는 모습이 오히려 재미있다는 듯한 태도다.

"그래, 짐은 직접 만든 제도를 번복할 생각은 없소."

"그렇다면……!"

"허나 황비, 짐이 알기로 중앙 귀족은 일곱인데, 어찌하여 서류에 찍힌 서명은 여섯밖에 되지 않소?"

황제의 지적에 황비가 크게 움찔했다.

"그……것은! 일곱 번째 중앙 귀족이 부재하여 어쩔 수 없이……!"

"아니, 아니오. 황비. 그대에겐 안된 일이지만 일곱 번째 중앙 귀족은 이 자리에 참석해 있다오."

황비가 악에 받쳐 펄펄 날뛰기 시작했다.

"거짓입니다, 거짓이에요! 절 속이려 하셔도 소용없습니다! 어찌 십 년간 모습 한 번 드러내지 않은 자가 귀족의 신분으로 이 자리에 있을 수 있단 말입니까!"

온 회의장이 울리도록 소리 지르는 황비의 모습에, 푸른 눈동자가 음울하게 침전되었다. 내 어찌 좀 더 빨리 저 여인의 본모습을 꿰뚫어보지 못했을꼬. 시한폭탄은 내부에 있었건만, 다른 곳에서 찾으려고 했던 꼬락서니라니!

들리지 않을 정도로 낮게 한숨을 쉰 황제가 손을 들어 한 번 까딱했다. 그에 따라 황제의 뒤에만 줄곧 서 있던 시종, 콘라드가 한 발짝 앞으로 나섰다. 굳은 듯 딱딱했던 턱 선이 천천히 움직였다.

"……일곱 번째 중앙 귀족, 콘라드 실베루인. 발언하겠습니다."

회의장 안은 또 한 번 충격에 휩싸였다. 믿기 힘든 일이었다. 하일렌 제국 귀족 전체를 대표하는 자가 중앙 귀족이다. 아무리 황제의 전속 시종이라 할지라도 분명 신분은 시종이다. 귀족을 대표할 수 있을 리가 없지 않은가.

"하, 저를 속이려들지 마십시오, 폐하! 저자는……!"

당장에라도 달려들어 목을 졸라버릴 기세로 사납게 으르렁대는 황비를 콘라드가 차갑게 막아섰다.

"이옌나스 황자 전하께선 아직 황위를 물려받기 미숙하다고 판단된 바, 콘라드 실베루인, 본 안건에 반대표를 던지는 바입니다."

"자, 그럼 이로서 본 안건의 부결(否決)만 선언하면 되는 셈이군."

황제의 산뜻한 선언에, 송곳니가 드러나도록 이를 갈고 있던 황비가 필사적으로 부정하기 시작했다.

"저자가 일곱 번째 중앙 귀족일 리 없습니다. 그럴 리가 없단 말입니다! 무엇보다도, 저자는 귀족이 아니지 않습니까! 그런 자가 어찌……!"

그녀의 말이 끝나기도 전에 황제가 대번에 고개를 설레설레 흔들었다. 너무도 즉각적인 반응이라 황비의 입이 힘없이 닫혔다. 일곱 번째 중앙 귀족의 실체는 같은 귀족들에게도 감춰져 있던 비밀이라 회의장 안의 모든 관심은 황제와 그의 시종 콘라드에게 쏠려 있었다.

"콘라드는 엄연히 귀족의 신분이라오. 오래전, 비밀리에 작위를 하사했지. 짐이 아무리 황권을 분산시키기 위해 중앙 귀족을 두었다고 해도, 그들에게 모든 힘을 실어줄 정도로 바보 같은 짓을 저지를 리가 있겠소? 짐을 대신하는 의미로, 짐의 최측근인 콘라드를 중앙 귀족에 포함시켰지."

"……."

"자, 황비. 이로써 이옌나스의 황위 계승이 물 건너갔구려. 남은 패가 더 있소?"

황제는 무엇이라도 꿰뚫어볼 듯 날카로운 눈빛으로 그의 비를 바라보았다. 황비는 잇새로 흘러나오는 낮은 신음을 억지로 삼키면서 힘없이 상석에 기댔다. 그 주제에 팔딱 치켜든 목과 어떻게든 수를 써보려고 왈칵 깨문 입술이 악착같았다.

둘의 모습을 지켜보며 아렌은 속으로 감탄을 금치 못했다. 들은 이야기로만 미뤄 유추했을 때 황제는 황비에게 모습을 드러내기 전 어지간한 물밑 탐색은 다 끝내놓은 모양이다. 그를 기반으로 그녀가 발뺌을 할 수 없는 상황을 조성해놓고 마지막에 모습을 드러낸다, 정말이지 무섭도록 주도면밀하고 치밀한 황제다.

황비에게 못 박혀 있던 황제의 시선이 잠시 아렌을 스쳐 지나갔다. 찰나의 순간, 그녀만 볼 수 있도록 한쪽 눈을 찡긋. 다시 만나 반갑다는 거다. 그래놓곤 금방 안면을 싹 바꾸어 근엄한 목소리로 말한다.

"쓸데없이 버티지 말고 이쯤에서 죄를 인정하는 게 어떻겠소, 황비. 아니, '붉은 연꽃'이라는 호칭으로 부르는 편이 그대에겐 더 익숙하겠구려."

맥없이 무너지듯 주저앉아버리는 황비를 아들인 이옌나스가 얼른 부축했다. 하지만 그녀는 황자의 손을 날카롭게 쳐내면서 눈에 불을 켜고 황제를 노려봤다.

"……처음부터, 다 알고 계셨습니까?"

"물론."

"대체 언제부터……!"

어금니가 아프도록 이를 악문 황비가 옷자락을 왈칵 움켜쥐었다. 황제는 느릿하게 걸음을 옮겨 아무 의자에 걸터앉았다.

"자, 보자. 언제부터였더라. 옳지, 시작은 저 아이부터였소."

황제가 바로 아렌을 응시하며 말했다. 그 시선에 화들짝 놀란 그녀가 반사적으로 제스에게 시선을 옮겼다. 잔뜩 이맛살을 찌푸린 제스가 '또 무슨 짓을 한 거지?'라는 눈빛을 보냈고, 아렌은 '억울해! 난 아무 짓도 안 했어요.'라는 눈빛으로 항의했다. 그럼에도 물론 의심 가득한 제스의 표정엔 변함이 없었다.

그 둘의 모습을 번갈아보던 황제가 입가에 넉넉한 미소를 띠웠다. 그러곤 곧 입을 열어, 저 멀리 선 시종에게도 똑똑히 들릴 정도로 뚜렷한 목소리로 이야기를 시작했다.

그리 오래되지 않은, 평화로운 일상에 끼어든 갑작스런 일이었다. '내 새끼'인 아렌에게 정체를 들키지 않으려 잔디 깎는 법을 배우고 있었는데, 느닷없이 아렌이 찾아와서 황제 폐하를 만나고 싶다고 하질 않는가. 까닭을 물으니 황제가 불러 다녀오는 길에 마치 계획된 것처럼 샹들리에가 떨어졌단다.

이상한 일이었다. 정작 황제 자신은 기사단장도, 아렌도 부른 일이 없건대. 하여 조사를 명했다. 황제의 명을 전했다던 시종의 시체를 조사해 보니 켄케스라는 독약을 먹고 자결을 했다는 사실이 드러났다.

켄케스는 베이판의 지폐 색소를 만드는 데 쓰이는 약초. 이것을 말리면 치명적인 독극물이 된다. 하일렌 제국에선 희귀한 약초라 대량으로 밀반입된 이것이 어디로 흘러들어 갔는지는 쉽게 알아낼 수 있었다.

켄케스를 추적하다 보니 어느 순간 거짓말처럼 드러난 배후. 붉은 연꽃과 수장인 황비, 그리고 그녀가 저지른 모든 죄를 알게 되었다.

이들을 어찌 처결할까 고민하던 찰나, 아렌이 도망친 황후의 검을 들고 왔다. 이것이 누구의 것이냐 물으니 기사단장인 제스의 것이라 답했다. 잃어버린 황태자, 루제나스 엘레벤 반 류라이어를 찾는 타이밍 또한 기가 막혔다.

헌데 문제가 있다. 틀림없이 황비가 황태자를 해하려들 것이다. 그리하여 생각해낸 것은 악수(惡手)인 동시에 가장 효과적인 수를 두었다. 바로 황비에게 진실을 밝히고 그녀가 하는 대로 내버려두는 것이다.

「드십시오, 폐하.」

황비에게 황태자의 존재를 알린 그날 밤, 그녀가 따라준 찻물을 바라보며 속으로는 탄식했다. 녹색 찻물, 독약을 탄 찻물임에 틀림없다. 그녀를 데려오기 전 미리 찻잔에 해독제는 발라두었으니 저 차를 마시더라도 죽지는 않을 것이다.

하지만…….

「찻잎을 너무 많이 넣은 것은 아니오? 차 맛이 조금 진하구려.」

「……이 모든 건 폐하의 탓입니다.」

일그러지는 붉은 입술을 마주하며, 억장이 무너지는 듯했다. 몸이 아닌 마음이 죽을 듯 고통스러웠다. 비록 그녀가 황후와 황태자를 해하려 했을지언정, 자신과는 몇십 년의 고락을 함께한 아내 아니던가. 그런 그녀가 황제 자신이 죽어가는 모습을 지켜보기만 했다. 지독히도 무미건조한 눈으로.

자신이 준비한 독약에 대한 믿음 때문이었을까, 아니면 한시라도 빨리 황자를 황제의 자리에 앉히고 제국을 자신의 손아귀에 넣고자 하는 열망이 컸던 탓일까. 그녀는 황제의 죽음을 제대로 확인해보지도 않은 채 자리를 떠났다.

쿵, 오랜 세월이 고스란히 배어든 문이 닫히자마자, 황제는 참고 있던 숨을 모조리 풀어냈다.

「후우, 인정사정없구먼, 그래. 옷차.」

그가 몸을 일으켜서 의자 깊숙이 몸을 뉘었다. 어두운 곳으로 떨어지는 마음을 추슬러 괜스레 옷 앞섶을 툭툭 털었다.

「거참, 옷 다 버렸군. 새 옷인데. 에잉.」

혼잣말이 녹아든 허공은 곧 지독한 고요에 휩싸였다. 나무 사이로 세차게 흐르는 달빛은 적막을 더욱 돋우었다. 실낱같은 동정심이 일었다.

그녀의 소원이 무엇인지 어렴풋이 알고 있음에도 외면한 것, 자신이 평생 황후인 에클렛을 기다리는 동안 황비가 느꼈을 감정이 안쓰럽게 느껴져서 용서하려 했다. 그녀의 여생을 평화롭게 보낼 수 있는 곳으로 보내주려 했다.

「……하지만 황비, 그러기엔 그대는 이미 너무 멀리 와버렸소.」

황제가 기어이 눈을 감았다.

「부르셨습니까?」

제스의 목소리가 고요한 공기를 두드렸다. 미리 황제가 내린 명령에 따라, 콘라드가 때맞춰 데리고 온 모양이다. 쓰디쓴 마음을 굳건히 다지며 목소리가 들리는 쪽으로 눈길을 돌렸다. 끝없는 암흑 속에 미래의 황제가 우뚝 서 있다. 자신의 눈을 쏙 빼닮은 남청색 눈동자를 마주하자 황제가 입가에 미소를 띄웠다.

「왔느냐, 나의 아들아.」

이제, 서막이 올랐다.

「무모한 행동을 하셨습니다.」

전후사정을 전해 듣는 내내 입을 꾹 다물고 있던 제스가 더할 나위 없이 차갑게 내뱉었다. 줄곧 창밖에 못 박혀 있던 시선을 황제에게로 돌렸다. 찻잔에 해독제를 발라놨다고는 하나 나이가 나이인지라, 독을 먹은 황제의 얼굴은 조금 파리해 보였다.

「응? 뭐가 말이냐?」

제스의 얼굴이 한층 딱딱하게 굳었다.

「몰라서 물으십니까? 황비 전하께서 썼던 독이 켄케스가 아니었다면 어쩌실 뻔했습니까?」

「그거? 뭐 별일이야 있었겠느냐. 그저 이 세상을 떠나면 그뿐.」

황제는 대수롭지 않다는 듯 너털웃음을 터뜨리며 진한 해독제를 쭉 들이켰다. 제스는 사고 치는 아렌의 모습을 볼 때처럼 미간을 좁혔다.

황제가 찻잔에 발라둔 것은 오직 독초 켄케스를 해독할 수 있는 해독제. 황비가 다른 독약을 썼다면 생사를 장담할 수 없었을 것이다. 그럼에도 저런 태연한 모습이라니.

제스가 얕게 한숨을 내쉬자 뒤에서 잠자코 있던 콘라드가 앞으로 나섰다.

「제가 그렇게 말렸는데도 이 일을 감행하신 분입니다. 원래 저러시니 전하께선 너무 신경 쓰시지 마십시오.」

「이봐, 콘라드. 원래 저렇다니. 내 귀는 아직 멀지 않았네만.」

「그럼 앞으로는, 어떻게 되는 겁니까?」

묻는 말에나 대답하라는 듯한 제스의 태도에 황제는 입술을 부루퉁하게 내밀었다. 나이도 어린 녀석이 뭘 먹고 자랐기에 저렇게 무표정하고 딱딱하단 말인가. 융통성이 없기로는 세계 제일로 꼽힐 녀석이로세.

「폐하.」

「알았다, 알았어. 재촉하지 말거라.」

남은 차를 한 번에 쭉 들이켜 마신 황제는 앞으로 황태자를 보좌할 이들의 고생길이 훤히 보인다고 생각하며 혀를 찼다.

「가만있자, 앞뒤 상황을 생각해보면 아마 높은 확률로 너는 짐을 죽인 암살자로 지목되겠지. 십중팔구, 황비는 기사단까지 건드릴 게다.」

「……저는 당장 돌아가겠습니다.」

'기사단'이라는 단어에 제스는 지체 없이 뒤로 돌아섰으나, 황제는 고개도 돌리지 않고 그를 향해 말했다.

「너는 물론이고 기사단은 모두 죽는다 해도 지금 돌아가려 하느냐.」

당장 알현실을 나서려던 그림자가 우뚝 멈췄다. 황제는 마치 날씨 이야기를 하듯 평탄한 어조로 말을 이었다.

「참기 힘든 건 알지만 하루만 참도록 해라. 내일이면 붉은 연꽃 따위 뿌리째 뽑아줄 테니."

「……그들의 목을 취하기 위해 기사단원들을 미끼로 쓰고 싶지 않습니다.」

황제의 입술 한쪽이 비틀어져 올라갔다.

「상대를 베어내려면 몸의 일부를 내어주어야지.」

「내어주지 않고 베겠습니다.」

「과한 욕심을 부리는구나.」

황제가 일부러 은근히 돌려서 쿡 찔러보았지만, 제스는 쓸데없는 말다툼을 벌이지 않고 걸음을 옮겼다. 거참, 다루기도 힘든 녀석이로세. 황제는 츳, 혀를 차면서도 입가에 은근한 미소를 머금었다. 그가 상대를 가지고 놀면서 자기 페이스로 끌어들이는 스타일이라면, 제스는 정반대였다. 적절한 때에 꼭 필요한 말만을 하며 그 외엔 철저한 무시로 일관해버린다.

문제는 저런 태도가 마음에 든다는 것이지.

황제는 의자에 깊숙이 몸을 누이며 찻잔을 테이블에 내려놓았다.

「너의 기사단은 전원 털끝 하나 다치지 않을 것이다. 짐이 내 새끼를 사지로 내몰 리가 있겠느냐. 다 수를 써두었지.」

걸음을 멈춘 제스가 딱딱한 동작으로 몸을 돌렸다. '내 새끼'가 아렌을 일컫는 걸 눈치 챘는지 눈매가 가느스름하게 좁혀진 채였다.

「……아렌과는 어떻게 아는 사이십니까?」

「그건 그 아이와 짐, 둘만의 비밀이라 말해줄 수 없구나, 아들아.」

제스를 약 올리기라도 하듯 황제가 어딘지 즐거워 보이는 얼굴로 대답했다. 자연스레 제스의 미간이 있는 대로 구겨졌고, 황제는 아들의 표정이 왜 그런지 이해가 안 된다는 듯이 천연덕스럽게 고개를 갸웃거렸다.

그들을 지켜보는 콘라드는 제스의 인내심에 혀를 내두를 수밖에 없었다. 정말이지 자신은 시종의 신분이지만 가끔, 정말로 가끔 황제를 한 대 쥐어박아주고 싶을 때가 있는데 지금이 바로 그때였기 때문이다. 제삼자인 자신도 이렇게 얄미운데, 직접 그와 마주하는 제스는 오죽하겠나.

하지만 제스는 어느새 얼음조각처럼 차디차게 번뜩이는 눈을 되찾고 황제를 응시했다. 어물쩍 넘어가지 말라는 거다.

자신과 꼭 빼어 닮은 청색 눈동자를 마주하던 그가 천천히 고개를 돌려 창밖을 응시했다.

「너는 그 아이에 대해 얼마나 알고 있느냐? 얼마나 알고 있다고 생각하느냐?」

「무슨 뜻입니까?」

대나무처럼 올곧고 정직한 물음에 황제는 들릴락 말락 작은 한숨을 내쉬었다.

「……아니다, 후일 그 아이의 입으로 말할 날이 오겠지. ……콘라드.」

콘라드는 즉시 한 발 앞으로 나서며 제스에게 펜던트를 건넸다. 옷깃에 끼우고 펜던트를 살짝 누르는 것만으로 다른 사람의 모습으로 바뀌는 마법이 걸려 있습니다, 전하. 콘라드의 설명이 끝났는데도 제스는 펜던트를 물끄러미 바라보고만 있었고, 황제는 느긋하게 부연 설명을 덧붙여주었다.

「본디 등잔 밑이 가장 어둡다고 했다. 황비와 적이 되었으니 그녀의 가장 가까운 곳에 있어라. 거기서 확인해라. 네가 황태자의 자리에 오르지 않는다면 이 제국이 어찌 될지를.」

「황태자의 자리엔 오르지 않는다고 말씀드렸습니다.」

비수로 찌르는 듯한 날카로운 어투에도 황제는 완강한 태도를 고수했다.

「내일도 똑같은 대답을 한다면 내 너를 놓아주마. 그 어떤 상황에서도 다시는 내 너를 아들로 부를 일도 없을 것이다.」

「……지는 수를 두려 하십니까?」

"인생은 필패(必敗)와의 싸움. 지는 걸 두려워했다면 여기까지 올 수 있었겠느냐.」

허공에서 마주친 두 개의 시선 사이에 팽팽한 긴장감이 흘렀다. 한마디로 정의할 수 없는 부자지간을 응시하던 콘라드가 창밖으로 고개를 돌렸다. 어둠이 가고 점점 새벽 여명이 강하게 밝아오고 있었다.

미동 없던 그림자가 서서히 움직였다.

"그렇게 된 것이지. 황비, 그대는 처음부터 내 과녁 위에 있었소."

"다 알고 지켜보셨다는 말씀입니까…….."

황비가 혼잣말처럼 중얼거린 후 퍼뜩 고개를 들었다. 황제에게서 느껴지는 위압감은 마치 거대한 벽과 같았다. 자신이 아무리 애를 써도 넘을 수 없는 벽. 아득한 절망감이 그녀의 목을 서서히 죄어 오는 듯했다.

"황비, 사람이 본능적으로 추구하는 목표엔 세 가지가 있다오. 지위, 명예, 재산이 그것이지. 이 세 가지를 가지려고 지나치게 욕심을 부리면 결국 제 자신을 망치게 된다오. 이제 보니 그대가 딱 그 짝이로군. 사슴인 줄 알았더니 하이에나 따위의 불길한 짐승이었어."

거의 사형선고와도 같은 황제의 말이 끝나자 황비의 얼굴에서 핏기가 싹 가셨다. 더는 상황을 돌이킬 수 없다는 초조함이 그녀를 가만히 내버려두지 않았다. 어떻게 행동해야 좋을지 머리가 결론을 내리기도 전에 이미 비명에 가까운 고함을 지르기 시작했다.

"죽여! 쳐! 어서! 이 자리에 있는 모두를 죽여!"

황비의 명을 들은 아론은 땀을 뻘뻘 흘리며 머뭇거렸다. 상황이 너무 급작스레 반전된 까닭에 누구의 말을 들어야 자신에게 이로울지 판단이 잘 서지 않는 것이다.

그가 우물쭈물하고 있자 황비의 목소리가 급속도로 커졌다.

"죽여! 저 황제고 황태자고 다 죽여버리란 말이다! 이 제국은 이미 내 것이야!"

그녀의 발악에 밀려 아론은 엉거주춤 손에 든 검을 황제에게 겨누었다. 황제는 어느새 웃음기를 싹 지운 얼굴로 단호하게 물었다.

"그대가 그리 행동하는 것은, 근위대원들은 물론이고 대장까지 모두 근위대에서 사직하고 황비의 사병이 된 거라 해석해도 되겠는가?"

"예? 그, 그건…….""

황비의 눈이 섬뜩하게 빛났다.

"내 말 들리지 않는 거냐! 근위대장! 어서 찔러! 죽여, 다 죽여버려!"

"근위대의 주인이 언제부터 레이아나 황비가 된 것인가! 황비의 명을 듣고 짐에게 검을 겨눈 것만으로 근위대는 이미 반란군이 되었다는 걸 정녕 모르겠느냐!"

황제의 기백 넘치는 목소리와 황비의 불안한 심리가 그대로 녹아든 새된 목소리가 경쟁하듯 차례로 회의장을 울렸다.

그 사이에서 어느 쪽에 검을 겨눠야 될지 모르고 손만 떨던 아론이 제스를 보더니 얼굴을 굳혔다.

"근위대 전원 들어와! 들어와서 황비 전하의 명을 받들어라!"

황제의 한숨이 가볍게 떨어지는 순간 기다렸다는 듯 회의장 문이 열렸다. 급히 그곳으로 시선을 돌린 아렌은 믿을 수 없는 광경에 저도 모르게 입을 헤벌렸다. 아론이 부른 건 근위대인데 정작 회의실에 들어온 건…….

"단장님!"

기사단이었기 때문이다. 빛을 등지고 들어오는 그들은 마치 신을 숭배하듯 경건한 표정을 띠고서 제스 앞에 무릎을 꿇었다.

"단장님을 뵙습니다!"

아렌은 눈앞이 핑핑 돌아 미칠 지경이었다. 분명 근위대에 붙잡혀 감옥에 구금되어 있다고 들은 기사단이 그녀의 눈앞에 떡하니 나타났다. 라미에, 프레드릭, 오웬, 이름을 모르는 수십의 기사들, 그리고 심지어 카일까지……. 도대체 황제는 어디까지 일을 준비해놨던 것인가. 한 발짝 뒤로 물러서자 제스가 팔로 그녀를 가볍게 받쳐주었다.

"……기사단은 일어나서 황제 폐하의 명을 받들어라."

제스의 말이 끝나기가 무섭게 기사단 전원이 일제히 일어나 황제 앞에 무릎을 꿇었다. 텅, 바닥에 무릎이 떨어지는 소리와 군화 소리가 어지럽게 섞였다. 황제는 의자를 밀어내듯 일어나며 근엄한 목소리로 말했다.

"황명이다. 황비는 물론이고 근위대 전원, 그리고 이옌나스의 신변을 구속하라."

"존명!"

기사들은 바쁘게 움직여 황비를 둘러쌌다. 라미에가 한 발짝 나서며 황비 전하를 모셔가겠습니다, 더없이 딱딱한 어조로 말했다. 기다렸다는 듯 부하 기사들이 양쪽에서 그녀의 팔을 붙들었다.

상황은 절망적이었다. 이미 시위 떠난 화살이라는 좌절감이 황비의 숨구멍을 턱턱 막아 왔다. 손끝은 싸늘하게 얼어붙는 것만 같았고, 단단하게 뭉쳐진 턱이 경련이 일어날 정도로 떨리기 시작했다.

"이옌만은, 이옌만은 살려주십시오! 목숨만! 목숨만이라도 부지하게 해주십시오!"

"끌고 가라."

비굴하게 느껴질 정도의 애원에도 황제의 명령은 가차 없었다. 절망감에 물든 황비는 피를 토해내듯 비명을 지르기 시작했다.

"이……, 이옌! 이옌! 아니 된다! 이옌! 내 너에게 제국을 넘겨주려 했다! 나와 같이 뒷방신세를 지게 하고 싶지 않았어! 살려줘! 이옌! 살려주십시오!"

그늘진 얼굴로 그녀를 바라보고 있던 황제는 무섭도록 싸늘하게 고개를 저었다.

"안됐지만 황비, 어찌 말 하나에 두 안장을 지울 수 있겠소. 제국에도 두 개의 태양은 필요 없지 않겠소?"

"아아, 아아아아아! 이옌, 이옌! 아니 된다!"

찬 바닥에 나뒹굴 정도로 발악하던 그녀는 결국 기사들의 손에 질질 끌려 나갔다. 황자 이옌나스는 모든 것을 체념한 얼굴로 얌전히 그 뒤를 따랐다. 다만 회의장에서 나서기 전 단 한 번, 아렌에게 무언가 할 말이 있다는 듯 뒤돌아봤을 뿐이다.

쿵, 문이 조용히 닫히는 소리 뒤에 이어지는 건 묵직한 침묵. 누구 하나 감히 숨소리도 내기 힘든 위태위태한 분위기에서 황제가 섬뜩하게 번뜩이는 눈을 중앙 귀족에게 돌렸다. 줄곧 황비에게만 향했던 화살이 이번엔 그들에게 돌아간 것이다.

"너희의 죄를 알고 있느냐?"

"……."

"분명 이 두루마리엔 황비의 죄가 낱낱이 드러나 있는데 왜 이를 보고도 중앙 귀족은 아무 말을 못 한 것인가!"

"……."

"말대가리 같은 놈들, 그러라고 내 너희들에게 중앙 귀족의 작위를 내린 것이냐!"

황제의 호통 소리가 성난 야수의 노호처럼 끊임없이 쏟아졌다. 황비 앞에서 아렌의 고발을 무시했던 중앙 귀족들은 싸늘한 시선 속에서 황망하게 고개를 숙였다.

"송구하옵니다! 폐하!"

"송구하긴, 개 풀 뜯어 먹는 소리, 송구할 일이었으면 하질 말았어야지."

나직한 황제의 투덜거림을 듣고만 있던 아렌이 상황에 맞지 않게 소리 내어 웃음을 터뜨릴 뻔했다. 중앙 귀족에게 보이지 않도록 하여 그녀에게 씩 웃어준 황제가 다시 목소리를 가다듬고 명령을 내렸다.

"두루마리에 적힌 모든 귀족을 잡아들여라. 그들에게서 혹시나 숨겨져 있을지 모를 붉은 연꽃의 죄를 명명백백하게 밝혀내란 말이다! 너희 중앙 귀족들에 대한 치죄는 그 후에 하겠다!"

"명을 받듭니다, 폐하!"

거역할 수 없는 위엄에 몰릴 대로 몰린 중앙 귀족들은 고개를 어색하게 숙이고만 있었다. 못난 것들, 황제가 한숨 섞인 혼잣말을 중얼거렸다.

'끝, 인가……?'

아렌이 참았던 숨을 한꺼번에 몰아쉬자 머리가 핑 돌았다. 황제가 붕어했다는 소식과 함께 제스가 사라지고, 황비를 고발하러 왔으나 헛수고라는 절망감에 발버둥 칠 때 거짓말처럼 황제와 제스가 나타났다. 한 시간에 하나씩 목이 잘릴 거라던 기사단원들은 모두 무사했다. 모든 일의 근원이자 오랫동안 쫓았던 붉은 연꽃 일도 마법처럼 마무리되었다. 머릿속을 빠르게 스쳐 지나가는 이 많은 일이 하루도 채 되지 않아 일어났다는 게 믿기지 않았다.

이게 설마 꿈은 아니겠지, 슬며시 손을 들어 뺨을 꼬집어보았다. 따끔거리는 게 분명히 현실이 맞다. 유난히 크고 따뜻한 손이 그녀의 손을 덥석 잡아 내린다.

아렌은 멍한 표정으로 그 손의 주인에게로 고개를 돌렸다. 왜 볼을 꼬집고 있냐고 꾸짖는 듯한 눈빛을 보자 불에 덴 듯 정신이 번쩍 들었다. 아, 진짜구나. 이건 허망한 꿈이 아니었어. 그를 인정하자 입술에 슬며시 미소가 떠오르기 시작했다.

이제 다, 끝이다. 정말 다행이다.

"많이 놀랐느냐."

바로 옆에서 들리는 황제의 목소리에 아렌이 화들짝 놀라며 몸을 돌렸다. 이런, 언제 다가오신 거지? 아렌은 정중하게 고개를 숙였다.

"아닙니다, 황제 폐하. 걱정해주시니 몸 둘 바를 모르겠습니다."

"……츳, 마음에 들지 않는군."

"예? 그게 무슨 말씀이신지…….."

아렌이 조금 당황하자 황제는 코끝을 검지로 긁적이며 부드러운 웃음을 지었다.

"황제 폐하라, 분명 호칭은 그게 맞다만 내 새끼에게는 계속 할아버지라고 불리고 싶구나. 내 너무 과욕을 부리는 것이냐?"

"아, 아닙니다. 그리 허락해주신다면 노력……해보겠습니다."

평소 같으면 '네, 할아버지!'라고 냅다 대답했을 것을, 비록 황제의 명이라곤 하나 보는 눈이 많은 곳에서 감히 입 밖에 내기가 어려웠다. 그런 그녀의 마음을 헤아린 건지 황제는 더는 꼬투리를 잡지 않고 아렌의 좁은 등을 토닥거려주었다.

"오늘 하루 네가 고생이 참으로 많았구나."

"황공하옵니다."

"특히 마음고생이 심했겠지만 너무 원망만 하진 말거라. 이 아이도 네 걱정을 하느라 밤잠을 설쳤으니."

이 아이라니, 설마 제스? 아렌이 곁눈질로 제스를 훔쳐봤다.

"정말 그랬어요?"

제스는 대답 없이 완전히 고개를 돌려버렸다. 질릴 정도로 딱딱한 무표정은 여전했지만 아무리 그라도 귀가 붉어지는 것만큼은 숨길 수가 없었다.

녀석, 부끄러워하기는. 황제의 짓궂은 중얼거림에 콘라드가 작게 웃음소리를 냈다. 예상치 못한 귀여운 모습을 발견한 것 같아 아렌의 얼굴에도 꾸밈없는 미소가 피어났다.

모든 일은 그렇게 평탄하게 풀려가는 듯했다. 이자벨 공녀의 차가운 목소리가 회의장의 공기를 뒤흔들기 전까지는.

"외람되오나 제가 한 말씀 올려도 되겠습니까?"

아렌이 반사적으로 고개를 돌리자, 테이블에 손을 얹은 채 미동 없이 서 있는 이자벨과 눈이 마주쳤다. 줄곧 아렌에게 꽂혀 있던 그녀의 눈동자가 먹이를 노리는 맹수처럼 빛났다.

"황실이 피로 씻기고 새로 태어나는 이날, 저는 제가 알고 있는 진실을 도저히 외면할 수가 없습니다. 모든 죄가 낱낱이 밝혀져 이 제국이 진정으로 다시 태어나길 바라기 때문입니다."

"진실이라니, 그게 무슨 소리더냐."

황제가 의아하다는 듯 물었다. 이자벨의 가느다란 손이 천천히 올라가 정확히 아렌을 가리켰다.

"저 견습 기사는 지금, 절대 용서받지 못할 죄를 숨기고 있습니다."

뭐, 이게 무슨 소리야? 뒤에 선 기사들이 수군거리는 소리가 해일처럼 밀려왔다 잦아들었다. 아렌의 입이 자연히 조금 열렸다. 자신을 향한 저 표독스러운, 독기 어린 눈동자가 어찌 된 연유에선지 가늠할 수가 없었다.

뒤에서 황제가 급하게 '잠깐, 저 아이에 대한 거라면 입을 함부로 열지 말라.'라고 엄명을 내리는 소리가 들린 후에 이자벨의 얼굴이 음산하게 느껴질 만큼 일그러졌다.

순간 본능적으로 알아차렸다. 그녀가 지금 밝히려는 진실이 뭔지.

아, 안 돼.

아렌이 급하게 다가서려 했으나 이자벨의 붉은 입술은 가차 없이 움직였다.

"저 견습 기사는……!"

이자벨이 말을 이으려 함과 동시에 제스가 몸을 날렸다. 그는 경이로울 정도로 빠르게 이자벨 앞으로 다가가 검을 겨누었다.

"……황제 폐하의 명을 듣지 못했나. 입을 열지 말라고 했을 텐데."

제스의 통보하는 듯 굳은 목소리에 이자벨의 어깨가 흠칫하며 떨렸다. 목에 닿을 듯 가까이 다가와 있는 은색 날이 마치 의지라도 가진 양 얼음장같이 싸늘한 기운을 흩뿌렸다. 꿀꺽, 굳은 목 너머로 침을 삼킨 그녀가 입술을 꽉 깨물더니 목청껏 외쳤다. 어차피 제스 경이 자신을 진심으로 찌를 수는 없으리라 여기고.

"폐하! 폐하께선 속고 계시는 겁니다! 경께서도 마찬가지입니다. 저치가 우리 하일렌 제국을 장난감 가지고 놀듯하고 있습니다! 저 견습 기사는 실은……!"

이자벨은 말을 끝맺지 못하고 입을 다물 수밖에 없었다. 그저 위협용이라고 여겼던 제스의 검이 자신의 목에 성큼 다가왔기 때문이다. 목덜미를 조금 파고든 검을 타고 붉은 피가 흘러내렸다.

"입, 다물지 않으면 그대로 베어낼 것이다."

냉기가 가득 묻어나는 말에 이자벨은 전신의 피가 싸늘하게 얼어붙는 듯한 느낌을 받았다. 하얗게 타는 시야 속에 담긴 푸른 눈동자가 시리도록 차갑다. 자신에겐 저토록 차가운 얼굴이 베이판 계집한테만은 따뜻해지는 게 화가 났다. 드레스 자락을 그러쥔 손에 땀인지 모를 물기가 가득 안겼다.

"경께서……, 어찌 저에게……, 이러실 수가……."

"그 무엇도 발설하지 마라. 너에게 거부할 권리는 없다."

아무리 황태자라도 제국의 공녀에게 향한 언사라고는 생각할 수 없을 정도로 강압적인 말투였다. 하지만 황제가 느긋한 미소를 짓고 바라보고 있는지라, 그 자리에 있는 어느 누구도 꼬투리를 잡으려 입을 열지 못했다.

"어……, 어떻게……. 저……, 견습 기사 하나 때문에……. 저에게 검을……."

알아듣기 어려운 말을 띄엄띄엄 내뱉은 이자벨의 입술이 떨렸다.

"폐하께서 후일 치죄하겠다고 하여 네 죄가 없는 것은 아니다. 이 자리에선 네 마음대로 발언할 수 없음을 분명히 인지하라."

이자벨의 전신이 안쓰러울 만큼 부들부들 떨다가 한순간 움직임을 뚝 멈췄다. 뒤이어 얼굴에 드러난 것은 자신을 향한 조소. 이내 눈을 스르르 감고 모든 것을 포기한 듯 꼼짝도 하지 않는다. 눈시울 주변이 점점 붉게 물들었지만, 그녀를 감싸주거나 이해해줄 만한 아량 따위는 제스에겐 존재하지 않았다.

간단히 검을 거둔 그는 바람처럼 걸음을 옮겨 아렌의 팔목을 감싸 쥐고 회의장을 나섰다.

이후의 일은 모두 황제가 알아서 처리할 것을 누구보다도 잘 알고 있었다.

제스에게 말할 것이 참 많았다. 실은 무사하다고 언질이라도 줬으면 좋앉지 않느냐고, 사람을 이렇게 놀라게 하는 법이 어디 있느냐고 따지고, 무엇보다도……. 사실은 여자라고 밝혀야 한다. 꼭 그녀의 입으로. 조금 전의 일은 되뇌는 것만으로 식은땀이 흘렀다. 황제와 중앙 귀족, 기사단은 물론이고 제스까지 있는 자리에서 밝혀졌다면 어찌 되었을지 상상만 해도 아찔했다. 오랫동안 숨겨왔던 비밀을 남의 입으로 말하는 것만큼이나 치명적인 게 있을까.

제스가 막아주지 않았더라면……. 그런데, 제스는 대체 무슨 생각으로 이자벨의 입을 막은 걸까.

아렌은 제 팔목을 잡고 있는 손을 따라 시선을 옮겼다. 넓디넓은 등 위로 긴 흑발이 하늘거렸다. 그녀의 팔목을 감싸 쥔 손은 아프지도 않았지만 그렇다고 부드럽지도 않았다. 제스를 쫓듯이 뒤따르다 보니 모르는 사이 회의장으로부터 꽤 멀리 왔다. 둥근 기둥이 늘어선 복도를 끝도 없이 걷다 보니 이러다간 황성 끝까지 가는 게 아닌가 하는 엉뚱한 생각마저 들었다.

"놔줘요. 어딜 가는 거예요?"

아렌이 말하자마자 제스는 방향을 휙 틀어서 옆에 있는 방문을 밀쳤다. 그 안으로 들어서기가 무섭게 문이 쾅 닫혔다. 뒤따라오던 로도모나스는 하마터면 틈새에 꾹 낄 뻔했다. 손목으로부터 멀어지는 온기. 그녀로부터 세 발자국 정도 거리를 둔 제스는 미동 없이 서 있기만 했다. 아렌은 무언가 말을 해야 할 것 같다는 의무감에 억지로 입을 열었다 닫기를 반복했다. 그러나 할 수 있는 말이, 해야 할 말은 많은데 할 수 있는 말이 없었다. 아렌은 용기를 내어 목소리를 쥐어짰다.

"제스."

그녀의 부름에 제스가 천천히 몸을 돌렸다. 그의 눈에 아로새겨진 감정은 비탄, 혹은 안타까움. 굳이 왜 그런 눈을 하고 있느냐고 묻지 않았다.

물을 필요가 없었기 때문이다.

"아까는 고마웠어요."

그녀의 목소리는 밝았으나, 기묘한 슬픔이 녹아들어 있었다.

"그게……. 아무리 황태자라도, 방금은 조금 심했어요……. 죄가 있더라도 일단 공녀인데……. 사교계에서 뒷말이 많을 텐데……."

겨우 한 마디씩 이어가는 목소리가 가물가물하다. 그와 눈을 마주치는 것만으로 세차게 뛰는 심장에 숨을 쉬기가 어려웠다.

"뭐라고 말을……."

"네가 나에게 무언가를 숨기고 있다는 걸 알고 있다."

"……."

"그걸 네가 나에게 말하기 힘들어하는 것 또한, 알고 있다."

높낮이 없는 평탄한 말투가 울리자 시야가 흔들렸다. 세상이 흔들리는 건지, 저 자신이 흔들리는 건지는 알 수 없었다. 제스의 곧은 입매가 다시 한 번 열렸다.

"언젠가 말했었지, 네가 말할 때까지 기다려주겠다고."

"……."

"하지만 아렌, 이젠 나를 믿고 말해주면 안 되겠나. 그때, 너를 마음에 두었다는 내 고백을 잊어버려도 좋지만, 그래도 의지해주면 좋겠다."

"……."

"오해 마라. 너를 책하려 하는 게 아니다. 방금 같은— 네가 위험해지는 상황을 미연에 방지하고자 함이다."

천성적으로 무뚝뚝한 그였지만, 지금은 최대한 부드럽게 그녀를 대해주려 애쓰는 게 느껴졌다. 마음이 따뜻해졌다. 곧 연기처럼 사라져버릴 모습이라도 그가 걱정해주고 염려해주는 모습이 좋았다. 적어도 공녀 아르렐리아 폰 레이나스가 아닌, 아무것도 없는 아렌을 좋아해준 거니까.

그것만으로 충분했다.

아렌은 주먹을 꼭 그러쥐고, 제스에게 사실을 밝히기로 결정한 그 순간의 용기를 떠올리려 애썼다.

"……우선, 제스의 옆에 있어서 행복했다고. 잠시나마……, 너무나 행복했다고 말해두고 싶……어서……."

결국 말을 끝맺지 못하고 입술을 깨무는 아렌의 어깨가 가늘게 떨린다. 다리에 힘이 풀려 제대로 서 있을 수가 없다.

하지만 여기서 주저앉으면, 자신을 믿고 말해달라는 그를 볼 낯이 아예 사라져버리고 말 것 같았다. 힘들게 서서 고개를 들지 못하는 그녀에게 제스가 차분하게 고개를 끄덕였다.

"처음엔 무서웠어요. 진실을 밝히면 지금까지 쌓아온 모든 것이 무너지는 게 두려웠거든요. 애써 모른 척 외면하는 게 어리석은 걸 알면서도 차마 용기를 내지 못했어요. 그러다 제스의 고백을 듣고 나서야……. 제가 제스에게 무슨 짓을 한 건지 깨달았어요. 그래서 뒤늦게나마 직접 말하려고 결심했고, 지금에야 말하게 되네요."

"……."

"화를 내도 좋아요. 욕하고 때려도 충분히 이해할 수 있어요. 날 증오하게 되더라도 그건 어쩔 수 없이 내가 감당해야 할 몫이라고 생각해요. 제스, 사실 저는……."

아렌은 잠시 말을 끊고 가까스로 고개를 들어보았다. 대체 무슨 말을 하려고 이러나, 조금 의아해하는 시선에 자꾸만 대답할 기력이 사라지려 했다.

'저는 여자예요.'

목구멍까지 차오른 말은 입 속에서만 맴돌다 마음속 깊은 곳으로 가라앉았다. 힘을 잃은 눈이 스르르 감기며 물기에 젖어들었다.

아아, 난 도저히 못 해. 힘없이 고개를 떨어뜨린 그녀의 차가운 볼에 익숙한 느낌이 전해졌다.

"……그럴 일은 없을 테니, 안심하고 말해도 좋다."

도리어 그가 토닥토닥, 다독이듯 뺨을 어루만져주었다. 살갗으로 스며드는 온기가 불안한 마음까지 스며들며 보듬어주었다.

그렇게 한참의 시간이 흘렀다. 밤은 점점 깊어지고 기다리다 지친 로도모나스가 테라스 손잡이에 내려앉으며 한숨을 쉬었다. 모든 것을 포기한 듯 눈을 감은 채 꼼짝도 하지 않던 아렌이 떨리는 손을 올려 제스의 팔을 붙들었다. 숨이 막혔으나, 크게 심호흡을 한 그녀가 마침내 입을 열었다.

"전……. 전……. 여자예요, 이제껏 속여서 미안해요."

꺼질 듯이 가냘픈 목소리가 간신히 흘러나오자, 제스의 손이 허공에서 멈칫했다.

자신을 둘러싼 시간이 점점 느려지는 기분이었다. 아픈 눈빛을 들어 제스를 응시했다. 그의 표정은 무서울 정도로 변화가 없어서 그녀의 말을 제대로 들었는지조차 의심이 갔다.

"다시 한 번 말하지만……. 화를 내고, 때려도 좋아요. 그렇게나마 분이 풀린다면……."

아렌의 몸이 잘게 떨렸다.

두려웠기에 가장 피하고 싶었던 순간이 이것이었다. 그가 다정하게 대해줘서 좋았다. 따뜻하게 안아주어 기뻤다. 마음 깊은 곳에서 죄책감이 들끓더라도 그 달콤한 시간을 영위할 수 있음이 행복했다. 그와의 관계를 유지하고 싶다는 마음을 핑계로 자신과 타협한 것이다.

그리고 그 헛된 욕심은 지금 이 순간 최악의 불신으로 변했다. 제스의 마음이 산산조각이 나 사라지는 게 느껴져서 견딜 수가 없었다. 화내고 미워하는 게 당연하다, 오랜 시간 그를 속여왔으니까. 하지만 제스가 화내더라도 잘못된 관계를 바로잡아야 한다는 생각에는 변함이 없었다. 부디 지금이라도 나의 진심이 닿길.

아렌은 소맷자락을 꾹 쥐면서 최대한 담담하게 말을 이었다.

"처음부터 속이려고 의도한 건 아니었어요. 남자 행세를 할 필요가 있었어요. 왜냐하면…….”

아렌은 차마 말을 잇지 못하고 신음을 삼켰다. 한 마디 내뱉을 때마다 마치 누군가 가슴을 칼로 사정없이 쑤시고 헤집는 느낌이었다.

"여자인 채로 돌아다니면 금방 잡힐 테니까요. 왜냐면, 나는……"

아렌의 시선이 그늘에 가린 제스의 얼굴을 찾아들었다. 바싹 마른 입술을 겨우겨우 움직였다.

"베이판 국(國), 레이나스 가문의 유일한 후계자이자 세이모어 공작과의 혼담이 오가던……, 공녀의 신분이거든요."

아렌은 머뭇거렸지만 결국 사실을 털어놓았다. 순간 모든 것을 밝혔다는 해방감과 앞으로 닥칠 상황에 관한 불안함이 함께 찾아들었다.

쏴아아, 찬바람이 아렌을 감싸고 지나간 후엔 고막이 터질 것 같은 묵직한 침묵이 사방을 짓눌렀다.

잠시 후 감정을 잔뜩 억누른 제스의 목소리가 울렸다.

"공녀라. 그것도 베이판의.”

"……”

"……정말 여러 가지로 날 놀라게 하는군.”

"……”

"더 말할 것이 있나.”

제스의 물음에 아렌이 조용히 고개를 저었다.

"라미에가 이 사실을 알고 있다, 맞나?”

"맞아요.”

"정황상 이자벨 공녀도 아는 듯 보였다."

"어떻게 알아냈는지는 모르겠지만……. 내 생각도 같아요."

"……."

"입이 열 개라도 할 말이 없어요. 제스를 괴롭히는 줄 뻔히 알면서 이제 껏 말 못 한 것, 미안해요. 진심으로 사과할게요. 하지만 이것만은 알아줘 요."

"……."

"그래도 전……, 제스와 보낸 시간이……, 좋았어요. 즐거웠어요. 약속 을 하기엔 너무나도 늦어버렸지만 혹시라도 저에게 단 한 번의 기회를 더 준다면……."

차마 끝을 맺지 못한 말이 허공에 맴돌다 사라졌다. 새하얗게 질린 아 렌의 입술이 살짝 떨렸다. 머릿속에 오가는 많은 걱정과 두려움보다도 제 스에게서 느껴지는 낯설음이 괴로웠다.

평소의 제스라면 이쯤에서 부드럽게 안아주었을 것이다. 서툰 사과 속 에서 진심을 찾아내어 받아주었을 것이다. 하지만 지금은 그저 살얼음이 낀 찬물처럼 냉랭한 태도다. 이젠 완벽히 모르는 사이가 되어버린 느낌.

목이 아플 정도로 메어 열리지 않는다. ……왜 이러는 거지, 이 정도 반 응은 애초에 예상하던 바가 아니었던가. 그와 함께 보낸 시간과 추억을 한순간에 물거품으로 만들어버린 건, 그를 속였다 고백한 나다. 한 손 가 득 담긴 모래성이 무너져 손가락 사이로 빠져나간다. 이 손바닥 안엔 남 은 것이 아무것도 없다. 하긴, 지금의 나는 그래도 싸다.

아렌의 입가에 씁쓸한 자조가 머물렀다. 스스로의 잘못을 인정하며 초 연해지려 애썼지만 새어 나오는 한숨을 막을 길이 없다.

"……."

그런 그녀를 보며 제스가 꽉 쥐었던 주먹을 풀었다.

드디어 들었다. 저 입으로.

베이판의 공작 영애였다는 사실은 처음 들은 이야기지만, 그래도 이것으로 충분했다. 다만 그녀의 입으로 직접 듣는 이 순간만을 기다렸을 뿐이었다.

서툰 위로의 말이 목구멍까지 올라왔으나 채 밖으로 나오지 못하고 사그라졌다. 잠시 머뭇거리다 떨어지지 않는 발을 옮겼다. 그저 말없이 안아줄 요량으로.

한 발자국 채 떼기도 전에 멈췄다. 날카로운 시선이 사선을 그으며 움직여 한쪽 구석에 있던 로도모나스에게 닿았다. 줄곧 못마땅한 표정으로 둘을 지켜보고 있던 그는 순간 세차게 날갯짓을 하며 모습을 감췄다.

상황이 뭔가 심상찮게 돌아간다는 느낌에 제스의 눈매가 가느다랗게 좁혀진 것과 아렌의 등 뒤에 검은 기운이 확 펼쳐진 것은 거의 동시에 일어난 일이었다.

— 유희는 끝입니다, 아르렐리아.

낮은 목소리가 울리는 순간 심연의 어둠 속에서 두 팔이 쑥 나와 아렌의 몸을 단단히 휘감았다.

— 이제 저의 곁으로 돌아오십시오.

아렌은 귓가에 나직하게 울리는 목소리와 몸을 붙잡은 팔에 놀라 조금도 움직이지 못했다. 팔의 주인은 모습을 드러내진 않았으나 제스는 익히 그의 정체를 알고 있었다. 잊으려야 잊을 수 없는, 녹아들듯 달콤하지만 냉랭한 목소리. 제스를 비웃듯 몇 번의 낮은 웃음소리가 울린 후에 아렌의 모습이 어둠에 물들며 점점 사라지기 시작했다.

"어? 제스…….."

아렌이 두 눈을 휘둥그레 뜬 채 팔을 들었다. 제스 또한 그녀를 붙잡으려 황급히 손을 뻗었다. 미세한 간격을 두고 두 손이 만나기 전, 어둠이 퍼지는 속도가 급격하게 빨라지더니 이내 아렌의 모습은 머리카락 한 올도 남기지 않고 흔적 없이 사라졌다.

그리하여 그 자리에 남은 것은 정적뿐이었다. 마치, 처음부터 아무도 없었던 것처럼.

24. 꿈결보다 짧은

아렌은 단지 눈을 감았다 떴을 뿐이었다. 분명 그녀는 하일렌의 밤하늘 아래서 그를 쏙 빼닮은 눈동자를 마주하고 있었는데.

"뭐야……. 여긴……. 내 방이잖아……."

아렌은 자신이 내뱉은 말에 오히려 더 놀라서 입을 헤벌렸다. 베이판이 훤히 보이도록 넓은 창문, 그 사이로 들어온 바람에 물결을 그리며 펄럭이는 커튼, 익숙한 강의 향기……. 멍하니 돌아가는 시선 속에 보이는 것은 모두 기억을 그대로 옮겨놓은 듯 생생하다. 꿈이라기엔 지나친 현실감이다. 볼을 꼬집어도 그대로다.

「유희는 끝입니다, 아르렐리아. 이제 저의 곁으로 돌아오십시오.」

어둠 속에서 태어나듯 쑥 나와 몸을 옭아매던 두 팔. 마지막에 귓가에 울렸던 목소리를 기억하자 아렌은 그제야 자신이 왜, 어떻게 여기로 이동한 건지 깨달았다.

"……세이."

작은 속삭임은 이내 확신으로 변했다. 그래, 세이가 틀림없다. 아니, 손을 쓸 새도 없이 하일렌에서 베이판까지 단숨에 이동시킬 사람은 세이밖에 없다. 아렌은 이를 꽉 깨물며 허공에 대고 소리쳤다.

"나와요, 세이. 여기 있는 것 다 알아. 빨리 나와요!"

까칠해진 목소리가 방을 울렸다. 아무리 고개를 돌려봐도 변함없는 방 안 풍경에 아렌의 눈에 새파란 날이 섰다. 물론 제스와 모두에게 정체를 밝히고 베이판으로 돌아오고자 생각하긴 했다.

하지만 이런 방식으론 아니었다. 이런 식으로는······! 아니, 침착하자. 세이에게 따지는 것보다 더 중요한 문제가 있지 않은가.

"로도모나스!"

앞뒤 없는 고함에 옆에서 안절부절못하며 아렌의 눈치를 보던 로도모나스가 깜짝 놀라 떨어질 뻔했다.

"로도모나스, 너라면 공간이동 마법을 써서 하일렌으로 돌아갈 수 있겠지? 지금 당장 날 돌려보내줘, 제발!"

— ······.

아렌은 그 어느 때보다도 절박하고 강한 어조로 외쳤으나 로도모나스는 곤란하다는 듯한 얼굴로 눈을 또르륵 굴리고만 있었다. 제발 돌려보내 달라고 애원이라도 하려다가 도로 입을 닫았다. 로도모나스가 부탁을 들어줄 수 있다, 없다고도 말하지 못한 채 쩔쩔매고 있었기 때문이다. 그녀의 입술에서 작은 탄식이 새어 나왔다.

그래, 세이가 강제로 그녀를 베이판으로 귀환시킨 거라면 감히 로도모나스가 그에 반하는 행동을 할 수 있을 리 없었다. 아······. 바닥으로 온 기운이 빠져나가는 느낌이었다. 힘이 풀린 다리가 지지대를 찾아 비척비척 움직였다. 벽에 몸을 내맡기듯 등을 맞대고 주르륵 흘러내렸다. 잔 떨림은 손끝부터 시작하여 이내 온몸으로 번져갔다.

정말로 돌아온 것이다. 이렇게 아무것도 전하지 못하고, 용서받지 못한 채로.

"어떻게……."

겨우 말했는데. 이제야 겨우 모든 걸 밝혔는데 이렇게 또 멀어져버렸다.

"이렇게 돌아와선 안 됐던 거였는데……."

저번에도 그러했듯, 바로 눈앞에서 자신이 사라지는 걸 본 제스는 어떤 심정일지 생각하면 한쪽 가슴이 뻐근하게 아파 왔다. 모든 게 후회스럽고 미안했다.

어째서 제스는 나 같은 사람을 만나서……. 아렌은 하루 종일이라도 꼼짝하지 않을 정도로 굳은 채 허공에만 시선을 고정했다. 꽤 한참의 시간이 지나도 미동 없는 그녀가 걱정된 로도모나스가 파닥거리며 날아와 어깨를 톡톡 쳐봤으나 소용없었다.

누군가 문을 여는 소리가 들리고서야 아렌의 멍한 시선이 문을 향해 움직였다. 막 방에 들어오려던 여인이 아렌을 보더니 우뚝 서는 모습이 보였다.

"당신은……."

은색 머리카락에 빛나는 금색 눈동자를 가진 여인이 입술을 움직였다. 흐릿했던 아렌의 눈동자에 점점 빛이 돌아오며 조금씩 움직였다. 이곳은 주인이 자리를 비웠을지언정 레이나스 가문의 유일한 후계자인 공녀의 방이다. 주기적으로 청소하는 시녀 말고는 함부로 들락거릴 수 없는 곳. 그런데 저 사람은 아무리 봐도 시녀론 보이지 않는다.

아렌은 눈을 가늘게 뜨고 찬찬히 훑었다. 저 드레스는 작년에 그녀 자신이 직접 골랐던 옷, 저 머리장식은 올해 초 어머니께서 직접 주셨던 것, 목걸이도 팔찌도 전부 다…….

'내 거잖아……?'

아렌은 그녀가 마주한 여인의 차림도, 머리색과 생김새도 지나치게 자신과 닮아 있음을 인지하자 당혹감이 밀려왔다. 그러고 보니 이 방에 너무도 자연스럽게 들어온 것도 그렇고 눈에 밟히는 점이 한두 개가 아니다.

"……설마."

아렌은 퍼뜩 정신을 차리고 금색 눈동자를 찾아 시선을 돌렸다. 풍성한 속눈썹에 싸인 그녀의 눈매가 파르르 떨렸다. 마치 이제 올 것이 왔다는 듯, 일종의 경악과 좌절이 뒤섞인 감정이 물씬 묻어 나왔다.

"드디어 왔군요. 당신이……."

"당신은 누구죠?"

"오랜 여행은 재밌었나요?"

이름도, 정체도 알 수 없는 그녀의 손아귀에 꽉 잡힌 드레스 자락이 잔뜩 주름졌다. 어딘가 적개심에 가득한 채 아렌을 노려보는 그녀는 무어라 말을 할 것같이 입술을 달싹거리다 이내 꽉 깨물었다.

"절 알아요?"

아렌의 물음에 여인의 눈에 새파랗게 날이 섰다.

"제가 어떻게 당신을 모를 수가 있겠습니까. 다름 아닌 제가 말입니다."

그녀는 무슨 이유에선지 잔뜩 성이 난 채 숨을 쉴 때마다 커다랗게 가슴을 부풀렸다 가라앉혔다. 날카로운 가시 같은 시선을 마주한 아렌은 눈살을 찌푸렸다. 적어도 이 공저 내에서 그녀에게 저렇게 행동할 수 있는 사람은 없었다. 신분이 높으니까, 라는 이유를 떠나고서라도 단 한 번의 면식도 없던 사람에게서 이렇듯 부당한 대우를 받을 필요가 없다는 뜻이다.

"당신은 누구죠?"

"……귀하신 공녀님께서 궁금하시다면 당연히 말씀 올려야겠지요. 전 당신이 내팽개친 의무를 위해, 당신을 사랑하는 사람들이 준비한 인형입니다."

말이 이어질수록 표독스레 번뜩이는 금색 눈동자엔 얼음조각같이 냉랭한 기운이 감돌았다. 늘 타인을 향해 환하게 웃기만 하던 얼굴엔 어느새 싸늘한 조소만이 드리워져 있다.

아렌은 그녀의 말뜻을 단박에 이해하지 못했다. 나의 의무를 위해 준비된 인형이라니, 저게 대체 무슨 말인가.

눈살을 찌푸린 아렌을 마주하는 가짜 공녀, 레베카는 그야말로 마른하늘에 날벼락을 맞은 기분이었다. 아무리 대역으로 시작했다곤 하나 자신은 아주 훌륭히 아르렐리아 공녀의 공석을 채우고 있었다.

공작과 공작부인뿐 아니라 공저 내의 식구들, 사교계에서 만난 귀족 모두 자신을 아르렐리아 공녀로 대했다. 약혼자인 세이모어 공작과의 거리도 점점 좁혀지는 듯하여 요즈음은 특히 핑크빛 나날이 지속되고 있었다. 그러다 보니 그녀도 어느새 대역이라는, 가짜라는 원래의 본분을 망각하고 자신이 사실은 진짜 아르렐리아 공녀가 아닐까 하는 생각을 하게 되었다.

그런데 마침내 온 것이다. 그녀가, 진짜 아르렐리아 공녀가 자신의 자리를 되찾으러.

레베카가 손마디가 하얘지도록 주먹을 꽉 쥐었다.

아아, 싫다. 싫다. 이 자리는 원래 그녀의 것이었지만 돌려주기 싫다. 그녀가 버리고 간 모든 것은 나에게는 너무도 소중한 것들인데, 내가 평생을 바쳐서라도 가지고 싶은 것들인데. 아니, 다른 건 몰라도 세이모어 공작님, 그분만큼은……

"아르렐리아!"

뒤에서 레이나스 공작의 목소리가 들리는 순간, 레베카는 숨이 멎는 줄로만 알았다. 삐걱거리는 시선을 돌려 뒤를 봤다. 한때나마 아버지였던 그 사람은, 이제 그녀에게 눈길 한 번 주지 않았다.

"돌아왔구나, 이제야 돌아왔어!"

레이나스 공작은 지금껏 레베카가 보아온 어떤 때보다 기뻐하며 달려 갔다. 피는 물보다 진하다고 했던가? 제게는 그렇듯 엄하고 권위적이었 던 공작이, 아렌을 보는 것만으로도 행복하다는 듯 얼싸안으며 기뻐한다. 속이 쓰리고 목구멍에서부터 허망한 웃음이 솟구쳐 올랐다.

"……아버님, 오랜만입니다."

"아르렐리아, 정말 아르렐리아로구나! 이 아비는 믿고 있었단다. 이렇 게 금방 돌아올 줄 알고 있었단 말이다! 그래, 네 어깨에 가문의 운명이 걸려 있는데 돌아오지 않을 리가 없지! 누구 딸인데!"

환희에 찬 공작의 웃음소리가 방 안을 쩌렁쩌렁 울렸다. 레베카는 심장 을 관통하며 흐르는 찌릿한 느낌에 거칠게 한숨을 뱉어냈다. 지독한 상실 감과 소외감이 그녀를 사로잡아 뒤흔들었다.

"거기 누구 없느냐. 어서 저 아이를 데리고 나가거라."

레이나스 공작은 뒤도 돌아보지 않고 몸으로 아렌의 시야를 가렸다. 혹 여 아렌이 그녀의 대역이었던 레베카에 관해 궁금해할까 봐 염려한 것이 다.

레베카는 얼이 나간 사람처럼 뒤돌았다. 바닥으로 세차게 내쳐진 듯한 느낌에 가슴이 시렸다. 누군가 악의적으로 칼로 후벼 파내듯 저릿저릿 아 프기도 했다. 목이 아프도록 솟구쳐 오르는 울분을 꾹 누르며 걸음을 옮 겼다. 더는 보고 싶지 않았다. 너무도 소중히 여겼던 모든 것을 이제 손에 서 놓아야 한다는 사실을 인정하고 싶지 않았다.

비틀거리며 떠나는 레베카를 힐끗, 곁눈질로 확인한 공작은 다시 크게 웃음을 터뜨리며 아르렐리아 공녀의 귀환을 축하했다. 이 순간에도 아렌의 머릿속은 온통 하일렌과 그곳 사람들에 대한 생각으로 가득 차 있었다. 하지만 돌아갈 수 없다. 달리 자신이 할 수 있는 일이 없었다. 가문과 공작의 그늘 아래서 그녀는 아무것도 할 수 없는 존재였다.

아렌은 그제야 제가 베이판의 레이나스 공저로 돌아왔음을 뼈저리게 깨달았다.

아르렐리아가 귀환했지만 레이나스 공작가엔 괄목할 만한 변화는 없었다. 그도 그럴 것이, 한동안 아르렐리아 공녀로 살았던 이가 실은 가짜였다는 사실을 알고 있는 사람은 공작과 그 주변의 극소수뿐, 나머지 사람들은 그저 이전처럼 공녀를 대하면 됐으니까.

심지어 가짜 공녀인 레베카가 뒷방으로 밀려났다는 사실은 아는 사람이 거의 없었다. 그만큼 레베카는 백지 상태에서 철저하게 아르렐리아의 모든 것을 주입받은 것이다. 화장법, 옷차림, 행동, 억양까지도. 그렇게 가문의 꽃이자 보물로 다뤄졌던 그녀가, 아렌이 오자 하루아침에 헌신짝처럼 버려진 것이다.

"후우……."

정원 한가운데 선 아렌은 아스라한 눈빛으로 하늘을 응시했다. 그녀가 레이나스 공작가로 돌아온 지도 벌써 한 달이 지났다. 오랜만에 입은 드레스와 짧은 머리카락을 억지로 그러모아 틀어 올린 머리장식에 익숙해지는 데까진 그리 오래 걸리지 않았다. 이전까지 그녀가 해왔던 대로 치장하고 행동하면 되는 것이었으니까.

하지만 잊어버리려야 잊을 수 없는 그리움은 여전히 가슴에 내리깔려서, 그녀의 눈길을 하일렌에 향하게 했다. 채 마르지 않은 기억. 수없이 떠오르는 '만약'이라는 가정.

만약 여자라는 사실을 좀 더 일찍 말했다면, 만약 그때 세이가 강제로 베이판에 데려오지 않았더라면, 만약…….

아렌은 수많은 가능성 사이에서 떠오르는 푸른 눈동자를 떠올리는 순간 굳은 팔을 늘어뜨렸다. 제스의 눈앞에서 모습을 감춰버린 건 이번이 두 번째다. 처음 그 앞에서 사라졌다 나타났을 때 제스가 보였던 흐트러진 모습을 떠올려보면, 지금은 어떤 상태일지 자못 걱정까지 들었다. 또 이성을 잃고 밤낮으로 죽어라 서류만 파고 있을지 걱정됐다. 지금은 제국의 황태자이니 주변에서 말리긴 하겠으나, 쇠심줄 같은 고집 앞에선 소용없을 것이다.

그러니 한 번만이라도 돌아가야 한다, 하일렌으로.

하지만 어떻게? 그녀가 돌아온 후 공작은 곧장 그녀에게 기사를 줄줄이 붙였다. 식사나 산책, 심지어는 방에서도 절대 그녀에게서 멀리 떨어진 적이 없다. 지금이야 몸이 좋지 않다는 이유로 세이모어 공작과의 만남은 피하고 있지만, 그조차도 오래 끌 수 없을 것. 이런 상태에서 가출을 다시 감행하는 건 불가능에 가깝다. 이런 때에 세이마저 그림자 한 번 비치질 않고 있으니 여러모로 갑갑한 상황이었다.

"돌아가고 싶나요?"

아렌은 무슨 소리인가 뒤를 돌아봤다. 이내 그녀의 눈이 조금 크게 뜨였다.

"당신은……."

"레베카라고 합니다, 공녀님. 일전엔 무례를 범했습니다."

레베카는 양 드레스 끝을 가볍게 쥐고 허리를 숙였다. 처음 봤을 때 그녀가 입고 있던 아렌의 드레스에 비해선 현저하게 초라한 드레스가 그녀의 손길에 이끌려 사락사락 움직였다. 잠시간 그렇게 고개를 숙이고 있던 그녀가 스르르 자세를 바로 했다. 점잖은 어투에 비해 눈엔 아직 잘 갈린 비수처럼 날이 서 있다.

아렌은 마음을 차분하게 가라앉히며 입을 열었다.

"무슨 일이죠?"

"공녀님께서 슬슬 사교계에 복귀하신다고 들었습니다."

"그런데요."

"……공녀님께는 사교계에 처음일 텐데 이대로 괜찮으시겠습니까? 제 말씀은, 아직 준비가 덜 된 게 아니냐고 여쭙는 것입니다. 아, 오해하진 말아주세요. 결코 공녀님을 무시하고자 하는 건 아니랍니다."

"처음은 아닙니다. 미안하지만 쓸데없는 참견이군요."

아렌은 그대로 뒤돌아가려고 했다. 레베카를 만난 건 이번이 두 번째인 데도 자신을 향한 적의가 얼마나 큰지는 충분히 느낄 수 있었다. 오죽하면 그녀를 스칠 때마다 자꾸만 카트린느의 광기 어린 눈동자가 뇌리에 스치겠나. 저 질척질척한 감정이 어디서 연유하는지는 모르겠으나, 지금 아렌에게는 잘 알지도 못하는 사람을 신경 쓸 만큼의 여유가 없었다.

"그럼."

대충 얼버무리고 떠나려 했지만, 레베카는 다시 한 번 그녀를 잡아 세웠다.

"공녀님, 저를 보기 거북하신가요?"

"놓으세요."

고개도 돌리지 않고 말했으나, 레베카의 시선은 못 박힌 채 움직일 줄을 몰랐다. 처음이나 지금이나 여전히 고와 보이는 입술에 비릿한 웃음이 매달렸다.

"당신은 비겁해."

"……."

"가장 위에 있으면서도 감사할 줄을 모르지. 내가 가지고 싶은 건 모두 당신의 손아귀에 있는데 말이지. 내가 당신이었다면, 좀 더 철저히 이용하고 누려줄 텐데."

아렌은 천천히 고개를 돌렸다. 자신을 정면으로 쏘아보고 있었지만 레베카의 눈동자는 쉼 없이 흔들리고 있었다. 한동안 꼼짝 않던 입술이 천천히 열렸다.

"그러는 당신은 남의 것을 질투하고 탐내는 것 말고는 할 수 있는 게 없나요?"

"뭐, 라고?"

"내 행동에 관한 변명은 할 생각은 없어요. 말 한 마디마다 발끈해가며 당신의 도발에 응해줄 생각도 없고, 구구절절 내 사정을 이야기할 하등의 이유가 없으니까. 하지만 내가 확신할 수 있는 건, 당신이 이 자리에 앉아 있더라도 만족하진 않았을 거라는 거예요."

방금 아렌이 한 말은 공녀로서 한껏 절제했지만 실상은 네 주제를 알라는 뜻이었다.

정곡을 찔린 레베카의 눈빛이 아렌을 잡아먹을 듯 무시무시하게 흔들렸다. 사람이란 그런 동물이다. 끊임없이 자신이 가진 그 이상을 추구하고 원한다. 이곳에서 무엇을 하고 있었는지는 대충 짐작이 가지만, 완전히 이곳에서 쫓겨나지 않은 것으로 보아 낮은 작위 하나라도 가지고 있음이 틀림없다. 물론 공작가의 유일무이한 영애라는 단물을 맛봤으니 성에 차지 않을지라도, 애초에 그녀의 것이 아니었던 것. 본래 주인에게 폭언을 일삼을 만한 어떤 권리도 없다.

말뜻을 알아챈 레베카는 한쪽 주먹을 꽉 쥐고 잘게 떨었다.

"당신……!"

"그럼 이만."

아렌은 돌아서서 걸어갔다. 그녀의 뒷모습을 꼼짝 않고 노려보던 레베카는 조금 더 빨리 뛰기 시작했다. 그 기척을 느낀 아렌이 몸을 돌린 순간, 레베카의 손이 허공을 향해 올라갔다. 사선을 그리며 떨어지는 손을 아렌이 반사적으로 콱 붙들었다.

"지금, 뭐 하는 거예요?"

아렌이 조금 놀라워하며 물었다. 절대로 하면 안 될 행동을 하다 붙잡혔지만, 불꽃처럼 활활 타오르는 레베카의 눈빛은 변함없었다.

"손에 대체 뭘 들고 있는 거예요?"

"……상처 하나 정돈 남겨주고 싶었는데."

"……."

"적어도, 내가 아팠던 만큼은."

레베카의 입가에 무섭도록 싸늘한 미소가 걸렸다. 아렌은 손목을 붙잡은 손에 힘을 주었다. 그녀의 손바닥에 숨겨져 있는 건, 스치기만 해도 몸을 깊이 꿰뚫을 정도로 날카롭게 갈린 면도날이었다. 그대로 아렌의 뺨을 때렸다면 어찌 되었을지 생각을 하자 식은땀이 났다. 갑자기 면도날이 나타났을 리도 없고, 애초부터 얼굴에 상처라도 낼 작정으로 들고 온 것이 분명하다.

이 여자, 뭘 위해서 이렇게까지……?

"공녀님!"

뒤늦게 아렌을 경호하던 기사들이 우르르 몰려와 레베카를 포박했다. 그 정도쯤은 예상하고 있었던지 그녀는 순순히 붙잡히면서도 터질 듯 핏발 선 시선을 거두지 않았다. 입술은 또 얼마나 세게 무는지 저러다 너덜너덜 넝마조각이 되지 않을까 걱정이 들 정도였다.

레베카는 꼼짝할 수 없도록 묶여 끌려가면서 무어라 말을 할 것같이 입술을 달싹였으나, 아렌은 고개를 돌려 외면했다. 그녀의 처지가 딱하긴 했으나 동정을 헤프게 쓰고 싶진 않다. 그리고 당사자인 레베카도 연민을 바라지 않을 것이다. 자신을 지키는 최소한의 방어선처럼 자존심을 붙들고 있을 테니.

　부디 그녀가 머물러야 할 자리를 찾기를 바라며, 동시에 아렌 자신도 그래야 함을 깨달았다. 정말 이제는 달라져야 하는 시간이다.

　"다음 무도회에 나가겠어요."

　"아르렐리아, 네가 드디어……!"

　아버지, 레이나스 공작은 감격에 겨워 말을 잇지 못했다. 아렌은 굳은 얼굴로 고개를 끄덕이며 이제껏 사교계에 나가지 않았던 이유를 되새겼다. 주위의 소곤거림, 작은 탄성, 레이나스 가문의 영애라는 사실 때문에 달라붙는 시선과 관심이 싫었다.

　공작 영애라는 이름이 사라지면 함께 스러질 모든 것이 지긋지긋하고 회의적으로 느껴졌었다. 물론 지금이라고 크게 달라진 건 아니었다. 다만 더는 무시하며 미뤄두기만 할 것이 아니라고 생각을 고치게 된 것이다. 무엇보다도 이번엔 공녀로서, 당당하게 가슴을 펴고 모두와 만나고 싶었다. 또다시 놀라움에 물들 푸른 눈동자를 떠올리니 상황에 맞지 않게 웃음이 나오려 했다. 이번엔 두려움보단 설렘이 더 컸다.

　"아르렐리아, 이 아비는 기쁘단다. 드디어 네가 내 마음을 알아주는구나. 다음 무도회라……. 옳거니, 마침 잘되었다, 때를 참 잘 잡았어."

　공작의 목소리에 아렌은 상념에서 깨어나며 고개를 조금 기울였다. 줄곧 아르렐리아가 사교계에 나가기를 갈망하셨다는 건 알고 있다. 하지만 지금은 너무나 과하게 좋아하고 있지 않은가.

　혹 다른 이유가 있는 걸까?

　레이나스 공작이 흐뭇한 미소를 지으며 아렌의 어깨에 두터운 손을 올려두었다.

　"마침 내일 있을 무도회에 너의 약혼자, 세이모어 공작 또한 처음으로 모습을 드러낸다고 하더구나. 두 사람의 관계를 알리기엔 그야말로 적격인 자리가 되겠어. 적절한 시기에 좋은 결심을 해주었구나, 아르렐리아.”

아렌은 마차에서 내려서며 턱을 빳빳이 치켜들었다. 에스코트를 하는 시동이 허리를 숙이며 손을 내밀었으나 그녀는 살짝 고개를 젓는 것으로 거절의 의미를 전했다. 한 발짝씩 내디디기 시작한다. 하일렌의 무도회장만큼은 아니지만 웬만한 백작저만큼이나 큰 무도회장은 그 주변이 훤히 보일 정도로 번쩍거리고 있었다.

정략혼을 거절해달라고 할 것이다. 세이모어 공작에게 직접. 아렌은 입술을 꾹 깨물며 각오를 다졌다. 한 발짝 내디딜 때마다 허리로부터 여러 겹으로 겹쳐진 얇은 실크가 생크림 장식처럼 주름지며 흔들렸다. 무도회장 문이 열리고 샹들리에 빛을 받는 순간 가슴 라인을 따라 수놓인 비즈가 눈부시게 반짝였다.

“레이나스 공작 영애이신 아르렐리아 폰 레이나스 영애께서 드십니다!”

아렌에게 문을 열어준 남자가 외치자 좌중의 시선이 한꺼번에 아렌에게로 몰려들었다. 티 나지 않게 심호흡을 한 다음 무도회장 안으로 들어갔다. 이런 차림으로 무도회장은 오랜만이라 다소 긴장이 되었으나 최대한 자세를 바르게 하고 걷고자 노력했다. 부채 너머의 속삭임은 듣기 힘들 정도로 작았으나 내용은 뻔히 짐작되었다.

“저기 봐요. 아르렐리아 공녀님이세요. 곧 세이모어 공작님과 정략혼을 하신다죠?”

“어머, 그런데 머리카락이 왜 저렇게 짧을까요? 긴 은발은 아르렐리아 공녀님의 상징 아니었던가요?”

“오늘 세이모어 공작님도 오신다고 하시던데, 아직 당도하시지 않았나 보죠?”

아렌은 자못 도도해 보이는 표정을 유지하며 옆에 지나가는 시동에게서 와인을 받아들었다. 같이 춤추자는 손길을 미연에 방지하고자 함이었다. 잘 차려입은 남자 귀족들이 멀리서 오로지 그녀의 잔이 비기만을 바라며 호시탐탐 기회를 엿보고 있는 걸 보니 어느 정도 효과는 있었던 모양이다.

그녀는 자신에게 쏟아지는 눈길을 애써 외면하며 주위를 둘러보았다. 화려한 조명 속에서 세이모어 공작으로 보일 법한 사람을 찾았다. 검은 머리를 한데 묶어 늘어뜨린 저 남자일까? 아니면 이리저리 걸음을 옮기며 나에게 말을 걸 기회를 엿보는 저 남자일까?

아렌은 천천히 몸을 기울여 턱을 괴었다. 집 밖으로 한 발짝 나오지 않다 처음으로 사교계에 모습을 드러낸다고 하니 홍, 얼마나 힘을 주고 나왔을까? 어디 숨어 있어, 세이모어 공작. 어서 나와서 나와 한판 붙자.

"아주 그냥 자근자근 밟아주겠어……."

"누굴 말입니까?"

"누구긴 누구예요. 당연히……."

절로 말이 멈췄다. 주위가 환해질 정도로 은은한 은청발이 사락거리며 시야에 들어왔다. 앵두처럼 작고 붉은 입술이 천천히 벌어졌다.

"……세이?"

"오랜만에 뵙습니다, 아렌. 아니, 아르렐리아 공녀님이라고 불러드려야 합니까?"

아렌을 담은 검은 눈이 엷은 웃음기를 띠며 곱게 휘어졌다. 입가에 머무는 은은한 미소, 작은 움직임 하나마다 깃든 우아함을 맴을 돌듯 응시하던 은빛 눈동자가 이내 그와 마주친다. 처음은 하일렌에서 만났다. 그다음엔 마계, 그리고 마지막은 이곳, 베이판?

"어……떻게?"

아렌은 자신을 향해 해석할 수 없는 미소를 짓고 있는 세이를 멍하니 바라봤다. 너무도 뜻밖의 자리에서 만난 터라 자신이 줄곧 세이를 만나면 해주리라 생각했던 말은 이미 사라진 지 오래였다. 그가 천천히 허리를 숙이며 손을 내밀었다.

"한 곡 추시겠습니까?"

마침 왈츠가 흘러나왔다. 하지만 아렌은 그의 손을 맞잡기는커녕 한 움큼의 숨결도 내뱉지 못하고 있었다. 세이는 나지막이 웃으며 그녀의 손에 들린 잔을 들어 옆에 두었다. 뺨을 훑듯 지나친 손은 그녀의 허리를 강하게 잡아당기며 일으켰다.

"언제까지 그리 넋 놓고 계실 겁니까? 혹 발을 헛디뎌 넘어지신대도 잡아드리지 않을 겁니다."

나직한 속삭임이 귓전을 두드리자 그제야 퍼뜩 정신이 들었다. 아렌은 살짝 고개를 저으며 정신을 차렸다. 사방의 시선이 약속이라도 한 듯 자신을 향해 있는데, 이런 얼빠진 표정을 짓고 있다니.

"잡으십시오."

"에?"

아, 멍청한 소리를 내버렸다. 입을 다문 순간 세이가 먼저 스텝을 옮겼다. 경쾌하고 발랄한 리듬에 맞춰 앞뒤로 움직이는 그의 움직임에 따라 아렌은 얼결에 어깨에 손을 올리고 걸음을 뗐다. 본능이 이끄는 대로 그의 춤을 따라 추다 입가에 드리운 미소를 발견하자 찬물을 뒤집어쓴 것처럼 정신이 번쩍 들었다.

"세이……. 나한테 설명해야 할 일이 있을 텐데요."

직각으로 홱 도는 타이밍에 맞춰 아렌이 그의 발을 콱 밟으려 했다. 하지만 세이는 그 정도는 예상했다는 듯 1센티미터 차이로 발을 슥 빼내서 피했다.

"무슨 말씀을 하시는 건지?"

특유의 온화한 미소가 지금은 그렇게! 얄미워 보일 수가 없었다. 아렌은 이를 으득 갈며 다시 직각으로 돌 때 그의 발을 향해 있는 힘껏 걸음을 내디뎠다.

"그건 세이가 더 잘 알 텐데요!"

"도통 무슨 말씀을 하시는 건지,"

다시 한 번, 그가 그녀의 공격을 피하며,

"모르겠습니다."

몰래 훔쳐보던 여인들이 단박에 쓰러질 만한 해사한 미소를 지었다. 하지만 그럴수록 아렌의 눈엔 점점 더 가증스러워 보일 따름이라, 그녀의 눈매가 자연히 찌푸려지며 접혔다. 그래, 이제껏 그에게는 돌려 말해서 제대로 들어먹힌 적이 없었다.

"세이가 강제로 마법을 써서 날 이곳에 데려다 놨잖아요!"

"아, 그것 말입니까?"

"……그렇게 대수롭지 않다는 듯 말하지 말아줄래요? 난 지금에라도 주변의 시선 신경 안 쓰고 그 잘난 얼굴에 한 방 먹여주고 싶은 마음뿐이거든요."

아렌은 이를 부득부득 갈며 완전히 돌았다가 세이의 품으로 돌아왔다. 등에 자리 잡은 그의 손에 힘이 들어가며 은근하게 몸을 바싹 당겼다.

"못 본 사이 많이 성숙해지셨습니다."

그의 신비로운 목소리가 허공에 맴도는 왈츠에 사르르 녹아들듯 흩어졌다. 깊은 애정을 담은 눈동자는 그녀의 하나하나를 놓치지 않고 각인시키려는 듯 천천히 움직이고 있었다. 햇살처럼 생생한 은발과 장밋빛 뺨, 어깨까지 유려하게 떨어지는 목선까지.

"시간이 흘렀으니까요."

아렌은 최대한 담담하게 대꾸했다. 아래를 향했다가 돌아온 그의 눈동자가 그녀의 시선을 사로잡았다.

"……또한, 생각이 많아지셨습니다."

"…….."

"지금은 무슨 생각을 하고 계시기에 그리도 답답한 눈빛을 하고 계십니까?"

"아무것도……."

"거짓말."

세이의 단호한 말이 끝나자 아렌은 무거운 침묵에 휩싸였다. 아무것도 아니라고 얼버무리기엔 그는 너무도 자신의 마음을 잘 알고 있었다. 하지만 이 답답함은 뭐라고 표현할 수 없는 복잡하고 착잡한 것이었다. 원인이 한두 가지가 아니었던 데다 실질적으로 그녀가 해결할 수 있는 건 지금으로선 없으니까.

아렌은 잠시 시간을 끈 후에 침묵을 깼다.

"……세이가 잘못한 게 뭔지 알고는 있는 거예요?"

"아렌이 화난 부분은 어떤 건지 알고는 있습니다."

곧 죽어도 잘못했다고는 안 하지. 아렌은 왈칵 화를 내려다 호흡을 가다듬었다. 그의 페이스에 휘말리면 안 된다, 최대한 냉정하게 대응하자.

"세이는 내가 화내기를 바라지 않을 거고요."

"어느 정도 인정합니다."

"그렇다면 지금부터 제가 하는 부탁을 꼭 들어줘요. 세이가 저지른 잘못을 제 부탁을 들어주는 걸로 퉁 치는 거예요. 어때요?"

또박또박 이어가는 아렌의 말에 세이가 포옹을 풀며 진지하게 눈을 빛냈다. 자칫 음산해 보일 수 있는 새카만 눈동자가 저렇듯 투명하게 반짝일 때면 아렌은 속으로 의심을 품었다. 그가 정말로 피에 광분한다는 마족의 황제인가. 오히려 이미지는 천사에 가까운 듯한데……. 그녀는 그런 생각을 속으로 숨기며 그의 어깨에 손을 얹고 마저 스텝을 옮겼다.

"제 정인(情人)인 척해줘요. 세이모어 공작 앞에서."

세이의 눈빛이 기묘하게 변해갔다. 입가에 서서히 떠오르는 의미심장한 미소를 아렌은 전혀 이해하지 못하고 눈살을 찌푸렸다. 아무리 웃음을 잘 참지 못해도 그렇지, 지금 그는 진심으로 재밌어하고 있고 그걸 숨기려는 어떠한 노력조차 보이질 않았다. 이런, 아직 상황의 심각성을 이해하지 못했나 보다. 아렌은 침착하게 목을 가다듬며 입을 열었다.

"세이. 저번에 말한 적 있죠? 베이판에 있다는 약혼자, 그 사람이 처음으로 이 자리에 온대요. 음침한 자식, 이제껏 어디 틀어박혀 있다 내가 나간다니 나오는 건지……. 틀림없이 더러운 꿍꿍이를 가진 게 틀림없어요."

"……."

"아니, 대체 왜 그렇게 웃는 거예요? 세이, 난 심각해요. 어떻게든 이 자리에서 그 거머리를 떼어내야 한다고요! 그러니까 날 조금만 도와줘요. 소문이야 뒤따르겠지만 금방 사라질 거니까요, 네?"

자신의 애탄 마음이 제대로 전해지지 않는 것만 같아 아렌이 갈수록 빠르게 말을 이었다. 이렇다 할 대답은 하지 않고 낮게 웃고만 있던 세이는 왈츠가 끝나기가 무섭게 그녀에게서 떨어졌다. 그에 따라 어깨에 얹혀 있던 손이 허공에 머물렀고, 이내 느릿하게 내려갔다.

"……무리한 부탁인가요?"

아렌은 답답한 마음에 자신 없는 말을 내뱉었다. 여음(餘音)에 묻힐 만큼 나직한 속삭임이었으나 세이가 그를 알아듣지 못했을 리 없다. 하지만 그에게선 아무런 대답이 돌아오지 않는다.

왜일까, 그러면 흔쾌히 부탁을 들어줄 것 같았는데. 당혹감에 아렌의 얼굴이 굳었고, 그런데도 입술 한 번 들썩이지 않는 세이의 모습은 그녀에게 팽팽하게 맞서는 듯한 느낌을 주었다.

아렌은 세이가 평소와 조금 다른 것 같다고 생각하다 불현듯 자신의 과오를 깨달았다. 세이의 마음은 이미 깨닫고 있었다. 그토록 노골적인데 모를 리가 있겠는가. 그런데 그런 연심을 품은 사람에게 자신은 정인인 '척'해달라고 부탁한 것이다. 아무리 세이모어 공작을 떼어내는 데 온 정신이 팔려도 그렇지, 이 무슨 배려 없는 행동이란 말인가. 아무리 세이의 행동과 퉁 치자고는 했으나 과했다.

"미안해요, 세이. 없던 얘기로 해요."

아렌은 재빨리 표정을 펴서 그렇게 말하고 뒤돌았다. 그때, 그녀의 등을 향해 익숙한 목소리가 내리꽂혔다.

"아르렐리아! 여기 있었구나, 마침 세이모어 공작도 함께 있었구려. 오랜만이오."

아렌이 도로 홱 돌아본 것은 반사적인 행동이었다. 레이나스 공작이 세이모어 공작이라고 칭하며 반갑게 악수를 나누고 있는 상대는 다름 아닌……, 세이였다. 세상이 핑그르르 도는 느낌이었다. 열병에 사로잡힌 듯 호흡은 점점 가빠졌다.

"아르렐리아, 뭘 하고 서 있느냐. 어서 이리 와서 공작과 인사 나누지 않고."

아렌은 입술을 꾹 깨물며 터져 나오는 신음을 삼켰다. 입술은 바짝바짝 마르고 가슴은 터질 듯이 뛰었다.

"……세이……모어……, 공작이라고요?"

느릿하게 끊어지는 말끝에 아렌은 얼이 나간 채 세이를 응시했다. 마치 신기루라도 보는 듯한, 꿈이라도 꾸는 듯한 느낌이었다.

아니라고 말해요, 세이. 제발 아니라고…….

"반갑습니다, 아르렐리아 공녀님."

쐐기를 박듯, 세이가 목례를 하며 예의를 차렸다. 천천히 자세를 바로하는 그의 두 눈은 아렌을 뚫어져라 마주하고 있었다. 공작은 아렌의 대답을 기다리지 않고 무언가 말을 계속 이었으나 그녀의 귓가엔 웅웅대는 소리로밖에 들리지 않았다. 눈이 멀고 숨이 멎을 것 같은 순간이었다.

이게, 무슨, 대체. 세이가, 뭐라고……?

"아……."

더는 참을 수 없었던 아렌은 그대로 뒤돌아 가까스로 걸음을 옮겼다. 최대한 비틀거리지 않으려 애썼으나 다리에 힘이 실리지 않았다. 마음은 번잡하고 혼란스러운데, 등에 내리꽂히는 시선은 따가울 정도로 강렬해서 의식하지 않을 수가 없었다. 그중에서도 특히……, 세이의 눈길만은 유독 비수가 되어 심장에 박히는 듯했다.

아렌은 넋을 놓은 사람처럼 계단을 오르고 올랐다. 그녀가 걸음을 옮길 때마다 골이 쾅쾅 울리는 듯하다. 누가, 누구라고……? 새어 나오는 신음을 삼키며 벽을 짚었다. 주변에서 기다렸다는 듯 사람들이 우르르 몰려왔으나 손을 저어 물렸다. 입술이 파삭파삭 말라갔다.

아렌은 비틀거리면서도 사람이 발길이 닿지 않는 방을 찾아 들어갔다. 창가에 서서 길게 호흡을 내쉬니 공기가 머릿속을 헤엄치며 맑아졌다. 얼굴이 비칠 만큼 윤이 나는 창문에 누군가의 그림자가 드리워졌다. 아렌은 소리 내어 그를 불렀다.

"세이. 몇 가지만 물어볼게요."

"물어보십시오."

무언가를 내뱉으려 하던 아렌의 입술이 파르르 떨리며 닫혔다. 사실 세이가 마황이었고, 붉은 연꽃과 관련이 있었다는 사실을 알았을 때도 놀랐지만 지금에 비할 바는 못 되었다. 설마, 그 세이모어 공작이 세이였다니.

믿기 힘들었다. 차라리 이 모든 게 꿈이라고 치부하는 편이 더 이해하기 빠를 것 같았다.

아렌은 창문을 짚고 서서 호흡을 골랐다. 냉정을 찾아야 하는데 마음은 생각만큼 단순하지 않았다. 수많은 의문이 머릿속을 과할 정도로 지배한다. 대체 어떻게 세이가 베이판의 3대 기둥 중 하나인 세이모어 공작가의 공작이 될 수 있었던 걸까.

"계약인가요? 세이모어 공작가로 들어간 건."

"그렇습니다."

아렌은 호흡을 가다듬으며 뒤로 돌았다. 분명히 세이에겐 가족이 없다고 했다. 하지만 분명히 세이모어 공작은 존재한다. 결코 모습을 드러내진 않지만.

"제 약혼자가 당신이 분명한 거죠……."

돌아오는 대답은 없다. 침묵이 긍정임을 까달은 아렌의 한숨이 가늘게 흘러나와 미끄러졌다.

이제야 알았다. 마황, 세이를 중간계에 묶어두고 있었던 건 공작 가문 자체와의 계약이었다. 허나 대체 어떤 계약이기에 베이판의 공작 신분인 그가 하일렌의 황비와 손까지 잡아야만 했을까. 세이, 그의 능력이라면 그 어떤 것이라도 능히 해낼 수 있을 텐데. 하나씩 맥을 짚어나가듯 추리해가던 아렌은 이내 고개를 털었다. 지금 중요한 것은 그게 아니다.

"처음부터 제가 누군지 알고 있었나요? 아르렐리아 공녀라는 걸, 알고 있었나요?"

세이는 여전히 해석할 수도, 이해할 수도 없는 표정으로 아렌을 말없이 바라보고 있었다. 이번에도……, 긍정이다.

숨이 막혔다. 차라리 거짓말로라도 처음엔 알지 못했다고, 지내다 보니 알게 되었는데 미처 말할 기회를 찾지 못했다고 해주면 마음이라도 편할 것을.

"왜 속였는지 도저히 이해하지 못하겠어요. 저는 대체 세이의 무엇을 알고 있었죠?"

아렌은 무섭게 몸이 떨리는 것을 참으며 말했다. 말끝엔 진한 원망이 묻어 나와, 세이의 눈매가 가느스름해졌다.

"저는 대체 세이의 무엇을 알고 있었던……. 아니, 이제껏 한 번이라도 세이가 제게 진실을, 아니 진심을 이야기해준 적이 있었나요?"

"……아렌."

"세이가 마황이라는 걸 알았을 때, 분명히 말했어요. 저는 마황이 아니라 세이를 보고 있다고요. 세이가 믿지 말라고 해도 믿겠다고 했어요. 세이가 절 생각하는 마음만큼은 진짜라고 믿었으니까."

아렌의 얼굴이 크나큰 배신감에 덮이며 서서히 일그러졌다. 진실되게 바라보려 했다. 오로지 자신 때문에 인간이 되고 싶었다고 말한 그의 말이 진심이라고 믿었다. 고백 끝에 그가 지었던 자조적인 웃음은 본래 가지고 있는 고고한 자존심과 완전히 상반되는 것이라, 아렌은 놀라긴 했어도 그가 진짜 모습을 보여주었단 사실이 뿌듯했다. 더 가까워진 것만 같았고, 그렇기에 마음을 활짝 열었던 것이 사실이다.

"그런데, 믿음의 결과는 이렇군요."

차라리 세이가 마황이라는 사실과 동시에 알게 되었다면 나았을 것이다. 그런데 기어이 이런 공식적인 자리에서 직접 마주쳐서 놀라게 하는 건 대체, 조롱하는 게 아니라면 무엇이냐는 말이다.

아니, 사실 그건 상관없다. 무엇보다도 슬픈 건, 이제는 '세이'라는 사람이 누군지 전혀 모르겠다는 것이다. 마치 그와 나 사이에는 높은 벽이 놓인 것만 같다. 아렌은 슬픈 눈으로 세이를 바라봤다. 도자기처럼 굳어 있던 그의 입술이 처음으로 서서히 열렸다.

"아렌, 당신이."

"……."

"저에게 일어나고 있는 일을 안다면, 진심을 의심하는 일 따위는 없을 텐데."

잠시라도 눈을 뗐다간 사라져버릴 거라 생각하는지 세이는 애절한, 얼핏 보면 위험해 보이는 눈빛을 띠고 그녀를 응시한다. 한 발짝 다가서려 하자 누군가 악의적으로 칼로 후벼 파듯 심장이 아파 왔다.

또, 계약이다. 세이모어 공작과 맺었던 계약이, 그녀를 마주할 때마다, 그녀에게 가까이 다가서려 할 때마다 심장을 옭아매며 존재를 알렸다. 범인이었다면 숨도 쉬지 못할 정도의 고통을, 세이는 아렌을 볼 때마다 견디고 있었다.

아렌을 베이판으로 데려오자마자 모습을 감춘 것도 그 때문이었다. 레이나스 가문의 유일한 후계자인 아렌을 '구했다'는 것만으로 계약을 위반하는 게 되었으니, 베이판에 온 직후부터 밀려오는 고통 때문에 공저에 머무를 수밖에 없었다.

아렌 하나만 죽이면 될 일이었다. 그녀의 목숨을 뺏는 것은 숨 쉬는 것만큼이나 쉬운 일이다. 계약의 사슬보다 더 큰 아픔으로 다가오는 감정만 없다면. 아직도 잊을 수 없다. 자신에게 처음으로 이름을 지어주고, 서투르게 붕대를 감아줬던 어린 시절을. 부디 다치지 말아달라고 부탁하는 그녀를 보면서 정말이지 하나도 변함이 없다 생각했다. 얼마 없는 행복한 기억의 대부분을 차지하는 그녀를 이 손으로 직접 죽이고 살아난다 해도, 온전히 생을 이어나갈 수 있을 리 없다. 필시 지금 느끼는 아픔보다 더 큰 고통이 밀려올 것이다.

"세이에게 일어나고 있는 일이 뭔데요?"

어찌 말할 수 있을까, 당신에게.

"말할 수 없습니다."

당신을 죽이지 못해 내가 죽어가고 있다는 말을.

"세이, 제발."

"……."

"내가 이 상황을 이해할 수 있도록 도와줘요. 다, 말해줘요. 제발."

시선을 내려 그녀를 빤히 바라보는 세이의 눈빛이 음울했다. 세이가 팔을 길게 뻗어서 그녀의 눈 주변을 문질렀다. 딱딱하게 굳은 그의 입술이 천천히 움직였다.

"그것과는 별개로, 아렌이 원하시는 게 있지 않습니까? 말하십시오."

"세이, 지금 그 얘기를 하는 게 아니잖아요."

"소리 내어, 말하십시오."

아렌은 이해되지 않는 듯한 의아한 얼굴로 고개를 조금 기울였다. 지금 그 얘기가 왜 나오느냐는 듯한 반응이다. 그도 그럴 것이, 아렌이 마구 화를 내기도 하고, 애잔하게 속삭이기도 했는데 이건 무슨 다른 이야기인가 말이다. 알 수 없는 눈빛으로 호수를 응시하던 그가 다시 한 번 입술을 움직였다.

"세이모어 공작과 레이나스 공작 영애의 혼담을 파기해달라. 그런 말을 하고 싶어서 이곳에 온 것, 아니었습니까?"

아렌은 저도 모르게 드레스 자락을 꽉 쥐었다. 애초에 저 목적을 가지고 온 건 맞았다. 세이모어 공작이 누구든, 난 혼인 따위는 관심 없다고 분명히 못 박아두고 위협하든, 회유하든 갖은 방법을 써서 그쪽에서 먼저 혼담을 물리게 할 생각이었다. 뜻밖에 세이가 등장하는 바람에 잠시 잊고 있었으나, 애당초 목표는 그랬다.

"그 제안, 받아들이겠습니다."

뭐? 아렌은 방금까지 화내던 사실도 잊고 더는 커질 수 없을 정도로 눈을 크게 떴다. 엷은 웃음기를 머금은 검은 눈동자가 이상하게 위화감이 들었다. 한동안 복잡한 감정을 담은 고요가 흐른 뒤, 냉정을 찾은 차분한 목소리가 울렸다.

"……세이, 또 뭘 꾸미고 있는 거예요?"

"아무, 것도."

"거짓말 말아요."

"아렌이 너무도 어린 탓에, 신부로 맞이하기 힘들다는 생각이 든 것뿐입니다. 정 원하신다면 좀 더 큰 후에 이야기를 진행해보는 게 어떻습니까?"

언제나 그래왔던 것처럼, 놀리듯 말한 그가 뒤돌아 걸음을 옮겼다. 아렌은 저도 모르게 손을 뻗어 그의 팔을 덥석 잡았다. 하지만 세이는 외면하듯 모습을 감추었다.

며칠 후, 세이모어 공작에서 레이나스 공작 가문으로 혼담을 파기하자는 제안을 해 왔다. 세이모어 공작의 건강이 악화되어 더는 혼담을 진행하기가 어렵다는 게 이유였다. 하늘이 무너진 것처럼 충격에 휩싸인 레이나스 공작과는 달리, 아렌은 홀가분하면서도 찜찜한 기분이었다. 혼담이 파기된 건 분명 잘된 일이지만, 세이가 마지막에 보였던 태도는 이상했다. 그녀가 원래 아는 세이는 절대 그렇게 행동할 인물이 아니었다. 파기해달라는 청을 먼저 아렌 쪽에서 했었어도 들어주지 않았을 세이가, 먼저 청해? 거기다 그가 대외적으로 내세운 변명이 어디 가당키나 한 말이던가. 마황이 아프다니. 온 세상 사람들이 아파도 끄떡없을 것 다 아는데. 거짓말 하난 기가 막히게 잘하지.

아렌은 픽 웃으며 편지를 쓰기 시작했다.

: 병약하신 세이모어 공작님, 예의상 병문안이라도 가고 싶은데 언제가 좋을까요?

휘갈기듯 써내려간 편지를 시종을 시켜 전하도록 했다. 하지만 편지에 대한 답장은 아무리 기다려도 돌아오지 않았다.

'왜 이렇게 연락이 없지?'

아렌은 도르륵 눈을 굴리며 제 손에 쥔 편지를 만지작거렸다. 벌써 다섯 통째, 세이에게 보낸 편지의 개수다. 하지만 어떻게 된 일인지 답장은 커녕……. 로도모나스나 귀걸이를 통해 한 마디 말도 전하질 않는다.

아렌은 귀걸이를 쥐며 살며시 세이의 이름을 입안에 담아보았다. 묵묵부답. 벌써 일주일쨰인데 대체 왜 이렇듯 감감무소식이란 말인가. 걱정할 필요가 없을 정도로 강하지만 속은 반대다. 사막처럼 메마른 그의 눈빛은 아슬아슬한 경계선상에 있는 마음을 대변해주고 있었다. 처음엔 그렇게도 강해 보였던 그가, 지금은 한없이 약해 보인다. 항상 먼저 만나러 왔던 탓인지 이렇듯 잠잠한 게 내심 불안하기도 하고.

"로도모나스, 너희 주인 어디로 갔니?"

로도모나스는 행복한 얼굴로 거대한 푸딩 조각을 입에 오물거리다 고개를 저었다. 멀뚱한 눈을 반짝반짝 빛내다 이내 푸딩을 마저 오물거리는 검은 털 뭉치를 보고 있자니 왠지 주먹이 우는 느낌이었다. 이런 배은망덕한 부하가 있나. 주인이 사라졌으면 냉큼 찾으러 가지 않고……. 결국 손을 들어 로도모나스의 머리를 콩 쥐어박았다.

이유 모를 폭행을 당한 로도모나스는 푸딩을 먹다 말고 충격에 빠진 얼굴로 아렌을 응시했다. 그 시선을 외면하며 그녀는 다시 생각에 잠겼다. 답장이 없어도 기습적으로 가봐야 하나? 진짜 아픈 거면 어떡해.

아렌은 손가락으로 탁자를 톡톡 두드리다 자리에서 일어섰다. 파혼하기로 한 상대의 저택에 직접 발걸음을 하는 것만으로 사교계에 어떤 소문이 날지 뻔했지만, 구더기 무서워 장 못 담가서야 되겠는가. 아렌이 잠시 주변을 둘러본 시선을 로도모나스에게 고정했을 때였다. 똑똑, 공손한 노크 소리가 들려왔다.

"들어와."

아렌의 말이 떨어지자마자 문이 열리고 시녀 하나가 들어왔다. 무슨 일이냐는 아렌의 질문에 시녀는 정중히 공작의 명을 전했다. 그를 들은 아렌은 처음엔 제 귀를 의심하는 듯 두 눈을 동그랗게 떴다가 이내 눈썹이 휘날리도록 어딘가를 향해 달려갔다.

아렌의 아버지인 레이나스 공작은 세이모어 공작에게 한창 편지를 쓰고 있었다. 대체 왜 갑자기 혼담을 파기했는지 이해가 가질 않는다는 게 요지였다. 기껏 자신의 딸 대역까지 만들어가면서 만남을 이어갔건만! 펜을 쥔 손에 힘이 왈칵 들어갔다.

아무리 자신이나 개인보다 가문을 중요시하는 공작이라지만 그렇다 하여 자신의 딸과 똑같이 생기고 행동하는 도플갱어를 보는데 기분이 좋을리 없었다.

찝찝했다. 처음엔 짐승에 가까웠던 레베카가 시간이 지나갈수록 예상을 훨씬 뛰어넘을 정도로 자신의 딸과 비슷해지는 걸 보고 오한이 들었다. 아렌이 없는 동안, 그녀가 웃으면 어딘가에 있을 아렌도 웃고 있는 것만 같았고, 반대의 경우도 마찬가지였다. 아렌을 해하려 했다는 소식을 들은 이후 지하 감옥에 잡아둔 가짜 공녀 레베카를 아직도 처리하지 못한 까닭도 그와 비슷한 선상에 있었다. 줄곧 따로 떨어뜨려 생각하기 위해 갖은 노력을 애썼지만, 레베카의 시체를 보면 마치 제 손으로 딸아이를 죽인 듯한 느낌이 들 것 같았다. 하지만 이 모든 걸 감수하고 여기까지 왔는데, 이제 와서 혼담을 없었던 일로 하자니.

공작이 격노로 부들부들 떨리는 손에서 거칠게 펜을 내려놓은 순간, 누군가가 찾아왔다는 소식이 들려왔다. 찾아왔다는 인사의 이름을 듣자 불쾌하게 찌푸려져 있던 눈이 점점 커졌다. 뭐, 정말이냐! 크게 소리 지르며 밖으로 나갔다.

"레이나스 공작인가?"

틀림없다. 주름졌지만 변함없는 기백, 목소리에 묻어나는 위엄, 호랑이처럼 매섭게 빛나는 푸른 눈동자는 먼 옛날에 마주한 적이 있다. 바로 하일렌의 철혈 황제를 알현했을 때.

"화, 화, 황세 폐하."

공작은 기함하여 감히 예를 차릴 생각조차 하지 못했다. 당연하지 않은가, 최강대국인 하일렌의 황제가 여기에 오다니. 그것도 저런 평민 차림으로, 마찬가지로 늙은 시종 하나 달랑 데리고 말이다.

"무엄하오. 폐하께 예를 차리시오."

황제 옆에 서 있던 시종, 콘라드가 낮은 목소리로 주의를 주었다. 하지만 황제는 그저 껄껄 웃으며 '이제 황제도 아닌데 뭘 그러나. 그냥 내버려 두게.'라며 가까운 의자에 앉았다. 그러곤 조금 엉거주춤하게 서 있는 레이나스 공작을 향해 손짓했다.

"뭘 하고 섰나? 여기 앉게."

"제, 제가 어찌 황제 폐하 옆에……."

"자네 편하라고 앉으라는 게 아니야. 자네가 그리 서 있으면 내가 계속 목을 젖히고 있어야 하지 않는가 말이야. 어서 앉아."

에슬란 황제는 이맛살을 찌푸리며 테이블을 사이에 두고 건너편에 놓인 의자를 눈짓했다. 계속 말을 듣지 않으면 팔을 잡아 억지로 앉힐 기세기에, 공작은 주춤거리며 자리에 앉았다. 정말로 이래도 될까, 생각하면서. 느긋하게 의자 깊숙이 몸을 누인 황제가 주위를 둘러보았다.

"단도직입적으로 묻겠네. 내 새끼 어디 있나? 아니지. 아렌 어디 있나?"

"예?"

황제가 살짝 눈매를 좁혔다.

"츠, 아르렐리아 공녀가 어디 있느냐 물어야 제대로 답할까."

그제야 레이나스 공작이 입을 동그랗게 모으고 작은 탄성을 내질렀다.

"아, 딸아이를 말씀하시는 거군요. 지금은 방에 있을 겁니다."

"어서 불러오게. 그런데……."

가늘어진 푸른 눈이 마치 탐색하듯 공작을 아래위로 훑어보았다.

"듣자 하니 공이 딸아이를 강제로 혼인시키려고 안간힘을 썼다던데."

"예? 그걸 폐하께서 어찌……."

"아렌이라는 이름을 못 알아듣는 걸로 봐서 가출한 동안 어디 있었는지는 물어보지도 않은 모양이고, 궁금하지도 않았나?"

느닷없는 질문세례에 공작은 갑자기 눈앞에 아무것도 보이지 않을 만큼 당황하며 입을 움직거렸다.

"그것이……. 경황이 없어……. 그게 아니고, 저도 가출한 동안 어디 있었는지 소재 정도는 카일 경을 통해 파악하고 있었던 터라……. 그러고 보니 카일 경은 왜 돌아오지 않는 건지……."

"츳, 됐네. 물어보지 않아도 훤하군. 그럴 거면 나에게 양녀로 줄 것이지."

딸에 관해 쥐뿔도 모르는 아비가 변명이랍시고 주절주절 늘어놓는 모습이 못마땅하여 황제는 혀를 끌끌 차며 그의 말을 잘랐다. 마지막으로 갈수록 작아지는 목소리였지만 분명히 들었다. 차라리 양녀로 보내라고 했다. 부루퉁한 얼굴로 고개를 돌려버리는 황제를 보고 이게 혹시 꿈인가 생각했다. 황제는 직접 공작가에 찾아온 것도 모자라 양녀로 달라는 말까지 입에 담았다. 황당함을 넘어서 혼란스러웠다. 애초에 아르렐리아가 제국의 황제와 어떻게 인연을 가졌단 말인가. 그것도 이렇게 직접 황제가 찾아올 정도로 말이다. 대체 가출한 동안 뭘 하고 다녔기에?

"……할아버지?"

뒤에서 넋이 나간 듯한 읊조림이 들려왔다. 공작은 그쪽으로 몸을 돌렸다. 딸, 아르렐리아 공녀가 그리 멀지 않은 거리에서 놀란 채 서 있었다. 경악에 가까운 표정은 이내 반가움으로 물들어갔다. 공작은 황제가 갑자기 벌떡 일어나 외치는 소리에 더 크게 놀랐다.

"드디어 보는구나. 내 새끼!"

"할아버지!"

아렌은 자신이 드레스 차림이라는 것도 잊고 있는 힘껏 뛰어와 황제의 품에 덥석 안겼다. 아렌보다는 조금 큰 황제는 '어허허, 그래. 할애비가 보고 싶었어?'라며 너털웃음을 터뜨렸고, 아렌은 결국 눈물을 찔끔 흘리며 계속해서 보고 싶었다고 중얼거렸다. 그리운 할아버지의 품에서 떨어질 줄 몰랐던 아렌은 한참 후에야 눈가의 눈물 자국을 손으로 훔쳐내며 떨어졌다.

"에헤헤, 콘라드 할아버지도 보고 싶었어요."

"저도 마찬가지입니다. 아렌 경. 아! 이젠 아르렐리아 영애님이라고 불러야겠군요."

"어떻게 부르셔도 상관없어요."

아렌은 콘라드도 한번 안아보고자 팔을 벌렸지만, 황제가 그 사이에 능숙하게 끼어들며 방해했다. 다리가 아플 테니 쉬라는 구실이었다. 콘라드는 눈을 약간 찌푸리며 황제에게 눈길을 돌렸다.

"……폐하, 지금 혹시 제국의 황제였던 분께서 시기질투를 하시는 겁니까?"

"허허, 그게 무슨 잡소린가, 콘라드. 내가 자넬 상대로 내 새끼를 뺏길까 걱정이라도 한단 말인가? 나이가 많이 들더니 정신이 오락가락하나 보군."

"그럼 한번 안기라도 하게 허해주십시오. 폐하께서만 보고 싶었던 게 아니잖습니까."

조금은 억울하다는 듯한 콘라드의 말에 황제는 잠시 생각에 잠겨 눈을 굴리더니 이내 이빨을 드러내며 씩 웃었다.

"기각하겠네. 내 새끼를 아무 사내에게나 덥석덥석 안게 허락할 순 없지."

"폐하, 더없이 치사하십니다……."

"껄껄껄, 시끄럽네. 내 새끼는 내 거야. 자, 앉아라. 아렌."

아렌은 오랜만에 들어보는 정겨운 호칭에 그제야 배시시 웃었다.

"예, 할아버지."

"그런데 할아버지, 여긴 어쩐 일이세요?"

아렌이 에슬란 황제 앞에 직접 탄 차를 놓아주며 물었다. 찻잔이 잔 받침 위에 딸그락, 작은 마찰음을 내며 내려앉자 찻물에 감돌던 옥빛 물이 곱게 풀려갔다. 늙은 황제는 찻잔은 거들떠보지도 않고 흐뭇한 미소만 지은 채 아렌을 바라보고 있었다.

"응? 내가 내 새끼를 보러 오는데 무슨 용무가 있어야 하누? 이런, 할애비가 조금은 섭섭해지려 하는데."

아렌은 급히 찻주전자를 내려놓고 손을 저었다.

"그게 아니라……. 할아버지께서는 하일렌의 황제시잖아요. 비록 적국

(敵國)은 아니라지만 이렇게 사사로이 타국에 걸음을 하시면 혹 곤경에 처하시지나 않을까 걱정돼서요."

그녀의 걱정 어린 말에 밤바다처럼 검푸른 눈동자에 까닭 모를 웃음기가 드리웠다. 그는 시선을 옮겨서, 아직도 어안이 벙벙한 채 서 있는 레이나스 공작을 잠시 보고 도로 아렌을 향해 넉넉한 미소를 지었다.

"아렌, 이제 이 할애비는 황제가 아니란다."

은색 눈동자가 의아함을 품고 반짝였다.

"예? 그게 무슨……?"

"그게 말이다, 얘야……."

에슬란은 어떻게 말해야 할까, 어떻게 포장해야 내 새끼에게 좀 더 멋진 할아버지가 될 수 있을까 궁리에 빠졌다. 하지만 그걸 지켜보고만 있을 콘라드가 아니었다.

"그것에 대해선 제가 말씀드리지요."

"어허, 콘라드. 쓸데없이 나서지 말……."

"그게 말입니다. 영애님께서 자취를 감추신 직후 매일같이 베이판, 베이판 노래를 부르시더니 황당할 정도로 빨리 승계하셨지 뭡니까. 한 달 만에 황위를 물려주시다니 믿어지십니까, 공녀님? 그리고 나서 현 황제 폐하께 언질도 없이 이렇게 오신 거랍니다."

"……한 달 만에요?"

"예! 세상천지에 이런 팔불출이 또 어디 있답니까."

콘라드는 아렌을 만나기만 하면 늘어놓고자 했던 불평불만을 줄줄 쏟아내고는 더없이 속 시원한 표정으로 숨을 몰아쉬었다. 아렌은 이야기를 다 듣고 나자 기가 막혀 헛웃음만 지었다. 황위 승계를 한 달 만에 하다니, 그야말로 번갯불에 콩 볶아 먹을 정도 아닌가.

제국을 물려주는 거사인 만큼 황위를 승계할 땐 계승자가 준비를 할 수 있도록 충분히 시간을 준다. 황위를 물려받았을 제스가 황태자로서 살아오지 않은 만큼 준비 기간은 더 길었을 것. 하지만 그를 모두 무시하고 오직 자신만을 보러 승계하고 이곳에 왔다? 눈앞에 당사자가 있으면서도 쉬이 믿기 어려운 말이었다.

에슬란은 입을 참참 다시며 떨떠름한 표정을 지었다.

"얘야, 변명처럼 들릴지 모르지만 그 아이는 따로 가르칠 것이 없어 내가 할 일이 딱히 없었단다……. 에잉, 콘라드. 자네 때문에 내 자상한 할아버지상이 깨지질 않았나. 그 가벼운 입 어쩔 게야. 미주알고주알 혀 놀리는 남자는 여자들이 싫어해."

"지금 와서 여인을 만날 생각도 없으니 걱정하지 않으셔도 됩니다, 폐하."

"늙은이가 말발만 늘어도 못써."

"다 폐하께 배운 탓 아니겠습니까."

"허허, 이제 황제가 아니라고 아주 막 나가는군. 아렌, 보았느냐? 할애비가 이렇게 구박을 받고 산단다."

에슬란은 소매로 눈을 가리며 눈물을 훔치는 척했다. 화제를 돌리려는 기색이 빤히 읽혀서 콘라드는 가증스럽다는 듯이 황제를 쳐다보았고, 아렌은 그저 웃었다. 하지만 어쩐지 마음 한편이 자꾸만 불편해 편하게 웃을 수가 없었다. 그녀의 눈빛이 침잠하듯 점점 가라앉는 걸 눈치 챘는지 에슬란이 팔을 내리며 표정을 가다듬었다.

"그 아이가 보고 싶으냐?"

아렌의 어깨가 움찔 떨렸다.

"루제나스……. 아니, 제스가 보고 싶으냐?"

그리고 또 그리던 이름을 듣는 순간, 형용하기 힘든 어떠한 감정이 울컥 치밀어 올라 목구멍을 꽉 막았다. 그것은 이내 가슴을 지끈거림으로 물들이며 퍼져 나갔다. 아렌은 아랫입술을 질끈 깨물고 드레스 자락을 꽉 쥐었다. 얼마나 힘을 주었는지, 손마디 하나하나가 하얗게 뜰 정도였다. 걱정스럽다는 듯 자신을 향해 있는 푸른 눈동자를 보자, 심장의 껍질을 벗겨내는 듯한 쓰라림으로 가슴이 화끈거렸다.

"그 아이도 말은 안 하지만 너를 많이 그리워하고 있단다."

"……."

"……승계를 위한 교육을 받는 동안, 시간이 날 때마다 그 아이의 눈이 향하는 곳은 줄곧 베이판이었고, 짬을 내어 들르는 곳은 항상 베이판과 가장 가까운 곳이라고 하더구나."

"……."

"승계 전이라면 잠시라도 다녀올 수 있었으련만, 뭘 그리도 꾹 참고 있는지. 그런데 얘야, 너는 왜 또 그리 참고 있는 거냐?"

끝내 은색 눈동자 한가득 눈물이 고였다. 방울지어 흘러내린다. 그리도 외면하고 눌렀던, 겹겹이 쌓인 감정은 한순간 홍수처럼 터져서 마음을 적셨다. 소리를 내지 않기 위해 피가 나도록 입술을 짓깨물었지만 어쩔 수 없이 새어 나간다.

"그리도 보고 싶으냐?"

투둑, 굵은 눈물방울이 끝내 손등에 떨어졌다.

"그리도 그리우냐?"

그립다. 그립고 그리워서 가슴에 사무쳤다. 숨 쉬는 순간마다 생각난다. 이곳에서 보낸 세월보다 하일렌에서 보낸 시간이 좋았다. 책임과 의무에서 벗어났다거나 한 문제가 아니었다. 살아 있음을 느꼈다. 공녀니 후계자니 하는 모든 이름을 벗고 진실로 사람들과 마주함이 소중했다.

하지만 제스는 타국의 황제다. 쉬이 만나러 갈 수도 없고 그에게 용서를 구할 낯도 남아 있지 않았다. 지금쯤이면 제스는 마음을 다잡았을 텐데, 또다시 이기적인 마음으로 그를 뒤흔들고 싶지 않았다. 상처의 딱지를 가볍게 들어내는 것처럼, 애써 그간의 기억을 없었던 것으로 만들고자 했다. 매일 아침 눈뜰 때마다 오늘은 잊어야지 다짐했지만 마음은 그렇게 모질지 못했다. 이 정도면 잊힐 만도 한데, 되돌아간다. 몸만 돌아오고 영혼만 남겨두고 온 듯하다. 숨죽인 울음소리는 걷잡을 수 없이 공기 중으로 튀어나갔다. 울면 안 되는데, 이젠 오롯이 홀로 서야 하는데.

눈물이 홀로 방울져 흘러내리는 뺨을 감싸 보듬어주는 온기가 있었다.

"그렇다면 가야지 않겠느냐?"

"……."

"서로가 서로를 그리도 그리는데, 한쪽이 먼저 보러 가야 하지 않겠느냐?"

에슬란은 마치 손녀를 달래듯 부드러운 목소리로 말했다. 하지만 방법이 없잖아요, 아렌이 울먹이자 그의 입가에 지긋한 미소가 걸렸다.

"방법은 있단다. 곧 베이판에서도 하일렌에 축하 사절단을 보내지 않겠느냐?"

"……아."

"큼, 콘라드. 베이판의 축하 사절단 중 누가 있다고?"

"예, 떠나오기 전 슬쩍 보니 '아르렐리아 폰 레이나스'라는 이름이 있었습니다."

"그렇다는구나, 얘야."

콘라드의 대답 끝에 에슬란은 넉넉한 미소를 지으며 아렌에게 눈길을 돌렸다. 멍하니 대화를 듣고 있던 레이나스 공작이 '예? 그럴 리가 없는데…….'라고 중얼대자 콘라드가 '당연히 이전엔 없었지요, 폐하께서 베이판 왕실에 협박 서신을 보내기 전까진 말입니다.'라고 받았다.

울고 있던 것도 잊은 채 아렌이 넋이 놓은 채 입술만 움직였다.

"정말……로요?"

"그럼."

"정말……. 보러 갈 수 있는 거예요?"

"그렇대도."

거듭되는 대답에도 아렌은 믿을 수 없다는 듯 밀랍처럼 굳어 있었다. 세상 바깥에서 표류하다가 한순간에 밀쳐져 제정신으로 돌아온 느낌이었다. 하지만 아직은 실감이 나지 않았다. 제스를 보러 가도 된다는 말인가. 정말로?

"믿을 수가……. 제가……, 꿈을 꾸고……, 있는 건가요……?"

정신을 간신히 가누어 말문을 뗀 순간, 나직하지만 존재감이 넘치는 목소리가 귓가에 스며들었다.

"꿈이 아니다, 아르렐리아. 제스를 만나러 가거라."

아렌은 가볍게 한숨을 쉬며 그녀 앞에 버티고 선 공저를 바라보았다. 하일렌에 축하 사절단으로 가기 하루 전, 고민 끝에 그녀는 세이를 찾아 세이모어 공저에 걸음 했다. 아무래도 마지막에 그렇게 헤어진 것도 그렇고, 혼약을 쉽게 물려준 게 영 그답지 않았다. 축하 사절단으로 떠나면 언제 돌아올지 모를 일이고, 세이 쪽에서 찾아오지 않는다면 이쪽에서 먼저 찾아갈 도리밖에 없었던 것이다.

굳게 닫힌 철문 앞에서 아렌은 자신의 머리와 얼굴을 죄 가린 로브를 끌어당겨 조금 흘러나온 은색 머리카락까지 가렸다. 으리으리한 공저는 예스럽고 중후한 맛이 있었지만, 밤의 적막처럼 지나치게 고요했다. 마치 산중의 오랫동안 버려진 폐허 같다.

여기에 정말로 세이가 산단 말이야? 아렌은 조금 고개를 기울이며 눈동자를 굴렸다. 중간계에선 공작이란 높은 지위를 가지고 있는 데다 무엇보다 마족들의 황제가 아니던가. 마음만 먹으면 훨씬 더 크고 웅장한 곳에 머무를 수 있을 텐데, 왜 굳이 유령의 집 같은 곳을 택한 건지 이해가 가질 않았다.

굳은 목으로 침을 꿀꺽 넘기며, 고개를 쭉 빼 철문 안을 살폈다. 사람이 살고 있다는 걸 의심하지 않을 정도로 적당히 꾸며진 정원은 마치 장식장 몇 개를 가져다 둔 느낌이 물씬 들었다. 고개를 돌려보니 담쟁이 넝쿨이 어지러이 얽혀 있는 담이 보였다. 담을 타고 넘어가야 하나, 고심하고 있는데 방금까지만 해도 굳건히 닫혀 있던 철문이 거친 쇳소리를 내며 열렸다. 그녀를 초대하는 양 활짝. 아렌이 홀린 듯 안쪽으로 걸음을 내딛자 기다렸다는 듯 다시 닫힌다.

세이가 내가 온 걸 알고 열어준 걸까. 그래, 그럴 것이다. 언제나 아렌이 놀라게 하려 들이닥쳐도 세이는 기다렸다는 듯 웃었으니까. 세이가 자신을 물리지 않는 것만 해도 조금 힘이 솟는 것 같아, 아렌은 아까보다 좀 더 걸음을 빨리하여 정원을 가로질러 저택 안으로 들어갔다. 저택 안은 바깥보다 더 황량했다. 바깥은 보는 이들의 이목을 피하기 위해 적당히 꾸몄다는 느낌이 들었다면, 들일 사람 없는 내부는 쓸쓸함 때문에 으스스한 한기마저 돌았다.

"세이?"

고운 음성이 메마른 공기를 울렸다. 주변을 두리번거리며 어디에 세이가 있을지 점쳐보고 있는데, 옆에서 잠자코 떠 있던 로도모나스가 앞발로 아렌의 옷깃을 잡고 꾹꾹 잡아당겼다.

"응? 저기?"

로도모나스는 고개를 크게 끄덕이고 아렌을 위층으로 이끌었다. 큰 고동색 문 앞에 서서야 옷깃을 쥔 발이 떨어져 나갔다. 아렌은 투명하게 빛나는 초록색 눈동자를 마주 보던 눈길을 돌려 방문을 응시했다.

이 안에 세이가 있다는 뜻일까, 조심스럽게 손을 들어 문을 밀어보았다. 문은 아주 쉽게 열렸다. 창문으로 비껴 들어온 햇살이 갑자기 눈을 찌르고 들어왔다. 눈살을 살짝 찌푸리며 한두 번 깜박거린 그녀는 본능적으로 은청색 머리카락을 찾았다.

창가에 놓인 티 테이블, 바깥을 향해 반듯이 놓인 의자, 그리고 햇빛보다 더 찬란하게 빛나는 은청발……. 찾았다, 아렌의 얼굴에 반가움이 번졌다.

"세이."

"여긴 뭐하러 오셨습니까?"

막 다가서려던 걸음은 얼음장보다 차가운 목소리에 붙들려 멈췄다.

"……에?"

"돌아가십시오."

아렌은 허공을 긁듯이 시선을 들어 올렸다. 의자에 앉은 채, 뒤도 돌아보지 않고 냉대하는 그가 자신이 아는 세이인지 의심이 들 정도였다. 하지만 이 존재감은 세이의 것인데. 아렌은 조금 당황하여 어떤 말을 건네야 할지 생각에 잠겼다. 별안간 아렌의 옆에서 잠자코 있던 로도모나스가 눈부신 빛에 감싸였다. 눈 깜짝할 새에 소년의 모습으로 돌아간 로도모나스는 웬일인지 세이를 보며 눈물을 흘리고 있었다. 무심코 로도모나스를 돌아본 아렌이 깜짝 놀라며 물었다.

"로도모나스, 왜 그래? 왜 울어?"

"……."

"로도모나스?"

아렌이 한 발짝 다가서며 물었으나 로도모나스는 대꾸 없이 세이의 뒷모습만 하염없이 바라보고 있었다. 눈가에 가득 차오른 눈물은 소리도 없이 흘러내리며 아렌의 불안을 가중시켰다. 로도모나스가 평소에도 많이 울긴 하지만, 이렇듯 아련하게 눈물을 쏟아내는 모습은 처음이었다. 푸딩 달라며 시도 때도 없이 울며 떼쓰던 그가 저렇게 숨소리조차 죽여가며 울다니.

"로도모나스, 왜……."

"흐어어, 흐어어어엉……."

로도모나스는 끝내 울음을 터뜨리며 자리에 주저앉았다. 입술은 무엇을 말하고 싶어 달싹거리나, 말이 되어 나오진 않았다. 아렌이 주춤대는 사이 로도모나스의 울음소리는 점점 커져갔다. 죽은 아버지의 시체를 본 것처럼, 슬픔에 겨워 펑펑 큰 소리로 운다. 왜일까, 무엇이 저렇게 그를 울게 만드는 걸까.

"로도모나스……."

일단 울음부터 그치게 하고 차근차근 들어보자는 생각으로 아렌은 팔을 뻗었다. 보는 사람이 더 안쓰럽게 느껴질 정도로 처절하게 울기만 하던 로도모나스가 느닷없이 그 팔을 콱 붙잡았다. 전에 없이 강한 힘을 담은 손아귀 힘에 아렌은 한 발짝 뒤로 물러서면서 인상을 찌푸렸다. 역시, 마족은 마족인 모양…….

"……주군……."

"로도모나스, 뭐라고?"

"우리 주군……. 사, 살려……. 흐어엉, 흐아아아앙."

"로도모나스, 뭐라고 하는 거야? 정확히 또박또박 말해봐. 잘 안 들려서 그래."

"허어엉, 허어엉……. 죽는단……. 흐어엉……. 말이야……. 허어어엉……."

아렌은 울음소리에 묻힌 말을 최대한 알아들어보려고 조곤조곤 달래다 이내 포기했다. 틀렸다. 간간이 한 글자씩 들리긴 하지만 그것만으로 의미를 오롯이 전달받긴 어려웠다. 어깨를 들먹들먹하며 우는 로도모나스를 뒤로하고, 아렌은 우선 세이에게 다가갔다. 로도모나스가 세이를 보면서 울었으니 그에게라도 물어볼 요량이었다. 하지만 몇 발자국 채 다가서기 전에 매서운 목소리가 귓전을 두드렸다.

"돌아가십시오!"

아렌은 도저히 이해할 수 없었다. 세상이 멸망한 듯 울어 젖히는 로도모나스나, 방에 들어선 순간부터 그녀에겐 눈길 한 번 주지 않고 냉대하는 세이나.

"……세이, 날 봐요."

"다가오지 마시라 말씀드렸습니다."

"알았어요, 괜찮은지 확인만 하고 돌아갈게요. 혹시 무슨 일 있어요?"

"아무 일 없습니다."

"에……. 그럼 혹시 내가 그때 너무 화내서 이러는 거예요? 미안해요, 혹시 기분 나빴다면 내가 사과할게요."

"그런 것 아닙니다."

"세이, 난 지금 걱정이 되서……."

"제가 지금 아렌에게 바라는 건 단 한 가지입니다. 더는 다가오지 말고 나가주십시오."

그건 흡사 부탁이었다, 애원이었다. 목소리는 한없이 무덤덤하지만 그에 내포된 속마음은 물에 빠져 지푸라기라도 한 줌 잡고 버티는 것에 못지않다. 아무리 머리를 굴려도 세이가 이렇듯 무섭게 태도를 바꾼 이유가 딱히 떠오르지 않는다. 그저 아렌의 행동에 화가 났다거나 하는 인간적이고 단순한 이유는 아니라는 것만 짐작할 뿐이었다.

세이가 이렇게 돌아가라고 하는데, 일단 그의 말을 따르는 게 나을까. 돌아갈까? 잠시 고민하던 아렌의 시야에 언뜻 무언가가 스쳐 지나갔다.

응? 잘못 본 거겠지, 싶어 시선을 도로 돌린 아렌은 곧 입을 크게 벌리며 비명에 가까운 신음을 터뜨렸다. 손잡이에 걸치듯 놓인 세이의 손이, 표백된 듯 하얗게 떠 있다.

"세이! 손이 왜 그래요?"

놀란 아렌이 성큼 다가서자, 세이는 결국 벌떡 일어나 뒤로 물러섰다.

"오지 마십……시오……. 가십시오."

그렇게 말하며 세이는 손으로 얼굴을 가렸다. 손으로 가려지지 않은 턱이나, 볼 부근도 손과 마찬가지였다. 하얗다. 찔러도 피 한 방울 나오지 않을 정도로 생기 한 점 없는 저 피부색, 시체와도 같은 혈색이었다.

"세이! 설마 어디 아픈 거예요?"

"오지 마십시오. 가십시오……. 당신이 할 수 있는 건 아무것도 없습니다."

"대체 왜 그러는 거예요. 진짜 어디 아파요? 마법을 쓸 수 있을 텐데 왜……!"

"가십, 시오. 제발……. 자제력을, 잃기 전에 빨리……. 제가 당신에게 손대기 전에 어서……."

"세이!"

아렌은 자꾸만 뒤로 걸어가는 세이를 향해 빠르게 다가갔다. 세이는 여전히 손으로 얼굴을 가린 채로, 까닭을 알 수 없는 신음을 흘리더니 결국 허공에 녹아들듯 모습을 감추었다. 아렌이 황급히 손을 뻗었으나, 흩날리는 은청색 머리카락이 부드럽게 그 사이로 빠져나갔다.

흔적도 없이 사라진 세이의 방에 남은 것은 멍한 얼굴로 허탈하게 서 있는 아렌과, 아직도 울음을 그치지 못한 로도모나스뿐이었다.

아렌은 창문을 비껴 들어와 제 얼굴 위를 기웃거리는 희미한 빛에 눈을 떴다. 구슬을 깎아 만든 듯한 은색 눈동자는 누군가의 자취를 찾아 움직였지만, 방 안엔 그녀와 그녀의 어깨에 기대어 자는 소년, 로도모나스밖에 없었다.

세이가 사라진 그 자리에 앉아서 기다리고 또 기다렸다. 언제나처럼 장난이었다고 해사하게 웃으며 나타날 것 같아서. 하지만 해가 저물었다 여명이 드리울 때까지 그는 돌아오지 않았다. 언제나 곁에 머물러주었던 그는 이제 그림자조차 찾을 수 없다. 아렌의 눈동자가 안타까움으로 흐려졌다. 막막했다. 이제껏 세이가 먼저 피한 적은 없었는데…….

"로도모나스."

줄곧 깨어 있었는지, 아렌의 부름에 로도모나스의 눈이 반짝 뜨였다. 울음을 그친 지 얼마 되지 않아 눈가가 붉다. 금방이라도 다시 울 듯 슬픔에 젖은 눈망울을 신중하게 살피며 아렌이 입을 열었다.

"로도모나스, 괜찮으면 내 질문에 대답해줄 수 있어?"

"……."

"있지, 혹시 세이에게 무슨 일 있어? 아까 왜 그렇게 울었어? 울면서 나한테 뭐라고 한 거야? 아니, 세이는 어디 있는지부터 말해줄 수 있어?"

조심스럽게 시작된 질문은 곧 채근하듯 빠르게 이어졌다. '세이'라는 이름에 안색이 낯빛이 좋지 않게 변하는 걸 보자 마음은 더욱 조급해졌다. 대체 무슨 일이 있는 걸까. 걱정이 되어 미치겠는데 로도모나스의 입에서 떨어지는 대답은 꽤 단호했다.

"……말 못 해."

"말해줘, 로도모나스. 제발."

로도모나스가 격하게 고개를 저었다.

"……아무 말 말라고, 절대……. 아무 말도 하지 말라고 말씀하셔서. 주군께서. 무슨 일이 있어도……, 말하지……, 말라고……."

"······세이가 말하지 말라고 했어? 언제?"

"가, 가시기 전에······, 나한테, 절대······, 아무것도 알려선 안 된다고······. 흐엉······. 혼자, 혼자······, 가셨어. 흑, 곁엔 아무도, 없는데······. 허어엉······. 여, 여기가, 많이, 흐윽, 아, 아······. 흐아아앙······."

로도모나스는 왼쪽 가슴 부근을 가리키다 말고 끝내 다시 울음을 터뜨리고 말았다. 뚝뚝 흘러내리는 눈물방울 하나마다 어찌나 서러움이 가득한지, 그를 지켜보는 아렌의 마음까지 저릿저릿 아파 왔다. 한참 후에 로도모나스는 끅끅대며 울음을 그쳤으나, 끝내 그에게선 아무런 말도 듣지 못했다. 세이가 지금 어디 있는지, 왜 사라진 건지도.

꼬박 하루를 기다린 아렌은 결국 공저를 나서기로 했다. 바로 오늘이 하일렌으로 떠나야 하는 날이기도 했고, 이렇게 하염없이 기다린다고 돌아올 세이가 아니라는 걸 알고 있기 때문이었다. 메모라도 남겨두고 연락을 기다려보자, 그것만이 내가 할 수 있는 최선이다.

아렌은 책상에 놓인 펜을 집어 종이에 편지를 써내려갔다.

: 세이. 음, 무슨 말부터 해야 할까요. 우선······. 제가 갑자기 찾아와서 많이 놀랐죠? 기별도 없이 와서 미안해요. 갑자기 연락이 되질 않아 걱정이 되어서 그만. 세이, 긴말하지 않을게요. 전 지금 세이가 너무나 걱정돼요. 이 쪽지를 보면 바로 제게 와줘요. 꼭이에요.

마침표까지 찍은 후, 아렌은 종이가 가장 잘 보이도록 책상 중앙에 올려놓고 얕은 한숨을 내쉬었다. 조금 간결한 듯도 하지만 세이, 당신이 걱정된다, 혹시 큰일이 있는 거냐, 무슨 일이든 나에게 털어놓고 의논해주었으면 좋겠다 등 구구절절 늘어놓는 것보다 그편이 낫다 싶었다. 세이가 그렇게 사라진 데에는 분명 이유가 있을 것이다. 이유를 알면 좋겠지만,

말하기 싫어하는 걸 굳이 캐묻고 싶지 않았다. 돌아오기만 하면 된다, 돌아오기만.

책상 위에 편지를 놓은 아렌은 방을 쭉 둘러보았다. 정작 세이가 쓰는 방일지 아닐지는 모르지만 왠지 고풍스런 가구 하나마다 그가 머문 흔적이 보이는 것 같았다. ……그만하자, 주인은 돌아오지도 않는데. 그녀는 가느다랗게 한숨을 흘리다 말고 문득 멈칫 섰다. 세이가 앉아 있던 의자 밑에 무언가가 있었다.

"저건……. 붕대?"

붕대가 떨어져 있는 위치로 보아, 세이가 그것을 줄곧 손에 쥐고 있다가 아렌이 오자 떨어뜨린 것 같다. 허리를 숙여 작은 붕대 뭉치를 집어 든 아렌은 주의 깊은 눈으로 그것을 살폈다. 세월이 스며들어 노랗게 빛바랜 붕대는 이미 해질 대로 해져서 쓰기엔 무리가 있었다. 이런 걸 세이가 왜 가지고 있었을까?

「세이모어? 그러면 세이네! 이제부터 세이라고 부를게!」
「……세이?」

느닷없이 뇌리를 스치는 목소리에 아렌의 붉은 입술이 조금 벌어졌다. 방금 그거, 뭐지? 아렌은 고운 미간을 찌푸린 채 한 발짝 뒤로 물러섰다. 꿈인지 기억인지 분간이 가질 않는다. 그래도 더 떠올려보려고 고개를 흔들어봤으나 헛수고다. 곧 조금이나마 떠올랐던 기억마저 가물가물해진다.

"뭐야, 이게……."

아렌은 지끈거리는 머리를 부여잡고 습관적으로 눈을 굴렸다. 무언가가 생각난 것도 같은데, 분명 꿈은 아닌 것 같은데……. 그게 뭐였더라?

답답했다. 느닷없이 들이닥친 과거의 편린은 떠오르려 하다가도, 실체가 분명해지기 전에 어지럽게 흩어졌다. 오직 한 가지 확실한 건, 안타깝고 소중한 그 기억을 반드시 떠올려야 한다는 것뿐이었다.

뚜벅뚜벅, 마치 자로 잰 듯한 발소리가 하일렌 황성 복도에 울렸다. 짧고 곱슬거리는 연갈색 머리카락을 가진 그가 지나갈 때마다 양쪽에 선 기사들이 정중하게 예를 차렸다. 그저 고개를 까딱이는 것으로 인사를 받은 그는 황성에서 가장 큰 황제의 접견실 앞에 서서 숨을 골랐다. 손을 들어 노크하려는 순간, 익숙한 목소리가 귓전을 두드렸다.

"라미에!"

라미에의 손이 허공에 뜬 채 멈칫했다. 스르르 돌아간 연갈색 눈동자 속에 오랜 친우의 모습이 담긴다.

"오웬."

한쪽 다리를 절뚝이면서 다가온 오웬이 라미에를 보며 과장되게 입술을 모았다.

"처음으로 입는 제복이 꽤 잘 어울리십니다, 기사단장님. 그래서 기사단장 직무는 어떠신지요? 부단장이었을 때처럼 슬렁슬렁 일을 할 순 없을 텐데."

"보시다시피. 젠장, 근위대가 없어지는 바람에 기사단에서 할 일이 넘치잖아. 사흘 밤낮을 꼬박 새웠다고."

라미에는 자기 손에 들린 서류 뭉치를 들고 이를 부드득 갈았다. 흡사 어린애가 투정을 부리는 듯한 모습에 오웬이 나지막이 웃음을 터뜨렸다.

"거기다 폐하께서 워낙 철저하셔야지. 듣자 하니 서기관은 오늘로 일주일째 보고서를 다시 작성하고 있다고 들었는데."

"행정관도."

"보좌관도 그렇다더군."

그 뒤로도 줄줄이 이어지는 이름들을 떠올리다 말고 라미에와 오웬은 동시에 한숨을 쉬었다. 어쩌다 관료들이 전부 과로사할 지경에 이르렀나, 생각하던 라미에가 곧 은색 머리카락을 가진 견습 기사를 떠올리고 짜증스럽게 머리를 쓸어 넘겼다.

"그 녀석에게선 아무 연락도 없는 거야?"

"……아직."

"젠장, 그 자식. 꺼지랄 땐 더럽게 얼쩡거리더니, 정작 필요할 때 사라지고 말이야……."

"어디로 갔는지 짐작 가는 바가 있나?"

"몰라, 그딴 자식. 본국으로 돌아갔든 말든 이젠 알 게 뭐람. 폐하께선 분명 뭔가 아시는 것 같긴 한데 아무 말씀도 하지 않으시고. 제기랄. 차라리 화를 내든지. 젠장, 젠장."

라미에의 나지막한 욕설에 문을 지키고 선 시종 둘이 어깨를 움찔하며 눈치를 봤다. 평소였으면 기사단장으로서 체면을 차리라고 한마디 정도 주의를 줬을 법한 오웬도 이번만큼은 잠자코 침묵을 지켰다. 사실 그로서도 아렌이 딱히 좋은 시기에 사라졌다고는 말할 수 없었던 까닭이다.

그녀가 사라진 후, 너무도 많은 것이 빠르게 변했다. 그중에서도 역시 가장 큰 변화는 황위 승계였다. 무슨 이유에선지 에슬란 황제는 쫓기듯 승계를 서둘렀고 ─ 이건 그저 황제가 아렌을 빨리 보러 가고 싶다는 단순한 이유 때문이었지만, 콘라드를 제외한 나머지가 이 사실을 알 리 없었다 ─ 그에 제스는 괴물 같은 습득력으로 모든 걸 받아들였다. 교육부터 황위 계승까지 전 과정을 지켜본 이들은 혀를 내두르며 탄복할 수밖에 없었다.

'실은 아렌 경을 잊기 위해 미친 듯이 몰두하신 거겠지만.'

오웬은 얕은 한숨을 내쉬며 시종에게 눈짓했다. 그들은 기다렸다는 듯 문을 밀었고, 보기에 묵직해 보이는 문은 의외로 쉽게 열렸다. 열린 문틈 사이로 햇살이 퍼졌다. 눈을 몇 번인가 깜박이는 것으로 쏟아지는 빛을 갈무리한 오웬의 시선이 누군가를 찾아 움직였다. 한 벽면을 모두 차지한 창가 앞에, 그가 있었다. 그들 뒤로 문이 조용히 닫혔고, 창밖으로 눈길을 던지고 있던 제스가 천천히 고개를 돌렸다. 한 줌의 불순물조차 섞이지 않은 흑발이 어깨를 타고 흘러내리고, 밤하늘을 떠올리게 하는 푸른 눈동자가 두 친우를 향했다.

"폐하를 뵙습니다."

라미에와 오웬이 동시에 뒤꿈치를 맞부딪치며 한쪽 팔을 가슴에 교차시켜 경례했다. 황제, 제스에게선 아무런 말이 없었다. 그들이 내려놓은 두터운 보고서를 봤을 때조차 수고했다는 의례상 격려조차 하지 않았다. 그저 조금 내리 뜨인 푸른 눈동자 하나만으로 차갑고 압도적인 위엄을 내보였을 뿐이었다.

"보고해라."

서늘한 말끝에 비단 같은 흑발이 그의 움직임에 따라 사르륵 흘러내렸다. 날카로운 가시 같은 그의 태도에 라미에와 오웬은 동시에 씁싸래한 입맛을 다셨다. 제스의 저런 태도는 어린 시절 처음 만났을 때부터 변함이 없던 터, 라미에와 오웬도 어느 정도 익숙해져 있었다.

하지만 아렌이 사라진 후의 황상(皇上)은 한층 더 냉혹해져 그 장중한 위압감 앞에선 무슨 말을 하려다가도 주춤할 수밖에 없었다. 타오르는 불꽃을 통째로 집어삼킨 듯, 그의 침묵은 매섭게 타오르고 있었다.

뒷덜미가 조금 서늘해지는 감각을 느끼며 라미에가 먼저 그 정적을 깼다.

"······우선, 전(前) 근위대장에게 내린 처벌부터 보고하겠습니다. 근위대장 아론과 그 아래 있는 근위대원 여든아홉 명은 황제 폐하, 나아가 황실을 수호하는 본분을 잊고 황제 폐하와 황태자 전하께 검을 겨누는 대역죄를 저지른 바, 전원에게 사흘 후 참수형을 내렸습니다. 또한 두 시각 전, 붉은 연꽃의 수괴, 레이아나 전 황비와 그를 따르던 무리 모두를 사약(賜藥)하였습니다. 마지막 이엔나스 황자에 대해선 황제 폐하께서 특별히 내리신 명에 따라, 목숨은 부지하도록 하되 모든 지위와 이름을 박탈하고 이를린 지방에 유폐토록 하였습니다. 그곳에서 지병 치료도 병행토록 하였습니다."

"시행하라."

"하옵고 폐하, 베이판을 포함한 각국에서 축하 사절단을 보낸다는 서신을 보내왔습니다. 또한…… 큼, 가장 아래 놓인 것은 황후 간택식에 참석할 명문가 영애들의 명단입니다."

제스는 바람이 일어날 정도로 휙 뒤돌아 큰 걸음으로 성큼성큼 다가왔다. 햇볕을 등진 탓에 마치 그에게서 빛이 뿜어져 나오는 듯 착각을 불러일으켰다. 그는 말을 아끼는 대신 명단을 빠르게 훑어보았다. '이자벨 드 힐버른'부터 시작하여 백 명에 달하는 영애들의 이름을 띄엄띄엄 보던 그의 얼굴은 무섭도록 차가워서, 무슨 생각을 하고 있는지 짐작하기 어려웠다.

"……."

제스는 너무도 무미건조한 눈빛으로 장차 황후의 자리에 오를지도 모르는 이들의 이름을 본 후, 서신을 집어 들었다.

가장 먼저 열린 붉은 두루마리는 니펜 왕국의 것이었다. 어린 왕을 대신하여 섭정(攝政)하는 왕비가, 나라 안팎이 어지러워 부득이하게 축하 사절단을 보내지 못하게 됐다는 소식이 자세한 정황과 함께 빽빽하게 적혀 있었다. 두 번째 집어 든 보라색 두루마리, 리헤겐 왕국의 것. 그리고 세 번째 서신을 집어 드는 손이 눈치 채지 못할 정도로 미세하게 멈칫했다. 그 까닭을 어렴풋이 짐작한 라미에와 오웬은 손끝부터 타고 오르는 긴장감을 느끼며 눈만 돌려 제스가 하는 양을 지켜봤다.

두루마리를 열고, 읽어 내려간다. 평범한 내용이었다. 현 황제의 황위 계승을 축하하고 축하 사절단을 보내기로 했다는 인사치레 밑엔 축하 사절단으로 올 귀족들의 이름이 쭉 나열되어 있다.

하지만 무슨 이유에선지 가장 마지막에 덧붙여진 한 이름만은 다른 잉크로 적혀 있었다.

: 아르렐리아 폰 레이나스

은색으로 빛나는 그 이름에 시선이 닿자마자, 얼음장 같던 푸른 눈이 희미하게 흔들렸다.

"……죽이게."

마침내, 레이나스 공작의 입에서 명이 떨어졌다. 비밀리에 명령을 하달받은 암적색 머리카락의 기사는 뻣뻣한 목울대 너머로 어렵게 침을 삼켰다. 그늘이 드리운 은색 눈동자를 빛내며 공작이 다시 한 번 입을 열었다.

"죽이게, 레베카를. 더는 미룰 수가 없군. 가문에 두 명의 후계자라니, 안 될 말이지."

"……."

"그 아이에겐 안된 일이지만, 팔자에 없는 호화로운 생활을 맛봤으니 남은 생에 아쉬움은 없겠지. 목은 베어버리고 시신은 산 깊숙한 곳에 아무도 찾지 못하게 묻어버리게. 은밀하고 빠르게, 누구도 눈치 채지 못하도록 각별한 주의를 기울여야 할 것이야. 특히 아르렐리아에겐 더더욱 들켜선 안 돼, 명심하게."

"명을 받듭니다. 그녀에게 전할 말씀은 따로 없으십니까?"

기사의 올곧은 물음에 레이나스 공작은 더없이 메마른 목소리로 답했다.

"……아버지로서 잠시마나 사랑했었다고, 그리 전하게."

아렌은 그길로 하일렌으로 떠났다. 베이판을 떠날 때와 다른 점이라면, 평복이 아닌 사절단으로서 걸맞은 귀족적인 차림을 하고 있다는 것이다. 인형처럼 표정 없이 앉아 있는 그녀를 힐끔힐끔 쳐다보던 남자가 조심스레 그녀에게 말을 걸었다.

"영애님, 어디 편찮으십니까?"

멍하니 있던 아렌은 조금 놀란 채 시선을 남자에게 옮겼다.

"안색이 좋지 않아 보이십니다."

유리를 깎아 세공한 듯 영롱한 은색 눈동자와 눈길이 마주치는 순간 남자의 얼굴에 미미한 홍조가 떠올랐다. 그는 처음 아르렐리아 공녀를 볼 때 짧은 은색 머리카락 때문에 내심 조금 놀랐다. 아르렐리아 공녀의 상징은 은색 눈동자와 긴 은발이라 들었는데. 하지만 이내 어깨만 살짝 덮는 순백색 드레스와 지독히도 잘 어울리는 뽀얀 피부, 수줍게 드러난 가슴선과 쇄골이 그의 혼을 쏙 빼놓았다. 그녀와 같은 마차를 타고 있는 것만으로 이제 그는 벌렁벌렁거리는 가슴을 억누를 길이 없어질 정도였다.

무슨 말을 하려다가 입을 닫는 남자를 보며 아렌은 머릿속을 뒤적여보았다. 저자가 누구였더라. 에르덴 자작 가문의 장자, 에녹이라고 했던가. 이번에 기사 작위를 받았다더니 축하 사절단까지 동행하게 됐나 보다. 사교계에서 한 번 마주쳐본 적 없지만 저렇게 그녀를 걱정해주는 걸 보니 제 안색이 그렇게도 좋지 않았던 모양이다.

사내의 관심을 그저 얕은 호의로 치부한 아렌은 가볍게 미소 지었다.

"괜찮습니다. 호의 감사합니다."

"……."

"그런데 에녹 경께서도 낯빛이 붉습니다. 괜찮으신지요?"

"예? 예, 예! 괜찮습니다!"

에녹은 넋을 놓은 사람처럼 아렌을 응시하다 허둥지둥 시선을 갈무리했다. 어떻게든 다른 화제로 돌려보려 필사적으로 머리를 굴리던 그때, 그녀의 손에 꼭 쥐어 있는 무언가를 발견했다.

"붕대? 혹시 어디 다치기라도 하셨습니까?"

"아, 아니요. 이건 그런 게 아녜요."

"그렇다면……?"

"친구 거예요. 아주 소중한 친구……."

해진 붕대를 꼭 쥐는 그녀를 보며 에녹은 왠지 아무 말도 걸 수 없었다. 한낱 붕대일 뿐인데 그것을 바라보는 아렌의 눈동자에선 하나씩 빛이 꺼져갔다. 그리고 그 공허함은 어느 무엇도 채울 수 없을 듯 커 보였다.

에녹은 고개를 휘휘 저었다. 과민반응이다. 그저 붕대일 뿐인데.

"아, 드디어 하일렌 황성에 도착했군요!"

붕대에 못 박혀 있는 시선을 돌리고자 에녹이 부러 목소리를 높였다. 그에 마차 안에 있는 이들의 시선이 일제히 창밖으로 향했다. 하루도 걸리지 않았다지만 그래도 아침부터 쭉 마차나 배에 갇혀 꼼짝달싹 못하고 있었기에, 창문 너머로 보이는 하일렌 황성이 그렇게 반가울 수가 없었다. 과연 제국의 황성은 베이판의 것과는 확연히 달랐다. 성은 하늘을 찌를 듯 높았고, 그 주변에 흐르는 엄숙하고 비장한 기운에 경탄이 절로 나올 정도였다. 어둠이 내려앉은 밤하늘을 배경으로, 성내의 샹들리에란 샹들리에엔 죄다 빛이 어려 주변까지 훤히 밝히고 있었다.

저도 모르게 감탄을 토해내는 이들과는 달리, 아렌은 그저 덤덤한 눈으로 황성을 바라보고 있었다.

"……드디어. 돌아왔네요."

아렌이 들릴락 말락 중얼거린 그 말을, 가장 가까이 있던 에녹은 놓치지 않고 들었다. 그게 무슨 말이냐고 되물으려다 도로 말을 삼켰다. 다각다각다각, 곧 말발굽 소리가 잦아들고 마차가 하일렌 황성 앞에 멈췄다.

그들을 맞이하러 온 기사가 마차 문을 열어주자, 에녹은 자리에서 일어나려다 아렌을 바라봤다. 웬일인지 딱딱하게 굳은 얼굴의 그녀는 한 손으로 드레스 자락을 꽉 쥐었다. 마음을 가다듬는 듯 몇 번 심호흡을 하더니 이내 일어난다. 좁은 어깨를 쫙 펴고 턱을 당겨 입술을 꾹 깨무는 그녀는 마치 전투 전 승리를 다짐하는 검투사처럼 보였다.

아렌은 심기를 굳건히 다지고 마차에서 내려섰다. 그녀를 에스코트하려 에녹이 슬그머니 내민 손은 눈에 들어오지도 않았다. 그녀의 시선은 줄곧 거미줄에 걸린 듯 하일렌 황성에 묶여 떠날 줄을 몰랐다. 어둠 속을 밝히는 수많은 빛 중, 그의 옆을 맴도는 것은 어느 것일지 가늠해보며 걸음을 옮겼다.

사락사락. 그녀의 움직임에 따라 생크림처럼 흘러내리는 흰 드레스가 곱게 파도쳤다. 그리움이 너무나 커서일까, 황성 정문으로 향하는 길은 아무리 가도 끝이 없어 보였다. 이 길의 끝은 부디 그에게 닿아 있었으면 하는 허황된 바람만이 마음을 잔뜩 들뜨게 했다.

"어라? 아렌!"

정문 앞을 지키고 있던 기사 중 하나가 용케 그녀를 알아보고 소리쳤다.

"아렌이라고?"

"아렌?"

근엄함을 유지하며 정문을 지키고 있던 기사단원들이 '아렌'이라는 단어 하나에 일제히 시선을 모았다. 조금 먼발치에서 그녀의 이름을 들은 기사들 또한 눈을 동그랗게 뜨고 모여들며 아렌을 쳐다봤다.

"아렌? 아렌, 너 맞지?"

"너 인마, 어디 갔었어?"

"그런데 저 녀석 차림이 왜 저래?"

살갑게 맞이하는 것도 같고, 언뜻 책하는 것 같게도 들리는 외침이 서로 뒤섞이며 허공에 퍼져 나갔다. 아렌과 함께 온 베이판의 귀족들은 '아렌? 아렌이 누구야?' 하며 우왕좌왕하다 그들을 따라 아렌을 응시했다.

근처에 있는 모든 사람들의 이목이 집중되자 그녀는 어설프게 웃다 말았다. 길다고 한다면 긴 시간 동안 그녀를 남자로 알았던 이들이다. 한 달간 사라져 있다가 귀족 영애들이나 입을 법한 드레스 차림으로 나타났으니 유령 보듯 쳐다보는 건 충분히 이해할 만했다. 하지만 얼굴에서 가슴까지 맴도는 저 시선들은 정말 익숙하지 않았.

그녀는 가볍게 한숨을 쉰 후 온몸의 근육을 빡빡하게 긴장시켜 그 눈길 속을 헤쳐 나갔다. 정문으로부턴 그리 멀지 않았다.

"야, 이 녀석아!"

막 다리를 건너려는 순간, 평균 이상으로 굵은 남자의 팔뚝이 다가와서 아렌의 목을 감았다. 어어? 아렌이 고개를 채 들기도 전에, 큰 주먹이 머리를 세게 쥐어박았다.

"너 대체 어디 가 있었던 거야, 응? 갑자기 사라졌대서 얼마나 놀랐는지 알기나 해!"

"아, 아아. 프레드릭 형⋯⋯."

"형이라고 부르지도 마, 괘씸한 녀석! 사람을 그렇게 걱정시켜놓고 이제 와 슬렁슬렁 기어들어 오면 단 줄 알아!"

"죄송해요, 그런데 일단 이것 좀 놓아주시고⋯⋯."

"시끄러워! ⋯⋯그런데 너, 차림이 이게 뭐냐? 왜 사내 녀석이 드레스
를⋯⋯."

잔뜩 성이 나서 소리를 지르던 프레드릭은 뒤늦게 아렌의 차림을 깨닫
고 요상하게 얼굴을 일그러뜨렸다. 숨이 켁켁 막히도록 목을 조르던 팔이
조금 느슨해지자, 아렌은 고개를 들었다. 프레드릭도 조금은 이상하다는
낌새를 눈치 챘는지, 목울대가 조금 뻣뻣해져 있다.

이상했다. 그가 아는 아렌은 이렇게 분칠하고 드레스를 입는 녀석이 아
닌데, 곱상하게 생겼어도 남자인데 이게 무슨 꼴이란 말인가.

"아렌, 너 설마⋯⋯."

아, 설마 알아차린 걸까? 아렌은 조금 긴장하여 프레드릭의 다음 말을
기다렸다.

"⋯⋯여장에 취미가⋯⋯? 녀석, 그런 거면 미리 말을 하지."

그럼 그렇지. 눈치 없는 프레드릭 형에게 뭘 바라겠나. 무슨 말이 나올
까 조금 긴장하던 아렌의 입에서 끙 앓는 소리가 터져 나왔다. 스릉, 검이
일제히 검집에서 빠져나오는 소리가 울린 건 순식간이었다.

"이게 무슨 무례요. 아르렐리아 영애님에게서 떨어지시오!"

베이판의 축하 사절단을 호위하는 기사들이었다. 상황을 미처 파악하
지 못한 프레드릭을 향해 그들은 일제히 검을 겨누었다. 당연히 프레드릭
의 입은 힘없이 헤벌어졌다.

"뭐라고요?"

"다시 한 번 경고하오. 그분은 베이판 국의 축하 사절단으로 이곳에 오
신 아르렐리아 폰 레이나스 공작 영애시오. 어찌 하일렌의 기사가 귀빈께
손을 댈 수 있단 말이오, 당장 물러서시오!"

"······이 녀석이 말입니까?"

"녀석이라니, 무례한 언사를 삼가시오!"

넋이 나간 물음을 호위대장이 앙칼지게 받아쳤다. 이 앙다물고 매섭게 노려보는 호위대장에게서 시선을 뗀 프레드릭이 매우 부자연스럽게 고개를 돌려 아렌과 눈길을 맞췄다. '네가?'라고 묻는 듯한 눈빛에 아렌은 어깨를 으쓱하며 그의 팔을 잡아 내렸다. 굳이 힘을 가하지 않아도 쉽게 떨어지는 게, 여간 충격 받은 게 아닌 듯싶다.

아렌은 그에게서 몸을 떨어뜨리며 머리를 긁적였다. 갑작스러운 그녀의 변화에 충격을 받을 줄은 알고 있었고, 사람들에게 어떻게 변명해야 할지 줄곧 속으로 연습했지만 막상 상황을 마주치니 말문이 탁 막혀버린다. 저 누렇게 질린 얼굴에 대고 대체 무슨 말을 해야 좋단 말인가.

"저어, 프레드릭 형."

아렌은 불안함이 뚝뚝 떨어지는 눈빛을 띤 그에게서 눈을 떼지 않으며 한 발짝 다가섰다. 어떻게든 대화를 해보려 함이다. 하지만 창백해진 그는 후다닥 뒤로 물러섰다.

"누, 누구십니까? 누구신데 제 동생과 똑같은 얼굴로······. 아니, 아르렐리아 공녀님이라고 하셨지요. 죄송합니다. 동생 녀석과 너무도 닮아서 제가 잠시 착각을 했습니다. 아니, 그렇다고 공녀님께서 남자처럼 생겼다는 말은 아닙니다. 그 녀석이 하도 곱상하게 생긴지라······."

"형, 저예요."

"아, 아아아아아아아아닙니다. 왜 이러십니까, 공녀님. 공녀님께서도 필시 저를 다른 이와 착각하신 모양입니다. 저는 절대 베이판의 공녀님을 알지 못합니다. 뵐 일도 없고요, 예."

"형, 저라니까요."

"그, 방금 전의 행태에 대해선 깊이 사죄드립니다. 어떤 식으로 치죄하셔도 달게 받겠습니다!"

자꾸만 엉뚱한 쪽으로 이야기가 튀자 아렌은 눈살을 왈칵 찌푸렸다. 원체 그가 순박하고 맹한 면이 있긴 하지만, 차근차근히 설명할 시간도 주지 않고 저렇듯 참을성 없이 주절거리니 원, 귀 잡고 '내 말 좀 들어!'라고 빽 소리쳐주고 싶은 기분이었다. 정말로 그렇게 할까, 고민에 빠져 있는 아렌의 귓전을 익숙한 목소리가 두드렸다.

"다들 비켜서."

"기사단장님!"

'기사단장'이라는 단어에 아렌은 완전히 딴사람처럼 돌변하여 허겁지겁 그의 자취를 찾았다. 아직도 아렌에게서 시선을 떼지 못한 기사들 사이로 남들보다 머리 하나쯤은 더 훤칠한 누군가가 다가오고 있었다. 여우같이 곱게 말린 눈, 연한 갈색의 곱슬거리는 머리카락……. 아, 누군지 한눈에 알아봤다.

"이번에는 대체 뭣 때문에 소란이야?"

부단장, 아니……. 제스가 황제가 된 후 공석인 기사단장 자리에 자동으로 앉게 된 라미에가 검집으로 어깨를 툭툭 두드리며 우뚝 멈춰 섰다. '그게 말입니다, 단장님…….' 하며 우물대는 기사들을 쭉 보던 그는 짜증스럽게 혀를 차다가 아렌이 타고 온 마차를 보았다. 한순간에 그의 눈에 날이 서더니 얼굴은 여전히 마차에 고정한 채 눈동자만 떼구루루 굴린다. 숨을 멈춘 채 라미에를 지켜보고 있던 아렌은, 그와 눈이 마주치는 순간 크게 움찔했다.

"아아, 무슨 일인가 했더니 드디어 왔군, 꼬맹이."

"……오랜만이네요."

"잘도 뻔뻔하게 여기까지 왔어. 그 두꺼운 낯짝, 칭찬이라도 해줄까?"

빈정대는 말투에 이어 그의 입가에 이죽거리는 웃음이 물살처럼 번졌다. 그녀를 보자마자 발톱에 가시가 박힌 맹수처럼 이빨을 드러내는 그의 태도에 아렌은 저도 모르게 진저리를 쳤다.

아, 진짜 저 재수 없는 찐따 놈……. 어째 변한 게 하나도 없다.

아직도 혼란에 빠져 있는 프레드릭과 기사단원들을 뒤로한 그는 한쪽 입꼬리만 비스듬히 들어 올린 채 손가락을 까딱였다. 이리 오시지, 라는 뜻이 다분히 전해져 아렌은 눈살을 살짝 찌푸렸다. 아무리 베이판으로 돌아오기 전, 그녀가 아르렐리아 공녀라는 사실을 미리 알고 '내가 너에게 예의를 차릴 일은 없으니 대접받을 생각일랑 하지 말도록 해.'라고 했다지만, 보는 눈이 있는데 정말 저렇게 행동하다니. 역시 찐따는 다르다니까.

아렌은 속으로 라미에에 관한 욕을 속사포로 늘어놓으면서도 공녀로서의 위엄을 유지하며 걸음을 옮겼다. 어깨는 쭉 펴고, 허리는 곧추세우고 턱은 살짝 들고 시선은 약간 아래쪽을 향하도록.

"제가 머물 방을 안내하러 오신 거겠죠? 앞장서세요."

아렌이 라미에 앞에 우뚝 멈춰 서서 말했다. 어안이 벙벙한 사람들 사이에서 유일하게 냉정을 찾고 있는 게 아렌뿐이라, 상황은 그녀를 꽤 사리분별이 뛰어난 사절단원으로 보이게 했다. 코끝으로 그녀를 내려다보던 라미에가 비죽 웃으며 입을 열었다.

"제법 어울리는데. 아니, 흉내를 잘 내는 건가?"

아렌은 대답하지 않았다. 잔잔한 숨소리 사이엔 알아차리기 힘든 한숨이 미묘하게 섞여 있었다. 아무리 하일렌에서 철부지처럼 지낸 시절이 있다고 해도 그녀는 19년간 공녀, 레이나스 가문의 후계자로서 교육을 받아왔다. 자리가 사람을 만든다는 말이 있듯이, 베이판에 돌아와 드레스를 입은 순간부터 그녀는 공녀로서 의젓하고 어떤 상황에서도 흔들림이 없어야 했고, 실제로도 그렇게 행동하고 있었다. 하일렌에 머무르기 이전의 모습을 되찾은 것뿐인데, 아렌을 눈엣가시만도 못한 존재로 취급하는 라미에에겐 사실이 어떻든 중요하지 않았다. 그는 아렌이 돌아왔다는 사실 자체가 꺼려지고 못마땅한 것이므로.

"하일렌의 기사단장은 영애님께 예를 갖추시오."

옆에서 잠자코 보던 에녹이 조금은 속으로 어이없어하며 말했다. 축하 사절단은 국가 차원의 귀빈이다. 그녀를 무시하는 건 베이판 전체를 무시하는 것과 같다. 그 사실을 모를 수 없는 위치에 있는 자가 어떻게, 마치 예전부터 해왔던 것처럼 하대를 할 수 있단 말인가. 아르렐리아 공녀가 가만히 있는데 제가 나서는 것 또한 무례인 것은 매한가지이나, 그렇다고 하여 가만히 있을 수 없었다.

라미에가 어떠한 반응을 보이기 전에 아렌이 먼저 고개를 돌려 에녹을 바라봤다. 이내 입가에 부드럽게 떠오르는 미소, 에녹의 가슴이 크게 요동쳤다.

"괜찮습니다, 에녹 경."

"예? 예에……."

볼에 홍조를 띠며 고개를 숙이는 순박한 청년을 보며 라미에는 기도 안 찬다며 바람 빠지는 웃음을 터뜨렸다. 그도 사실 마냥 선머슴 같던 아렌이 너무도 공녀다운 모습으로 돌아온 걸 본 순간, 그녀가 지닌 기품과 묘한 매력에 조금 놀라던 차였다. 이를 테면 '저 녀석이 저랬었나?'와 같은, 그녀가 여자인 걸 일찌감치 알았지만서도 상상하지 못했던 모습이었다. 아무리 그래도 제스를 속인 일이나 말없이 모습을 감춘 일 때문에 그녀를 곱게 봐줄 순 없지만.

'못마땅해.'

라미에는 눈매를 가느스름하게 좁혔다. 아렌이 친우인 제스와 잘된다고 해도 곱게 봐줄 수 없는 건 여전하지만, 그렇다고 다른 남자와 희희낙락하는 걸 두고 보기도 불쾌했다. 이대로라면 에녹이라는 저치가 에스코트를 빙자한 데이트를 신청할 수도 있다는 생각에, 아렌을 말로 긁어주리라는 다짐은 잠시 접어두기로 했다.

"따라와……. 따라오십시오."

반말을 썼다간 괜히 꼬투리를 잡혀 시간이 지체될까, 라미에가 짜증스럽긴 하지만 아까보다는 공손한 태도로 말했다. 아렌의 눈동자가 의문의 빛을 품었다. 갑자기 왜 돌변했느냐는 물음이었다.

라미에는 팔을 뻗어 황성 안으로 향하는 길을 가리킨 다음 뒤돌아서서 걸음을 옮겼다.

"그럼 나중에 뵐게요, 에녹 경."

"예? 예에! 저어, 동행하지 않아도 괜찮으시겠습니까?"

"괜찮아요. 걱정해주셔서 감사해요."

에녹은 발소리조차 나지 않도록 사뿐사뿐 걸어가는 그녀의 뒷모습을 넋을 빼고 보다가 한참 후에 숨을 풀어놓았다. 보면 볼수록 아름다운 여자다. 온실 속 화초처럼 연약하고 고결해 보이다가도, 기사들이 돌발행동을 해도 당황하지 않는 대찬 구석이 매력적으로 느껴졌다. 사교계에 모습을 잘 드러내지 않아 존재했던 신비함에 더해진 개인적인 호감이 그를 설레게 했다. 그래, 기회를 틈타 그녀와 단둘이 시간을 보내보는 거다. 에녹은 완전히 마음을 굳혔다.

아렌은 라미에를 따라 자신이 머물 방으로 향하면서, 새삼스레 주변을 둘러보며 하일렌 황성을 구경했다. 고작 한 달 떠나 있었을 뿐인데 금테가 둘러진 벽면과 새하얀 조각상, 역대 하일렌 황제들의 초상화……. 모두 낯설게 느껴졌다. 동시에 고향에 돌아온 듯 아련하다. 금방 떠나야 될 줄 알고 있었으면서, 왜 이 모든 걸 당연하다는 듯 여기고 있었을까. 아렌의 눈동자가 어둡게 가라앉았다. 하일렌에 돌아온 기쁨도 잠시, 곧 돌아가야 한다는 아쉬움이 함께 밀려온 것이다.

창문 밖으로 시선을 던지던 아렌은 고개를 돌려 몇 걸음 떨어져서 앞서 걸어가는 라미에를 보았다. 그는 아렌 쪽으로는 시선 한 번 주지 않고 묵묵히 걷기만 하고 있었다. 둘 사이에 흐르는 어색한 침묵을 먼저 깬 쪽은 아렌이었다.

"그간 어떻게 지내셨어요?"

"잘."

"……부단장님, 대화를 이어갈 생각이 없으신 거죠?"

"알면서 뭘 물어. 그리고 난 이제 부단장이 아닌 단장이다. 여전히 머리가 안 돌아가는군."

"……."

마침 라미에가 모퉁이를 돌았고, 생각에 빠져 있던 아렌은 화들짝 놀라며 걷던 방향을 틀었다.

"저어, 개인적인 부탁이 있는데요."

"하지 마."

"방에 가기 전에 어딜 잠시 들를 수 있을까요?"

라미에가 잠시 걸음을 멈추고 특유의 이죽거리는 미소를 띠고 뒤돌았다. 분명 입은 웃고 있는데 눈빛은 찌를 듯 날카롭다.

"왜? 어디에? 누굴 보고 싶어서?"

"아시잖아요."

"무슨 말을 하는 거야. 난 전혀 짐작조차 가지 않는데."

아렌은 따라서 걸음을 멈추며 시선을 내리깔았다. 사실 그녀는 라미에에게 강한 악감정은 가지고 있지 않았다. 그가 아렌에게 과하게 화내고 윽박질렀던 건 모두 자신의 잘못으로부터 연유했음을 알고 있었기에.

제스에게 안내해달라고 하면 분명 꼬투리를 물고 늘어질 텐데, 지나가는 이 아무나 붙잡고 '황제 폐하께 안내해주세요.'라고 부탁할 순 없고……. 어쩌면 좋을까. 정말이지 하필 라미에의 안내를 받을 게 뭐람.

"라미에, 거기서 뭐 하고 있어?"

어, 이 목소리는……. 번쩍 뜨인 은빛 눈동자가 어두운 복도 끝에서 검은 실루엣을 찾아냈다. 그쪽에서도 아렌을 발견했는지 잠시 후 놀라움이 깃든 목소리가 울렸다.

"혹시 거기 서 계신 분……. 아렌 경……. 아니, 아르렐리아 공녀님이십니까?"

"오웬 님!"

"베이판에서 축하 사절단이 당도했다고 들었는데, 공녀님께서도 오셨군요."

오웬은 예전에 제스와 함께 만났을 적과 다를 바 없는 온화한 미소를 띠고 절뚝이며 다가왔다.

"다시 뵙게 되어 기쁩니다, 아르렐리아 공녀님."

"오웬 님. 갑자기 왜 이러세요? 어서 고개를 드세요."

"공대는 옳지 않습니다, 공녀님. 말을 낮춰 그저 부르기만 해주십시오. 그간의 무례는 부디 용서해주시길."

아렌은 예전처럼 대해달라고 오웬을 설득하기 위해 무진 애를 썼으나 그는 요지부동이었다. 허리를 숙이면서 용서를 구하는 태도가 지나치게 공손해서, 옆에서 한심한 듯 쳐다보는 라미에와 섞어서 딱 절반으로 나누었으면 좋겠다는 생각까지 들 정도였다. 친구라면서 이렇게 천지차이일 수가 있을까? 끼리끼리 논다는 말은 오웬, 라미에, 그리고 제스 사이에서만은 해당하지 않는 말인 듯하다. 문득 그 순간, 머릿속을 스쳐 간 아련한 그 이름을 떠올리자 잠시나마 밝아졌던 그녀의 얼굴에 그늘이 드리웠다.

"저어, 오웬 님."

"오웬이라 불러주십시오."

"부탁이 있어요."

"부탁이라니요, 명령하시는 것으로 족합니다. 편하게 하대해주십시오."

"황제 폐하를 알현하고 싶어요."

오웬에 이어 이번엔 라미에까지 놀란 눈으로 아렌을 봤다.

"뭐라고? 꼬맹이, 너 지나치게 뻔뻔한 것 아니야? 여기로 네 발로 직접 온 것도 모자라 독대를 하겠다고?"

"……."

"하! 나 참. 오웬, 비켜봐. 오늘에야말로 내가 저 꼬맹이를……."

"라미에."

오웬이 조용하지만 묵직하게 라미에를 부르지, 마치 마법처럼 그의 입이 닫혔다. 붉으락푸르락, 무언가를 말하고 싶어 안달이 나 있지만 어렸을 때부터 형과 같이 따랐던 오웬을 거스를 생각은 없는 듯했다.

"미리 말씀드리지만."

오웬의 굳은 목소리가 아렌의 귓가를 때렸다.

"반기시리란 확증은 없습니다."

아렌은 순순히 고개를 끄덕였다. 푸른 눈동자를 떠올리자 화열의 쓰라림이 생겨나 사정없이 마음을 찔러댔다. 화를 낼 수도 있다, 책망할 수도 있다. 하지만 그를 두려워하는 것조차 그녀가 저지른 일에 비해선 사치이리라. 애초에 제스를 만나기 위해 찾아온 것이니만큼, 제스를 만날 수 있는 기회를 망설임으로 헛되이 흘려보낼 수 없었다.

"따라오십시오."

한숨과도 같은 말이 떨어진 끝에, 크고 검은 그림자 두 개가 먼저 움직였다. 그리고 얼마 지나지 않아 가장 작은 그림자가 그 뒤를 따라갔다. 예전과는 다른, 확고한 신념을 지닌 걸음걸이였다.

"많이 변하셨습니다."

햇빛이 끝나가는 시간, 황제의 방으로 향하는 복도를 걸어가던 중 오웬이 불쑥 말을 꺼냈다. 침묵만을 지키며 오웬과 라미에 뒤를 따라가던 아렌이 입술을 조금 벌리고 고개를 들었다. 그녀의 눈높이보다 훨씬 위에 있는 오웬의 눈동자가 온화하게 휘어졌다.

"몰라보게 아름다워지셨다는 뜻이었습니다."

"감사합니다."

아렌은 도로 고개를 내리며 의례상의 대답을 건넸다. 옆에서 라미에가 기가 차다는 듯 코웃음을 쳤다.

"아름다워지기는. 입에 발린 말을 잘도 하는군."

"……라미에, 입 조심해라."

"왜, 내가 무슨 틀린 말 한 것도 아니고. 선머슴애가 치맛자락 하나 둘러봐야 그게 그거지."

아렌은 굳이 대꾸하지 않았다. 그저 고운 얼굴에 가면 같은 미소를 건 채 잔잔한 걸음으로 걸어가고 있을 뿐이었다. 공녀로 살 때는 표정을 감추는 일은 익숙했다. 라미에는 아렌을 힐긋 보더니 얼굴을 찌푸리며 고개를 돌렸다. 그녀의 의연한 모습마저 못마땅하다는 듯 그 후론 눈길조차 주지 않았다.

"하지만 전 예전 모습이 더 보기 좋습니다, 공녀님."

"……."

"그리고 분명 폐하께서도 마찬가지이실 겁니다."

아렌의 숨이 조금 깊어졌다. 태연함을 가장하여 황제의 처소로 가고 있긴 하지만 긴장이 되는 까닭으로 두 손이 잘게 떨리고 있었다. 문득 그녀를 보고 있으니 최근의 제스가 어땠는지 파노라마처럼 머릿속에 획획 지나갔다.

최근 제스는 밤낮없이 정무와 공부에만 매진했다. 쉬는 건 아주 잠깐, 전 황제가 가끔 즐기던 사냥이나 정원에서 보내는 조용한 티타임에조차 시간을 할애하지 않았다. 일은 무섭도록 빠르고 철저하게 해나갔다. 황제로서 바람직한 모습이었으므로 신하들이 말릴 이유가 없었다.

하지만 오웬의 눈에는 그가 지나치게 쓸쓸해 보였다. 푸른 눈동자는 그가 제어할 틈도 없이 유독 한곳으로만 향했다. 황좌에 오른 이래 얼음 장벽을 둘렀던 그가, 남몰래 그리던 이의 이름을 보는 순간 얼마나 동요했었는지 오웬만은 보고 있었다. 하지만 그의 솔직하지 못한 성정상 곧 있을 재회에서 어떤 반응을 보일지 모호했다.

어스름께 드디어 문이 열리며 오웬, 라미에, 아렌이 차례로 황제가 있을 처소로 들어섰다. 본래 아무나 출입할 수 없는 곳이지만, 기사단장 라미에와 대신으로 있는 오웬이기에 가능한 일이었다. 문턱을 넘기 전, 아렌은 비장함을 다지며 호흡을 멈췄다. 드디어, 만난다. 숨을 풀어놓으며 한 걸음을 들여놓았다. 벽에 둘러진 금테에 반사된 빛이 그녀에게로 쏟아져 내렸다.

견딜 수 없이 그리운 푸른 눈동자를 찾았다. 기척이 느껴지기 않기에 구석구석을 훑었다. 가장 왼쪽 벽면부터 벽면을 차지한 큰 창을 지나 침대가 붙은 오른쪽 벽면까지……. 하지만 어디에도 그의 모습은 보이질 않았다.

"황제 폐하는?"

"조금 전, 언질 없이 어디론가 나가셨습니다."

"언제 돌아오신다던가?"

"그것 또한 아무 말씀 없으셨습니다."

시종과 대화를 나누던 오웬이 어두운 얼굴로 아렌을 바라봤다. 본래 오늘 이 시각에 자리를 비울 일이 없을 텐데 이상하다, 그런데 언제 돌아올지 모르는데 이곳에서 계속 기다릴 순 없다, 어찌하겠느냐는 물음이 아렌의 귓가를 윙윙 울렸다. 아렌은 크게 숨을 들이켰다. 그가 머문 곳의 공기한 줌조차 놓치지 않고 싶었다. 반쯤 빠진 의자는 분명 그가 앉았을 자리, 그 위로 어른거리는 그의 잔상에 가슴이 조여 왔다. 뿌옇게 차오르는 눈물로도 차마 지워낼 수 없는 그림자가 있었다.

"저, 공녀님."

아렌은 얼어붙은 듯 꼼짝 못하다가 기어이 무릎을 꺾어 주저앉았다. 숨이 갑갑하도록 옭아맸던 긴장이 풀리며 견딜 수 없는 슬픔과 쓸쓸함이 노도처럼 밀려왔다.

조금만 더 기다리지. 조금만 더 기다려주지……. 그 어떤 원망도, 냉대 어린 시선도 얼마든지 마주할 수 있었을 텐데. 볼 수만 있다면, 한 번만이라도 볼 수 있다면……. 발그스름하게 상기된 볼 위로 차마 참지 못한 눈물이 번졌다. 스스로 말릴 수 없이 밀려드는 기억의 편린에 가슴이 사정없이 짓밟혔다.

뚜벅, 뚜벅. 자로 잰 듯한 규칙적이고 묵직한 발소리가 울렸다. 복도 띄엄띄엄 서 있던 기사단원들은 며칠 계속되는 철야로 붉어진 눈으로 소리가 나는 쪽을 바라보았다. 이미 밤은 늦었는데 누가? 의아함에 둥그렇게 떠진 눈에 서서히 어둠 속에서 나온 이의 모습이 담겼다. 기사단원들은 단박에 그가 누군지 알아차리고 힘껏 경례했다.

"폐하를 뵙……!"

그들은 일제히 발뒤꿈치를 붙이며 외치다 말을 맺지 못하고 입을 다물었다. 잠시 멈춰 선 황제, 제스가 검지를 입술에 대며 조용히 하라는 신호를 보냈기 때문이다. 까닭은 알 수 없지만 감히 그의 명에 반하여 행동할 수 없었던 그들은 그저 긴장한 채 다음 명만 기다렸다. 스르르, 그의 손이 수면에 퍼져가는 파문처럼 고요하게 내려갔다.

"조용히, 그대로."

얼어붙도록 차가운 그의 말이 떨어지자 좌중은 일제히 몸을 펴고 명을 따랐다. 황제가 걸음을 옮기자 기사들은 그 묵직한 무게감을 감히 직시할 수 없었다. 제스는 한때 자신의 직속 부하였던 이들이 서 있는 복도를 지나 모퉁이를 돌았다. 시종 하나 거느리지 않고 걸음 한 황제에 대해 뒤에서 조금 웅성대긴 했지만 곧 조용해졌다.

이해하지 못할 일은 아니었다. 적어도 이 제국 내에서는 검기를 자유자재로 쓰는 제스를 이길 자가 없으니, 혹 반황파가 암살자를 보낸다고 하더라도 무용할 것. 동시에 기사들의 머릿속에 물음표가 꼬리를 물고 일어섰다.

황제가 걷던 방향으로 쭉 가면 나오는 것은 각국에서 온 축하 사절단이 머무는 처소다. 사적인 용무가 없다면 걸음을 할 필요가 없는 곳, 아니, 들르지 않는 편이 더 나은 곳이다. 그런데 구태여 어째서? 입 밖에 꺼낼 수 없는 의문이 그들의 입안에서만 맴돌다 목 너머로 사라졌다.

"……."

제스의 늘품 있는 입매는 곧았다. 그의 타고난 성정만큼이나 시선도 곧았다. 구두 굽 밑에서 나던 규칙적인 울림이 멎고 사위에 정적이 가라앉았다. 그는 무슨 생각을 하는지 알 수 없는 무표정을 띤 채 짙은 고동빛 문을 물끄러미 보고 있었다. 창문 틈으로 비껴 들어온 바람이 그의 옷자락을 사락사락 흔들었다. 조금 올라가 문 중앙을 향하는 눈동자는 지독히도 무던했다. 문 너머로 그가 찾는 이가 있을 텐데도, 미세한 동요조차 없었다. 어쩌면 그 사실이 실감나지 않는 까닭일지도 몰랐다.

제스는 팔을 뻗어 방문 손잡이를 잡고 돌렸다. 어떻게 한 것인지 문고리가 돌아가는 소리도, 문이 열리는 소리도 들리지 않았다. 끼익, 경첩이 돌아가며 내는 소리가 바람에 흔들리고, 덩달아 그의 마음도 흔들었다.

조금 더 힘을 주어 문을 밀었다. 달빛 아래 완전히 모습을 드러낸 방은 예상과는 달리 텅 비어 있었다. 제스는 당황하지 않고 다만 조금은 아쉽게 주변을 둘러보았다. 어슴푸레한 어둠 속에서 무언가 흰 게 팔락거리고 있었다. 주인이 없는 방에 남겨진 쪽지……

잠시 그것을 내려다보던 제스가 허리를 굽혀 그것을 집어 들었다. 사방이 어두운데도, 그는 쪽지에 꽤 단정한 필체로 적힌 내용을 쉽게 읽을 수 있었다.

: 아르렐리아 공녀님께.

오늘 동안 공녀님과 나눴던 대화는 즐거웠습니다. 혹 가을밤의 정취를 느끼고 싶으시다면, 잠시나마 저와 황성의 정원을 걷는 게 어떻겠습니까? 히아신스 꽃이 피어 있는 정원에서 기다리겠습니다.

— 에녹.

제스는 저도 모르게 손에 힘을 주었다. 손가락 마디가 하얗게 질릴 정도로 가해진 힘 아래서 사내의 연정이 담긴 종이가 힘없이 구겨졌다. 며칠 만에 떠올랐던 미미한 감정이 딱딱한 가면 아래 송두리째 사라졌다.

그는 손에 쥔 종이를 창밖으로 던져버리며 방을 나섰다. 나지막하지만, 아까보단 거칠어진 발소리가 복도 전체를 울렸다.

"……야, 꼬맹이. 울지 마. 왜 갑자기 울고 난리야. 울지 말라니까. 내가 뭘 어떻게 해야 안 울겠냐?"

"……."

"……젠장."

라미에는 이마 위로 흘러내린 연갈색 머리카락을 거칠게 쓸어 올리며 자리에서 일어섰다. 제스가 없다는 걸 확인하자마자 아렌은 벌어진 상처를 칼로 헤집어내는 것처럼 아프게 울었다. 서러운 눈물방울이 볼을 적시고 흘러내려 보는 이까지 짠하게 했다.

아렌의 눈물에 흔들린 이는 의외로 오웬이 아닌 라미에였다. 그가 오랜 시간 아무리 긁어대도 눈물 한 방울 흘리긴커녕 오히려 바락바락 대들었던 아렌이다. 눌러도 뛰어오르는 게 짜증나서 더욱 험하게 대했던 것도 사실이고. 여자는 제멋대로 울리고 웃게 할 수 있는 천하의 바람둥이 라미에지만, 막상 아렌의 눈물을 보니 놀라고 당황스러워 그때부턴 머리가 새하얗게 비어버렸다.

"울지 마라, 엉? 단장님……. 아니, 황제 폐하는 대체 어딜 가신 거야? 오웬, 너도 모르냐?"

"네 번째 말하는 거지만, 라미에. 나도 모른다. ……일단 너부터 진정해."

"이봐, 시종장! 얼른 가서 폐하를 찾아와, 빨리!"

오웬은 버럭 소리를 지르는 라미에와 난데없이 불똥 맞고 흩어지는 시종들을 보며 의미를 알 수 없는 웃음을 지었다. 라미에는 항상 그랬다. 보통은 전부 데면데면, 적당히 대하면서도 진정으로 마음에 들이고 싶은 이에게만은 처음에 유독 까칠하게 대했다. 제스 때도 그러했고, 아렌에게도 마찬가지다. 어찌할 바 모르고 허둥대는 라미에의 모습을 보니 새삼 웃음이 나왔다. 이성으로서가 아니더라도, 한결 부드럽게 아렌을 대할 앞으로가 기대됐다.

조금 마음에 걸렸던 라미에의 태도가 정리되자 이번엔 주의가 아렌에게 쏠렸다. 안내해달라고 그녀의 입으로 직접 부탁한 걸 보면 분명 괄목할 만한 심경의 변화나 뭔가 큰 결정을 내린 모양인데 타이밍이 참 아쉽게 되었다.

"야! 너 뚝 그치지 못해? ……제기랄, 제발 그쳐라, 엉? 아니면 소리 내서 울든가! 차라리 상황이 엿 같다고 욕이라도 내지르라고! 그딴 식으로 울어서 사람 심란하게 만들지 말고!"

이런, 라미에까지 덩달아 이성을 잃어가는군. 안 되겠다 싶었던 오웬은 인형처럼 주저앉아 울고 있는 아렌 앞에 한쪽 무릎을 꿇으며 시선을 맞췄다.

"공녀님, 일단 진정하시고 눈물을 거두십시오."

오웬이 차근차근 달래는 어조에 라미에도 윽박지르는 걸 멈추고 그녀를 응시했다. 아렌의 불그스름한 입술 사이에서 잔뜩 메마른 목소리가 흘러나왔다.

"너무 늦었나 봐요. 이제는…….."

"그렇지 않습니다, 공녀님. 일어나시지요. 마냥 이곳에서 기다리고 있을 수는 없는 일이 아닙니까."

"아뇨, 여기서 기다릴래요."

"공녀님, 내일 사절단이 모일 연회에도 참석하셔야 하시지 않습니까. 일어나십시오. 자, 잡아드리겠습니다."

오웬은 부드럽게 타이르면서 아렌에게 손을 내밀었다. 뒤에서 라미에가 일단 돌아가서 쉬라며 채근하는 말은 들리지도 않았다. 혼자 되뇌고 되뇌던 말을 드디어 하려고 결심했는데 이렇게 돌아가라고? 방에 돌아가서 지새울 그 시간이 너무도 길 것만 같은데. 아니, 실은 그것보다 앞으로도 미묘하게 엇갈릴까 봐, 가까이 있어도 끝내 손이 닿지 않을까 봐 이렇게 무서운데…….

"공녀님, 내일 연회에도 폐하께서 직접 걸음 하실 겁니다."

아렌이 꿈쩍도 하지 않을 거란 걸 짐작했는지, 오웬이 그녀의 눈물을 손수건으로 훔쳐주며 차분히 말했다. 물기에 흠뻑 젖은 은색 눈동자가 불안하게 흔들리며 그를 찾아갔다.

"직접 온다면……."

"예, 기실 두 분만 있을 자리를 만들 수 있을 겁니다. 그러니 이만 돌아가시는 게 좋겠습니다. 여독도 풀리지 않았을 텐데 무리하지 마십시오. 자."

다소 무례인 걸 알면서도, 오웬은 아렌의 손을 끌어당겨 일으켜 세웠다. 그를 따라 일어나면서 아렌은 가슴이 아릿해지는 슬픔을 억눌렀다. 그나마 내일 볼 수 있다는 사실을 되뇌자 마음이 조금이나마 가라앉는 듯했다. 조금 창피하기도 했다. 제스가 없다는 걸 확인하자마자 팽팽했던 긴장이 확 풀렸다곤 하나 오웬과 특히 라미에 앞에서 눈물을 보인 것이 말이다.

"……오웬 말이 맞아, 빨리 가버려, 꼬맹이. 뚝 그치지 않으면 그렇지 않아도 못생긴 얼굴 더 볼썽사나워진다."

아렌의 눈치를 힐끔힐끔 봐가며 내뱉는 모양새가 꽤 생경했다. 아렌은 잠시 라미에게 시선을 두었다가 도로 방에서 나섰다. 돌아오기만 한다면 밤새 기다릴 수도 있으나, 눈가가 붉어진, 라미에 말마따나 볼썽사나운 얼굴로 제스를 만나긴 싫었다.

잠시 숨을 가슴에 품듯 멈추었다 풀어내며, 마저 걸음을 옮겼다. 어딘지 공허한 눈동자엔 밤하늘을 찢는 달빛만이 들어찼다.

각국에서 온 축하 사절단의 수는 대충 어림잡아도 백이 넘었다. 따라서 그들이 모두 참석할 연회는 특별히 황성 내 가장 큰 무도회장에서 열렸다. 아렌과 동행한 베이판의 축하 사절단이 무도회장에 도착했을 때엔 이미 축하 사절단 대부분과 하일렌의 고위 귀족들이 빼곡히 들어선 후였다.

조금 부은 눈을 화장으로 가린 아렌은 문득 시선을 옆으로 돌렸다. 아까부터 에녹이 자신을 흘끔거리며 무언가 할 말이 있는 것처럼 입술을 달싹이고 있었기 때문이다. 잠시 기억을 더듬어본 아렌은 작은 감탄사를 터뜨렸다.

"에녹 경, 죄송합니다."

"예? 에에?"

"제가 어제 자리를 비우는 바람에……. 쪽지를 늦게 확인하고 말았답니다. 많이 기다리셨나요?"

아렌이 최대한 미안하다는 표정을 짓자, 에녹은 얼굴을 조금 붉히고 고개를 저었다.

"아, 아니요! 그리 오래 기다리지 않았습니다. 그저 산책이었던 것뿐인걸요. 신경 쓰지 마십시오! 하, 하하!"

아렌의 입가에 안도의 미소가 번졌다.

"그런가요, 다행입니다. 요즘 밤바람이 서늘해 만약 오래 기다리셨으면 감기에 걸리셨을 수도……."

"에, 엣취!"

"……."

"아, 아닙니다! 공녀님! 이건 그저……. 엣취!"

많이 기다렸구나. 아렌은 미안한 마음에 손수건을 꺼내 건네며 사과를 표했다. 에녹은 절대 아니라며 손을 거세게 내저었으나, 밀려드는 재채기를 참지 못하고 손수건을 받아들었다. 아렌은 에녹의 빨개진 콧잔등을 보며 미안해하다 고개를 돌렸다.

무도회장은 그 어느 때보다 성대하고 화려했다. 천장에 일렬로 늘어져 있는 샹들리에 불빛에 눈이 따가울 지경이었다. 유려한 곡선을 그리며 달려 있는 총천연색 비단은 들어서는 이들의 시선을 모조리 잡아끌었다. 하지만 그중에서도 하일렌의 귀족과 기사의 눈길이 한 번쯤은 향하는 곳은 아렌이었다. 귀족이야 '어라, 저 공녀와 비슷하게 생긴 기사단원이 있었던 것 같은데.' 정도였으나, 기사들은 한 달 전 사라진 기사단원이 공녀가 되어 나타났으니 게거품을 물고 쓰러지지 않는 게 용할 정도였다.

그럼에도 아렌은 공녀로서의 위엄과 기품을 유지하려 애썼다. 턱은 조금 들고 어깨는 폈다. 적진에 홀로 떨어진 기분이 들었다. 아주 친숙한, 그렇지만 최근엔 듣지 못한 목소리를 듣기 전까지는.

"아렌 님!"

어? 이 목소리는…….

"카일!"

아렌은 입을 헤벌리고 조금 멀리 떨어져 서 있는 청년을 바라보았다. 검은 머리카락을 뒤로 묶은 그는 마찬가지로 놀라움으로 눈을 크게 뜨고 있었다. 그리고 그 준수한 외모가 와작 일그러지기까진 그리 오래 걸리지 않았다.

"공녀님 맞습니까? 제가 보고 있는 게 진짜 아르렐리아 공녀님이 맞습니까!"

서럽고, 원통하고, 애통하고, 서글픈 목소리였다. 아렌은 '어어?'라고 작게 중얼거리며 뒤로 물러섰다. 카일은 금방이라도 눈물을 쏟을 것 같은 표정을 하고선 엄청난 기세로 다가왔다.

"정말 공녀님이 맞습니까! 공녀님……. 제가 소악마라고 불러대던 공녀님이 맞으시냔 말입니다!"

"응? 으응……. 맞는데, 카일. 너 왜 이렇게 흥분……."

"제가 흥분하지 않게 생겼습니까! 어떻게 저를 홀로 내버려두고 가실 수가 있습니까! 제가 애초에 하일렌에 온 이유가 뭔데! 사이좋게 룰루랄라 돌아갈 생각은 하지 않았지만 그렇게 치사하게 홀로 가버리실 줄은 꿈에도 생각하지 못했습니다!"

"저, 저기. 카일⋯⋯. 목소리 좀 줄여⋯⋯. 사람들이 다 쳐다⋯⋯."

"가신 것까진⋯⋯. 그래요, 까먹으실 수도 있죠. 백번 양보해 제 존재감이 공녀님한텐 발톱에 낀 때만도 못해 잊으셨다 해도 뭐라 하지 않겠습니다! 그런데 어떻게⋯⋯. 어떻게⋯⋯. 한 달이 넘도록 절 기억해주지 않으실 수가⋯⋯. 크윽⋯⋯. 제 인생이 불쌍해집니다⋯⋯. 어렸을 적, 공녀님을 믿고 따라오면 안 됐던 건데⋯⋯. 믿을 걸 믿었어야지⋯⋯."

"카일, 미안해. 응? 저, 그러니까 조금만 진정⋯⋯."

"여기 남은 제가 얼마나 핍박받았는지 알기나 하십니까! 아렌 님이 사라지시자마자 단장님⋯⋯. 그러니까 폐하께서 오셔서 다짜고짜 제 멱살부터 잡곤 아렌 님이 어디 가셨냐고⋯⋯. 당장 말하지 않으면 목을 베어버리시겠다고⋯⋯. 대체 제가 어떻게 안단 말입니까! 그때 오웬 님께서 말려주지 않으셨다면 제 목은 이미 이름 모를 야산에 버려져 있었을 겁니다!"

"어? 뭐라고? 폐하께서?"

감정에 북받쳐 하소연을 쏟아내던 카일은 문득 말을 멈추고 아렌을 위아래로 쳐다봤다. 그러곤 큰 한숨을 내쉬며 팔을 뻗어 그녀의 머리장식에 손을 댔다.

"그런데 대체 이 머리장식은 뭡니까! 센스 없기는⋯⋯. 틀림없이 공녀님께서 고른 것이겠지요. 머리도 이것 보십시오, 너무 생각 없이 막 자르신 거 아닙니까? 공작가로 돌아가셨을 때도 생각해서 조심조심 자르시든가 하지."

카일은 제가 처했던 모든 억울한 상황은 한순간에 싹 잊어버리고 쉴 새 없이 입을 놀렸다. 아렌은 작게 한숨지었다. 질책 어린 탄식을 듣는 것만큼이나, 보모의 잔소리는 듣기 싫었다. 그것은 카일을 보자마자 들었던 반가움으로는 어떻게 상쇄시킬 수 없는 것이었다.

폭포처럼 이어지는 잔소리를 어떻게 막아보고자 아렌은 입가에 미소를 물고 카일을 올려다봤다.

"카일, 오랜만이야. 미안해, 잊어버려서. 나도 이것저것 일이 너무 많아서……."

"웃지 마십시오, 정듭니다."

카일은 투덜거리면서도 아렌의 머리장식을 마저 제대로 끼워주었다. 아렌은 저가 조금은 이기적이라고 생각했다. 한 달 이상 잊고 있었던 건 정말 미안하지만, 그가 옆에 있음으로써 정수리부터 발끝까지 마비시켰던 긴장이 조금은 풀렸기 때문이다. 하지만 그조차 오래가지 못했다. 후다닥 뛰어들어온 시종이 종을 치자 사방이 약속이나 한 듯 숙연해졌기 때문이다. 내내 잔소리를 쏟아내던 카일조차 무언가를 예감한 듯 석연찮은 눈빛으로 아렌을 흘끗 보았다.

잠시 후 시종의 목소리가 무도회장 공기를 묵직하게 갈랐다.

"황제 폐하 납십니다."

카일의 근심 어린 눈길이 아렌에게 향했다. 고작 '황제 폐하'라는 단어 하나에 아렌의 얼굴빛이 흙빛으로 변해 있었다. 손끝이 잘게 떨리기에, 카일은 행여 그녀가 비틀거리기라도 할까 팔을 잡아주었다.

"놔줘, 카일. 나 괜찮아."

밀어내는 팔은 사시나무처럼 떨려 전혀 설득력이 없었다. 하지만 도움을 받고 싶지 않다는 아렌의 뜻을 카일은 충분히 받아들이고 뒤로 물러섰다. 지끈지끈 아픈 시선 속에 시종이 나온 입구로 검은 그림자가 드리웠다. 갑자기 주변 시야는 모두 새카매지고 저벅저벅 들어오는 한 인영(人影)에만 모든 주의가 집중됐다.

샹들리에의 화려한 조명 아래 드러난 검은 머리카락과 푸른 눈동자……. 제스를 보는 순간, 숨이 턱 막혔다. 자로 잰 듯 규칙적인 발걸음엔 감히 범접 못 할 위엄이 깃들어 있었다.

새 황제가 모습을 드러내자 귀족은 물론이고 각국 사절단의 시선이 바닥으로 떨어졌다. 아렌 또한 지끈대는 가슴을 꾹 누르며 고개를 숙였다. 제스가 상석에 앉아서야 고개를 들 수 있었다.

멀리 있어도 선명하게 느껴졌다. 이 존재감.

제스다, 진짜 제스다. 꿈이라거나, 환영이 아니다…….

곧 옆에 있던 오웬이 나서 귀빈에 대한 예를 갖춘 후 환영의 인사를 건넸다. 머무르는 동안 최대한의 편의를 약속할 거라는 의례상의 말이었지만, 제스의 등장으로 묵직해졌던 분위기가 조금이나마 풀리는 듯했다.

약삭빠르게도, 레필리아 왕국의 사절단 대표가 가장 먼저 나와 제스 앞에서 예를 표했다. 그가 건네는 축하의 말이나 제스가 짧게 건네는 대답은 메아리처럼 먼 곳에서 울려 퍼졌다. 그토록 보고 싶어 한 상대가 이토록 가까이, 손만 뻗으면 닿을 듯 가까이 있다는 게 믿어지질 않았다. 눈가가 시큰 달아올랐다.

얼마나 지났을까, 공녀님의 상태가 좋지 않다며 에녹이 대신 나서려 했다. 앞만 멀거니 보던 아렌은 강하게 그의 팔을 붙잡아 제지했다.

"제가 나가겠습니다."

"괜찮으시겠습니까?"

에녹의 걱정 어린 질문은 들리지도 않았다. 아렌은 입술을 짓씹듯 꾹 깨물고 한 발짝씩 걸어 나갔다. 황제 주변을 에워싸고 있던 귀족들이 약속이나 한 듯 부산스레 움직여 길을 터주었다. 모두가 보고 있었다. 조금 창백하긴 하지만 공녀로서의 기품을 지닌 은발의 여인을.

얼음조각을 간직한 듯 날카롭고 싸늘한 푸른 눈동자가 천천히 움직여 아렌에게 향했다. 허공에서 시선이 마주치는 순간, 가슴이 크게 요동쳤다. 아무런 감정도 담기지 않은 무던한 눈빛은, 쉴 새 없이 몰아쳐대는 것보다 더욱 잔인하게 느껴졌다.

제스 앞에 선 아렌은 티 나지 않게 심호흡했다. 오웬과 라미에를 비롯한 기사단원들의 숨죽인 시선을 느끼며 그대로 예를 갖춰 고개를 숙였다.

"……제국의 새 주인을 뵙습니다."

아렌은 나오지 않는 목소리를 억지로 목구멍에서 밀어 내뱉었다.

"저, 아르렐리아 폰 레이나스는, 베이판을 대표하여 온 레이나스 가문의 공녀로서,"

머리에 꽂히는 시선이 따갑다.

"하일렌 황제의 위대한 첫걸음을 감축 드립니다."

들고 나는 숨결 하나하나가 뜨거웠다.

"……부디 치세 내내 평화와 영광을 함께 누리소서."

조금 떨리는 목소리로 말을 끝맺은 아렌은 그대로 힘이 풀려 주저앉을 것만 같았다. 그렇게 하지 않은 것은 순전히 그녀의 자존심이 용납지 않았기 때문이다. 제스의 입에서 떨어질 대답을 기다리는 동안은, 흐르는 공기의 소리까지 들릴 정도로 고요했다. 고개를 들어 제스의 표정을 확인하고 싶었으나, 그녀는 지금 후들대는 다리를 지탱하는 것도 힘겨웠다.

"……귀국과 그대의 앞날에도 축복을."

차가운 분노가 깊숙이 가라앉은 목소리가 짧게 울리고 사라졌다. 앞에 앉은 제스가 스륵 일어나 떠나는 기척이 느껴졌다. 그녀가 고개를 들었을 때엔 이미 제스는 자취를 감춘 후였다.

이것이, 끝인가…….

땅이 흔들렸다. 지독한 상실감이 노도처럼 그녀를 덮치고 마음이 견딜 수 없을 정도로 아팠다. 단칼에 가슴이 베여도 이것보단 아프지 않을 것이다.

누군가 다가와서 그대로 주저앉으려는 아렌을 티 나지 않게 붙잡았다. 아렌은 어렴풋이 그가 카일이라는 걸 깨달았다.

황제가 떠나자 무도회가 시작되었다. 적막했던 공기는 여인의 웃음으로, 남자의 재치 있는 농담으로 차오르기 시작했다. 하지만 오직 아렌만은 다른 세계에 사는 사람처럼 넋을 놓았다. 거센 고동이 그녀를 한없이 헤집었다.

이것이 끝인가, 정녕……

아렌은 스스로 답했다.

이것이 끝이다. 하일렌에서의 모든 일은 그저 행복한 꿈이었다고 인정해야 한다. 제스와 마주한 이제는, 정말로.

"……카일, 놔줘."

"방까지 모셔다 드리겠습니다."

"아니, 혼자……. 있고 싶어. 놔줘……."

카일은 그 야트막한 목소리를 차마 거절할 수 없었다. 아렌은 단 한 순간도 이곳에서 머무르고 싶지 않다는 듯, 느릿하지만 무던한 걸음으로 무도회장을 빠져나갔다.

레이나스 가문의 가장 오래되고 어두운 지하 감옥에 한 여인이 있었다. 햇살을 담아 한 올씩 뽑아낸 듯한 은색 머리카락이 찬연한 그녀는, 불과 얼마 전까지만 해도 공저의 가장 호화로운 곳에서 살았던 존재였다. 아르렐리아 공녀를 대신해 가장 높은 곳에 살면서, 가장 좋은 것만을 먹고 입었다. 원래 이름은 레베카.

그녀는 자신이 어떻게 될지 일찍이 알고 있었다. 진짜 아르렐리아 공녀가 나타난 순간 싫어도 깨달아버렸다.

틀림없이 죽임을 당할 것이다, 난.

진짜 공녀를 향해 면도날을 휘두른 것은 마지막 발악 중의 발악이었다. 하지만 그녀에겐 손끝조차 대지 못한 채 음침한 이곳으로 곧장 끌려와버렸다.

처음엔 무서웠다. 난 이제 어떻게 되는 걸까? 괜히 명을 재촉한 것은 아닐까? 무릎 사이에 얼굴을 묻으며 잔뜩 웅크렸다. 처음엔 그리도 무서웠더란다. 음침하고 더럽기 짝이 없는 지하 감옥도, 창살 밖에서 시도 때도 없이 추파를 날리던 보초병도……. 그러나 시간이 가면서 그녀의 머릿속엔 한 가지 물음이 떠올랐다.

내가 왜 이용만 당하다 죽어야 하는 거지?

그녀를 대신해 산 것이 죄가 된다면, 속죄를 해야 할 것은 내가 아니라 아버님 레이나스 공작이 아니던가?

레베카는 치솟아 오르는 독기로 두려움을 밀어냈다. 배신감, 절망, 미움, 슬픔, 괴로움……. 셀 수 없을 만큼 많은 감정이 그녀를 강하게 담금질했다. 그녀는 호시탐탐 탈출할 기회만 노렸고, 레이나스 공작이 그녀를 죽이라고 명을 내린 그날 탈출을 감행했다. 탈출은 물 흐르듯 순조로웠다. 이미 반반한 얼굴에 홀딱 빠져버린 보초병을 꾀어내는 건 쉬웠으니까.

어느새 당신을 사랑하게 된 것 같다, 공작의 눈이 닿지 않는 곳으로 가서 살자, 당신의 아이를 낳고 싶다는 달콤한 말을 몇 번 건넸을 뿐인데, 보초병은 그녀와 쉽게 빠져나갈 수 있도록 말까지 훔쳤다.

그들은 곧장 레베카의 시체가 빠져나가기로 되어 있는 은밀한 길을 통해 공저에서 도망쳤다. 일이 잘못됐다는 걸 알아차린다면 공작이 틀림없이 뒤를 쫓겠지만, 레베카는 그저 웃었다. 공저에서 충분히 멀어졌다고 판단하자마자 그녀는 남자에게 농밀한 키스를 퍼부으며 절벽 쪽으로 향했다. 혀와 몸을 탐하는 수캐를 가파른 낭떠러지로 밀어버리는 것 따윈 일도 아니었다.

　보초병은 아득한 곳으로 떨어지며 끔찍한 비명을 질러댔다. 레베카는 그 모습을 무심한 눈으로 바라보다가 뒤돌아섰다. 어서 가야 한다. 이 입술의 원래 주인이 있는 곳으로.

　세이모어 공저는 처음 그녀가 봤을 때만큼이나 엄숙한 위용을 뽐내고 있었다. 창가에 앉아 우두커니 바깥을 바라보고 있는 그를 보자마자 가슴이 거세게 몰아치기 시작했다. 그는 여전히 아름답고 우아하고 고귀했다.

　아아, 세이모어 공작님. 1분 1초도 당신을 잊어본 바 없답니다. 당신도 제가 보고 싶었나요? 행복에 겨워 자리를 내팽개치고 가버린 그녀가 아닌, 아르렐리아였던 제가…….

　레베카는 부푼 가슴을 안고 그에게 다가갔다.

　"아렌……입니까?"

　텅 빈 것 같은 검은 눈동자를 마주하는 순간 세상이 일제히 우그러지는 느낌이 들었다. 그는 진심으로 레베카가 아렌이라고 생각했는지 팔을 뻗어 잡으려 했다. 닿고 싶다는 듯, 닿고 싶어 미치겠다는 듯. 그 손짓에 레베카는 멍해져버렸다.

　세이모어 공작이 전과 다르다는 건 두 번째 문제였다. 레베카와 아렌만큼은 칼같이 구분해내던 그마저 둘을 헷갈려 하고 있었다. 레베카는 충격으로 비틀거리며 뒷걸음질 쳤다.

　내가 세상에서 제일, 유일하게 사랑하는 사람마저 내 존재를 알아보지 못하고 있다. 진짜 내 존재는 과연 이 세상에 있는 걸까? 아니, 처음부터 있기는 했던 걸까?

　뒤이어 떠오른 대답에 레베카는 절망했다. 절망은 곧 증오로, 증오는 욕망으로, 욕망은 질투로 변해 가슴속 깊은 곳에서 격하게 요동쳤다. 이건 다 그녀 때문이다. 하일렌에 있을 그 여자, 저 자신이 얼마나 행복한지 모르는 그 여자, 아르렐리아.

　날 세상 밖으로 밀쳐내 버린 것은 그녀의 존재 자체였어.

　입술을 피가 날 정도로 짓씹은 레베카는 도망치듯 그 자리를 빠져나갔다. 레베카가 사라지자, 세이의 눈동자는 본래대로 가라앉았다. 생의 의지라곤 조금도 찾아볼 수 없는 검은 눈은 인형의 것처럼 천천히 감겼다. 한참이 지나서야 죽은 듯 덮여 있던 눈꺼풀이 느릿하게 열린다.

　한 번 깜박, 두 번 깜빡. 세 번을 채 깜박이지 못하고 도로 내려간다.

　바늘 떨어지는 소리조차 들릴 정도의 무거운 고요 속에서 그는 그저 존재하기만 했다. 심장이 제 기능을 못 하게 되면서 강대한 마력은 녹이 슬듯 점점 사라져간다.

　시력도, 청력도……. 모든 것이 무뎌져갔지만 살갗을 조각조각 쪼개는 아픔은 거세지기만 했다. 숨을 들이마시고 내쉬는, 지극히 당연한 일도 고통으로 바뀌어 그를 몰아세운다.

　시간이 갈수록 그는 그답지 않게 아쉬워했다. 마지막 만남에서 제대로 그녀의 얼굴을 보지 못했다. 웃는, 얼굴을, 보고 싶었는데……. 심장이 바스러지는 고통을 감수하고서라도, 그녀를 봤어야 했는데…….

　세이는 그녀와의 추억을 억지로라도 되새겨보려, 어린 아르렐리아가 쥐여주었던 붕대를 눈으로 좇았다. 10년이 지나도록 버리지 못한 그것……. 그것을 보면 기억이 날 것만 같은데……. 어느 순간 사라져버리고 없다.

　신이 말하는 것 같았다. 그 너절한 천 조각마저 가지는 건 너에겐 사치라고. 과욕이라, 그럴 수도 있겠지. 파리하고 메마른 입가에 쓰디쓴 웃음이 매달렸다.

　쿵쿵쿵, 끝을 향해 달려가는 심장 소리가 귀가 먹먹해질 만큼 커져갔다.

25. 겨울을 돌아, 봄에

  기억 속의 푸른 눈은 그리 냉정하지 않았다. 호수처럼 맑고 깊은 푸른 눈동자는 항상 아렌을 염려하고 살피는 눈이었다. 아렌은 정원을 천천히 거닐면서 고개를 젖혔다. 저 비단 같은 밤하늘을 닮았다고 생각했다. 얼핏 차가워 보이지만 보는 이를 아낌없이 포용해줄 수 있는 성숙함이 있으니 적절한 비유라고 좋아한 적이 있었다.

  하지만 오늘 하일렌의 황제, 루제나스와 베이판의 공녀, 아르렐리아가 만난 순간……. 둘 사이엔 극복할 수 없는 거리가 존재했다. 차디찬 눈빛이 아렌이 저지른 잘못을 혹독하게 일깨워주었다. 근 1년간 그와 함께했던 시간이 비수로 변해 옆구리를 깊게 찌르는 느낌이었다.

  제스의 행동이 왜 그랬는지 이해할 수 있었다. 그렇게 오랜 시간 속여놓고 뜬금없이 사라졌다 베이판의 공녀로 나타났는데, 쌍수 들고 환영해줄 리 없겠지.

  솔직한 심정으로 그가 검을 빼들었대도 놀라지 않았을 것이다. 아마도 그는 자신에게 온갖 정나미가 다 떨어진 게 분명하다. 철저한 무시를 당했는데도 사무친 그리움으로 괴로워하는 자신과는 달리, 말이다.

  낯선 공기를 크게 들이마시자 하늘이 크게 흔들렸다. 무도회장에서 나온 후 정원을 거닌 지 얼마나 지났는지도 모르겠고, 이미 밤은 깊어 한기가 살갗을 타고 올랐다. 으슬으슬 추워져서 몸이 부르르 떨렸지만, 돌아가기 싫었다. 걷고, 또 걷고 싶었다. 생각이란 게 다 사라질 때까지…….

쉼 없이 귓전을 두드리던 무도회장의 노랫소리가 사그라졌을 즈음, 아렌은 문득 걸음을 멈췄다. 넋을 놓고 걷다 보니 자신도 모르는 새 너무 멀리 와버린 것 같다.

그런데 여긴 어디지? 아렌의 은색 눈동자가 어둠에 묻힌 주변을 훑었다. 잘 정돈된 수풀 사이에 라일락이 보랏빛 향기를 풍기며 만발해 있다. 아렌의 눈이 크게 열렸다.

아, 내 기억이 맞는다면 여기는…….

이곳이 어딘지 뒤늦게 깨달은 아렌은 서둘러 걸음을 옮기려 했다. 하지만 뒤에서 갑작스레 정원의 정적을 깨뜨리면서 다가온 인기척이 더 빨랐다.

"……거기 누구지?"

엷은 분홍빛 입술이 살짝 떨렸다. 당황으로 마비된 머릿속에 아까 끝맺지 못한 말이 스쳐 지나갔다. 내 기억이 맞는다면 여기는 분명……. 황제의 정원이다. 오직 한 사람만 자유로이 들어올 수 있는 곳, 에슬란 황제가 자리를 비운 지금 목소리의 주인은 하나밖에 없다.

'제스…….'

창백한 볼이 파르라니 떨렸다. 떨리는 눈동자가 뒤를 향한 순간 담긴다. 그리고 그리고 그리워했던 이의 모습이. 동시에 그와 함께 보냈던 시간, 기억, 마음……. 모든 것이 혼화되어 파도처럼 밀려온다.

쿵쿵, 잠시 진정되었던 가슴이 다시 매섭게 요동치기 시작했다.

"제……스?"

가슴을 짜르르 건드리는 울림이 주변을 가득 메웠다. 뒤돌아선 아렌의 시야를 가득 메운 것은 못 박힌 듯 선 제스였다. 그는 무도회장에서 봤던 때와 마찬가지로 차디찬 무표정이었으나 어쩐지 조금 동요를 한 것처럼 보이긴 했다. 그 작은 낌새에 혹시나 하는 희망이 싹튼다. 아렌은 목구멍에 가시처럼 걸린 말을 애써 꺼내보았다.

"오랜만⋯⋯이에요."

아렌은 입을 다물었다. 산책을 하고 있었나요? 와 같은 평범한 인사말조차 뒤이어 건넬 여유가 없었다. 그저 머릿속에 각인을 시키려는 것처럼 제스를 바라보는 데 급급했다. 녹아버릴 것 같은 푸른 눈이 참 보고 싶었다.

"잘⋯⋯, 지냈어요?"

끊길 듯 가느다랗게 이어지는 아렌의 물음에도 대답은 없다. 그는 그저 호흡하는 것처럼 아렌을 응시하고 있을 뿐이었다.

허나 그뿐으로 족하다. 그저 보고 있는 것만으로 마음이 뻐근하게 젖어왔다. 이 순간을 멈춰달라고 신에게 무릎 꿇고 빌고 싶다. 이렇게, 제스와 마주 보고 서 있으면 온종일 함께했던 시절로 돌아가는 것처럼 느껴지니까.

불어오는 바람결에 라일락꽃이 흔들린다. 아름다운 풍경 속에 선 소중한 사람⋯⋯. 지독할 만큼 그리웠던 이라, 눈물이 날 만큼 아련하다.

"⋯⋯."

제스의 표정은 어둠이 드리운 그늘에 가려 보이지 않았다. 아렌은 안타까움을 이기지 못하고 그와의 거리를 조금 좁혔다. 그를 만나기만 하면 해주고 싶었던 말이 많았는데⋯⋯. 막상 보니 평온한 미소 한 번 보여주기가 힘들다. 눈가가 시큰거렸다. 팔을 뻗었다가 멈칫했다. 저도 모르는 새에 가까이 다가가 있었다. 불과 한 달 전까지만 해도 그리도 좁았던 거리가, 옆 나라 공녀와 제국의 황제로는 상상도 못 할 만큼 가깝다. 반가움과 안타까움에 허우적거리는 와중에서도 다리에 힘을 주어 멈췄다.

이 이상은 안 돼. 안 된다. 다가가면 걷잡을 수없이 무너질 것만 같다. 전해야 할 말이 있다. 꼴사납게 흐트러진 채 전할 수 없는 적심(赤心)이 있다. 그저 평정을 유지하는 것뿐인데도 온몸의 기운을 다 소진한 아렌은 작게 속삭였다.

"만나고 싶었어요. 당신에게만은……. 하고 싶었던 말이……."

끝내 아렌은 떨리는 목소리를 주체하지 못해 입을 다물었다. 애써 그에 대한 마음을 삼키고 눌렀는데도 연정(戀情) 앞에선 한없이 약해지는 건 어쩔 수 없었다. 전해야 할 말은 꺼내지도 못하고 제스에게 뛰어들까 봐 겁이 났다.

그때 저 먼발치서 '아르렐리아 공녀'를 찾는 목소리가 들렸다. 목소리는 카일과 에녹, 기사단원들의 것이 뒤섞여 있었다. 비록 그들이 황제의 정원에 있는 아렌을 찾을 리가 없겠지만, 아렌은 놀라 뒤돌아보았다. 산책한다고 사라진 후 아마도 시간이 너무 많이 지체된 모양이었다. 어쩌지? 아직 돌아갈 수 없는데. 아렌은 이 꿈같은 순간을 놓치고 싶지 않아서 조금 망설였다.

"돌아가는 게 좋겠군."

"아."

"……찾는 이들이 있으니까 말이다."

제스의 목소리에는 전에 없이 차가운 외면이 서려 있었다. 그에 아렌은 제 몸이 납처럼 딱딱해져가는 걸 느꼈다. 뒤돌아서 걸음을 옮기려는 제스의 뒷모습을 보는 제 눈이 따갑게 아파 왔다. 이대로 놓아버리면 다신 보지 못할 것이다.

하지만 붙잡으면 제스는 어떻게 생각할까? 왜 이제 와서 이러느냐고 밀어내진 않을까? 다정하기만 했던 기억을 간직한 채 이대로 끝내는 게 좋지 않을까? 저 자신에게도, 제스에게도. 그래도 아렌은 제스를 붙잡고 싶었다. 옆에 있고 싶다는 과욕을 부리려는 게 아니었다. 그저 자초지종만은 설명하고 싶을 뿐이었다.

그런데 무정하리만치 간다. 떠나고 있다. 안 돼. 제 자신이 알아차리기 전에, 아렌은 움직이고 있었다. 실에 매달려 조종당하는 마리오네트처럼 기계적으로, 혹은 대담하게 황제의 팔을 단단히 낚아챘다.

"기다려요……! 저, 말할 게 있어요."

다행히도 제스는 아렌의 손길을 매정하게 뿌리치진 않았다. 그저 서늘함이 느껴지는 눈빛으로 아렌을 코끝으로 내려다보고 있을 뿐이었다. 하고 싶은 말이 있으면 해보라는 듯이. 머릿속에 온갖 말이 범람했다. 하일렌 황성으로 돌아오기로 결정한 그 순간부터 아렌은 모든 이야기를 준비해뒀었다.

수십 번을 되뇌고 수백 번을 연습했지만 막상 제스 앞에선 그따위 것들은 모조리 산산조각이 난다. 무슨 말을 어떻게 꺼내야 할지 기억을 뒤적거려도 소용이 없어 결국엔 텅 비어버렸다. 1초는 1년처럼 느릿하게 지나간다. 지금 이 순간 오직 생각나는 건, 빨리 말하지 않으면 제스가 가버릴지도 모른다는 사실. 그것만이 그녀를 모질게 채찍질했다.

"말하려고 했어요."

"……."

"정말 모든 것을 다 말하려고 했는데……! 미안해요. 제가 얼마나 미울지 알아요. 그것도 여자라는 걸 밝히는 순간 사라져서, 사라져버려서 당황했겠죠. 한 달이 지난 지금 베이판의 공녀로 나타났으니 배신감이 곱절은 됐을 것 알아요. 하지만……. 하지만……."

두서없이 엉망진창이다. 흔들리는 목소리는 자신이 듣기에도 안쓰러울 정도라, 제스가 이 말을 대체 어떻게 받아들이고 있을지 아찔했다. 하지만 한번 입을 열자, 봇물처럼 쏟아지는 진심은 거둘 방도가 전혀 없다.

"보고 싶었어요."

하얗게 질릴 만큼, 손에 힘이 들어간다.

"여자라는 걸, 사랑해서 말하지 못했어요. 당신이 상상할 수 없을 만큼 좋아하고, 또 사랑해서 그랬어요."

이 말이 어떤 결과를 가져올지 모른다. 하지만 어째서인지 계속 말하고 싶어져서…….

"속였다고 절 미워할까 봐 말할 수 없었어요. 당신을 사랑하게 될 줄 알았다면 애초에 속이지 않았을 거예요. 속이라고 해도 속이지 않았을 거예요."

"……."

"제스가 나에게 고백하던 날……. 세상이 통째로 바뀌어버리는 것처럼 설레었어요. 그때 어떤 기분이었는지는, 아마 모든 언어의 미사여구를 가져와 써도 모자랄 거예요. 기뻤어요. 제스가 상상도 못 할 만큼……. 하지만 그 기분은 오래가지 않았죠. 시작부터 그 사랑을 엉망으로 만들어버린 건 나니까."

제스가 침묵으로 일관하자 아렌의 눈동자가 그늘에 덮였다.

"준비를 많이 했는데……. 이렇게 앞뒤 없이 말해버렸네요. 하지만 괜찮아요. 실은 긴말 필요 없이 하고 싶었던 말은 단 하나니까. 당신을 좋아하고 사랑한다는 것……."

아렌의 입가에 쓴웃음이 떠올랐다.

"……쉽게 용서하지 못하겠죠. 이 이야기들은 잊어도 좋아요. 이제 마주칠 일은 앞으로 없을 테니까."

"……."

"정 분노에 차 내가 미워지거든, 둘로 나눠 생각해요. 견습 기사 아렌과 공녀 아르렐리아. 모든 노여움은 아르렐리아에게 풀되 아렌은 미워하지 말아요. 제스가 마음을 주었던 만큼, 적어도 걔가 제스에게 가졌던 마음도 진짜였으니까."

아렌은 움켜쥐었던 황제의 옷자락을 놓아주었다. 이곳에서 떠나기 직전, 제스와 다정하게 지냈던 기억이 해사하게 떠올랐다. 아직 자신을 믿고 사랑했던, 행복해 보이는 제스. 모든 걸 품어줄 듯 부드러운 미소를 떠올릴수록, 아렌의 눈빛엔 슬픈 기색이 잦아들었다.

"……그러면 저도……, 기사단장인 제스만은 가슴에 묻고 기억할게요."

아마 평생 잊지 못하겠지만.

"이제……. 놓아줄게요. 질척하게 붙잡아서 미안해요."

아렌의 입가에 미소가 떠올랐다. 뻔뻔하리만치 대담하게 이어지는 말에 질렸을지도 모르지만 후회는 없다. 동시에 제 말을 끝까지 들어준 제스에게 고마웠다. 적어도 그가 견습 기사 아렌을 사랑했던 마음만큼은 진심이었다고 말해주는 것 같아서.

그를 뒤로하고 돌아섰다. 그를 담은 마음도 두고 가고 싶었건만 차마 그렇게 하진 못했다. 하고자 한 말은 전부 쏟아내어 홀가분할 만도 하련만, 도리어 짙은 아픔이 빈 공간을 남김없이 채웠다. 눈시울이 시큰거렸다. 눈물이 나오려 했으나 꾹 참았다. 우는 건 이곳에서 벗어난 후에 해야 할 일이다. 방에 돌아가 있는 힘껏 운 다음, 베이판으로 돌아가 예전으로 돌아가면 되는 것이다.

그래, 그것으로 됐다. 근 1년간의 기억은 가슴에 묻어두면 되니까…….

"너는 나에게."

갑자기 정적을 깨고 울린 목소리에 아렌의 발걸음이 멈췄다.

"둘일 수가 없다. 또한."

사박사박, 잔디를 밟는 발소리가 가까이 다가왔다.

"미워할 수 있었다면 진작 그렇게 했겠지."

낮은 목소리는 어느새 아렌의 앞에 다가와 있었다.

"용서할 수 없을 만큼 증오했다면 차라리 더욱 편했겠지. 그렇게, 할 수만, 있었다면."

"……제스."

"난 도저히 널 밀어낼 수가 없다. 잊을 수도……, 없겠지."

"……."

"그럼에도 널 잊길 바란다면, 그것으로 네 마음이 편해진다면 그렇게 해주겠다. 아렌에 대한 마음을 버리겠다. 그렇게 해도 좋은가?"

당장 고개를 젓고 싶었다. 제발 그러지 말라고 매달려서 애원이라도 하고 싶었다. 하지만 그런 나약한 마음은 누르고 고개를 끄덕였다. 이제껏 이기적이었던 자신이 다시 한 번 그의 발목을 잡을 순 없었다. 그는 하일렌의 황제, 앞으로 끊임없이 나아가야 할 사람이다. 붙잡을 수 없는 존재…….

"여전히 거짓말은 못하는군."

눈물이 맺힌 눈가에 길게 쭉 뻗은 검지가 다가왔다. 속눈썹을 적신 물기를 닦아내는 손길 위로 안타깝게 느껴질 만큼 다정한 목소리가 떨어졌다.

"울지 마라. 눈물 흘리지 마. 네가 울면 내가 어찌해야 할지 모르겠다."

오랫동안 품어온 마음이 한꺼번에 솟구치는 느낌에 아렌은 제스에게 뛰어들어 안겼다. 심장이 깨지기라도 한 듯 아픈 눈물을 쏟아내면서, 자신의 정인을 온 마음을 다해서 그러안았다. 울지 않으려고 버티고, 또 버텼는데 격한 감정에 이끌려 도저히 견딜 수 없었다.

"좋아해요……. 사랑해요……. 정말 너무 사랑해서 그랬어요……."

"……."

"잊지 말아줘요. 버리지 말아요. 그러지…….”

아렌은 말을 잇지 못하고 파르르 떨었다. 옷자락을 섞어대는 바람 소리
가 유난히 크게 들렸다. 눈물이 스며드는 불그스름한 볼에 따스한 입술이
다가왔다.

"……진작 알았더라면 이렇게 먼 길 돌아오지 않았을 것을.”

몰래 눈물을 훔치던 입술이 여전히 볼에 닿은 채 움직였다.

"사랑한다.”

"…….”

"사랑한다, 사랑해. 이제는 어떤 일이 있어도 널 보내지 않을 거다. 놓
아주지 않을 것이다. 절대로.”

다짐하듯 속삭인 제스가 아렌의 다리 밑으로 팔을 뻗어 그녀를 간단히
들어 올렸다. 솔직한 고백에 놀란 아렌은 울고 있던 것도 잊은 채 한참 동
안 멍한 얼굴로 있었다. 헤벌어진 도톰한 입술에 시선을 두던 제스가 드
물게도 희미한 웃음을 입가에 걸었다.

"이제는 망설일 필요 없겠지.”

말끝에 고개를 내린 제스는 아렌의 입술에 깊숙이 입을 맞추었다. 할
수만 있다면 마음속에 고인 눈물도 털어주고 싶다는 듯한 애절한 입맞춤
이었다. 아렌은 굳은 채 움직이지 못하다가 팔을 올려 제스의 머리를 감
싸 안았다.

공기마저 달큰하게 달아오르는 밤, 라일락 꽃잎이 그들을 축복하듯 바
람에 흩날렸다.

"이제 다 운 건가.”

귓가에 내려앉는 나직한 음성에 얼굴이 조금 달아올랐다. 아렌은 시선
을 피해 그의 어깨에 이마를 기대듯 묻었다. 밤중이라 다행이다. 그렇지

않았으면 여지없이 퉁퉁 부은 눈과 불그스름한 얼굴을 들켰을 것이다. 아렌은 눈가에 고인 물기를 소맷자락으로 몰래 찍어냈다.

"고개는 왜 들지 않지? 우는 모습을 보이는 게 창피한가?"

속마음 또한 얄밉게도 콕 집어낸다. 아렌은 민망함에 제스의 옷깃을 잡고 바르작거리기만 했다. 그녀도 제스의 얼굴을 보지 못한 만큼 가까이서 질릴 때까지 눈에 담고 싶은 게 솔직한 심정이었다.

하지만 꼴사나운 모습을 보여주고 싶지 않다는 또 다른 감정에 머뭇거림은 커져갔다. 제스는 그녀를 끌어안은 팔을 조금 움직였다. 어라, 떨어질 것 같다. 크게 기우뚱거리는 몸을 가누어 고개를 돌린 순간, 제스와 눈이 마주쳐버렸다. 아렌은 바로 앞에 다가온 수려한 얼굴을 보고 숨을 훅 들이켰다. 그와 마주쳐서 놀란 것과는 별개로, 조금 전 그가 한 행동에 입이 절로 벌어졌다. 일부러 한 거야? 일부러 얼굴을 보려고 균형을 잃게 한 거야? 아렌은 자신이 알던 제스가 이러했던지 기억을 더듬었다.

"……내가 보는 네가 정말 아렌이 맞는 건가?"

말뜻을 알아듣지 못한 아렌은 눈을 두어 번 깜박였다. 그의 등 뒤로 흐르는 별빛 줄기만큼이나 해사하고 푸른 눈동자가 참 그리웠다. 아렌의 가는 손가락이 그의 눈꺼풀을 쓸어내리듯 훑었다. 곧고 강인한 눈매……. 얼마나 보고 싶었고, 또 사랑스러운지 모른다.

"많이 변했군. ……놀라울 정도로."

어둠 속에서 선연히 빛나는 푸른 눈동자가 아렌의 모습 하나하나를 놓치지 않고 새기려는 듯 움직였다. 아렌은 오늘 여러 번 놀랐다. 제스와 함께 있으면서 감상적인 말을 들은 건 손에 꼽을 만큼 적다. 그런데 오늘 밤만 해도 벌써 몇 번인가, 고백이 오가는 상황이 아니었다면 혹시 어디 아프냐고 물어봤을 것이다. 그도 그럴 것이……. 마치 뉘앙스가 '보고 싶었다'와 같지 않은가.

아렌은 조금 더 대담해지기로 했다.

"……저, 보고 싶었어요?"

어렵사리 입 밖에 낸 물음에 제스는 그저 희미한 미소로 답했다. 네가 상상할 수 없을 만큼 보고 싶었다는 부연 설명 따위 덧붙이지 않은 간결한 긍정이었다. 하지만 아렌은 그것이 제스로서는 얼마나 큰 표현인지 알기에 행복했다. 그녀는 이제껏 그를 그리워했던 만큼 목 뒤로 팔을 둘러 그를 마음껏 껴안았다. 견딜 수 없을 정도로 행복했다. 매순간 꿈같기도 하고, 마법에 걸린 듯도 했다.

"내가 더 보고 싶었어요."

"고집은 쓸데없이 여전하군."

"나는 오자마자 제스 보러 갔었단 말이에요. 직접 내 발로요!"

"……어디에?"

"당연히 제스 방이죠! 어제 대체 어디 있었어요?"

잠시 침묵이 흘렀다. 왜 대답이 없지? 아렌이 파묻은 이마를 조금 들고 제스에게 시선을 돌렸다. 의미를 알 수 없는 눈빛이 반짝인다.

"내 방에 왔었다고?"

그럼 내가 거짓말이라도 할까, 아렌은 고개를 끄덕였다. 사실 어제 제스를 만나지 못해 긴장이 더 커진 감이 있었기에, 이 문제에 대해선 확실히 짚고 넘어가고 싶었다. '저, 어떻게든 제스와 만나기 위해 노력했다고요.'라고. 무표정도 아니고 그렇다고 웃는 것도 아닌, 해석할 수 없는 얼굴을 보고 있으니 답답함이 밀려왔다.

"제스, 왜 말이 없어요?"

"……."

"제스? 듣고 있어요?"

왜 이러지? 아렌은 손을 들어 제스의 눈앞에서 활활 움직였다. 표정 없이 무언가를 생각하던 그는 곧 한숨을 쉬었다. 그가 방에 없었던 때라면 언제인지 분명하다. 어젯밤, 아렌을 포함한 베이판의 축하 사절단이 왔다는 소식에 그녀의 방으로 향했던 그때. 서로 엇갈렸음이 분명하다. 곧장 방으로 돌아온 게 아니니 우연으로라도 마주칠 수 없었을 것이다.

에녹의 쪽지를 오해하는 바람에 연무장으로 향했다고 어떻게 말하란 말인가. 화가 치민 나머지 검이 부러질 뻔했다고는, 새벽에 시종장이 찾으러 오지 않았다면 날이 밝은 줄도 모를 뻔했다고 제 입으로 어떻게 말하란 말인가. 곧은 입술이 조금 열렸다 도로 닫혔다. 이런 감정이 처음이라 어떤 표정을 지어야 하는지 또한 모르겠다.

아렌은 슬쩍 그를 떠보듯 물었다.

"진 거, 인정한 거예요?"

"……글쎄."

승부를 낼 수 없는 문제고, 이렇게 에둘러 대답하는 것조차 마찬가지로 쓸모없는 고집을 피우는 것이겠지만……. 제스 또한 자신이 더 그리워했다고 말하고 싶었으나 굳이 입 밖에 내지 않았다. 이미 나누지 못한 이야기는 겹겹이 쌓일 대로 쌓였으니……. 천천히, 차근차근 시간을 두고 풀어가면 될 것이다. 어차피 앞으로 함께 보낼 시간은 이제까지보다 더 길테니.

"아르렐리아 공녀님!"

아렌을 찾는 이들의 목소리가 아까보단 비교적 가까이서 들려왔다. 아렌은 물을 끼얹은 것처럼 깜짝 놀라며 제스의 어깨를 짚고 밀어냈다.

"아, 제스. 잠깐만 저 좀 내려줘요."

"무얼 하러."

"가서 나 여기 있다고 말해줘야죠. 아까부터 계속 찾으러 다닌 모양인데, 저러다 밤 새우겠어요."

아렌은 다리를 뻗어 바닥을 딛으려 했다. 하지만 아렌의 허벅다리를 받쳤던 팔이 조금 더 아래로 내려가더니 고쳐 안는 모양새가 되어버렸다. 꼼짝달싹 못하고 그의 품에 갇힌 아렌은 눈을 동그랗게 뜨고 그를 봤다.

"왜……."

"해후(邂逅)를 방해받고 싶진 않다."

"하지만……."

"움직일 거다. 잡아라."

제스는 단호하게 이르고는 걸음을 옮겼다. 그의 가슴을 밀어내기만 했던 팔이 균형을 잡기 위해 도로 목을 감았다. 겨우 자세를 바로 한 아렌은 그가 자신을 품에 안은 채 어디로 향하는지 깨닫고 작은 비명을 내질렀다.

"제스, 지금 설마……."

"……."

"안 돼요, 구설수에 오를 거예요. 황좌에 오른 지도 얼마 되지 않았잖아요, 틀림없이 좋지 않은 영향이……."

아렌이 헐떡거리며 말렸는데도 제스는 황제의 정원을 나섰다. 이제는 고백도 했겠다, 막 나가자는 건지. 정원 주변을 서성이던 이들 앞에 이웃 나라 공녀를 품에 안은 채 당당히 모습을 드러내겠다는 건가. 목소리를 들어보니 카일, 오웬, 라미에, 거기다 함께 온 에녹 경까지 섞여 있는 모양인데 이렇게 안긴 채 그들과 마주할 생각을 하니 머리가 띵하니 아팠다.

상상만 해도 이런데 직접 본다면……. 견딜 수 없을 것이다. 빨리 말려야…….

"……공녀님?"

……겠다고 생각했는데, 이미 늦은 모양이다. 아렌은 숨을 가슴에 품은

그대로 삐걱거리는 고갤 돌렸다. 시선이 닿은 곳에는, 그래…… 생각한 대로의 구성원이 있었다.

온몸을 흐르는 피가 다 굳어버리는 기분이었다.

"두 분께서 어찌……."

가장 먼저 입을 연 것은 카일이었다. 그는 제스의 품에 안긴 아렌을 보고 넋을 놓은 모양으로 중얼대다 이내 누구 앞이라는 걸 깨닫고 황급히 고개를 숙였다. 표정은 그리 수습되지 않았지만.

"죄송합니다, 말투가 불민하여……."

끝맺지 못한 말이 공기 중에 사르르 흩어진 다음에야, 그 자리에 있던 나머지 기사들이 무릎을 꿇고 예를 갖췄다. 그들의 머릿속엔 단 한 가지 물음뿐이었다.

'황제 폐하와 이웃나라 공녀라니, 이게 대체 어떻게 된 상황이지?'

그들의 표정을 읽은 아렌은 잇새로 앓는 소릴 흘려보냈다. 그들이 얼마나 당황하고 있을지는 능히 짐작하고도 남았다. 지금이라도 내려주면 좋으련만, 제스는 더욱 굳건히 그녀를 끌어안으며 입을 열었다.

"오늘 밤은 공녀를 찾지 마라. 나와 함께 있을 테니."

가늘게 이어지던 숨소리조차 멎었다. 그 순간엔 아렌조차 꼼짝할 수 없었다. 그저 어디론가 향하는 제스에게 안긴 채 겨우 숨만 내뱉을 뿐이었다. 사박사박 잔디를 밟는 소리 끝에 아렌은 겨우 시선을 어깨 너머로 던져보았다. 기사들은 일제히 이쪽을 바라보고 있었다. 라미에는 기뻐해야 할지 어쩔지 알쏭달쏭 복잡한 얼굴이었고, 오웬은 언젠가 봤던 흐뭇한 미소를 지은 채였다. 핏기가 가셔 새하얀 얼굴의 에녹 뒤로 검은 그림자가 서서히 기울어지더니 굉장한 소리가 났다.

쿵. 카일이 쓰러지는 소리였다.

"물러가라."

"옛……?"

황제의 방 앞에 주르르 서서 대기 중이던 시종들은 황제의 갑작스런 말에 놀라 고개를 들었다. 곧바로 자신들을 향해 있는 새파란 눈동자와 마주친다. 주변이 어둑한 탓인지 푸른 눈동자는 무섭도록 선명했다.

"……듣지 못했나. 전부 물러가."

나직한 목소리가 멍한 머릿속을 송곳니처럼 파고들었다. 시종들은 황급히 고개를 숙이고 뒤로 후다닥 물러났다. 이부자리를 정리하는 데 정신이 팔려 있던 시종들도 황제의 명에 일제히 물러났다. 닫히는 문 틈새로, 은색 머리카락이 살랑였다.

쿵, 문이 완전히 닫히고 나서야 아렌은 줄곧 제스의 어깨에 묻었던 얼굴을 들었다. 표정 관리가 잘 되지 않았다. '오늘 밤은 공녀를 찾지 마라, 나와 함께 있을 테니.'라는 말에 카일과 라미에, 오웬이 지었던 표정을 잊을 수 없었다. 거기다 설마 정원에서 방으로 오는 내내 내려주지 않을 줄이야. 뭔가에 앙갚음이라도 하듯 대담하게 행동하는 그의 모습이 싫은 건 아니었지만, 그래도 민망한 건 어쩔 수 없었다. 아까만 하더라도 아렌 자신을 곁눈질로 본 시종들의 얼굴이 어떠했는가.

"제스……. 이제 내려줄 때도 되지 않았어요?"

아렌은 노크하듯 그의 어깨를 톡톡 두드렸다. 광활해 보일 만큼 넓은 방엔 둘뿐이지만 아무래도 계속 안겨 있는 건 남우세스럽기 그지없었다.

"싫다."

막 내려갈 준비를 하고 있던 아렌이 눈을 휘둥그레 떴다.

"뭐……. 왜요?"

"이제 네 말만 잘 들어주는 건 그만두기로 했다."

"이제껏 굉장히 잘 들어준 것처럼 말하네요."

"모처럼 앉은 황제 자리인데, 조금쯤은 이용해도 괜찮지 않겠나."

우뚝, 아렌의 시선이 제스의 입가에 희미하게 그려진 미소에 멈춰 섰다.

"……제스, 그렇게 장난치니까 황제 할아버지 같아요. 피가 물보다 진하긴 한가 봐요. 눈동자도 빼다 박은 것처럼 닮았고. 어라? 그러고 보니 코도 똑같네. 제스, 황제 할아버지와 완전 붕어빵……."

"내려줄 테니 그만해라."

아, 미간 좁아졌다. 아렌은 얌전히 바닥에 내려오면서 유쾌하게 웃음을 터뜨렸다. 제스가 뭐가 웃기냐는 듯 그녀를 바라보자 그녀의 웃음소리가 더욱 커졌다. 이제야 예전으로 돌아온 것 같은 기분에 아렌은 한껏 즐거워졌다. 제스의 손이 이마로 성큼 다가올 때엔 기겁을 해서 뒤로 물러서긴 했지만.

"어어, 또 딱밤 때리게요?"

아렌은 두 손으로 이마를 가리며 언제든 피할 태세를 갖췄다. 그녀의 이마 바로 앞에 멈추었던 검지가 그녀의 손등을 장난스럽게 톡 밀었다. 그에 아렌이 '아야!'라며 엄살을 피웠고, 제스의 단단한 입술 끝에 미소가 허물어지듯 부드럽게 고였다. 그 웃음에 다시 심장이 빠르게 몰아치기 시작했다. 얼굴이 미미하게 달아오르는 느낌에 아렌은 서둘러 화제를 바꾸었다.

"그나저나 한 달 만에 황위를 승계 받다니……. 할아버지도, 제스도 대단해요. 보통 몇 년간 교육을 받아야 한다고 들었는데. 그런데 어째 황제가 되어도 서류는……, 여전하네요."

아니, 좀 더 많아졌나? 괜스레 주변을 휘휘 둘러보던 아렌이 책상에 산처럼 쌓인 서류를 보며 혀를 찼다. 무슨 이 나라는 저렇게 서류가 많아. 아래쪽에서 적당히 걸러서 필요한 것만 올려 보내든가 하지. 이미 몇 번

걸러 올라온 서류임을 알고 있음에도 그녀는 입을 삐죽였다.

"선황께선 옥체가 미령하시어 황위를 하루라도 빨리 넘기려 하셨다. 승계가 끝나기도 전에 휴양차 귀향을 서두르셨을 정도라."

아렌은 놀란 시선을 제스에게 가져가며 그의 말을 끊었다.

"에? 방금 뭐라고요? 옥체가 미령하세요? 할아버지께서요?"

제스는 아렌이 놀라지 않도록 덤덤하게 말을 이어나갔다.

"사흘 전 공기 좋은 곳에 당도하셨다고 하니 큰 염려는 하지 않아도 된다."

"잠깐, 사흘 전이라면 할아버지께서 레이나스 가문에 오셨을 땐데요?"

"……뭐?"

아렌은 손가락을 하나씩 접어 날짜를 세어가다 고개를 끄덕거렸다.

"응, 맞아요. 그때 할아버지께서 어떻게 아셨는지 아버지를 만나고 계셨어요. 거기다 되게 건! 강! 해 보이셨는데."

"……."

"어……. 지금쯤이면 공저에서 유유자적 놀고 계실 거예요. 제가 돌아올 때까지 기다린다고 하셨거든요. ……제스, 혹시 몰랐어요?"

제스는 침묵을 지켰다. 남들이 보기엔 그저 무표정일 뿐이었지만 아렌의 눈에는 그가 애써 평정을 유지하고자 하는 게 보였다. 설마 했는데 정말로 몰랐던 모양이다. 게다가 며칠 전 황제 할아버지의 모습을 아무리 떠올려봐도, 도저히 아픈 사람으론 여겨지지 않았다. 그러니까 설마 할아버지는 아렌, 자신을 만나기 위해 꾀병을 부리며 황위를 물려주셨다는 건가……? 오직 그 이유 하나 때문에 승계를 그토록 빨리 재촉했어? 과연 차제남 황제의 스케일은 놀라울 만큼 컸다.

순식간에 같은 결론에 도달한 두 사람의 귓가엔 할아버지의 '와하하하하! 속았지!'라는 환청이 울려 퍼졌다.

똑같은 표정을 한 두 사람 중 먼저 입을 연 것은 제스였다.

"생각 이상으로 예측 못 할 분이시군."

아렌은 실없이 웃으며 뒷머리를 긁적였다. 소싯적 철혈군주라는 별칭에 맞지 않게 엉뚱한 면이 있는 게 매력 포인트긴 하지만, 제스를 상대로는 좋지 않았다. 어떻게 반응할지는 뻔하므로.

"대신 돌아오실 때쯤엔 선황께서 쓰실 방은 없을 거라고 전해라."

차갑게 이르고 벽에 기대는 제스의 심기는 매우 불편해 보였다. 이걸 들으면 할아버지가 어떤 표정을 지을지는 훤히 보였다. 그 모습을 상상하다 보니 또다시 웃음이 잇새를 비집고 나온다. 아렌은 어깨를 조금 움츠려 웃은 후 헛기침을 하며 목을 가다듬었다.

"하지만 제스, 결국은 할아버지의 뜻을 받아 황제의 자리에 올랐잖아요. 제스가 이어받지 않는다면 제국이 어떻게 될 건지는 눈으로 확인했다 하더라도 그렇게 쉽게 내릴 결정은 아닐 텐데."

깊고 푸른 눈동자가 아렌을 향한다. 대체 무슨 말을 하고 싶으냐는 뜻이다. 아렌은 제스에게 가까이 다가가 손으로 그의 뺨을 감쌌다.

"말해봐요. 제스도 실은 할아버지가 좋죠?"

"……글쎄."

"에이, 그러지 말고……."

아렌은 말을 채 다 잇지 못하고 입을 다물었다. 제스의 뺨을 감쌌던 손이 어느새 그에게 붙들려 있었기 때문이다. 의아해서 고개를 돌린 순간 눈길이 마주쳤다. 도저히 주변으로 돌릴 생각을 할 수 없을 정도로 시선이 강하게 휘어 잡혀버렸다. 감히, 손을 뺄 생각조차 들지 않았다. 제스는 눈도 깜박이지 않고 아렌을 뚫어지게 보았다. 그러곤 가까이 다가와 고개를 내렸다.

"……이제 레이나스 가문에 대해, 너에 대해 말해봐."

축, 이마에 가볍게 내려앉은 입술이 사랑스런 소릴 내며 떨어졌다. 가슴속에서 휘몰아치는 설렘과 쑥스러움에 아렌의 뺨이 발그레하게 달아올랐다. 시선을 내렸으되 그녀에게 향하는 시선만은 화살이 꽂힌 것처럼 확연히 느껴졌다.

"우선 네 이름부터."

아렌은 가까이서 느껴지는 숨결을 의식하지 않으려고 애썼다.

"아르렐리아."

"……."

"아르렐리아 폰 레이나스, 레아니스 가문의 공녀예요."

제스는 아렌의 손을 끌어당기며 왼쪽 뺨에 부드럽게 입을 맞추었다. 미려한 손길을 따라 열꽃이 피어났다.

"또 다른 건? 더 말해봐라."

"좋아하는 건 승마……."

말이 끝나기도 전에 이번엔 오른쪽 뺨에 입술이 닿는다. 딱히 빨아들이거나 색정적인 움직임이 아닌데도 묘한 긴장감이 등을 따라 치고 올라왔다. 다리가 떨렸다. 어색하게 숨을 들이쉬자 부풀어 오른 가슴이 제스의 몸과 맞닿았다.

"검은 어렸을 때……."

기다렸다는 듯 뜨거운 온기가 입술을 덮쳐 왔다. 들이마시고 내쉬는 숨결이 순식간에 섞이며 누구의 것인지 모호하게 되었다. 너무나 간절했기에 떨렸다. 자신이 가진 모든 것이 제스를 향한 것만 같았다. 한참을 입술에 열중하던 제스가 먼저 고개를 들었다. 여운을 참지 못한 아렌의 잇새에선 가느다란 신음이 흘러나왔다.

어딘지 혼탁해진 눈동자로 그녀를 들여다보던 제스가 낮은 음성으로 속삭였다.

"살면서 이토록 귀애할 존재가 생기리라곤 생각지도 못했다."

"……."

"너는 나보다도 소중해."

말끝에 제스는 아렌을 훌쩍 안아들고 테라스로 나갔다. 아렌은 어디를 잡아야 할지 몰라 위태롭게 안겨 있다 난간에 걸터앉게 되었다. 제스가 그녀 양옆 난간을 손으로 짚고 가까이 다가오자 입술이 가볍게 떨렸다. 열기에 달뜬 볼이 찬 바람에 식을 만도 한데, 도리어 더 달아오른다.

"국혼을……, 준비하려 한다."

"국혼……."

"가능한 한 빨리 진행할 생각이다. 이 말을 내뱉는 지금부터 난 너를 평생 지킬 것이다. 이것이 나의 약속이고, 맹세다."

더없이 딱딱한 어조로 말을 이어가던 제스는 문득 굳어 있는 아렌의 기색을 알아챘다. 그녀의 손을 황급히 붙잡은 제스의 손이 뜨거웠다.

"청혼을 이런 식으로 해서 미안하군. 나는 꾸미는 말 같은 건 잘하지 못해."

"……알아요."

아렌은 가볍게 웃으려 애쓰며 작게 답했다. 밤바람이 지나는 어둠 속에서 제스는 잠시 뜸을 들이다가 그녀를 감싸 안았다.

"아주 오래전부터 이 순간만을 기다렸다. 계속 기다렸어."

"미안해요. 제 거짓말 때문에……."

"미안하다는 말, 더는 하지 않아도 좋다. 곁에 온 것만으로 족하니."

제스는 아렌의 몸이 잘게 떨리는 걸 눈치 채고 몸을 떼었다. 언제부턴가 투명한 은색 눈동자에선 쉼 없이 눈물방울이 흘러내리고 있었다. 귀하고 귀한 이의 울음에 그의 눈동자가 씁쓸함에 흐릿해졌다.

"벌써 몇 번째인지 모르겠군. 널 울리는 것 말이다."

"……."

"난처하군. 조금 전에 내가 널 지키겠다고 맹세했는데, 벌써 이렇게 울면 어쩌자는 건가. 내 맹세를 헛되게 할 셈인가."

"행복해서……, 그래요. 행복해서……."

아렌은 쉰 소리로 중얼거리며 눈물을 삼켰다. 행복의 눈물이라는데도 아렌이 우는 모습은 제스의 가슴을 아프게 찔렀다. 울지 마라, 제발. 간절한 바람을 담아 아렌의 눈물을 손끝으로 훔쳤다. 필시 심장에 깊이깊이 뿌리 내렸을 아픔마저 죄 말려주고 싶었다.

"눈물은 오늘로 마지막이다. 나에게서 사라지는 것 또한, 저번이 마지막이어야 할 것이다. 약조할 수 있겠나."

응, 그럴게요. 아렌은 차마 입 밖으로 내지 못한 마음을 포옹으로 대신했다. 그에게 속인 것이 있었던 만큼 떠나야 할 때가 오면 흔적도 없이 사라져야 한다고 생각했는데 도저히 그럴 수 없었다. 진실을 밝히지도, 그렇다고 훨훨 떠나지도 못하는 약하고 못난 자신이 미웠다. 그래서 지금 이렇게 행복한 순간을 자신이 가져도 되는 것인지 의심이 들었다. 아니, 그것이 아니더라도 이제는 도저히 놓칠 수 없다.

아렌은 힘이 빠져나가는 손끝으로 제스의 옷깃을 그러쥐며 고백했다.

"당신과 함께 있고 싶어요. 평생……."

제스는 그런 그녀를 순순히 안아주려다 몸을 딱딱하게 굳혔다. 그는 돌연 아렌의 어깨를 살짝 밀어내며 인상을 찌푸렸다.

"아렌, 넌 대체 왜 이렇게 무방비하지?"

"네?"

아렌은 가슴에 묻었던 볼을 떼면서 작게 물었다. 눈앞에 다가온 그의 얼굴은 커다랬다. 얕게 들이마시는 숨결마저 앗고 싶은지 가까이 다가와 있었다. 제스의 눈길이 조금 내려가 입술에 닿자, 심장도 같이 내려갔다.

"넌 지금 늦은 밤, 남자와 단둘이 방에 있는 거다. 그런데 이렇게 스스럼없이 안기고 접촉해대니……."

"어, 저……."

"내 인내심이 짧은 줄은 처음 알았군. 바로 너 때문에 말이다."

아렌은 당연히 당황할 수밖에 없었다. 근 1년 동안, 제스를 보고 싶을 때면 언제고 찾아갔었다. 그런데 그건 남자 행세를 할 때의 이야기이고……. 지금은 여자이지 않은가. 그것도 국혼을 바로 앞둔. 제스가 왜 방에서 얼른 나가라는 건지 그제야 깨달을 수 있었다. 아렌의 볼, 귀, 목……. 천천히 분홍빛으로 물들어갔다.

제스는 그런 아렌을 그대로 들어 안았다. 깜짝 놀란 은색 눈동자가 불안으로 조금씩 흔들리기에 걱정하지 말라는 뜻으로 따뜻한 눈으로 바라봐주었다. 이대로 방까지 데려다 줄 생각이었다. 그런데 방으로 돌아가 문을 열려는 순간, 아렌이 돌연 제스의 목을 꽉 껴안았다.

"가기 싫어요."

조금 떨리는 입술이 그의 목덜미에 묻힌 채 그렇게 속삭였다. 우뚝, 제스의 걸음이 문 앞에서 멈췄다. 얼굴을 붉힌 걸로 보아 자신이 무엇 때문에 나가라 하는지 분명 그녀는 알고 있다. 그런데도 가기 싫다고 말하는 건…….

"제스와 함께 있고 싶어요, ……아침까지."

아렌이 조그만 목소리로 속삭였다. 제스는 못 박힌 듯 서 있다가 도로 돌아 그녀를 침상에 내려놓았다. 그리고 그녀 앞에 한쪽 무릎을 바닥에 대고 앉았다. 마치 서임식에 임하는 기사와도 같은 모습이었다.

그는 부드러운 은색 머리카락을 감아내듯 만지면서 입을 열었다.

"후회할 거다."

"후회……, 안 해요."

창문으로 새어 들어온 달빛에 그녀의 얼굴이 희미하게 드러났다. 설렘과 수줍음이 얽히고설키어 하얀 볼에 홍조로 드러났다. 이제는 꽤 길어져 어깨까지 닿는 은색 머리카락이 그와 어울려 지독하게 아름다웠다.

한동안은 진득한 침묵만이 흘렀다. 조금은 긴장으로, 조금은 망설임으로 숨이 막힐 지경이었다. 아렌은 애써 가빠지는 호흡을 잠재우며 손을 뻗어 제스의 볼을 쓸었다.

그런 그녀를 다독여주듯, 제스 또한 아렌의 손끝부터 팔 선을 타고 부드럽게 쓸어 올렸다. 어깨에 걸친 끈을 감아 밀어내자 쉽게 어깨 밑으로 내려갔다. 얇은 천이 살갗을 스치는 소리가 들릴 정도로 고요하다. 비스듬히 내려간 옷깃 속으로 새하얀 피부가 은근히 드러났다. 이번엔 어깨에 아슬아슬하게 걸린 반대쪽 끈으로 손가락이 다가왔다. 어둠 속에서 제스는 아렌을 똑바로 바라보고 있었다. 조금이라도 겁먹는 기색이 보이면 그만두려 함이 분명하다.

"……"

나머지 한쪽 끈에 온기가 닿자 아렌은 저도 모르게 흠칫거렸다. 그 바람에 끈이 저절로 내려가며 옷이 사락거리며 떨어졌다. 그 안으로 잘록한 허리와 동그란 어깨, 적당히 여물어 봉긋한 곡선이 있었다. 머리카락부터 몸까지 유려하게 이어지는 곡선을 타고 달빛이 흘러내렸다.

"……무섭나."

아렌은 곧바로 고개를 저었으나, 거짓이었다. 무섭지 않을 리 없었다. 항간에 들려오는 말에 의하면 첫 경험은 꽤 아프다고 들었으니까. 하지만 이제 와서 무를 수도 없는 일, 아릿한 무서움보다 그를 받아들이고 싶은 마음이 더 크기도 했다. 제스는 그녀의 뺨을 손가락으로 훑으며 희미하게 웃었다.

"용감하군, 나는 두려운데 말이지."

아렌은 제 귀를 의심하며 푸른 눈을 들여다보았다. 그의 입에서 무섭다는 말이 나오는 건 처음이었다. 제스는 그녀의 가늘고 작은 손을 쥐고 자신의 왼쪽 가슴 위에 올려두었다.

"널 다치게 할까, 아프게 할까 두려워."

"제스……."

"네가 사라졌을 때만큼이나 두렵고……. 아프다. 너와 있을수록 가슴이 아파. 이 마음은 아마……, 살아가면서 더 커지겠지."

"……."

"하지만 아픈 게 낫다. 널 잃느니 아픈 게 나아. ……이런 생각 하는 것 자체가 우스운 일이지만."

제스가 자조적으로 중얼거리자 숨을 참고 있던 아렌은 허리를 숙여 그의 입술을 덮었다. 온몸이 미친 듯이 떨렸다. 아니, 오랫동안 간절히 원하였기에 마음이 떨리는 건지도 모른다. 등 선을 따라 미끄러지듯 손을 움직였다. 척추를 한 마디씩 짚어내듯 신중한 손길에 몸이 악기처럼 짜르르 울렸다.

처음은 우연이라 말할 수 없을 정도로 스치듯 만난 두 사람은 어느새 잡아먹을 듯 서로의 입술을 탐하고 있었다. 제스는 천천히 일어나면서 아렌의 등을 받쳐주며 침대에 뉘었다. 침대에 누워 정인의 모습을 올려다보고 나서야 부끄러웠는지 아렌의 얼굴이 조금 달아올랐다.

제스는 몸을 가리려는 그녀의 팔을 잡아 내리면서 입술을 뗐다. 부드러운 뺨과 목덜미에 자취를 남기며 움직이다 깊은 쇄골에서 멈춘다. 그사이 손은 바삐 움직였다. 허리까지 내려간 슬립을 발끝까지 내리자 침대보를 쥔 아렌의 손이 긴장으로 새하얗게 변했다.

옷의 가장 윗단추부터 풀리기 시작했다. 툭, 툭, 툭……. 하나씩 풀어질 때마다 근육이 탄탄하게 자리 잡은 어깨, 가슴, 배가 순서대로 드러났다.

이윽고 드러난 나신은 가리는 것 하나 없는데도 눈부셨다.

아렌은 얼굴이 확 달아올라 눈을 감았다가 온몸에 빈틈없이 밀착해 오는 뜨거운 열기를 느꼈다. 옷 한 겹 입고 있지 않은데도 봄볕을 쬐고 있는 양 따뜻하다. 그제야, 무엇을 하고 있는지 또렷하게 자각이 됐다. 아렌의 어깨가 흠칫 떨리자 제스는 그녀의 빨갛게 부푼 입술을 응시했다.

"네 몸은 이제 온전히 네 것이 아니라고 했다. 명심해라."

"……."

"다시는, 놓아주지 않을 거다."

가슴 부근을 맴돌던 입술이 곡선의 절정으로 옮겨가자, 아렌은 크게 숨을 삼켰다. 간지럽기도 하고, 몸이 붕 뜨는 것도 같고 무엇보다 가슴이 미친 듯이 뛰었다. 이상한 신음이 나올 것 같았다. 손을 들어 입을 틀어막았다.

"억누르지 마. 네 느낌, 네 목소리……. 모든 걸 듣고 느끼고 싶으니."

제스는 아렌의 손을 떼어내고 손가락 하나를 입 속에 넣었다. 막을 도리가 없어진 잇새에서 신음이 흘러나갔다. 허벅지 안쪽을 향해서 쓸고 올라오는 손길에 자연스레 다리에 힘이 들어갔다. 가쁜 숨소리가 흘러나와 손가락에 부딪쳤다.

"……괜찮다."

당부하듯 떨어지는 목소리 다음엔 커다랗고 따뜻한 손이 가장 민감한 곳으로 향했다. 은빛 눈동자가 불안감에 매우 흔들렸다. 침이 꿀꺽 넘어가는 목덜미에 제스의 입술이 닿았다. 아무리 달래주어도 긴장이 되는 건 마찬가지였다. 몸에 이물감이 침입하는 생경한 느낌에 저도 모르게 인상이 찌푸려졌다.

"제스……."

어눌한 발음으로 속삭이며 그의 팔을 붙들었다. 그때마다 제스는 멈칫했지만, 오직 그만을 향한 은색 눈동자엔 한 치의 망설임도 찾아볼 수 없었다.

"읏…….”

하반신에서 묵직하게 느껴지던 손이 빠져나가자 잠시 숨통이 트였다. 한숨 돌리는 것도 잠시, 뜨거운 열기가 밑에서부터 안쪽으로 차근차근 채우며 들어갔다.

데일 것만 같다. 처음 느껴보는 감각에 몸을 떨면서 아렌은 입술을 꽉 깨물려 했다. 하지만 혀를 꾹 누르고 있는 손가락 때문에 성마른 신음을 그대로 흘려보낼 수밖에 없었다.

아렌은 급하게 숨을 들이마시며 제스의 입술을 찾았고, 그는 곧바로 응해주었다. 제스, 제스, 제스……. 끊임없는 부름과 함께 여린 손으로 탄탄한 등에서 목덜미까지 쓸어 올렸다. 온기를 찾아 헤매는 아기 새처럼, 그의 품을 파고들었다.

제스도 절실히 닿고 싶은 마음은 마찬가지였기에 되는 대로 안고, 키스하고, 만지고, 핥았다.

이제야 마음이 온전히 다 전해진 황홀한 기분이었다.

아렌은 천천히 눈을 떴다. 눈동자를 치고 들어오는 햇살에 어렴풋이 아침이 온 걸 깨달았다. 조금 몸을 움직이려다 작은 신음을 토해냈다. 아, 아파. 이상하게 몸 여기저기가 쑤셨다. 기사단 훈련을 받을 때 온몸에 근육통이 생긴 적이 있는데, 그때만큼이나 아팠다. 특히 허리가 무척이나 뻐근했고 하체는 쓰리듯 아렸다.

팔, 목, 어깨, 허리, 다리까지 아프지 않은 곳이 없어 고개를 내려 제 몸을 봤다가 잠이 확 깨어버렸다. 목, 쇄골에 이어 가슴, 허벅지까지 붉은 꽃이 잔뜩 피어 있었다. 희뿌옇고 붉은 피가 묻은 침대보는 이미 걷어져서 바닥에 떨어져 있었다.

그 적나라한 광경에 어젯밤의 일이 하나씩 떠오르면서 얼굴이 미미하게 달아오르기 시작했다.

간밤에 아렌은 제스를 받아들였고, 그로 인해 채워졌다. 남녀 간의 정사에 대해선 그녀도 아예 무지한 건 아니었지만, 이토록 자신을 불길 속에 그대로 내던지는 것인 줄은 미처 알지 못했다. 완전히. 어젯밤 뜨겁게 내질렀던 비명이 먼 곳에서 들려오는 것처럼 아득하게 퍼졌다.

간밤엔 정말이지 눈물이 나올 정도로 아팠다. 제스와 자신의 몸집 차이가 꽤 되었으니 당연할 것이다. 전부 채워졌다 싶으면 다시 한계까지 치고 올라오는 열감에 몸살이 나지 않는 게 신기할 정도였다.

「……사랑한다.」

하지만 몸을 두드리는 둔통을 잊게 할 정도로 제스는 아렌을 사랑해주었다. 아파할 때마다 같이 아파하며 다정하게 키스해주었다. 자신을 담는 푸른 눈동자가 좋았고, 그에게서 느껴지는 진한 체취가 좋았고, 그가 흘리는 땀방울이 사랑스러웠다.

기력이 다해 먼저 지친 쪽은 아렌이었다. 그녀도 제스의 목덜미에 키스마크 하나 남겨보려고 바동거렸고, 제스가 순순히 목을 내밀었음에도 고개를 들 여력도 없이 곯아떨어졌다. 꿈 자락에 접어드는 마지막 순간까지, 제스는 그녀를 바짝 끌어안고 재워주었다.

지금도 마찬가지다. 그도 숙면에 든 듯, 고요하게 자면서도 아렌의 허리에 감은 팔은 풀지 않고 있었다. 온몸을 부드럽게 감싸는 온기가 무척이나 따스해 입가가 나른하게 늘어졌다.

아렌은 이번에야말로 그의 몸에 하나라도 흔적을 남기고 싶어 입술을 가져갔다. 쇄골 근처가 좋겠다, 입 속에 물고 굴려보았다. 어젯밤 그가 했듯이 깨물기도 하고, 빨기도 하다가 이쯤이면 되겠지 싶을 즈음에 떨어졌다. 하지만 들인 수고가 무용하게, 아주 엷게만 흔적이 남았다가 금세 사라졌다. 오기가 들어 쇄골을 따라 목덜미까지 한참을 지분거렸다. 그래도 도무지 선명한 분홍색 꽃은 피어나질 않아 울상을 지었다.

"노곤할 텐데 일어나자마자……."

그에 대답이라도 하듯 제스가 아렌의 정수리에 입술을 묻으며 속삭였다. 꼼짝없이 자는 줄로만 알았던 그가 갑자기 움직이자 아렌은 당황하며 고개를 들었다. 그녀를 따스한 눈으로 내려다보는 그의 얼굴은 자다 일어났다는 게 믿어지지 않을 정도로 말끔했다.

"언제부터……, 깨 있었어요?"

말을 하다가 깜짝 놀랐다. 자신의 목소리인지 분간이 안 갈 정도로 심하게 쉬고 잠겨 있었다. 그게 어젯밤 때문이라는 걸 깨닫자 호흡이 다시 불안정해졌다. 창피해. 그의 얼굴이 보이지 않도록 가슴에 얼굴을 묻듯이 하여 숨겼다. 제스는 낮게 웃으며 그녀를 꼭 품어 안았다.

"줄곧."

"……말을 하지 그랬어요? 제스도 은근 짓궂네요."

자는 모습이야 어쩔 수 없이 보일 수밖에 없다곤 해도 키스 마크를 남기려고 애쓰던 모습을 들킨 건 조금 부끄럽다.

"지켜보고 있자니……."

두 손이 뺨을 감싸 자신을 보도록 들어 올렸다. 그의 입술이 깃털처럼 가볍게 와 닿았다.

"지나치게 사랑스러워서."

키스는 한 번 더 아렌을 집어삼킬 듯한 기세로 점점 진해졌다. 맞닿은 가슴에서 격렬하게 뛰는 심장박동 소리가 들렸다. 다시금 흥분이 달아오르는 게 느껴지자 아렌은 앓는 소리를 내며 그의 가슴을 짚고 살짝 밀어냈다. 제스는 마지막으로 아랫입술을 베어 물고 순순히 뒤로 물러났다.

"어제도 몇 번이나 했으면서 또……."

"……."

"나, 허리 아파 죽겠단 말이에요. 잠도 거의 못 자고……."

아렌은 가슴에 뺨을 기대며 괜스레 어린애처럼 옹얼거렸다. 나지막이 웃은 제스는 그녀의 등부터 매끈한 허리까지 연주하듯 짚어내면서 손을 움직였다. 아픈 부분을 정확히 마사지하듯 눌러주는 손길에 몸이 저도 모르게 늘어지듯 풀어졌다. 눈을 천천히 내리감은 그녀의 입술을 가볍게 누른 입술이 목 깊숙한 곳과 귓불을 훑어 가슴까지 내려갔다.

"하지만 어쩔 수 없지 않나. 한순간도 놓아주고 싶지 않은 것을."

"제스, 앗……."

"이렇게 빠져들게 만들었으면서, 책임을 져야지."

자신의 손으로도 잘 만져보지 않은 가슴 끝에 촉촉하고 뜨거운 혀가 감기었다. 나른한 기운이 감돌았던 살갗이 다시 열기를 품고 붉게 물들어가기 시작했다. 한껏 예민해진 감각은 그의 손짓 한 번에도 반응하며 떨었다. 아렌은 팔을 뻗어 그의 등을 쓸었다. 거칠게 날뛰는 심장이 손끝으로 스며들어 울렸다.

해가 뜬 지 오래지만 제스는 아렌이 이대로는 녹아버릴지도 모른단 생각을 할 때까지 소중히 여겨주었다.

제스의 방에서 또 하루를 보낸 아렌은 일어나자마자 상체를 벌떡 일으켰다. 아직은 낯선 천장을 보고 놀란 것이다. 한 겹, 한 겹 겹쳐진 부드러운 드레스 자락이 이불자락에 섭슬렸다. 온몸을 두드리는 아픔이 잦아들고 뿌옇게 흐렸던 시야가 점점 분명해진 후에야 그녀는 줄곧 제스의 방에 머물렀던 걸 기억해냈다.

"이제 깼나."

아렌은 목소리가 들리는 방향으로 고개를 돌렸다. 제스는 책상에 앉아 있었다. 기억하던 바와 한 치의 다른 점 없는 그 모습에 순간 멍해졌다.

"더 자지 않고."

제스는 부드럽게 말하면서 일어나 다가왔다. 아렌은 부스스한 머리를 정리할 생각도 하지 않은 채 그를 바라봤다. 고백, 청혼, 그리고 차례로 이어지는 일들까지 제정신으로 떠올리자 얼굴이 다시 달아올랐다.

"아, 아니요……. 잠 다 깼어요."

"그래."

제스는 허리를 숙여 아렌의 이마에 가볍게 입 맞췄다.

"열이 있나?"

"아, 아니요!"

밀려드는 쑥스러움을 견디지 못한 아렌은 벌떡 몸을 일으켰다. 그 때문에 바로 앞에 있던 제스와 스치듯 가까워져서 더 곤란해지긴 했지만.

"제스! 저……. 잠시 방에 다녀올게요!"

"시킬 일이 있다면 시종을 불러라. 직접 갈 필요 없어."

"아니요! 꼭 직접 가야 하는 일이라서요!"

아렌은 두 손으로 볼을 감싸고 후다닥 방에서 빠져나갔다. 그와 가까이 있을 땐 숨결 하나하나가 전해져 와 공기까지 떨린다. 부끄럽기도 하고, 창피하기도 해서. 그도 그럴 것이, 명색이 사랑하는 사람 앞인데, 청혼을 받아들인 지 며칠이나 됐다고 혼자 침대에서 퍼질러 자는 모습을 보여주고 말았다. 물론 제스의 집무실에서 살다시피 했기에 그도 익숙하겠지만, 그게 더 서글펐다. 제스의 앞에선 더 아름답고, 여성스러워지고 싶은데.

거기다 지위가 지위니만큼 지금의 제스 주변엔 똑똑하고 어여쁜 여자들이 넘쳐날 터다. 그런데 저 자신은 조숙한 귀족 영애로서는 상상도 못할 정도로 자유분방하게 잠들었으니……. 눈앞이 깜깜해졌다.

"어휴……. 대체 내가 왜 그랬담."

아렌은 걸음을 늦추며 울상을 지었다. 피곤했어도 방에 돌아가서 잔다고 할걸. 한숨을 짓는 그녀 옆으로 몇몇의 시종이 인사를 하며 지나갔다. 그들은 아렌을 곁눈질로 힐끗 보고는 저 멀리 가서 자기들끼리 수군거렸다. 그나마도 그녀와 눈이 마주치자 얼어버린 채로 줄행랑을 쳤지만. 황제의 침실에서 벌써 며칠 밤을 보냈으니 어떤 소문이 났을지는 뻔히 알 만했다.

「국혼은 가능한 한 빠르게 진행할 생각이다.」

머릿속을 스쳐 가는 목소리에 가슴이 쿵쾅 울렸다. 마치 호수에 던져진 돌멩이에 파도가 일어나는 느낌이었다. 어젯밤은 워낙 경황이 없어 깊이 생각하지 못했는데, 그녀는 청혼을 받았다. 그것도……. 그녀를 보자마자 무참하게 내치리라 생각했던 상대에게 말이다.

'내가 제스의 아내라면 제스가 나의 남편……. 평생을 같이할 사람…….'

되뇌는 단어 하나마다 달콤함이 담뿍 배어 있다. 사랑하는 이와 일생을 함께할 수 있다면, 그만큼 행복한 일이 없을 것이다. 귀애하는 이의 곁을 영원히 지키는 것이 그녀가 진정으로 바라왔던 것이니까. 하지만 마냥 그렇게 구름 위를 걸을 순 없었다. 제스는 제스가 아니라 '루제나스 엘레벤 반 류라이어'. 제국을 어깨에 짊어진 황제니까. 그와 혼인을 한다는 것은 즉, 아렌은 더는 아르렐리아 공녀가 아니게 된다는 뜻이다.

'황후가 되는 거겠지.'

물론 공작 가문의 영애로서 한 나라의 왕비가 될 만한 소양을 교육받지 않은 건 아니었다. 하지만 이 모든 게 갑작스러운 건 사실이었다. 용서를 빌러 왔는데 국혼이라니. 더없이 설레고 행복한 상황이지만 현실적인 문제를 못 본 척 지나칠 순 없었다. 타국의 공녀인데 과연 가신들이 찬성할까? 내가 과연 제국을 이끄는 황제의 여인으로 잘할 수 있을까? 내가 없으면, 우리 가문은?

"휴우……."

복잡한 한숨이 흘러나온다. 분명 기쁜 일임에도 오롯이 좋아하고 있을 수만은 없는 처지가 서글펐다. 탁 트인 하늘은 저렇게나 아름다운데. 아렌은 오른손으로 햇볕을 가려보았다. 손가락 사이로 비껴 들어온 새하얀 파편에 눈을 찡그렸다가, 문득 어렸을 때 나무에 앉아 보았던 풍경을 떠올렸다.

어렸을 때 그녀는 카일을 피하기 위해 줄곧 나무 위로 도망치곤 했다. 온종일 나뭇가지 위에서 놀다가 해 질 무렵이 되어서 느릿느릿 방으로 돌아가는 건 꽤 유쾌한 일이었다. 비록 그 후엔 카일이 쏟아내는 폭풍 잔소리 때문에 다소 괴롭더라도 말이다.

하루는 그런 일이 있었다. 정원 중앙에 가장 높고 큰 나무가 있는데, 급한 대로 거기에 올랐다가 내려가질 못했다. 고심하고 있던 그녀는 마침 지나가던 낯선 이를 향해 받으라고 소리쳤다. 그날 일이 잘 떠오르진 않지만, 그는 굉장히 어처구니없어하면서도 그녀를 받아주었다. 희뿌연 기억 속에서도 느낌만은 또렷하다.

누구더라? 그는…….

"어……?"

아렌의 입술이 조금 벌어졌다. 희뿌연 기억 속에서 왜 느닷없이 은청색 머리카락이 떠오르는 건지 알 길이 없다. 순간 발끝에서 힘이 빠져나가면서 몸이 크게 흔들렸다. 그와 동시에, 잔잔한 목소리가 귓전을 두드렸다.

"무슨 생각을 하기에 그리 넋을 놓고 있지?"

단단한 팔로 허리를 감아 오는 익숙한 느낌에 아렌은 고개를 젖혔다. 이마에 흘러내린 짧은 머리카락과 짙은 눈썹 밑에 푸르게 빛나는 눈동자와 마주쳤다.

"난간, 위험했다."

"제스……. 언제 왔어요?"

아렌은 놀란 기색을 숨기지 않았다.

"줄곧 뒤에 있었는데, 알아차리질 못하더군."

그가 고개를 내리는 느낌에 아렌은 반사적으로 눈을 감았다. 눈꺼풀 위에 연기처럼 가라앉았다 떨어지는 입맞춤……. 오묘한 설렘은 유유히 스며들어 심장을 흔들었다. 그는 아렌을 뒤에서 껴안은 그대로, 다정함을 숨긴 무심한 눈으로 그녀를 응시했다.

"방으로 간다더니, 여기가 방인가?"

"제스, 혹시 뒤를 밟은 거예요? 방에서부터?"

"안 되는 이유라도 있나?"

당연한 권리를 주장하는 양, 묘하게 당당한 태도와 대답에 말문이 막혔다. 아니, 답지 않게 뒤는 왜 따라와요? 멍하니 앞서 가는 나와 그 뒤를 졸졸 따르는 황제를 보고 사람들이 어떤 생각을 했겠냐고요. 아렌이 입술을 달싹이자 제스는 고개를 기울여 귀를 기울였다.

"없다고? 알았다."

장난……. 장난을 쳤다. 제스가. 아렌은 그 사실 자체만으로 놀라 그를 물끄러미 쳐다봤고, 그도 무안했던지 약간의 표정 변화를 보이며 편지 비슷한 종이를 꺼내들었다.

"실은 이것을 전해주고자 따라온 것도 있었다."

"이게 뭔데요?"

"레이나스 가에서 도착한 서신."

아버님께서 서신을? 무슨 급한 일이라도 있는 걸까? 아렌은 고개를 갸 웃거리며 받아든 서신을 열어보았다. 급하게 쓴 것처럼 휘갈겨진 글자를 읽어갈수록 그녀의 얼굴이 굳어갔다.

지하 감옥에 가둬두었던 레베카가 탈출을 했다는 이야기였다.

가둬두다니, 탈출을 하다니. 이게 다 무슨 소리란 말인가. 그렇다면 그 녀를 죽이려고까지 했단 말인가.

반응이 심상치 않자 제스가 한 발짝 다가와서 서신을 보려고 했다. 정 신이 번쩍 든 아렌이 퍼뜩 종이를 구기고 뒤로 숨겼다.

"무슨 내용이지?"

"별 내용 아니에요. 그냥 안부 정도. 후우, 그건 그렇고 제스, 오늘 은……."

"머리가 복잡해 보이는군."

갑자기 치고 들어오는 물음에 아렌은 조금 당황했다. 아주 잠시 동안의 침묵이었을 뿐이었는데, 그가 거짓말처럼 그녀의 감정을 정확하게 짚어 냈기 때문이다. 하지만 그를 걱정하게 하고 싶진 않아서, 그저 고개를 저 었다.

"네가 원한다면 묻지 않겠다. 내가 도울 일이 있다면 언제든지 말해."

"네, 고마워요."

"그리고 국혼에 관해서라면 그리 근심하지 않아도 된다. 아무 생각 없 이 널 침실에 들인 것은 아니니."

슬며시 덧붙이는 말에 아렌은 입을 닫았다. 어차피 다 알고 있는 것, 부 정해봤자 시간낭비라 생각했다. 제스는 채근하는 대신 가만히 그녀의 볼 을 쓸어주었다. 애정이 가득 밴 손길에, 왜일까, 도리어 안심이 되어 아렌은 크고 따뜻한 손에 볼을 기대었다.

"귀족들의 반발이 거셀까 그러나?"

대답은 하지 않았다. 굳이 말로 만들어 입 밖에 낼 필요가 없었다. 그녀가 바보스러울 정도로 걱정하는 건 오직 제스뿐. 그가 자신 때문에 감당해야 할 후폭풍이 염려됐다. 아렌은 떨리는 손을 올려 그의 굵은 팔을 잡았다.

"정 무리라면……."

"그제 날 붙잡고 고백하던 당돌한 여자는 어디로 사라졌지?"

"……."

"술에 취한 채 입술을 훔치던 엉뚱한 녀석은 다 어디로 갔느냔 말이다."

"……놀리지 마요."

놀림당하는 기분에 아렌이 부루퉁하게 투덜거렸다. 목소리를 듣는 것만으로 제스의 희미한 웃음과 가늘어진 눈이 눈앞에 선연했다.

"혼자여야 강해진다고 생각한 적이 있었지."

"……."

"그걸 바꾼 게 너야."

"……."

"아렌, 너는 너다운 모습으로 옆에 있으면 된다. 그것으로도 큰 힘이 돼."

제스의 팔을 잡고 만지작대던 아렌의 얼굴에 고마움과 미안함이 한데 섞여 떠올랐다. 그는 언제나 그랬다. 단 몇 마디의 말로 그녀를 놀랍도록 안심시키면서, 어떤 일도 무리하게 강행시키지 않았다. 국혼도 마찬가지다. 아렌이 원하지 않는다면, 그녀가 마음을 정리할 수 있도록 얼마든지 국혼을 미룰 사람이다. 그렇게 진실한 사람이기에 '그저 곁에 있어주기만 하면 된다'라는 말에도 이토록 안심이 되는 거겠지.

"알았어요."

아렌이 몸을 살짝 틀어 그를 향해 웃자 제스의 어깨가 흔들렸다. 그는 한참을 뚫어져라 그녀를 응시하더니 말없이 팔에 힘을 주었다.

아렌은 별다른 저항 없이 그에게 다시 안기며 팔을 들었다. 고귀한 향기를 머금은 실바람에 꽃잎이 팔랑이며 흩날렸다. 제스의 어깨에 살포시 내려앉은 꽃잎이 하필이면 연한 분홍색이라, 딱딱한 무표정과 대비를 이뤄 웃음이 터졌다.

"예쁘다, 황성의 정원이 이렇게 예쁜 줄 미처 몰랐어요."

제스가 손으로 조심스럽게 그녀의 앞머리에 붙은 꽃잎을 떼어주었다. 그에 아렌의 입가에 솜털처럼 부드러운 미소가 흘렀다.

"어렸을 때 말이죠. 아버지를 따라 곧잘 꽃을 구경하러 가곤 했어요. 제스는요? 꽃놀이 가봤어요?"

"아니."

"그럴 줄 알았어요. 그럼 나와 조만간 꽃구경 하러 가는 건 어때요? 물론 둘이서만, 몰래요."

"……네가 원한다면."

"어……. 그런데 제스, 대체 입맞춤을 아까부터 몇 번이나 하는…….."

"이 정도쯤은 익숙해져라. 곧 혼인을 올리고 평생을 같이할 텐데."

허리를 바짝 당기는 손길에 그녀의 목이 붉게 변해갔다. 익숙해지라니, 평생이 지나도 절대 불가능할 것 같다.

황제가 베이판의 공녀와 혼인을 올린다는 소문이 파다하게 퍼지면서 측근들의 반응도 제각각이었다.

보모, 카일은 국혼 소식을 듣고 기절을 한 번 더 했다. 며칠간 시름시름 앓는 그를 보고 사람들은 마치 자식을 처음으로 품에서 떼어놓은 어미 새

같다고들 했다. 라미에는 직접 확인을 하러 갔다가 제스가 아렌에게 퍼붓는 애정행각을 보고 학을 떼며 돌아왔다. '늦바람이 무섭다더니!', 그렇게 말한 그는 이후 황성을 나가 오랫동안 돌아오지 않았다. 오웬은 의외의 행보를 보였다. 멀리서 훈훈한 미소를 지으며 지켜보기만 하는 줄 알았는데, 실은 뒤에서 국혼에 반대하는 귀족들을 하나씩 처리하고 있었다. 물론 그답게 평화로운 방법으로 말이다.

아렌은 그녀가 걱정했던 것보다 더욱 순조롭게 국혼이 진행되는 와중에도, 언뜻언뜻 떠오르는 누군가 때문에 씁쓸해졌다. 귀족들을 만나러 돌아다니는 동안에도 틈만 나면 세이의 저택에서 주웠던 붕대를 보기도 하고, 로도모나스를 찾았다.

하지만 베이판을 떠날 때까지만 해도 옆을 지켰던 소악마는 온데간데없이 사라진 지 오래였다.

이상한 건 세이도 마찬가지다. 국혼 이야기가 베이판에도 퍼졌을 테니 나타날 만도 한데.

"휴……."

아렌은 작게 한숨 쉬며 의자에 앉았다. 언제나 식사를 같이 했던 제스가 자리를 비운 탓에, 넓은 식탁 앞엔 그녀 혼자였다. 요즘 들어 유독 세이 생각이 많이 떠올라 낡은 붕대를 만지작거리다 보니 입맛도 뚝 떨어진다. 그만 먹어야지. 무심코 고개를 돌리려던 그녀는 음식 사이에 은밀하게 숨겨진 무언가를 발견하고 멈칫했다.

"쪽……지?"

음식에 웬 쪽지가……? 아렌은 경계하는 눈초리로 주변을 살피고 쪽지를 집어 들었다. 작은 종이엔 그리 긴 말은 쓰여 있진 않았지만, 글을 읽어 내려가는 눈은 점점 놀라움으로 크게 뜨였다.

: 마지막 인사를 하고 싶습니다. 자시(子時)에 서쪽 성문에서 기다리겠습니다.

- 세이모어.

아렌의 손에 들려 있던 식기가 찰그랑 소리를 내며 떨어졌다. 아렌은 제 눈을 의심하며 쪽지를 몇 번이고 다시 읽어보았다. 그럼에도 믿을 수 없어 한참 있다가 식사를 가져다 준 시종을 불러왔다. 하지만 음식은 황성 요리사가 만든 것이며, 언제나 그래왔던 것처럼 정해진 루트를 따라 식탁에까지 올라왔다고 한다. 다시 말해 다른 날과 달랐던 점이 없다는 뜻이었다.

무슨 날벼락이라도 떨어질까 전전긍긍하는 시종을 붙잡고 있기가 미안해져, 아렌은 알겠다고 한 후 그를 물렸다.

뒤통수를 후려 맞은 것처럼 머리가 멍해진 채로 시간을 보냈다. 가느다란 손은 이따금씩 움직이며 공연히 쪽지를 접었다 폈다가를 반복했다.

쪽지에 적힌 자시가 다가올 때쯤, 제스가 업무를 끝내고 돌아왔다. 운이 좋지 않게도, 아렌이 방을 나서기 위해 일어나려 할 때 마주쳐버렸다. 그녀는 조금 당황했지만 곧 방긋 웃으며 그를 맞았다.

"왔어요?"

제스는 대답 대신 고개를 끄덕이고 아렌을 응시했다.

"무슨 일이 있나? 안색이 좋질 않아."

걱정이 가득 밴 손길이 아렌의 머리를 쓰다듬었다. 찰나의 순간, 그에게 솔직히 털어놓으려 했으나 관두었다. 과거에 몇 번, 제스와 세이가 대면했던 순간을 떠올려보면 이 쪽지를 보자마자 찢어발길 게 뻔하다. 그래선 안 된다.

아렌은 평정을 가장하여 고개를 저었다.

"오늘 산책하느라 찬 바람을 많이 쐬어서 그런가 봐요."

"그런데도 창가에 앉아 있나."

제스는 아무래도 마음에 들지 않는 듯, 창가에 걸터앉아 있는 아렌을 훌쩍 안고 커튼을 쳤다. 아렌은 자연스레 그의 목에 팔을 감으면서 미소 지었다.

"제스, 걱정이 많아졌어요. 옛날엔 제가 어디서 뒹굴든 외면만 하더니."

"그때는 네 말을 곧이 받아들여 사내임에 한 치의 의혹도 가지지 않았으니까. 지금은 여인의 몸이니 해당 없다. ……그러니 너도 조금 더 자각을 가져라."

"자각……?"

아렌은 작게 되뇌며 그의 눈을 바라봤다. 언제나 그렇듯, 푸른 눈은 호수처럼 깊게 가라앉아 그녀를 향했다.

"네 몸은 온전히 네 것이 아니라는 걸 깨달으란 말이다."

제스의 말은 에두르는 것이 없어 뜻이 명확했고, 아렌도 그를 알아들었다. 그저 창가에 앉아 찬 바람을 쐬지 말라는 말이 아니었다. 제스 앞에서 두 번이나 모습을 감추었던 그때를 아직도 염두에 두고 있음이 분명했다. 워낙 경황이 없던 때기도 하고, 불쑥불쑥 튀어나오는 마법을 막을 수 있을 리가 없는데도 그것은 그의 자존심에 큰 상흔을 남겼던 모양이다.

그의 심중을 이해 못 하는 바는 아니지만, 아렌은 부러 큰 하품을 하여 대답을 회피하며 침대 위로 내려갔다.

제스는 순순히 그녀를 놓아주며 입을 열었다.

"오늘로 베이판의 사절단은 모두 돌아갔다."

"그러고 보니 그럴 때가 됐군요. 저도 일단 돌아가긴 해야 할 텐데……."

"그럴 필요 없다. 사절단과 함께 사신을 함께 보냈으니."

"그렇군요. ……잠깐, 사신이요? 왜요?"

"국혼."

짧고 단호한 대답이 나왔다. 아렌은 자신의 아버지인 레이나스 공작이 소식을 듣고 얼마나 기함할지 걱정하면서도, 한편으론 이 남자의 빠른 일처리에 혀를 내두를 수밖에 없었다. 타국의 공녀라 귀족들의 반발이 만만치 않았을 터.

거기다 하일렌은 국혼과 승계 등 국가중대사에 관한 한 중앙 귀족의 재가(裁可)가 필요하다. 청혼을 한 지 일주일이 채 되지 않았는데, 이미 그것을 다 처리했단 말인가?

감정적으로 기쁜 것과는 별개로 이렇게 빠르게 진행될 줄 몰랐기에 조금 혼란스러웠다. 실은 그사이에 세이의 일을 어떻게든 해결하려 했는데…….

"베이판에서도, 레이나스 가문에서도 긍정의 답이 돌아온다면 달이 넘어가기 전에 혼인식이 있을 것이다. 미약하나마 제국 내에서 반발이 존재했던 만큼, 식(式)은 성대하고 화려할 것이다."

"그렇, 군요…….."

"갑작스러운가?"

"……아니요."

"그렇다면 고개를 들고 표정을 보여."

제스가 한 발짝 다가서자 아렌은 숨을 들이켰다. 분명 표정이 좋지 않을 거라, 의식적으로 얼굴 근육을 움직여 선웃음을 짓고 고개를 들었다.

"기뻐요."

"……."

"정말, 진심으로 기뻐요. 이런 호사를 혼자만 들었다는 게 아까울 정도로요."

아렌은 지레 놀란 척하며 손바닥을 마주쳤다.

"말해놓고 보니 정말 그래요! 도저히 안 되겠어요. 나, 카일한테 다녀올 게요."

"……지금?"

제스의 시선이 어두컴컴한 창문으로 스치듯 움직였다 되돌아왔다. '이 늦은 시각에?'라고 묻는 눈빛에도 아렌은 애써 별거 아니라는 듯 어깨를 으쓱거렸다.

"괜찮아요, 카일은 올빼미 족이라 아직 자고 있지 않을 거예요."

"그런 문제가 아니다."

"카일은 어렸을 때부터 줄곧 날 곁에서 돌봐줬어요. 혼인 이야기도 내 입으로 하지 못했는데, 이번 소식까지 남들의 입으로 들으면 분명 섭섭해 할 거예요."

"내일 이른 아침, 그에게 오라 이르겠다."

"금방 다녀올게요."

제스는 혹여 자신이 붙잡을까 봐 서둘러 방문으로 향하는 아렌을 따라 시선을 옮겼다. 그래도 그의 반응이 신경 쓰인 모양인지 마지막에 고개를 빠끔 내밀고 '정말, 금방 다녀올게요.'라고 말하는 모양새가 영 어색하다. 정말로 순수하게 기뻐서 알리러 가는 거였다면 모퉁이를 돌자마자 발소 리가 갑자기 빨라지면서 멀어질 이유가 없다. 마지막에 지었던 미소가 진 심이 아니었을 리도 없고.

그는 작게 한숨을 쉬면서 벽에 기댔다. 청혼에 뛸 듯이 기뻐한 것도 그 녀라, 이렇듯 손바닥 뒤집듯 반응이 달라진 게 기이하게까지 여겨졌다. 뭔가 그녀의 마음에 걸릴 만한 게 있는지 하나씩 곱씹어도 딱히 떠오르는 것이 없다. 단순한 변덕인가. 아니면 정말 다른 이유가 있는 건가.

짙푸른 눈이 아렌이 앉아 있던 창가 근처에서 맴을 돌았다.

"제대로 넣은 것 맞겠지?"

"그렇다니까. 확인하는 것까지 두 눈으로 똑똑히 봤다. 그러니 사례는 약속한 대로 해야 해."

"좋아, 내일 약속된 시간과 장소에서 봐."

여자의 망설임 없는 대답에 마주 보고 있던 남자가 낮게 흐흐, 웃으며 성 안으로 사라졌다. 물론 곧 문으로 나올 누군가를 위해 조금 열어두는 건 잊지 않았다. 그 문을 응시하고 선 여자는 얼굴이 보이지 않게끔 로브로 온몸을 꽁꽁 싸매고 있었다. 친 바람에 창백해진 손이 뺨에 흘러내린 은색 머리카락을 쓸어 넘겼다.

풋, 레베카가 참을 수 없다는 듯 웃음을 터뜨렸다. 그 쪽지를 봤단 말이지. 쉬워도 너무 쉬운 것 아닌가?

처음 하일렌에 왔을 때는 황성 안에 있을 아렌을 어떻게 불러낼지 그리도 막막했는데, 마당발 보초병 하나 꾀어내니 일이 이리도 쉽게 풀려간다. 본래 성문마다 보초는 여럿 서지만, 그조차 몸 한 번 대주는 것으로 모두 물릴 수 있었다.

이제 남은 것은, 기다리는 것이다. 그리고 마침내 성문 틈새로 작은 그림자가 움직였다. 어스름한 안개가 낀 탓에 형체를 분간하기도 어려웠지만, 머릿속으로 수백 번 상기했던 실루엣이라 보자마자 칼같이 알아봤다. 그 존재는 아직 레베카를 발견하지 못하고 주변을 둘러보며 세이모어를 찾고 있었다. 레베카의 눈이 악귀처럼 번들거렸다. 염원하던 순간을 맞이하자 가슴속에서 무언가 끓어오르며 온몸이 사시나무처럼 떨린다.

너구나. 드디어 네가 왔어.

레베카는 미친 듯이 웃어젖힐 듯 입꼬리를 올렸다가 곧 일그러뜨렸다.

미칠 듯이 밀려오는 희열과 분노가 정상적인 사고를 마비시키기 시작했다.

그녀가 증오스럽다. 눈빛으로 사람을 죽일 수 있다면 진작 그리했을 것이다.

사람이 사람을, 이토록 순수하게 증오할 수 있다는 사실이 놀랍고 신기할 따름이었다.

오냐, 계속 그렇게 걸어와. 내가 가지고 싶었던 모든 것을 쉽게 버리려던 그 순진한 얼굴을 핏물로 화려하게 장식해줄 테니. 레베카가 품에 숨긴 단검을 만지작거리며 송곳니가 드러나도록 이를 갈았다.

죽이고 싶다. 죽여버리고 싶다. 저 순진한 낯짝을 짓이기고 싶다. 세이모어 공작의 시선이 닿았을 살갗 한 점까지 모조리 부숴버리고 싶다. 비참하게 찢고, 찢고, 또 찢어서 저년이 나와 하등 다를 바 없는 인간이라는 걸, 두 눈으로 똑똑히 확인하고 싶었다.

"후후, 푸흐흐, 흐……, 후후……."

웃음소리가 비죽비죽 튀어나온다. 피투성이가 된 채 살려달라고 구걸하는 모습을 상상하니 신이 나서 견딜 수가 없었다. 즐거움에 전율이 일어 온몸이 짜릿해졌다.

아아, 얼른 와. 얼른.

내 너를, 한시라도 빨리.

그 목을, 눈을, 머리카락을, 앗고 앗아, 산산조각 내고 도려내어, 네 모든 것을 내 것으로.

레베카는 참지 못하고 성문 앞에서 두리번거리고 있는 아렌 앞으로 불쑥 나섰다. 곧 두 시선이 마주치자 레베카의 입술이 험악하게 일그러졌다. 처음 봤을 때부터 그러했듯, 공녀는 여전히 순수하고 어여쁜 눈동자를 가지고 있었다.

그 천진난만한 눈으로, 나의 세이모어 공작님을 꾀어냈니?

"세이……?"

"……."

"세이, 거기 세이 맞아요?"

공녀가 한 발짝씩 조심스레 다가왔다. 레베카, 그녀 자신은 물론 성인 남성보다 훨씬 몸집이 작았지만 후드가 드리운 그늘에 얼굴이 가려 쉽게 판별하기 어려울 터다. 세이냐고 묻는 고운 목소리에 표정이 절로 일그러진다. 가까이 다가와야 치명타를 날릴 수 있다.

그때까지 참아야 해. 죽이고 싶어.

참아야 하는데. 얼른 죽이고 싶어. 단 1초라도 빨리.

참아야 해.

숙이고 싶어. 저 얼굴을 발로 짓이기고 싶어 견딜 수가 없어.

참아야 해. 그런데 왜? 왜 참아야 하지? 어차피 주변엔 아무도 없잖아. 저 여자는 방심하고 있다. 좀 더 과감해져도 상관없잖아? 그래, 죽이자. 바로 지금.

레베카는 이미 걸음을 옮기고 있었다. 손으론 품 안에 숨긴 단검을 굳건히 쥐고, 천천히 품에서 꺼내 들면서 빠르게 움직였다. 흥분에 젖은 숨결이 귓가를 찢었다. 이제 열 보도 채 남지 않았다. 공녀는 아직도 자신이 생각하는 상대가 아님을 알아채지 못하는 듯 보였다.

순진해빠진 년. 레베카는 입귀를 일그러뜨리면서 올렸다. 동시에 그녀의 품에 숨겼던 단검을 빼내 높게 들어 올렸다. 곧장 날을 휘둘러 어둠을 찢으며 눈을 부릅떴다. 공녀의 죽음, 처음부터 끝까지 놓치고 싶지 않았다.

"……!"

헌데 이상했다. 새파랗게 번뜩이는 어금니가 바로 눈앞에 다가와 있음에도, 공녀는 차분했다. 그것도 지나치리만큼.

일이 이상하게 돌아가고 있다. 아차 싶어 검을 멈추려는 순간, 엄청난 힘이 레베카의 손등과 등을 동시에 가격했다. 예기치 못한 급습에 레베카는 헉, 하며 급히 숨을 들이마셨다. 단검이 바닥에 떨어지는 소리가 들리자마자, 누군가가 레베카의 팔을 뒤로 꺾어 억지로 꿇어앉혔다. 쿵, 무릎을 돌바닥에 정면으로 찧어버린 바람에 아픔이 허리를 타고 자르르 올라왔다. 정신을 차리기도 전에, 시린 기운이 목덜미를 타고 흘렀다.

"움직이지 마라. 불복한다면 즉시 베겠다."

검날이 금방이라도 목을 파고들 듯 무섭게 까딱거렸다. 레베카는 정신을 차릴 수가 없었다. 모든 일은 너무도 빨리 일어났다.

뭐, 이게, 대체, 무슨, 한 명이 더 있었어? 대체 어디에?

"카일, 됐어."

차분한 음성이 머리 위에서 떨어지자 싫어도 정신이 번쩍 들었다. 레베카는 이를 아득 갈며 고개를 들었다. 공녀, 아렌은 두 손을 포개어 다소곳이 서서 그녀를 내려다보고 있었다. 상황이 이런데도 그녀를 향한 반발심부터 일어났다.

날, 내려다봐. 네가, 또.

"움직이지 마라 경고한 바 있다. 두 번은 하지 않을 것이다."

카일의 검날이 목덜미를 조금 파고들었다. 하지만 레베카는 거칠게 으르렁거리며 표독스런 눈매를 감추지 않았다. 미칠 듯한 분기가 끓어올랐다. 이토록 미워하는데, 증오하는데, 침을 수 없을 정도로 원망스럽고 그만큼 망가뜨리고 싶은데 정작 그녀에겐 손끝 하나 댈 수 없는 이 상황이 가혹했다.

"미리 알고 있었던 거야? 세이모어 공작님이 불러낸 게 아니라는걸. 대체 어떻게!"

"……."

"말해! 어떻게, 그분의 필체도 완벽하게 따라 했는데 대체 어떻게 알았냐고 묻잖아!"

"미안하지만."

아렌이 피를 토해내는 듯한 외침을 단정하게 끊어내었다.

"세이는 단 한 번도 내 앞에서 자신을 세이모어라고 한 적 없어. 거기다 세이는 볼일이 있다면 직접 왔을 사람이니까. 사실 당신이 기다리고 있을 줄은 몰랐지만……. 적어도 쪽지를 보낸 게 세이가 아니라는 것쯤은 알 수 있었지."

"……."

"그리고 네가 지하 감옥에서 탈출했다는 소식쯤은 나도 받았으니까."

부드득, 이 가는 소리가 섬뜩하게 울려 퍼졌다. 아렌은 악귀처럼 번들거리는 레베카의 눈을 보면서 생각에 잠겼다. 사실 세이의 쪽지를 보자마자, 필체가 너무 닮은 탓에 잠시 속아 넘어간 건 사실이었다. 하지만 차분히 마음을 가라앉히고 생각해보니, 세이에겐 굳이 쪽지로 그녀에게 의사를 전달할 이유가 없었다. 세이는 마법 정도는 숨 쉬듯 쓸 수 있는 마족의 황제. 하일렌 황성이라 해서 예의를 차리고 알현을 청할 이유가 없는 존재니까. 그래서 이제껏 사람 간 떨어지게 불쑥불쑥 나타난 거겠지.

주마등처럼 떠오르는 옛날 일에 아렌은 저도 모르게 부드럽게 미소 지었다.

"……웃지 마."

"……."

"그분을 생각하면서, 그렇게 웃지 말란 말이야!"

레베카는 한 번 더 아렌에게 달려들려 했다. 목덜미 바로 옆에 칼이 다가와 있는데 무리하게 움직이리라 생각지도 못했던 카일은 깜짝 놀라며 그녀의 팔을 도로 잡아챘다. 검이 제 목 앞에 드리웠는데도, 레베카는 그에 눈길 한 번 주지 않고 오롯이 아렌만 노려봤다. 세상에, 목에서 피가 얼마나 많이 흐르고 있는데 아프지도 않나. 그 악착같은 독기에 카일은 속으로 혀를 내둘렀다.

돌연 비죽, 레베카가 진득한 미소를 지었다.

"알겠어, 이제야 알겠어. 네가 이 자리에 온 이유 말이야."

"……"

"끝까지, 날 아래로 보고 비웃으러 온 거구나. 네 자리를 탐한 나를 내려다보고 질시하고 싶었겠지. 내 말이 틀려? 그렇게 원숭이 구경하듯 보고 있지만 말고 그 고귀한 입, 한 번만이라도 움직여봐!"

격앙된 목소리가 마지막에 이르러서는 찢어질 듯 높아졌다. 그녀를 붙잡고 있는 카일은 놀라울 정도로 거세지는 악력 때문에 목덜미가 서늘해졌다. 이런 아귀(餓鬼) 같은 여자를 만나는 줄 알았다면, 아렌이 갑자기 찾아와 뒤따르라고 했을 때 프레드릭이라도 같이 데리고 나왔어야 했는데.

"난 당신을 비웃지 않아. 당신이 이러는 이유도 알고 있고."

"하, 미친년."

"혀를 베어내야 정신을 차릴까."

"카일, 가만히 있어."

아렌은 엄격하게 카일에게 주의를 준 후 다시 레베카와 시선을 맞췄다.

"아까도 말했듯, 나는 당신을 비웃지 않아. 다만 묻고 싶은 게 하나 있어."

"퉷!"

레베카가 목을 빼내 아렌 앞에 침을 뱉었다. 계속되는 무례한 행각에 카일의 눈매도 점점 사나워졌다. 이 여자가 대체 뭔데, 이렇듯 무뢰배 짓을 계속하는데도 가만히 있으라고만 하는 건지 도무지 이해되질 않았다. 아렌은 격렬하게 불꽃이 튀어 오르는 눈을 똑바로 보면서 입을 열었다.

"세이에게 무슨 일이 있지?"

아렌은 쪽지를 꺼내 레베카 앞에 들이밀었다.

"당신은 세이의 상태가 전과 다르다는 걸 알고 있었어. 그러니 '마지막 인사'와 같은 말을 선택해 쓴 거겠지."

레베카가 고개를 비틀듯 기울이며 웃음을 터뜨렸다.

"잘못 짚으셨어, 공녀님. 난 그저 너를 불러내기 위해……."

"거짓말 마. 나를 불러내기 위한 한 번뿐인 기회에 그런 도박을 할 리가 없어. 내 목을 확실히 가지기 위해서라도 분명한 근거가 없었다면 쓰지 않았을 거야. 내 말이 틀려?"

"……."

"당신, 혹시 여기에 오기 전에 세이모어 공저에 들렀지? 거기서 대체 무엇을 본 거야? 아니, 이것부터 대답해. 세이는, 괜찮아?"

레베카는 입술을 깨물며 침묵했다. 그녀의 대답을 기다리다 불안해진 아렌은 그녀에게 한 발짝 다가서며 다시 물었다.

"세이에게 무슨 일이 있는 거야? 당신, 뭔가 알고 있다면 말해줘. 부탁이야."

"……."

"당신, 정말로 세이를 위한다면……."

"……이건, 다, 너 때문이야."

나지막이 중얼거린 레베카는 그제야 알겠다는 듯 희미한 미소를 지었다.

"그래, 다 너 때문이야. 내가 이렇게 된 것도, 세이모어 공작님…… 그분이 날 알아보지 못하시는 것도, 다 네 탓일 거야. 네 탓이야, 다 네 탓. 아르렐리아, 모조리 네 잘못이야."

"공녀님, 언제까지 이 여자가 계속 말하도록 내버려두실 겁니까?"

"그렇지 않고서야! 왜! 네가 돌아오자마자! 세이모어 공작님께서 그렇게 변했겠어? 분명······, 네가 술수를 부린 게 분명해. 네가······, 내 것을 다 빼앗아서 그래. 그분만큼은, 나와 널 정확히 구분했는데······."

"······잠깐, 설마 세이가, 당신을 나라고 착각했단 뜻이야?"

정신이 나간 듯한 중얼거림을 무시하고 아렌이 물었다. 그에 레베카가 눈을 번쩍 뜨며 사납게 소리치기 시작했다.

"나는 레베카야! 레베카! 아르렐리아가 아냐!"

"세이가, 당신과 나를 구분하지 못했다고? 다른 누구도 아닌 세이가? ······어째서? 아니, 어떻게······?"

"레베카라고, 레베카! 나는, 레베카야! 아르렐리아가······, 아르렐리아 따위가 아니라고! 내가 아르렐리아라고 말해도 유일하게 알아봐주시던 한 사람이었단 말이야. 그런데, 어째서······ 공작님께선······ 세이모어······ 공작님께선······."

손목까지 비틀어가며 카일의 손아귀에서 벗어나려 애쓰던 레베카는 결국 울먹거리며 자리에 주저앉았다. '세이모어 공작님'을 계속 되뇌며 울음을 터뜨리는 그녀는 흡사 장난감을 갖지 못한 어린아이와 같이 보였다. 카일은 그녀의 목에 검을 어정쩡하게 들이댄 채로 질린 표정을 짓고 있었다. 가차 없이 목을 베어버리든, 그냥 돌려보내든, 옥에 가두든, 어떻게든 하고 싶다는 빛이 역력하다.

"탐나, 미치도록 탐나. 탐나 죽겠어."

레베카가 눈물을 줄줄 흘리며 이를 악물고 턱을 치켜들었다.

"넌 왜 태어날 때부터 내가 가지고 싶었던 모든 걸 가지고 있지? 너는 네가 가진 게 얼마나 많고 귀한지 전혀 모르고 있는데 왜? 그리고 왜 그건 내가 가질 수 없어?"

"······."

"대체 네가 뭔데. 네가 뭔데 세이모어 공작님까지 다 가지는 거야! 어째서……. 웃는 낯으로 같잖게 착한 척해대는 네년은 모든 걸 가지면서……. 나는 왜 아무것도……, 아무것도 가질 수가 없어?"

"잠시 내가 됐었다고 해서 당신이 나인 줄 착각하고 있었나 본데."

숨 가쁘게 이어지는 말을, 아렌이 단호하게 잘랐다.

"웃기지 마. 처음부터 당신 것이었던 건 하나도 없었어."

아렌의 말에 잠시 벙벙해졌던 레베카의 금색 눈동자가 다시금 악의로 일렁이기 시작했다. 감히 네가. 감히. 다른 누구도 아닌 네가 그런 말을 하다니.

"그래, 이제야 네년이 본색을 드러내는구나. 하긴 처음부터 그런 년인 줄 알고 있었어. 내 인생을 깡그리 망쳐놓은 못된 년, 지독한 년. 독사 같은 년."

"……공녀님, 제가 대체, 언제까지 인내해야 합니까?"

"…….."

"지독히도 좋은 행운을 타고났으면서, 아무것도 모른다는 듯 사는 네가 싫어. 순진한 얼굴로 모든 것을 무책임하게 버리려 하는 네년이 증오스러워. 네년 때문에, 내가 죽어버렸어. 내 인생이 죽어버렸어. 아르렐리아라는 이름 하나 때문에, 나는 내가 아니게 되어버렸어."

"베겠습니다."

"기다려, 카일."

"네가 백치처럼 가문을 버리고 나갔을 때부터 넌 나를 죽이기 시작한 거야. 하일렌에서 하하호호 웃는 도중에도 나는 짐승처럼 조련 당했어. 그걸 네가 모르고 있었다 해서 용서받을 순 없어. 무지는 결코 면죄부가 될 수 없으니까. 순수한 척하면 다인 줄 알지? ……버러지 같은 년, 내 말이 무슨 뜻인지는 알아듣고 있는 거야?"

“…….”

“모르겠지, 모를 거야. 고귀한 공녀님이 뭘 알겠어. 그러니까 넌 안 되는 거야. 차라리 원하는 걸 솔직하게 원한다 말하는 내가 나아. 너처럼 아무것도 모르고 사람 목을 조르고 상처를 주는 것보다, 내가 낫다는 말이야.”

“당신.”

“……자, 이제 죽어 있는 나를 봐. 네 행동의 희생양을 보라고. 나는 살아 있지만, 어디서도 뿌리내리지 못해. 나는 이제, 네가 나인지, 내가 너인지도 모르겠어. 하지만 빈민가에서 쓰레기처럼 굴러본 적도 없고, 앞으로도 그럴 일 없는 너는, 결국 세이모어 공작님과 행복해지겠지.”

레베카는 말을 잇는 동안 분노를 이기지 못한 나머지 부들부들 떨기 시작했다. 당장에라도 달려들어 아렌의 목을 조르고 싶었다. 카일이라는 자만 없다면 진작 그리했을 것이다. 아아, 좋은 생각이 들었다. 어차피 상황이 이렇게 된 것, 목덜미에 닿은 검을 잡고 달려드는 건 어떨까. 손이 너덜해지겠지만 상관없다. 살아도 산 것이 아닌데, 손 따위는 있어도 그만, 없어도 그만이다. 대신 저 목은 꼭 뽑아버리겠다. 레베카의 입가에 잔인한 미소가 떠올랐다.

그녀가 죽음을 각오하고 걸음을 옮기려 할 때였다. 잔잔한 음성이, 호수에 던져진 돌멩이처럼 은은하게 퍼졌다.

“미안해.”

“…….”

“나의 행동으로 인해 당신이 괴로웠다면, 진심으로 사과할게. 미안해.”

방금 무슨 소릴 했냐고 차마 입 밖으로 내지도 못했다. 너무도 놀라서. 짧다면 짧은 시간이었지만, 레베카는 아르렐리아 공녀로 사교계에 나가면서 적지 않은 귀족들을 만나봤다. 하지만 그들은 천성적으로 사과를 할

줄 모르는 듯했다.

그런데 일국의 공녀가, 그것도 제국의 황후가 될 거라던 여자가 평민보다 못했던 제게 사과를 해? 믿을 수 없는 일이었다. 그리고 레베카, 그녀가 경악한 만큼이나 카일도 경악한 듯했다.

"그런데 당신에게 물을 게 있어. 당신은 나야?"

이게 무슨 물음인가. 얼떨떨한 상태였던 레베카는 심장에 유리 조각이 박힌 것처럼 얼굴을 찌푸렸다. 아렌이 놀랍도록 정중하게 말을 이었다.

"다시 한 번 물을게. 당신은, 정말로, 나야?"

"그럴 리가 없잖아! 난 네가 아니야! 달라, 다르다고!"

레베카가 금방이라도 튀어나갈 듯 씨근거리며 외쳤다. 무표정하게 굳았던 아렌의 입가에 처음으로 미소가 떠올랐다.

"맞아. 당신은 이미 알고 있어. 당신은 내가 아니라는걸. 그걸 알아주는 사람이 없어서 괴로웠던 거지?"

"……."

"난 절대로, 한 사람이 그렇게 쉽게 지워진다고 생각하지 않아. 당신이 아르렐리아 공녀로서 있었던 그 시간도, 당신은 당신의 인생을 살았어. 지금도 마찬가지야. 당신은 당신일 뿐, 결코 내가 아니야."

"……."

"그러니 이제는 온전히, 당신의 인생만을 살아. 당신을 알아봐주는 곳에서 사랑하는 사람도 만나고, 애도 낳고, 그렇게 행복하게 살아. 더는 나에게 얽매일 필요가 없단 뜻이야. 레이나스 가문이든, 하일렌 황실이든 당신 뒤를 쫓는 일도 없을 거야."

"뭐……."

"내 자리를 감쪽같이 바꿔치기한 당신이라면, 진정한 행복이 뭔지도 깨달을 수 있을 거라고 믿어. 누군가에게 빼앗지 않아도, 당신이 처음부터 가지고 있었던 그 행복을 말이야. ……잘 가, 레베카.”

아렌은 더없이 텀텀한 어조로 그렇게 말하고는 뒤돌아섰다. 무슨 개수작을 부리려나 싶었는데 아니나 다를까, 카일의 검마저 거두게 하고 정말로 도로 성문으로 걸어가기 시작한다.

레베카는 넋이 빠진 채 그녀의 뒷모습만 바라보고 있었다. 믿을 수가 없었다. 하일렌으로 오는 내내, 아르렐리아 공녀가 보일 다양한 반응을 상상해보았다. 더러운 욕을 하면 얼마나 치욕스러워할까, 원망하면 얼마나 괴로워할까, 또 순수한 척할까.

하지만 그녀의 머릿속에 존재한 수백 개의 레퍼토리 중에는 저런 건 절대 없었다. 위에서 아래로 동정을 하지도 않았다. 정말로 대등하게, 인간 대 인간으로 대해주었다.

그런데 ‘레베카’란 이름을 부른 두 번째 사람이, 하필이면 증오해 마지 않던 그녀라니.

“하…….”

레베카는 허탈하게 웃었다. 목적을 잃어버린 노여움이 갈 곳을 잃고 허둥댄다. 이런 것을 원한 게 아니었다. 이런 것을……, 원한 게…….

“내 인생을 살라고?”

주저앉은 레베카는 홀린 듯 바닥을 더듬어 단검을 집어 들었다. 카랑, 검날이 바닥을 긁는 날카로운 소리가 울린 후엔 단검은 그녀의 손에 쥐여 있었다. 굳은 눈으로 그것을 응시하던 그녀가 곧 입술을 움직였다.

“웃기지 마. 이제 와서…….”

레베카는 비틀거리며 일어났다. 그녀의 타들어가는 시선 속에는 오직 아렌밖에 보이지 않았다. 인정하고 싶지 않았다. 제 인생을 망쳐놓은 그녀의 말에 조금이나마 위안을 받았다는 걸, 절대로 수긍하기 싫었다.

그래서 도리어 탓하기 시작했다.

이젠 네 인생을 살라고? 모르는 소리 말아라. 그건 가진 자의 오만이다.

네가 내 입장이 되었다면 절대 내뱉지 못했을 말이다.

"네가 감히 날 동정해!"

레베카는 단검을 치켜들고 빠르게 아렌을 향해 달려갔다. 기척을 먼저 알아챈 카일이 먼저 돌아서서 그녀를 향해 검을 겨누었다. 하지만 레베카는 그에겐 한 번도 시선을 주지 않고 옆으로 뛰어가 아렌의 눈길을 잡아챘다.

"레베카, 당신……."

아렌이 멍하니 입술을 움직였다. 아렌이 가장 잘 보이는 곳에 걸음을 멈춘 레베카는 높이 치켜든 단검을 그대로 내리 찔렀다.

다른 곳도 아닌, 제 배에 정확히.

푸악! 사방에 핏물이 튀었다. 검붉은 피를 쉴 새 없이 쏟아내는 중에도 레베카는 죽을힘을 다하여 단검을 비틀면서 더욱 깊숙이 찔렀다.

아팠다. 지독하게 아팠지만, 단순히 배를 찌르는 것만으론 죽을 수 없으니까.

더 깊이, 더 치명적으로 찔러야 한다.

"공녀님, 뒤로 물러서십시오."

아렌은 자신을 막아서는 카일을 에둘러 레베카에게 다가왔다. 쿨럭거리며 피를 토해낸 레베카는 무너지듯 그 자리에 쓰러졌다. 괴로운 듯 몸부림치면서 펄쩍거리다 불에 덴 것처럼 온몸을 우그러뜨린다. 목구멍으로 치고 올라오는 신물과 핏덩이 때문에 숨을 쉬기 어려웠다.

하지만 아무렴 어떻겠나 싶다. 이제 곧 죽을 텐데.

레베카는 가볍게 웃었다. 마치 소풍을 가는 어린애처럼 신이 난 것처럼 보이기도 했다.

"레베카, 당신……. 대체 왜……."

아렌이 숨 가쁜 어조로 물었다.

왜냐고? 저런 해맑은 물음이라니.

레베카는 소리 내어 웃을 뻔했다. 단검으로 제 배를 헤집는 데 온 힘을 다하지 않았다면, 정말 그리했을 것이다. 차갑게 식어가는 볼 위로 무언가가 흘러내린다.

웃겨 죽겠는데, 눈물이 흐른다. 이 꼴이 하도 우스워 자신을 비웃고 싶은데, 정작 나오는 건 어린애 같은 오열뿐이다.

"잘……됐어, 너는 죽을 때까지 날 잊지 못하겠지, 가책에 시달리겠지. 하지만 말이야……. 나는 적어도 처음부터 이러지는……, 않았어."

갈라진 울음소리가 레베카의 입술에서 빠져나왔다.

"세이모어……, 공작님의 감정을 모조리 앗아간 네가 미워서……. 나는 점점 악귀가 되어버렸어. 마족보다 더 마족처럼 사악해진 내가……, 이 세상에서 살아갈 곳이 없다면, 너에게만은 죄책감을 안기고 죽을 거야. 공작님의 얼굴을 볼 때마다 소름끼치는 기억이 떠오르게, 너 때문에 죽어버린 나를 떠올리며 몸서리칠 수 있게, 증오할 수 있게……."

레베카는 한 번 더 쿨럭거리며 피를 토해낸 후 힘겹게 고개를 들었다. 믿을 수 없다는 듯 입을 벌리고 있는 아렌과, 그 옆을 수호하듯 서 있는 카일까지……. 참으로 부러운 그림이었다.

"하, 날……. 이렇게 벼랑 끝까지 내몬 건……, 너야. 넌 잔인해. 잔인하고……, 잔인해."

레베카, 그녀 자신은 죽어가는 중에도 곁을 지켜주는 이 하나 없는데. 이 세상에 존재했었다는 것마저 알아주는 이 없는데. 그것은 마치 속이 타들어가는 듯한 갈증과도 같은 것이었다.

그녀의 모든 것이 부러웠다. 갖고 싶다. 그 마음은 변할 수 없을 것이다. 아렌의 말을 듣는 동안 깨달았다. 그녀는 자신의 인생을 살아갈 기회가 주어진다 하더라도 잡을 수 없을 것이라는걸. 벌이 꽃을 찾아가듯, 그녀는 결국은 아르렐리아 공녀 자리를 가지고 싶어 돌아왔을 것이다. 종래엔 아렌을 또다시 암살하려들지도 모른다. 다디단 꿀을 한번 맛본 이가 어떻게 그것을 탐하지 않을 수 있으랴.

"이봐, 아르……렐리아 공녀……. 난 말이지……, 지옥에서라도 네가 될 거야. 지옥에……서마저, 쿨럭! 네가 될 수 없다면, 널 찾아갈……, 거야."

바짝 조여든 가슴 때문에 숨을 쉬기 어려운지 그녀가 거칠게 헐떡거렸다. 금방이라도 터져 죽어버릴 것만 같은데, 죽진 않아 괴로웠다.

"그러니 눈……, 돌리지……, 말고 봐, 너 때문에 죽고 있는 나를 끝까지……, 똑바로 보란……, 말이야. 꿈에서 만난다면 알은……척은 해줘야지, 안 그래?"

그녀는 죽어가는 벌레처럼 몸을 비틀어대면서 크게 웃었다. 마치 몸속을 가득 채운 화염을 모조리 토해내고자 하는 것처럼 보였다. 이 와중에도 그녀는 삶아낸 고기만도 못한 제 신세에 눈물을 흘렸다. 가망 없는 현실이 타들어가며 믿을 수 없는 또렷한 통증이 밀려왔다. 뜨거운 숨결이 점점 빠져나가고, 짙고 새까만 어둠이 다가와 몸뚱이를 집어삼켰다. 목에 가로막힌 비명소리가 귓가를 가득 채우고 피범벅이 된 손가락은 시든 꽃처럼 우그러졌다.

괴롭다. 더 이상 원망조차 할 수 없어졌다는 뼈저린 절망감이 공포스러웠다. 알려줬어야 했는데, 적어도 내가 얼마나 괴로웠는지는 깨닫게 해줬어야 했는데. 레베카는 숨을 헐떡이며 팔을 뻗었다. 그녀에게 닿고자 추하게 발버둥치는 자신이 마치 짓눌려 죽어가는 벌레 같다는 생각이 들었다.

"너…… 때문이야……."

레베카는 팔다리를 버둥거리며 꺽꺽거리며 웃었다. 누가 저년의 넋 빠진 면상 좀 보라고 큰소리로 외치고 싶었으나, 이미 몸은 쇠사슬에 묶인 것처럼 무거웠다.

사방에 울려대는 웃음소리는 쇠를 긁는 것처럼 소름끼쳤다. 보다 못한 카일이 걸음을 옮기자, 목에서 끅끅 짜내는 듯한 웃음소리가 한순간 멈췄다.

카일은 레베카의 목을 꿰뚫은 검을 회수하며 아렌을 뒤돌아봤다.

"명에 따르지 않아 죄송합니다. 하지만 저 여자의 혀놀림을 더는 두고 볼 순 없었습니다."

한순간 머리가 텅 빈 것 같은 느낌에 아렌은 눈을 꽉 감았다. 잘했다, 못했다. 무슨 말이라도 꺼내야 될 것 같은데 지금은 말 한 마디조차 떠오르질 않는다. 사실 적지 않게 충격을 받은 터라 제 몸 하나 가누기도 힘든 상황이었다.

"공녀님 탓이 아닙니다."

"……."

"정말입니다. 공녀님은 할 만큼 하셨습니다. 더 이상은 그녀에게 해줄 수 있는 일이 없었습니다."

아렌은 말없이 레베카를 응시했다. 그녀는 두 눈을 채 다 감지도 못하고 죽었다. 그녀 주변에만 내려앉은 잿빛 안개가 유독 음울한 분위기를 자아냈다.

그녀의 목, 눈, 배……. 보기만 해도 아파 보이는 상처에서 피가 흘러나온다. 갈래갈래 펼쳐지는 줄기가 흘러가는 곳은 아렌이 선 곳이다. 검붉은 피에서 그녀의 증오가 올올이 묻어 나왔다.

네 탓이야, 다 네 탓. 아르렐리아, 모조리 다 네 탓이야. 이렇게 벼랑 끝까지 날 내몬 건 너야. 넌 잔인해. 잔인하고……, 잔인해. 악의에 받친 울림이 머릿속을 진동한다. 피 묻은 원망이 그녀의 숨통을 조일 듯 거세게 퍼부어졌다.

아렌은 힘이 풀려가는 다리를 가누어 억지로 버티고 섰다. 옆에서 카일이 팔을 잡고 지탱해주지 않았더라면, 진작 바닥에 주저앉았을지도 모른다.

"카일……. 내가 대체 어떻게 더 해줬어야 했을까."

"공녀님께선 하실 만큼 하셨습니다. 삶의 기회를 포기하고 죽음을 택한 건 순전히 그녀의 의지입니다."

"카일, 내가……, 대체 뭘 한 걸까."

레베카는 이미 공녀로서 훌륭히 그 대역을 충실히 행하고 있었다. 레이나스 공작 가문에서 배운 것들만 이용한다면 어딜 가서도 일자리를 구할 수 있었을 것이다. 또한 그녀가 원하던 건 자기 자신의 정체성이었다. 세이에게 매달린 것도 이와 같은 이유였다. 모든 이가 아르렐리아라고 부르는 와중에 오직 혼자만 알아봐줬기에 더욱 애착을 가졌을 것이다. 이를 헤아려 레베카, 그녀의 존재를 인정했다. 그건 아렌이 직접 입 밖에 내었기 때문에 더 큰 의미를 가졌을 것이다. 실제로도 그것은 레베카의 마음을 움직인 듯 보였다. 그래서 안심하고 뒤돌았는데……, 설마 자결을 택할 줄이야.

"절대, 공녀님 때문이 아닙니다. 그녀가 내뱉은 말은 모두 잊으십시오. 공녀님을 괴롭히기 위해 일부러 만들어낸 말일 뿐입니다. 그러니……."

"그녀가 끝까지 뭐라고 했는지 봤잖아……. 끝까지, 날 원망하며 죽었어……."

"……."

"동정하면 안 될 것 같았어. 그래서 최대한 감정을 배제하고 그녀를 괴롭게 만든 근본적인 원인을 풀어주려 애썼어. 그런데……, 결국, 이렇게 됐어. 내가 무엇을 더, 어떻게 해줘야 했을까…….”

“……공녀님, 냉정을 잃지 마십시오. 지금 너무도 충격을 받으신 탓에 판단력이 흐려지신…….”

“진심이 아니었을지도 몰라. 어느 정도의 책임감을 느끼고 있는 건 사실이었으니까……. 그걸 그녀가 느꼈던 걸까? 차라리 날 더 미워하도록 못되게 구는 게 나았을까? 그래, 그랬다면 적어도 이 자리에서 저렇게 비참하게 죽진 않았겠지. 나에 대한 분노를 기반삼아 살아가다가……, 언젠간 그녀만의 행복을 찾았을지도 몰라. 아아, 카일……. 난 왜……. 항상 잘못된 선택만 하는 거지?”

“공녀님, 밤바람이 차갑습니다. 일단 들어가셔서 몸을 좀 녹이는 게 어떻습니까. 이러다가 몸이라도 상하실까 저어됩니다.”

카일은 일부러 아렌의 시야에서 레베카가 보이지 않도록 가리고 서며 채근했다. 말로는 밉다, 밉다 수천 번 내뱉었더라도 어렸을 때부터 자신의 어린 주군으로 섬기는 동시에 여동생처럼 돌봐왔던 게 아렌이다. 앞뒤 사정을 모르는 카일로선, 그저 그녀가 아프지 않았으면 좋겠다는 생각밖에 들지 않았다.

“그래, 그녀 말이 맞아. 다 내 탓이야……. 내 잘못된 행동 때문에……, 모든 게 엉망이 됐어…….”

“아닙니다. 정말 잘못 생각하고 계시는 겁니다. 어서 들어가시지요, 폐하께서 걱정하시겠습니다.”

“나는 왜 항상, 잘못된 선택만……. 내 탓이야, 나 때문에 사람이 죽었어…….”

참다못한 카일이 아렌의 어깨를 꽉 잡고 정면으로 그녀를 바라봤다. 생기 넘치던 은색 눈동자는 이미 충격으로 초점이 흐려진 지 오래다. 진짜 이러다간 큰 사달이라도 날 것 같다. 카일은 저도 모르게 초조해져서 아렌의 어깨를 살짝 흔들어보았다.

"공녀님, 저를 보십시오."

"내……, 잘못……."

"이성을 잃어버리시면 안 됩니다. 정신 똑바로 차리십시오."

"내가……, 죽였어……."

"……아무래도 안 되겠군요. 공녀님, 이 무례는 나중에 치죄해주십시오."

바로 눈앞에 있는 카일마저 가물가물한 시야가 갑자기 벼락이 친 것처럼 번쩍였다. 짝, 하고 큰 소리가 난 한참 후에 볼이 화끈거리며 달아올랐다. 오락가락한 정신 속에서도 카일이 자신의 뺨을 때렸다는 걸 깨달았다. 그 어떤 사고를 쳐도, 말썽을 부려도 손끝 하나 대지 않았던 그가 이렇게까지 행동하는 걸 보니 자신의 상태가 퍽이나 심각한 모양이다.

"공녀님, 잘 들으십시오. 분명 이제까지는 공녀님께서 잘못하신 일이 많을지도 모릅니다. 하지만 이제부터 옳게 살면 됩니다. 그를 깨달은 것으로 족합니다."

"아니……. 그렇겐 못 해."

"저 여자에게 공녀님께서 무엇을 잘못하셨는지 저로선 아직까지도 이해가 가지 않습니다만, 죄라고 일컬으시니 그렇다고 치지요. 하지만 죄를 지었으면 갚으면 됩니다. 죄책감과 두려움을 이겨내고 살면서 감당하십시오. 그러면 됩니다. 저를 믿으십시오."

잔뜩 굳은 목소리엔 안타까움이 함께 묻어 나왔다. 아렌은 모든 것을 포기한 듯 눈을 감은 채 꼼짝하지 않았다. 카일에게 걱정을 끼치긴 싫지만, 그래도 죄책감은 여전히 그녀의 가슴 위에 태산처럼 버티고 있었다. 죄를 지었다면 갚으면 된다고? 하지만 레베카는 죽었는데 어떻게 속죄하란 말인가. 그녀가 유일하게 집착하던 상대는 세이인데. 세이, 세이…….

"아. 세이가 있었어."

"예?"

"세이가…… 있었어. 그래, 세이. 세이마저 망쳐버릴 순 없잖아…….

카일은 알아듣지도 못하는 말을 연이어 내뱉은 아렌의 입술이 떨렸다. 그녀는 곧 벼락을 맞은 것처럼 놀라더니 허공을 향해 외쳤다.

"로도모나스! 로도모나스!"

"공녀님, 왜 이러십니까. 갑자기…….

"로도모나스! 로도모나스! 어디 있어? 어서 나와!"

아렌은 거세게 뛰는 심장만큼이나 탁한 목소리를 흩뿌렸다. 곧 어떤 것도 보이지 않는 허공을 안타까운 눈빛으로 더듬으며 발을 옮긴다. 카일은 그녀가 원하는 대로 놓아주었지만 언제든 붙잡을 수 있도록 바짝 쫓았다. 로도모나스를 부르는 새된 목소리와 발소리에 공기가 떨렸다.

아렌이 로도모나스를 마지막으로 봤던 자신의 방에 들어서자 그와 함께 바람도 멎었다. 로도모나스는 어두운 방구석에 홀로 앉아 있었다. 보석 같은 초록색 눈동자는 마치 누군가를 앞에 둔 듯 쉴 새 없이 눈물을 쏟고 있었다.

"로도모나스. 계속 찾고 있었어. 물어보고 싶은 게 있어서…….

로도모나스는 크게 울음을 터뜨리며 아렌에게 안겼다. 앞섶을 흠뻑 적시는 눈물의 의미를, 아렌은 왠지 알고 있는 것만 같았다. 그간 머리 한편에 쌓이고 쌓였던 예감이 점점 강한 확신으로 변해가는 느낌이 들었다. 아렌은 로도모나스의 손을 꽉 잡았고, 그는 거의 곧바로 그녀를 올려다봤다.

"로도모나스. 세이한테 무슨 일이 있는지 알고 있지."

"……말하면 안 돼."

"로도모나스."

"말하지 말랬어. 아렌한텐."

눈물을 글썽글썽 매단 로도모나스가 비통하게 말하며 고개를 숙였다. 세이에 관한 일이라면 그는 어쩔 수 없이 겁에 질리는 듯했다. 아렌 자신에게 말하지 말라 명을 내렸다면, 더 이상 물을 필요가 없었다. 안달이 나지만 어떻게든 알아낼 방법이 없다. 생각할수록 섭섭하고 분통터지는 일이었다. 적어도 그와 알고 지내온 시간을 생각해서라도, 그녀는 그에게 어떤 일이 일어나고 있는지 알 권리가 있었다.

"로도모나스, 그럼 그 사실을 알고 있는 다른 사람⋯⋯. 아니, 마족이라도 좋아. 누구라도 없니?"

로도모나스가 깜박 감았던 눈을 떴다. 그런 방법이 있는 줄은 몰랐다는 듯, 슬픔에 잠겨 있기만 했던 초록색 눈동자가 점점 맑아졌다.

"있어, 있어."

"있어? 그럼 어서 데려와 줄래? 아니면 나를 이동시켜도 좋아."

"잠깐, 공녀님. 어딜 가신단 말씀입니까. 마족이라니, 절대 안 됩니다."

아차, 카일이 있다는 걸 잊고 있었다. 아렌은 뒤에서 잡아채는 손길에 난감함을 느끼며 로도모나스에게 눈짓했다. 차근차근 말해봤자 쉬이 보내줄 리 없다는 걸 알고 있기에, 얼른 공간이동을 시전하라는 뜻이었다. 로도모나스는 그 뜻을 찰떡같이 알아듣고 한 손을 들었다. 푸른빛이 광택처럼 빛나는 눈부신 빛무리가 손으로 한 조각씩 모여들었다.

그때였다.

"⋯⋯아렌."

아렌은 소스라치게 놀라며 옆을 보았다. 제스가 그들이 들어온 입구에서 천천히 걸어 들어왔다. 그늘에 가린 탓에 그의 표정은 잘 보이진 않았지만, 짙고 푸른 눈동자만은 둥둥 떠 있는 것처럼 새파랗게 빛났다.

"어딜, 간다는 거지?"

"제스……."

"다시는, 말없이 내 눈앞에서 사라지지 말라 했다. 벌써 잊었나, 나와 했던 약속을."

굵게 울리는 낮은 목소리에선 차갑게 타오르는 분노가 피어올랐다. 뼛속 깊이 스며드는 무시무시한 기운에 카일이 헉, 소리를 내며 숨을 삼켰다. 적당한 거리를 두고 멈춘 제스의 시선이 아렌 뒤에 숨어 있는 로도모나스에게 향했다. 정확히는 아렌의 드레스 자락을 쥐고 있는 로도모나스의 손에.

"놔라, 그리고 꺼져."

"우……."

"로도모나스, 계속해."

아렌의 속삭임을 들은 제스의 얼굴이 무섭도록 빠르게 굳어졌다. 그는 감정을 다스리려는 듯이 숨을 한 번 몰아쉬고 입을 열었다.

"아렌."

"가야 해요."

"……."

"미안해요. 미안하고, 또 미안해요. 하지만 어쩔 수 없어요. 지금 제가 가지 않으면 안 될 일이 있어요. 어떠한 근거도, 사정도, 정황을 자세히 설명할 순 없지만, 지금은 가지 않으면 안 돼요."

아렌은 자신이 지금 무슨 말을 어떻게 하고 있는 건지 도통 알 수가 없었다. 앞뒤 문맥도 맞지 않고 횡설수설, 엉망이다. 하지만 제스는 그녀가 무슨 말을 했든 관심 없어 보였다. 아니, 일부러 외면하고 있다는 쪽이 맞았다.

"가지 마라. 부탁이니, 가지 마."

아렌의 눈빛이 점점 슬픔으로 젖어들었다. 어떤 일이든 제스와 대립하는 건 최악의 선택이다. 정말로 사랑하는 사람이고, 더 이상은 그가 그녀에게 가지고 있는 믿음을 배신하면 안 된다는 것도 알고 있다. 다시금 그의 앞에서 사라지는 일이 가장 어리석은 일일지라도, 그녀는 차라리 어리석어지는 길을 택할 수밖에 없었다. 다른 누구도 아니고 세이다. 제스가 소중하듯, 세이도 똑같이 소중하다. 비록 그의 마음엔 답할 순 없다 하더라도, 그렇다 해서 그녀에게 있어서 그의 존재가 조금이나마 줄어드는 것은 아니다.

어떻게 모르는 척할 수 있을까, 그 위태로운 사람을.

"제스는 절 막을 수 있어요. 방에 들어오는 순간부터 지금까지, 검만 뽑았다면 충분히 그럴 수 있었을 거예요."

아렌은 슬픈 미소를 띠고 고개를 들었다.

"하지만 제스는 그렇게 하지 않았죠. 그 이유는……."

"이유 따위 없어. 가지 마라. 그게 유일하게 내가 하고 싶은 말이다."

"……그 이유는, 제스가 제 마음을 알고 있으니까요. 구구절절 늘어놓지 않아도 제스는 이미 저를 이해하고 있는 거예요. 그만큼 당신은 지금, 너무나 힘들겠지만요……."

이해심이 태산 같은 사람이다. 아렌이 가진 마음의 무게를 아는 만큼, 이렇게 행동하는 데엔 그만큼의 이유가 있으리라고 헤아려준 것이다. 그리하여 아무 강요도 않고 부탁한 것이다. 자의로 곁에 머물러주기만을.

아렌은 고개를 들면서 생각을 그쳤다. 그가 아렌을 이해했듯이 그녀도 제스를 이해하게 된다면 이 자리에서 영영 벗어나지 못할 것 같았다. 로도모나스의 손에서 뿜어져 나온 빛이 아렌을 품듯 감싸 안았다.

이제는, 정말로 시간이 별로 없다.

"제스……!"

선택한 건 자신이지만, 마음이 아팠다. 그리하여 아렌은 사라지기 전 마지막 순간 제스에게 달려가 그의 목을 끌어안았다.

"사랑해요. 진심으로. 내가 어떻게 되든, 그 사실만은 변하지 않을 거예요."

오래전부터 하고 싶었던 말을, 평생 할 만큼의 무게를 담아 속삭인 후 발꿈치를 들었다. 점점 투명해지는 입술로 그의 입을 덮은 순간, 겨우 그쳤던 울음이 다시 터져 나왔다.

"……미안해요."

이제야 겨우 사랑한다고 말했는데. 이별은 너무도 빨리 찾아왔다. 제스는 뒤늦게 그녀를 붙잡으려 팔을 들어 올렸다. 하지만 눈부신 빛에 감싸인 그녀는 제스의 손끝이 닿기도 전에 사라져버렸다.

푸른 눈동자가 그녀의 자취를 더듬어 움직였다.

없다.

있어야 할 자리에, 그녀가, 없다.

"……아렌."

돌아오는 대답은 없었다.

알 수 없는 곳으로 이동하는, 그 짧은 시간 동안 아렌의 머릿속은 수십 가지의 생각으로 어지러웠다. 눈물 때문에 눈앞이 흐릿했지만, 마지막 순간 보았던 제스의 아픈 눈빛은 무척이나 생생했다. 부탁한다고, 했다. 그가 그런 말을 하기까지 얼마나 내몰렸을지 생각하면 가슴이 무척이나 쓰렸다. 그를 아프게 하고 싶진 않았다. 이제는 온전히 기쁨만 주고 싶었는데, 그럴 수 없다는 좌절감 때문에 견딜 수 없었다. 차라리 마음을 열지 않는 게 서로에게 나았을 수도 있다.

하지만 그러한 후회는, 그녀 앞에 고풍스런 방이 마법처럼 펼쳐졌을 때 눈물과 함께 죄 말라버렸다. 방금까지가 망설여야 했던 순간이라면, 지금부터는 반대로 나아가야 할 시간이었기 때문이다. 울어선 안 된다.

"……뭐야. 누구야."

적어도 저 마족 앞에서는 말이다. 창가에 선 회색 머리카락의 마족이 아렌을 바라보았다. 그녀를 발견하자마자 세로로 찢어진 동공이 자리한 자색 눈동자가 형형하게 빛났다. 그것은 마치 의외의 먹잇감을 발견한 맹금의 것과 같았다. 아렌은 가슴에 숨을 품듯 호흡을 멈췄다.

"오랜만이에요. 루키페르."

"……이제는 별 시답잖은 별명으로 안 부르는군그래."

루키페르가 '루키루기', '미스터 골반' 등으로 불렸던 때를 상기하며 으르렁거렸다. 예전이나 평소 같았다면 그걸 트집 잡아 놀렸을 법하지만, 지금은 그럴 때가 아니었다. 아렌은 두 손을 포개며 진지하게 물었다.

"묻고 싶은 게 있어 왔어요."

"……너, 간이 배 밖으로 나왔냐?"

루키페르는 인상을 험악하게 일그러뜨리며 미끄러지듯 빠르게 다가왔다. 그러더니 아렌의 멱살을 거칠게 콱 잡아챘다.

"감히, 여길 어디라고 와? ……착각하지 마라. 하찮은 인간. 난 손가락질 한 번에 바스러질 너 따위가 볼일이 있다 해서 볼 수 있는 그런 존재가 아니다."

"……."

"아직도 네가 마황 폐하의 비호를 받는 줄 아나 본데, 그분의 명이 끊기는 순간 너도 끝이야. 아니, 그냥 이 자리에서 목을 뽑아버려도 상관없겠군. 어차피 오시지도 못할 테니."

이어 그의 손이 아렌의 멱살을 놀라울 정도로 강하게 조였다. 동시에 그의 몸에선 단박에 목을 베어낼 정도의 기운이 날카롭게 뿜어져 나왔다.

아렌은 숨통이 턱턱 막히는 상황에서도 루키페르의 눈을 똑바로 들여다보며 입을 열었다.

"어차피 죽일 거라면, 말 한 마디 정도는 들어줄 수 있지 않아요?"

"뭐?"

짙은 눈썹이 험상궂게 올라갔다. 숨을 쉬지 못해 머릿속이 멍해질 정도까지 이르렀지만, 아렌은 총기를 모아 간신히 눈을 떴다.

"당신 말대로 나는 하찮은 인간일 뿐이잖아요. 내 물음이 뭔지 정도는 듣고 죽이든, 지금 바로 죽이든 당신에겐 어차피 똑같은 거 아니에요?"

루키페르는 여전히 그녀의 목을 옥죈 채로 얼굴을 가까이 들이댔다. 뜻밖에, 그가 웃음을 터뜨렸다.

"똑같아? 그래, 똑같을 수도 있겠지."

"그렇다면……. 내 질문만이라도……."

"하지만 네 말을 들으면 귀가 더러워지겠지. 시궁창에 빠졌다 나온 것처럼 말이야. 그러니 그냥 죽어."

루키페르의 손이 사선을 그리며 올라갔다. 아렌은 손끝으로 힘이 빠져나가는 걸 느끼며 점점 체념했다. 손날이 바람을 찢는 소리가 빠르게 다가왔다. 곧 고통이 닥치리라 생각하고 두 눈을 질끈 감았다. 하지만 고통스런 비명을 지른 쪽은 아렌이 아니었다. 갑자기 숨통이 탁 트이는 해방감에 반사적으로 눈을 떴을 때 그녀는 크게 놀랐다. 방금까지 기세등등하게 그녀를 죽이려 했던 루키페르가 반대쪽 벽에 박혀 피를 흘리고 있었다. 반대로 자신은 상처 하나 없이 멀쩡했다. 당연히 당황할 수밖에 없었다.

"뭐……. 이게 대체……?"

"……그 귀걸이……."

루키페르가 입가에 흐르는 검은 피를 손등으로 쓱 닦아내며 이를 갈았다. 귀걸이? 아렌은 서둘러 손을 들어 자신의 귀를 만졌다. 세이가 줬던 귀걸이가 희미하게 진동하며 검은 기운을 뿜어내고 있었다. 그녀에게 다가오는 누구든 잠식시켜버릴 만큼 강하게. 또다시 속에서 슬픔이 울컥하고 치밀어 올랐다. 이번에도 구해주었다. 세이가…….

"그래. 마황께서 모르실 리가 없지. 당신께서 죽으면 마족들이 맨 먼저 달려들 상대가 네년이라는 걸 말이야."

"……."

"나마저도 눈치 챌 수 없을 만큼 면밀하게 쌓아둔 결계라니. 제기랄, 그래. 그러시겠지. 그 한 목숨 갖다 바칠 존재인데 그 정도 대비도 해두지 않았을 리가 없겠지."

루키페르가 나지막이 욕설을 내뱉으며 일어섰다. 아렌은 아련한 슬픔에 젖어 있다 돌연 까무러칠 듯 놀랐다. '한 목숨 갖다 바칠 존재'라고 했다. 마치 아렌, 그녀를 위해 죽어간다는 것처럼 들리지 않는가. 그녀는 옷을 툭툭 털어내며 쿨럭거리는 루키페르를 향해 급히 물었다.

"세이가 목숨을 저에게 바친다니, 그게 무슨 말이에요?"

"뭐야, 아무것도 모르고 있었어?"

기가 차다는 듯 되돌아오는 질문에 눈앞이 캄캄해졌다.

레베카가 말한 말이 진실이란 말인가. 정말로, 세이가……?

"말해줘요. 세이가 나 때문에 죽다니, 무슨 말이냐고요!"

잠시 그녀를 응시하던 루키페르가 돌연 웃음을 터뜨리며 앞머리를 쓸어 넘겼다.

"하! 진짜 모른다니, 이건 그야말로 개죽음이잖아. 모든 마족의, 아니, 존재하는 모든 것의 가장 상위에 앉아 계신 분께서 말이야. 참 아이러니해."

"답답해요! 나한테 말해요, 알고 있는 것 전부요! 대체 왜 다들 숨기려고만 하는 거예요!"

곧이어 알게 될 진실이 두려웠지만, 아렌은 가까스로 정신을 차리며 언성을 높였다. 물속에 잠긴 기분이었다. 세이에겐 필요할 때 온갖 도움을 다 받았으면서, 정작 그의 목숨이 왔다 갔다 하는 상황인데도 아무것도 모른다. 뭘 해야 할지조차 모른다. 지금만큼 자신이 무력하고 약해 보이는 적이 없었다. 루키페르의 입가에 비웃음에 가까운 미소가 떠오르는 것이 보였다. 그게 마치 그녀의 생각에 긍정을 표하는 것 같아 좌절감은 더더욱 커졌다.

"너, 마황 폐하를 위해 죽을 수 있나?"

조소가 올올이 깃든 목소리가 귓가를 송곳처럼 파고들었다. 아렌은 입술을 조금 벌렸다.

"……뭐라고요?"

"폐하께서 그러하듯, 네가 폐하를 위해 죽어줄 수 있느냐, 이 말이야."

둘 사이에, 잠시간의 무거운 침묵이 내려앉았다. 그녀를 응시하며 대답을 기다리던 루키페르는 그럴 줄 알았다는 듯 크게 웃었다.

"그래, 당연히 못 하겠지. 물어본 내가 더 웃기는군."

"……."

"인간, 왜 모두가 너에게 말을 해주지 않는지 정말 몰라서 묻나? 그건 바로 네가 알아봐야 할 수 있는 게 아무것도 없기 때문이야."

"……할 수 있는 게 있다면요?"

"그러니까 그냥 잠자코 꺼지는 게 좋을……. ……뭐라고?"

혀를 끌끌 차던 루키페르가 급격하게 눈살을 찌푸렸다. 제 귀가 잘못되었는지 의구심이 들었다. 하지만 곧 그의 귓전을 울리는 목소리는 가냘팠지만 또렷했다.

"뭔가를 할 수 있다면요. 말해줄 수 있나요?"

"같잖은 허세 부리지 마라, 인간."

"허세 아니에요. 그러니 얘기해줘요."

루키페르는 벽이라도 걷어차버리고 싶은 심정이었다. 당장에라도 저 인간의 목을 비틀어버리고 싶었으나, 한 번만 더 덤벼들었다간 마황의 귀걸이가 저를 가만히 내버려둘 리 없다. 욱하는 성질이 갈 길을 잃고 들끓었다. 저 인간을 여기서 쫓아낼 수도 없고, 여기서 공간이동으로 사라져봐야 드래곤의 혼혈 새끼를 이용해 뒤쫓을 것이 뻔히 보인다. 어떻게 하든 귀찮아진다. 제기랄!

루키페르는 거칠게 뒤통수를 벅벅 긁다가 될 대로 되라는 식으로 한숨을 내쉬었다. 마황이 죽어가는 이유를 말해주지 않은 건 순전히 귀찮기 때문이지, 그녀가 걱정돼서가 아니었다. 비밀 아닌 비밀을 지키는 것으로 더욱 번거로워진다면, 말하는 수밖에 없었다.

"들으면 곧장 꺼져, 인간."

"알았어요. 알았으니 걱정 말고……."

"닥쳐. 이제 내가 말한다. 후우, 내가 왜 이런……. 제길. 됐고, 한 번만 말할 테니 제대로 들어."

욕설로 시작한 루키페르의 설명은 알아듣기 꽤 알아듣기 쉬웠다. 세이의 계약자가 누구인지, 계약 내용이 무엇인지, 왜 이행하지 못하고 있는지, 계약 이행을 못 하면 어떻게 되는지 등, 아렌이 계약에 무지한 상태라는 걸 고려한, 간결한 설명이었기 때문이다.

그의 말을 들을수록 아렌의 얼굴이 점점 새하얗게 변해갔다. 그러한 반응을 즐기듯 루키페르가 입꼬리를 비틀어 올렸다.

"들어보니 어때. 이제야 속이 풀리나?"

"……세이가."

"하나 더 알려줘? 마황 폐하께선 지금 인간 행세를 하며 머무셨던 곳에 계신다. 목숨을 부지하려는 본능 때문에 너를 죽이려들까 봐, 스스로를 격리시킨 거지. 네가 생각해도 우습지 않나? 인간은 벌레만도 못한 존재인데 말이야, 무에 대수라고."

말끝에 루키페르는 진심으로 웃긴다는 듯 크게 웃음을 터뜨렸다. 충격이 너무 크면 무감각해진다고들 하던가, 그가 조롱하는 대로, 비웃는 대로 가만히 듣고만 있었다. 루키페르는 새파래진 그녀의 얼굴에 대놓고 몇 마디 가시 박힌 말을 더 던져보다가 그만두었다. 무반응인 게 영 재미가 없다. 기분만 더러워졌군, 그는 혀를 끌끌 차며 몸을 돌렸다.

"……저 때문에 죽는다는 거네요, 결국. 레베카의 말처럼."

끊어질 듯 작은 목소리는 한없이 떨리고 있었다. 루키페르는 그녀를 계속 상대해줘야 한다는 이 상황에 크게 짜증을 내며 입을 열었다.

"뭔 개소리야?"

"그 말이잖아요. 세이는 나 때문에 죽어가고 있다는……. 거잖아요."

"뭔 개소리야? 그게 왜 네 탓이야?"

"상황이, 그렇잖아요."

아렌이 넋이 나간 듯 멍하니 중얼거렸다. 루키페르의 웃음이 짙어졌다.

"인간. 머리란 게 있으면 생각해봐라. 계약을 한 것도 마황 폐하고, 이행하지 못하는 것도 마찬가지로 그분이시다. 한낱 인간의 감정에 동화되어 스스로의 목숨을 포기한 건 한심스러운 일이고, 전적으로 그분 책임이란 뜻이다. 그분 결정에 왜 네가 죄책감을 느끼고 있지?"

"……."

"알아들었냐? 그분께서 너를 충분히 죽일 수 있는데도 그렇게 못 하고 죽어가고 있다고 해서 그게 네 탓은 아니란 뜻이다. 멍청아."

"……지금 위로하는 거예요?"

"미친 소리. 가련한 척하는 게 꼴 보기 싫었을 뿐이다."

냉정하게 말을 잘라내는 루키페르의 눈빛은 진심이었다. 하긴, 그럴 것이다. 그가 방금까지 죽이려 했던 상대를 위로할 이유는 어디에도 없었다. 그는 그저 지극히 객관적인 시각에서 물었을 뿐이고, 냉정하게 판단한 결과를 말했을 뿐이다.

그래, 사실 계약을 맺은 것도, 이행하지 못한 것도……. 모든 건 세이의 판단이고 책임이다. 하지만 실제로 그럴지언정 당사자인 아렌은 그렇게 냉혹하게 잘라내버릴 수가 없었다. 겹겹이 쌓인 애정 때문에……. 그리고 모든 걸 감춘 채 홀로 죽어가고 있을 그가 안타까워서.

아렌은 뒤돌아서서 로도모나스에게 무어라 속삭였다. 로도모나스는 불안한 눈빛을 띠고 그녀를 올려다봤지만, 곧 어쩔 도리 없이 공간이동 마법을 시전했다. 눈부시게 반짝이는 빛이 자신을 감싸는 것을 보던 아렌은 루키페르를 돌아보았다. 소파에 깊게 몸을 묻은 그는 그녀의 행선지를 아는지 매우 떨떠름한 표정이었다.

"루키페르, 알려줘서 고마웠어요. 당신이 알려주지 않았다면, 난 이번에도 모르고 넘어갔을 거예요."

"……인간, 너 따위가 거기 가서 뭘 할 건데? 저승길에 잘 가라고 손이라도 잡아줄 테냐? 별 미친 짓을 다 보겠네. 몸이나 사려. 마황께서 소멸하시면 통제를 잃은 마족들이 미쳐 날뛸 거고, 분명 중간계까지 영향이 갈 테니까."

"그런 걱정은 말아요. 세이를 살릴 방법은 분명히 있을 테니까."

"헛소리하지 마, 방법? 네가 죽는 것 외엔 아무것도 없어. 설마 진짜 죽기로 작심한 거냐?"

"글쎄요……."

아렌은 세이가 자주 했던 말을 억양 그대로 따라 해보며 웃었다. 죽으러 간다라, 그렇게 생각하는 것도 무리가 아니었다. 세이의 이성이 정말로 살아남고자 하는 본능에 잠식되어 있다면, 몇 초 만에 목숨을 잃게 될 테니까. 날아오는 화살에 몸을 던지는 걸로밖에 보이지 않을 것이다. 미간을 잔뜩 찌푸린 루키페르가 휙 사라졌다.

다음 순간 그녀 앞에 펼쳐진 장소는, 단 한 번 와봤지만 한없이 친숙하게 느껴지는 곳이었다.

꼼짝 않고 서 있던 아렌이 심호흡을 한 번 하고 기억을 더듬어 시선을 돌렸다. 한 번도 사용한 적 없는 것처럼 새것인 침대를 지나 벽장으로, 그를 지나 고급스러운 시계로, 벽을 따라 창가로, 그리고 마침내 누군가 외로이 앉아 있는 의자로.

"세이."

아렌은 선하게 웃으며 익숙한 실루엣을 향해 말했다. 세이는 밤하늘을 마주하고 석고상처럼 앉아만 있었다. 분명 그녀의 목소리를 들었을 텐데도 손가락 한 번 까딱하지 않았다. 그는 참으로 고요했다. 막상 그런 모습을 보자, 이곳에 오기 전까지 막연히 느껴졌던 초조함이 더는 느껴지지 않았다. 이제야 있어야 할 자리에 돌아온 것 같았다.

아렌은 그의 뒷모습에 붙어 있던 시선을 창 쪽으로 옮겼다. 칠흑의 하늘엔 별이 참 많았다. 며칠 전엔 제스의 품에 안겨 저 별들을 보았었는데.

"여긴……, 어떻게 오신 겁니까?"

매끄럽던 세이의 목소리는 가뭄에 든 논바닥처럼 잔뜩 갈라져 있었다. 말 한 마디마다 쇠를 갈아내는 것 같은 탁한 숨소리도 섞여 있다. 얼굴도 보여주지 않는 그에게 아파하는 것도 잠시, 아렌은 애써 부드러운 미소를 지었다.

"세이가 하도 날 피해서, 직접 만나러 왔어요."

"……."

"명색이 마계의 황제라는 사람이 여기 틀어박혀 뭐 하는 거예요? 날씨가 얼마나 좋은데……. 세이, 오랜만이니 제가 차 한잔 타줄까요? 특별히 세이가 좋아하는 차로…….”

“돌아가십시오.”

뒤도 돌아보지 않고 냉정하게 잘라버리는 말에 아렌이 들었던 찻잔을 내려놓았다. 그가 완강하게 대하면 대할수록, 애처로워 보였다. 일부러 그녀를 차갑게 대하고, 혼약을 깨어버린 것……. 모든 것이 아렌을 지키기 위한 밑거름이었다고 생각하니 가엾고 아련해서 견딜 수가 없었다.

아렌은 얼른 손가락으로 눈가를 꾹 눌렀다. 지금 눈물을 쏟아선 안 되었다. 쓰라리게 아파하는 것도 사치다. 분명 세이는 이것보다 곱절로 고통스러울 테니.

“듣지 못하셨습니까? 돌아가시라 했습니다.”

“세이.”

“당장, 여기서……. 당장 나가십시오.”

“세이, 제 말 좀…….”

“왜 아무리 말해도 못 알아들으시는 겁니까? 당신과는 잠시라도 함께 있기 싫으니 떠나란 말입니다. 당신에겐 정인이 있지 않습니까? 그에게로 가십시오. 이제 지긋지긋합니다. 당신 따위는……. 애초부터 만나지 않는 게 서로에게 좋았을 겁니다.”

세이는 심장을 쪼개는 심정으로 모진 말을 토해냈다. 온몸을 옭아매는 고통에 정신이 흐릿하다. 제 뒤에 온 것이 진짜 아렌인지도 분간이 가질 않았다. 아렌이 여기에 올 리는 없으니 헛것을 보는 것이 분명하다. 하지만 설령 환각일지라도, 그녀에겐 자신의 아픈 모습을 보여주고 싶진 않다는 게 솔직한 심정이었다.

세이의 파리한 입술에 눈길을 두며, 아렌이 입을 열었다.

“후회해요, 절 만난 걸?”

세이의 목울대가 단단하게 굳었다. 아렌은 그것으로 충분히 대답이 되었다고 여기고 찻주전자를 집었다. 쪼르륵, 찻물이 찻잔에 떨어지자 맑은 향내가 그윽이 풍기었다. 찻잔을 내려놓은 아렌은 책상을 돌아 어디론가 향하더니 벽에 걸린 작고 긴 물건을 집었다. 그것을 잠시 내려다보다가 이내 품속에 감추고 뒤돌았다.

"세이, 알다시피 전 아직 기억해내지 못한 게 너무나 많아요. 세이의 이름을 언제 지어줬는지, 언제 처음 만났는지……. 정말로 마지막 순간까지, 하나도 기억해내지 못하고 있네요. 정말 한심하죠?"

"……제발."

"들어줘요, 세이. 이게 제 방식으로의 마지막 인사니까."

마지막 인사……?

세이는 몸속을 긁어내는 불덩이 같은 고통을 인내하며 중얼거렸다. 저 말이 무슨 뜻인지 의문이 들었으나 그것을 차근차근 되짚어볼 여유는 없었다. 이제는 이성을 유지하는 것도 힘들었다. 오랜 시간 속에서 유일하게 빛났던, 그녀와 보낸 기억은 온전히 남아 있지도 않았다.

그녀의 미소, 눈동자, 위로받은 기억……. 그를 지탱해주던 모든 것은 희미해져만 간다. 제대로 움직이지도 못하도록 마법으로 미리 봉쇄해놨다 하더라도, 마지막 순간엔 어떻게 될지 모른다. 본능에만 지배되어 아렌을 사냥하는 짐승이 되어버릴 수도 있다.

신에게 매달리고 싶었다. 제발 그렇게 되지만 않게 해달라고……. 제 손으로 그녀를 죽이는 것 따윈…….

"세이."

목소리가 조금 가까이서 들렸다. 하지만 돌아볼 기력은 없었다.

"제가 세이를 얼마나 좋아하는지 알고 있죠? 이제껏 말하진 않았지만, 세이는 제게 가족과도 같은 존재예요. 그래서……."

뒤에서 갑자기 나타난 아렌이 세이 앞에 무릎 꿇고 입술을 벙긋거렸다. 무어라 말하는 것 같기도 한데, 흐릿해서 잘 보이질 않았다. 아렌의 손이 제 손에 닿는 게 느껴졌다. 고통이 미칠 듯이 커진다. 세이는 진땀을 흘리며 손을 빼내려 했으나, 지금으로선 그녀의 힘마저 당해낼 수가 없었다. 숨이 쉬어지질 않는다. 손끝부터 시작해서 온몸이 차갑게 식으면서 딱딱해졌다.

아, 이것이 끝인 모양이다. 찰나의 순간, 그의 눈에 웃음기가 감돌았다. 마지막이긴 하지만 그녀와 함께였다. 천 년에 가까운 세월 동안 오로지 홀로 존재했던 걸 생각하면 이것도 그리 나쁘지 않은 죽음이었다.

굳은 손에 비교적 강한 압박이 느껴지며, 시리도록 차가운 무언가가 닿았다. 눈을 떠보니 새카맣게 타들어가는 시야 속에 웃고 있는 아렌이 보였다. 그녀는 세이 뒤에 누군가를 보는 양, 어깨 너머로 씁쓸한 시선을 던지고 있었다.

"세이, 미안해요. 그리고 부디 그 사람한테도 미안하다고 전해줘요."

미안해? 그 사람? 당최 말뜻을 알 수 없었다. 아니, 고통을 참아내느라 그를 헤아릴 여유가 없다 해야 옳을 것이다.

그는 눈을 꽉 감고 뒤로 물러서려 했다. 그녀가 손에 쥐게 한 것이 무엇인지는 모르겠지만 빨리 뿌리쳐내고 싶었다. 하지만 완강한 힘은 그의 손을 꽉 붙들고 놓아주지 않았다. 오히려 잡아당겼다.

왜……!

세이가 눈을 번쩍 뜬 순간, 붉은 핏물이 허공으로 튀어 올랐다. 살을 꿰뚫는 불쾌한 감각이 전해진 것도 그와 동시에 일어난 일이었다. 아렌은 어여쁘게 웃고 있었다. 지나치게 평온해 보이는 얼굴을 보는 것만으론 상황이 어떻게 돌아가는지 알 수 없었다.

세이는 천천히 고개를 내려 제 손을 보았다. 단검이 들려 있다. 조금 더 위로. 제 손을 감싼 아렌의 손이 보인다. 조금만 더 위로. 단검의 날이 무 언가를 꿰뚫었다. 아렌의, 왼쪽 가슴 위.

정확히는……. 심장.

공기가 얼어붙은 듯 눈을 마주하고 있는 이의 숨소리가 점점 옅어져가 는 게 뚜렷이 들렸다. 아렌의 고운 입에서 쏟아진 피가 세이의 옷에 튀었 다. 물기에 젖은 은색 눈이 힘없이, 천천히 감겼다.

세이의 손을 감쌌던 손이 바닥으로 떨어지고, 몸이 조금씩 기울었다. 경직되어 커진 검은 눈이 접착된 듯 그녀를 따라 움직였다. 바닥에 박히 듯 엎어진 몸은 사람의 것 같지 않았다. 마치 나무토막 같았다. 상처를 비 집고 나온 진득한 핏물은 그녀의 새하얀 옷자락과 바닥을 적시고 있다.

이름 없는 마황은 웃음을 터뜨릴 뻔했다.

환각이 지나치게 실감난다. 마치 진짜인 것 같지 않은가. 기어이 정신 을 놓아버린 건가. 미친 건가. 제정신인가. 이것은 있을 수 없는 일이다.

환각이다. 신기루다. 그녀가 세이의 계약에 대해 알 리가 없다. 그러니 세이의 손에 스스로 목숨을 내놓을 리도 없다. 너무도 고통스러워 헛것을 보고 있는 것이 분명하다. 곧 저리 죽을 것은 저 자신일 것이다. 그래야만 한다.

아아, 그래도 다행이다. 비록 환영이지만 저리 깨끗하게 절명해서. 정 면으로 심장을 뚫렸으니, 아마 아픔을 느낄 새도 없었을 것이다.

조그만 몸뚱이는 천천히 식어갔지만, 아무것도 슬프지 않았다. 이건 그 저 악몽일 뿐이니까. 그런데 이상했다. 파도처럼 그를 덮쳤던 고통은 꿈 속에서도 여전했다.

그런데 왜 지금, 심장을 옭죄던 사슬이 점점 풀리는가.

대체 왜, 숨도 쉬지 못할 정도로 몸을 지배하던 고통이 사라지는 건가.

세이가 천천히 기억을 되살려보았다. 마지막의 마지막 순간…… 분명 그녀가 무어라고 속삭였다. 지지부진하게 떠오르던 기억의 파편이 맞춰지자, 세상이 멈췄다.

아렌이 애달플 정도로 예쁘게 웃으며 말했다.

「세이. 제가 세이를 얼마나 좋아하는지 알고 있죠? 이제껏 말하진 않았지만, 세이는 제게 가족과도 같은 존재예요. 그래서 세이가 살아줬으면 좋겠어요. 저 대신, 행복하게…….」

세이는 한참 동안 움직이지 못했다. 뻣뻣해진 고개를 억지로 내려 손을 들어 올렸다. 표백된 듯 하얗게 질렸던 손은 이미 빠르게 회복되며 생기를 되찾아가고 있었다. 손에서 스르르 빠져나온 단검이 날카로운 소리를 내며 떨어졌다. 볼을 타고 무언가가 흘러내린다. 뜨거운 눈물이 단 하나의 진실을 그에게 일깨워주었다.

계약은 풀렸다.

삼계 중 가장 높은 곳에 위치한 천계는 언제나 그렇듯, 온 세상의 빛을 모아둔 것처럼 찬란하게 빛나고 있었다. 천계의 입구에서부터 천왕성까지 이어진 거대한 다리 주변은 은은한 안개가 흘러 다녔다. 엷은 하늘빛의 구름 위엔 천왕성이 사뿐하고 우아하게 서 있었다. 성의 꼭대기엔 천왕의 상징인 여섯 장의 날개가 새겨져 있고 양옆으로 성스럽고 고운 빛이 폭포처럼 쏟아져 흘렀다. 본성은 몇 개의 작은 성으로 둘러싸여 있었고, 그곳의 가장 아름다운 방에선 하늘색 눈동자가 유난히도 아름다운 여성이 지루한 듯 하품을 하고 있었다.

"하아, 재밌는 일도 없구나. 천계는 왜 이렇게 한가한 거지? 마족들처럼 계약이 있어 중간계에 놀러 갈 수 있는 것도 아니고. 이럴 줄 알았으면 천왕 따위, 내 맡지도 않았을 것인데."

"전하, 어찌 그런 말씀을 하십니까. 더러운 마족 놈들과 비교하시다니요."

서류산과 싸우듯이 마구 사인을 하고 있던 우리엘이 고개를 들고 천왕을 바라봤다. 밤샘의 흔적으로 그의 눈 밑엔 새카만 그늘이 드리워져 있었다. 천왕은 느릿하게 서류를 집어 들고 보다가 몸을 일으켰다.

"피곤하구나. 몸이 물먹은 솜처럼 노곤해."

"밤을 새운 건 저인데, 왜 전하께서 피곤하십니까?"

"시끄럽다. 그런 의미에서 촌닭, 난 잠시 산책을 다녀오겠다. 혹 볼일이 있더라도 날 찾지 마라."

"아, 그렇다면 저도 함께 산책을……."

"따라오지 마라. 내 홀로 걷고 싶으니."

천왕은 여유롭게 걸음을 옮기며 일갈했다. 그녀의 하늘색 머리카락은 너무 긴 탓에 바닥에 질질 끌릴 정도라, 새하얀 날개를 단 꼬마 천사가 날아와서 허겁지겁 묶어주어야 했다. 복도를 쭉 따라 계단을 내려가는 동안, 그녀의 달팽이 걸음에 맞추어 벽에 걸린 마법구에 은은하게 빛이 들어왔다. 정문으로 나가려던 그녀는 방향을 돌려 후문으로 빠져나갔다. 끝도 없이 펼쳐진 들판은 반딧불 같은 구슬 수백 개가 영롱한 빛을 비추며 날아다니고 있었다. 천왕이 들판에 들어서자 구슬을 지키고 있던 요정이 포르르 날아와 그녀를 반겼다.

— 전하, 전하. 천왕 전하. 오랜만에 납시셨습니다.

"그래, 별일 없나?"

천왕, 아라벨이 부드러운 미소를 지으며 묻자 요정이 손톱만큼 작은 얼굴을 열심히 주억거렸다. 아라벨은 검지에 앉은 요정을 날려 보내며 들판을 쭉 둘러보았다.

몇몇의 요정들이 지키고 있는 이곳은 인간의 영혼들의 안식처다. 중간계에서 생명을 다한 인간은 환생하기 전까지 이곳에서 쉬게 되는데, 그동안 전생에서의 기억을 서서히 지워간다. 아라벨은 가끔 이곳에 와서 인간들의 영혼을 구경하곤 한다. 맑은 영혼일수록 따뜻하고 투명하지만, 이곳으로 돌아오는 영혼은 대부분 세속의 때가 묻은 상태이기에 어두운 빛을 띤다. 탁해진 기를 정화하는 것도 여기서 행해지는 일이었다.

얼마 전엔 원망과 증오로 똘똘 뭉친 여자 영혼 하나가 와서 요정들이 애를 좀 먹었다고 하던데, 조용한 걸 보니 다행히 정화 의식이 진행 중인 모양이다.

천천히 들판을 거닐던 아라벨은 드물게 인상을 찌푸리며 걸음을 멈췄다. 그녀 앞에 유난히 크고 엷은 분홍색 꽃이 화사하게 피어 있었다. 다섯 장의 꽃잎 중앙엔 은색 구슬이 열매처럼 맺혀 있었다. 정화가 필요 없을 정도로 깨끗한 영혼이었다. 그런데 문제는 그 구슬에서 느껴지는 파동이 익숙하다는 것이었다.

아라벨은 상체를 살짝 기울이며 구슬을 바라보았다.

"나의 인간 친구야, 네가 왜 여기에 있나."

— 전하, 전하. 그건 오늘 막 올라온 영혼이에요.

"오늘? 그거 참 이상하다. 내 인간 친구의 수명은 분명 한참 남았을 터."

아라벨은 은색 구슬에게 어쩌다 죽게 되었는지 묻고 싶었다. 하지만 그녀의 영혼은 지금 동면에 든 것과 마찬가지의 상태. 대답을 할 수 있을 리가 만무하다.

구슬을 유심히 살피던 아라벨은 자세를 바로 하며 손을 휘둘렀다. 중간계를 비추는 작은 거울이 그녀 앞에 즉각 모습을 드러냈다. 그 속을 천천히 살피던 그녀는 안도의 한숨을 내쉬었다.

"아직까진 중간계가 무사한 모양이다, 다행이구나."

— 전하. 아라벨 천왕 전하. 왜 그러세요?

아라벨은 대답 없이 턱을 괴고 잠시 생각에 빠졌다가 팔을 뻗어 은색 구슬을 톡 땄다. 요정이 펄쩍 뛰면서 아라벨에게 바짝 날아들었다.

— 전하! 전하! 건드리시면 안 돼요! 이미 영면(永眠)에 든 영혼이에요! 환생할 때까지 여기서 나갈 수 없는 게 원칙이라고요!

아라벨은 구슬을 널따란 소맷자락에 감추며 검지로 요정의 입술을 눌렀다.

"쉿, 조용히 하라. 너는 이 영혼이 여기 왔었던 것도, 내가 데려가는 것도 못 본 것이다."

— 안 돼요, 안 돼요! 전하! 아무리 전하라도 그건 안 돼요!

"너무 걱정 말아라. 영혼 하나 없어진다고 주신께서 알아차릴 가능성도 없거니와 설령 들키더라도 내 책임질 터이니."

— 정말로 안 돼요! 이리 돌려주세요, 천왕 전하!

아라벨이 어린아이를 어르듯 조곤조곤 말했으나, 역으로 요정은 더욱 안절부절못하면서 파르르 떨어댔다. 요정이 예상 외로 고집이 세구나. 그런데 어쩌지, 난 이 영혼을 꼭 데리고 내려가야 하는데.

잠시 뜸을 들이던 천왕은 결국 최후의 수단을 사용했다.

"아이야. 넌 마황을 보고 싶으냐?"

— 마, 마황이요?

"그래. 저번에 그자 때문에 천계가 발칵 뒤집어진 적 있었다는 건 익히 들어 알고 있겠지? 내가 이 영혼을 데려가지 않으면, 마황이 직접 이곳에 올지도 모른단다. 그래도 좋으니?"

요정이 '마황'이란 단어를 듣는 것만으로 두렵다는 듯 온몸을 파르르 떨어댔다. 옳거니, 이럴 땐 마황의 드높은 악명에 고마워해야 할 성싶다. 아라벨은 마치 비밀 이야기를 하듯 요정의 귓가에 작게 속삭였다.

"듣자 하니 마황은 어린 요정을 특히나 좋아한다던데. 안타깝구나. 네가 마황의 눈에 들어 잡혀가면 내 손쓸 도리 없이 내주어야 할 거고, 너는 마황이 질릴 때까지 마계에서 살아야겠지."

— …….

"분명 마계는 기도 탁하고, 무서운 이빨을 가진 마족들도 많을 것이다. 내 그런 곳에 널 보내게 되다니, 통탄스럽기 그지없구나."

— 전하, 전하! 데려가세요! 그 영혼은 데려가셔도 괜찮습니다!

천왕의 입가에 의미심장한 미소가 드리웠다.

"정말이냐?"

— 예! 물론이죠! 저는 정말 보지 못한 거예요, 전하!

요정은 마치 그 자리엔 아무것도 없었던 것처럼 엷은 분홍색 꽃잎을 정리하기 시작했다. 네가 정 그렇다면야, 좋다. 천왕은 소매에 감춘 구슬이 떨어지지 않도록 유의하며 시치미 뚝 떼고 뒤돌아 걷기 시작했다. 그녀는 빠른 걸음으로 — 하지만 누가 봐도 느린 걸음으로— 천사들의 발길이 닿지 않는 으슥한 곳으로 가서 중간계로의 문을 열었다. 아차, 자신이 중간계로 간 걸 알면 분명 닭들이 위험한데 어딜 갔다 왔냐며 펄펄 날뛸 것이다. 그런 의미에서 아라벨은 천사들에게 먼저 말하고 다녀오기로 결정했다.

"내 잠시 중간계에 다녀오마. ……난 분명 말했다."

아라벨은 아무도 없는 허공에 대고 중얼거린 후 만족스럽게 고개를 끄덕였다. 참, 영혼이 있어야 할 몸을 찾는 게 우선이다. 아라벨은 팔을 뻗어 거울을 톡 쳤고, 거울이 비추는 장면이 바뀌기 시작했다. 영화 필름처럼 돌아가는 장면을 빤히 보던 아라벨은 고개를 숙여 소매에 있는 구슬을 향해 말했다.

"뚝. 울지 말고 조금만 기다려라. 내 금방 네 몸이 있는 곳을 찾아 데려가 줄 테니."

"어느 버러지가, 세 치 혀를 함부로 놀려, 내 앞에, 그녀를…….""

가각, 가가각……. 그의 손에서 뻗어 나온 무형의 검이 바닥을 마구 긁어대며 소름 끼치는 소리를 냈다. 마족들은 다가오는 어둠을 두려워하며 바짝 고개를 숙였다. 금방이라도 피를 뚝뚝 흘려낼 것처럼 붉은 눈동자가 정신없이 움직이며 그들을 훑었다. 보석을 박아둔 것처럼 눈부셨던 그의 은청발은 이미 피에 절어 굳은 지 오래였다. 뿐만 아니다. 피를 통째로 뒤집어쓴 것처럼 전신이 검붉었다. 마황이 한쪽 손에 들었던 마족의 머리통을 뒤로 던지며 입술을 열었다.

"저자가 아니라면, 너냐?"

"아닙……. 아닙니……!"

가장 가까이에 있던 마족의 머리가 박살나면서 바닥에 순식간에 피 웅덩이 하나가 더 생겼다. 마황은 곧장 허리를 숙여 옆에 있는 마족의 멱살을 틀어쥐고 가볍게 들어 올렸다.

"네가 아니라면 누구냐. 사실대로 고하라."

"폐, 폐하. 저는 모릅……. 으아악!"

마황의 손은 가차 없이 마족의 배를 찢고 깊숙이 파고들었다. 손에서 뿜어져 나온 불꽃에 살갗과 장기가 타들어가는 고약한 냄새가 사방에 진동했다. 생명에 치명적이지 않을 정도로만 교묘하게 장기를 헤집어낸 후엔 눈을 도려냈다. 눈 다음엔 한쪽 귀, 다음은 허벅지, 손가락, 발가락……. 이미 마족의 원래 모습은 알아보지 못할 정도로 처참해진 몰골이었다. 그럼에도 마황의 질문은 아까부터 한결같았다.

"누구냐. 사실대로 고하라."

새파란 불꽃을 담은 손이 심장을 직접 쥐었다. 뜨겁게 달궈진 인두로 살을 지져대는 고통보다 더욱 끔찍한 비명 소리가 허공을 가득 메우자, 잔혹하다고 소문난 마족들조차 이를 악물며 눈길을 피했다. 사시나무처럼 떨어대던 마족은 결국 정신을 유지하지도 못하고 축 늘어져버렸다.

기이익, 바닥을 긁어먹듯 긁어대던 검이 위로 들려 올라가더니 곧장 마족의 머리로 향했다. 퍼억, 사방으로 퍼지는 피가 비처럼 쏟아져서 마른 은청발을 다시금 적셨다. 두 동강 난 머리를 쓰레기처럼 치워버리며 그가 다시금 고개를 들었다.

"……누구냐고 물었다."

고저 없는 나른한 음성이 울리자 마족들이 하나같이 흠칫했다. 지금 마황에게선 한 톨의 살기조차 느껴지지 않았다. 오히려 그의 눈에선 이유를 알 수 없는 슬픔과 지독한 공허함이 자리 잡고 있었다. 그렇기에 더욱 두려웠다.

무심하고 지루하게, 마치 벌레 한 마리를 눌러 죽이는 것처럼 생명을 취하는 그는 지금 살인귀에 지나지 않았다. 본래 마황이 냉혹하고 잔인한 성미라는 건 익히 알려진 사실이지만, 이렇듯 무차별적으로 학살하는 건 천마대전에서 천사들의 씨를 말린 이후로 처음이었다. 심지어 그때가 더 인간다웠다고 할 정도였다.

고개를 조아린 마족들은 하나같이 똑같은 생각을 하고 있었다. 방금까지만 해도 마황이 계약을 이행하지 못해 죽기 일보 직전이라는 소문이 파다하게 퍼지고 있었다.

그런데 어째서 살아 돌아온 것인가.

"폐하."

휘릭, 검붉은 눈동자가 움직여 자신에게로 다가오는 한 남자의 시선을 붙잡았다. 잠시 후 그는 입가엔 은은한 미소를 드리운 채로 움직이기 시작했다. 천천히 올라간 하얗고 기다란 손가락은 정확히 상대방의 심장을 가리켰다.

"너였군, 루키페르."

"……용서를 구하지는 않겠습니다, 폐하."

"그래, 그 정도 발악은 해줘야지."

세이는 느릿하게 다가가면서 고민에 빠졌다. 어떻게 하면 가장 고통스럽고 잔인하게 죽일 수 있는지 방법을 생각해내야 한다. 누군가 아렌을 죽게 만들었다면, 그는 아렌이 겪었던 고통보다 수십, 수백 배 더 괴로워하며 죽어야 한다. 물론 그리 쉽게 죽여주진 않을 것이다.

세포 하나하나까지 비명을 지르도록 만들 것이다. 껍질을 벗기고 평생동안 불에 타들어가게 할 것이다. 죽은 후엔 영혼을 찾아내어 죽이고 또 죽일 것이다. 절대로, 안식 따윈 주지 않을 것이다…….

"피 냄새가 진동을 하는구나. 마황, 너 기어이 미쳤나."

뜻밖의 목소리에 질질 끌리듯 움직이던 발걸음이 멈췄다. 뒤를 돌아 아렌의 시신 앞에 서 있는 천왕을 보는 순간 문득 가슴 한구석이 아릿하게 아파 왔다. 생전에 아렌은 천왕, 아라벨과 가깝게 지냈기에.

"……손대지 마십시오."

설마 아렌의 시신을 거두러 온 것인가. 그에 생각이 미치자 가만히 있을 순 없었다. 검의 형상을 하고 있었던 검은 기운이 쭉 뻗어나가 아라벨의 목을 향해 치달았다. 아라벨은 피해봤자 소용없다는 걸 알고 있는지 꿈쩍도 하지 않았다. 그저 특유의 느릿한 어조로 잔잔하게 말을 이었을 뿐이다.

"무섭구나, 기운을 좀 거두어라. 이대로 아렌의 영혼마저 소멸시킬 작정이냐."

간신히 들릴 정도로 작은 목소리였지만, 여파는 컸다. 주변을 잠식시킬

듯 휘몰아치던 기운과 위압감이 거짓말처럼 한순간에 싹 사라졌다. 여태
껏 살기도 없이 무미건조하던 세이의 얼굴에 천천히 변화가 일기 시작했
다.

"뭐……라고……?"

"거참, 신기하구나. 그 아이가 대체 뭘 했기에 네가 이토록 미쳐 있단
말이냐."

"뭐라고, 하셨습니까? 방금."

뒷짐 지고 멀뚱멀뚱 서 있던 아라벨은 천천히 소매를 들어 그 속에서
구슬을 빼내었다. 은색의 작은 구슬이었다. 주변에 복배(伏拜)하고 있는
마족들은 그것이 무엇인지 모르는 눈치였지만, 세이만은 알고 있었다. 저
구슬이 아렌의 영혼이라는 것을.

"그녀를 돌려주러 왔다."

"무슨, 속셈입니까?"

세이가 떨리는 손끝을 꾹 쥐며 물었다. 천사들에겐 당한 바가 많기에,
어떤 속셈인지 알아내기 전까진 전적으로 신뢰해선 안 된다. 하지만 사실
천왕이 어떤 꿍꿍이를 가지고 있다 해도 세이는 그를 온전히 받아들일 것
이다. 어떻게 모르는 척할 수 있겠는가, 그녀가 데리고 온 건 다름 아닌
아렌의 영혼인데. 세이는 모든 기운을 흔적 없이 거두며 천왕의 말을 기
다렸다. 아직도 붉은 빛이 넘실대는 눈동자를 마주하는데도 천왕은 태평
스럽고 무심했다.

"속셈? 속셈이 꼭 있어야 하는 건가?"

"……그게 아니라면 뭡니까. 규율을 어겨 그녀를 되살려봤자 당신에게
이득 될 것이 없는 걸로 알고 있습니다만."

세이의 살벌한 물음을 듣고도 아라벨은 심드렁하게 어깨를 쫙 폈다.

"아, 죽은 자를 되살리는 건 물론 원래 해서는 안 되는 일이다. 하지만

마황, 천계 전체가 너에게 죄를 지은 적이 있질 않나. 그를 속죄하는 의미라고 받아다오. 속셈 따위는 없다."

"……."

"마황, 어떻게 하겠나. 제안을 받아들이겠나? 물론 이미 불법으로 데려와버렸으니 거절은 거절한다."

천왕은 차갑게 식은 시신 앞에 느릿하게 무릎을 굽혔다. 은색 구슬을 쥐고 아렌의 몸에 갖다 대려다가, 고개를 당돌하게 들어 물었다.

"그런데 마황, 그녀가 깨어나기 전에 네 모습과 마족들부터 어떻게 하지 그러나. 깨어나자마자 도로 심장마비로 죽어버리는 걸 바라지 않는다면 말이다."

"모두, 물러가라. 어서."

마음은 조급했지만 그녀의 말엔 일리가 있었기에, 세이가 서둘러 명을 내렸다. 처음엔 꼼짝도 못하던 마족들은 서로 눈치만 보다가 하나둘씩 모습을 감추기 시작했다. 방금까지 죽이려 했던 루키페르마저 사라졌는데도, 세이는 아무 신경도 쓰지 않는 듯 보였다. 마법으로 피를 깨끗이 씻어내자 반짝이는 은청발과 흰 피부가 드러났다. 혹여나 그녀가 놀랄까, 검은 눈으로도 바꾸었다.

그사이 천왕은 아렌의 시신 위에 구슬을 올려두고 그 위에 손을 포개었다. 붉고 작은 입술이 무언가를 중얼거리자 손에서 엷은 빛줄기가 쏟아졌다. 세이의 멍한 시선이 내리꽂히는 가운데, 천왕은 아렌으로부터 손을 거두며 일어섰다.

"이제 곧 깨어날 거다. 반갑게 맞아줘라. 오는 내내 너와 제스란 자를 걱정하며 많이 울었다."

"……."

"그럼 난 이제 가봐야겠다. 필시 닭들이 날 찾고 있을 테니까 말이지.

부디 즐거운 해후(邂逅)가 되길 바란다."

천왕은 입꼬리를 늘어뜨려 온화하게 웃은 후 모습을 감추었다.

광활한 공간에 홀로, 마비된 듯 홀로 서 있던 세이가 천천히 움직였다. 현재로선 목소리도 잘 나오지 않았다. 홀린 듯 그녀에게 다가가 안았다. 단단히 밀착하여 그러안았다.

눈송이처럼 차갑기만 했던 작은 몸이 점점 따뜻해지는 게 느껴졌다. 이것이 부디, 자신의 온기가 전해졌기 때문이 아니기만을 바라고 또 바랐다.

순간순간을 뼈를 깎아내는 심정으로 기다렸다. 제발, 제발 눈을 떠라. 눈을 뜨는 것을 볼 수만 있다면, 이 자리에서 절명한들 억울하지 않을 것이다. 바싹 끌어안은 몸이 천천히 호흡하는 게 느껴졌다. 그 따뜻한 숨결이, 이 순간 얼마나 고마운지 몰랐다.

얼마나 지났을까, 그녀의 손가락 하나가 까딱이고……. 마침내, 눈꺼풀이 느릿하게 열렸다. 깜박, 깜박. 힘겹다는 듯 감겼다가 다시 열리는 눈엔 아까와는 달리 초점이 있었다.

"어……. 세이……."

"……."

"세이……. 이제 아프지 않아요?"

"그걸 지금, 몰라서 물으십니까? 아픕니다. 그것도 매우."

"계약……, 안 풀린 거예요?"

"계약 따위가 문제가 아닙니다. 당신은……, 바보입니까?"

원망스레 물어보는 목소리의 끝이 심하게 떨렸다. 마른 나뭇가지처럼 힘없이 꺾인 손이 천천히 올라가자 세이가 얼른 그것을 맞잡아 지탱해주었다. 아렌은 조금 더 힘을 내어 세이의 뺨에 손을 가져갔다. 그 어느 때보다 뜨거운 눈물이 뺨에 번지고 있었다. 아렌은 천천히 눈을 감았다 뜨며 희미하게 미소 지었다.

"또 울고 있네……. 세이는 울보였네요……."

세이는 그녀의 어깨를 감싸 당겨서 꽉 끌어안았다. 두 사람 사이에 온기가 화하게 번졌다. 작은 몸을 품은 채로, 세이가 비통한 목소리로 말했다.

"왜, 저 대신 죽었습니까?"

"울지 마요."

"왜 죽음을 선택하셨습니까. 왜."

"그런데 세이……. 아까 아프다고 한 거, 괜찮아요?"

"제발! 방금 죽었다 살아났으면서 남의 걱정 좀 하지 말란 말입니다!"

세이는 더 이상 참지 못하고 아렌을 확 떼어내 언성을 높였다. 투명한 눈물을 쏟아내는 남자의 눈빛에는 도저히 외면하지 못할 간절함이 배어 있었다.

"아프냐고 물으셨습니까? 예, 대답해드리겠습니다. 아픕니다. 아파서 죽을 것만 같습니다. 계약으로 죽어갈 때, 이보다 더한 고통은 없다 생각했는데 그건 큰 착각이었습니다. 당신이 아픈 모습이 그보다 훨씬 컸기 때문입니다……. 차라리……. 제가, 아프고 죽는 게 나았습니다. 차라리……."

"세이……."

"왜 죽으셨습니까? 대체 무슨 생각으로……. 홀로 남은 제 심정은 조금이라도 생각해보셨습니까……?"

저번에 소리 없이 울던 것과는 달리 이번엔 오열 수준으로 외쳐대는 그를 안아주며, 아렌이 잔잔하게 미소 지었다.

"있잖아요, 세이. 전 알고 있었어요. 혹시 죽더라도, 세이가 어떻게든……. 저승신의 멱살을 잡아서라도 살려줬으리라는 걸요. 이렇게 마구 따져대기 위해서라도 말이죠."

"……장난치지 마십시오. 지금 이 상황에 농담이 나옵니까?"

냉정하게 핀잔주려는 세이의 목소리가 나직하게 귓전을 울렸다. 장난이 아니라 진짠데. 세이를 레베카처럼 만들 수 없었다는 생각에 사로잡힌, 극한의 상황이었기에 그것 말고는 떠올릴 수 없었다. 다소 엉뚱한 생각이긴 하지만 말이다. 아렌은 허망한 웃음을 작게 터뜨렸다가 세이의 어깨를 툭툭 두드렸다.

"아 참, 세이. 저 사과할 게 있어요."

"저 대신 죽은 것부터 사과하십시오. 어서."

아렌을 떼어낸 세이의 눈빛이 단호하게 빛났다. 나 참, 살려줘도 구박이야. 속으로 투덜거린 아렌은 원래 하려던 말을 기억해내고 그의 손을 잡아끌었다.

"미안해요. 먼저 기억하겠다고 해놓고 알아보지 못해서."

"무슨 소립니까?"

"분명 약속했잖아요. 세이, 꼭 기억하고 먼저 알아보겠다고……. 그런데도 이제껏 못 알아봐서 미안하다고요."

"……어릴 적의 기억, 나신 겁니까?"

아렌은 씁쓸한 얼굴로 고개를 끄덕였다.

"네. 세이와 언제 처음 만났는지……. 천계에 갔을 때가 되어서야 떠올랐어요. 물론 이전에도 어렴풋이 알고 있었어요. 같은 사람이리라고는 생각하지 못해서 연결시키지 못했을 뿐……."

"실망하셨습니까?"

세이가 심각한 눈으로 아렌을 내려다보았다. 아렌은 즉시 고개를 저었다.

"전혀요. 그때의 그 사람이 세이라는 걸 알고 난 무척 기쁘고 반가웠어요. 어렸을 때 헤어진 가족을, 오빠를 만난 것 같았어요."

"……그렇, 습니까?"

"미안해요. 알아보지 못해서. 그리고……. 그동안 많이 아팠죠? 그것도 알아보지 못해서 미안해요. 미안하고, 또 미안……."

"아니요, 아닙니다. 아렌."

말이 채 끝맺기도 전에 세이가 그녀의 어깨에 머리를 툭, 떨어뜨려 기대 왔다. 아렌은 팔을 슬그머니 내리며 세이를 내려다봤다.

"저는 사실, 저를 아프게 하는 고통이 차라리 달콤했습니다."

"……그게 무슨 말이에요?"

"아십니까. 아렌을 만나기 전의 저는 살아 있다는 것조차 느끼지 못했습니다. 슬픈 것도, 기쁜 것도 없었습니다. 아주 당연히 이 세상에 존재했고, 하루하루를 맞이했습니다."

"……외로웠겠네요."

"그런데 아렌을 만나고부터 달라졌습니다. 기쁜 게 무언지, 슬픈 게 무언지 알았습니다. 고통도 마찬가지입니다. 심장을 짓누르던 고통은 제가 아렌을 사랑하는 증거였습니다. 그 고통과 함께 죽음의 나락에 떨어져도 저는 생에 여한이 없었습니다. 아렌을 사랑하는 채로 죽을 수 있었으니까 말입니다."

"……."

"이제껏 해본 적도 없고, 다시는 하지도 않을 말이지만……. 부디 들어주십시오. 저는 당신을 사랑합니다. 당신 때문에 느끼는 고통조차 달콤해서, 죽어도 좋다고 생각할 정도로……."

"……세이."

그의 이름을 부르고 잠시 입을 다문 아렌은 곧 침착하게 말을 이었다.

"세이, 세이가 무슨 짓을 하든 전 당신을 싫어할 수 없을 거예요. 제게 당신은 이미 가족과 같으니까. 그만큼, 많이 소중해요. 하지만 세이, 정말로 미안해요. 미안해요. 그 마음은……. 미안해요."

세이가 아렌의 어깨에서 이마를 떼고 그녀를 응시했다. 머뭇거리고 흔들리는 그녀의 눈빛을 본 그는 잠시 후 부드럽게 미소 지으며 머리카락을 쓸어 귀 뒤로 넘겨주었다.

"사과를 왜 하십니까, 아렌. 당신은 사과할 것이 아무것도 없습니다."

"……세이……."

"당신을 지금까지 끌고 온 게 저인데. 당신을 도저히 놓을 수 없어서……. 이 지경까지 몰고 온 게 다름 아닌 저인데. 제가 어떻게 이보다 더 당신을 붙잡을 수가 있겠습니까……."

세이가 천천히 상체를 숙여 다가왔다. 그의 입술이 그녀의 감긴 눈꺼풀 위에 살짝 포개져 눌렀다.

"이제는 당신이 살아 있는 것만으로 족합니다. 부디, 부디 당신이 사랑하는 이와 함께 행복하시길 바랍니다. 아렌, 당신은 저의 빛이었습니다."

녹아들듯 달콤하게 속삭이는 음성에 아렌은 눈을 지그시 감았다. 부드러운 입맞춤은 꽤 오래 이어졌다. 이것이 마지막 입맞춤이라는 걸, 굳이 말하지 않아도 알 수 있었다. 촉, 가볍고 우아하게 세이의 입술이 떨어졌다.

"보내드리겠습니다, 당신이 가고자 하는 그곳으로."

다시 눈을 떴을 땐, 그녀는 아주 익숙한 곳에 돌아와 있었다. 머리끝까지 채우던 묘한 긴장이 탁 풀린 순간, 다리에 힘이 풀리며 그대로 주르르 주저앉을 뻔했다. 뒤에서 끌어당기는 힘이 없었다면.

제스는 아렌이 사라진 직후 줄곧 그 자리에 못 박힌 듯 서 있었다. 아주 조금씩만 틈틈이 잠을 보충하며 기다리고 또 기다렸다. 돌아오겠다는 약속을 하지 않은 것이 못내 마음에 걸렸지만 믿고 있었다. 믿는 것과는 별개로 물론 화가 나기도 했다. 결심을 한 것 중 지키지 못한 것이 없었다. 그런데 유독 아렌에 관해서만, 모든 것이 형편없이 무너져버린다. 지키지 못했다. 뻔히 앞에서 보고도 놓쳐버렸다는 패배감과 상실감에 가슴이 무너져 내렸고……. 화가 났다. 흘러넘치는 감정을 폭발시키지 않기 위해 애를 썼는데도, 마음은 견딜 수 없이 시끄러웠다.

동이 틀 무렵이었다. 새벽 빛줄기가 하나둘씩 창문으로 비껴 들어왔다. 그리고 마침내, 새하얀 빛과 함께 누군가가 모습을 드러냈다. 은색 눈, 은색 머리카락. 그토록 그리던 이를 마주하자 제스의 가슴에서 뭔가가 와르르 무너져 내렸다. 정신을 차렸을 때엔, 그는 이미 그녀를 안고 있었다.

"아렌."

그녀의 안은 제스의 팔에 점점 힘이 들어갔다. 으스러져라 끌어안는 힘엔 금방이라도 폭발할 것 같은 억눌린 감정이 진득이 배어 있었다. 아렌은 온몸을 감싸는 온기를 느끼는 순간, 세이가 자신을 어디로 보내주었는지 깨달았다. 제스가 있는 곳으로 보내줬구나…….

"아렌, 맞나?"

아렌은 심장이 아릿아릿 아파 오는 걸 느끼며 고개를 끄덕였다. 얼음장처럼 냉정하기 짝이 없던 그의 푸른 눈동자가 크게 흔들리기 시작했다.

"아렌, 아렌……."

불규칙적으로 속삭이는 목소리는 심장을 녹일 정도로 애절했다. 여기에 있는 걸 확인이라도 하려는지 등을 더듬는 손길은 매우 다급했다.

"좋지 않은 꿈을 꿨다. 네가 죽는……. 허나 이젠 무사히 돌아왔으니 됐다."

"……늦게 와서 미안해요."

"아니, 이렇게 무사히 나에게로 돌아왔으니 그것으로 족하다."

아렌은 눈이 시큰 달아오르는 것을 느꼈다. 귓가에 낮게 내려앉는 목소리를 듣고 나서야 안도감이 들었다. 이 사람이 얼마나 자신을 원하고, 기다리고 있었는지 생각하면 한없이 설레면서도 미안했다.

두근두근, 조용하게 뛰기 시작한 심장박동 소리는 점점 커져갔다. 긴장 때문이 아닌, 순전히 설레서 뛰는 박동이었다.

아렌은 그의 어깨를 잡고 몸을 조금 떼어내고 얼굴을 더듬듯 보았다. 그녀의 의도를 알아차렸는지 제스도 다정하게 시선을 마주해 왔다.

아렌이 들릴 듯 말 듯 자그마한 목소리로 속삭였다.

"다녀왔어요, 제스."

"그래."

"많이, 보고 싶었어요. 진심으로……. 당신이 있었기에, 여기로 돌아올 수 있었어."

"그래."

"사랑해요."

아렌은 두 손으로 그의 뺨을 감싸며 진심으로 미소 지었다. 항상 얼음 같기만 하던 푸른 눈동자엔 여태껏 보지 못한, 강렬한 열정 같은 것이 지나쳤다. 그는 곧장 아렌의 한쪽 손을 쥐고 그녀의 입술에 달콤한 입맞춤을 남겼다.

Epilogue 1. 봄을 안고 지나간다

"형편없군."

탁, 백작이 야심차게 가지고 왔던 서류가 거칠게 내던져졌다. 방금까지 그것을 훑어보던 제스의 남색 눈동자에 섬뜩할 정도로 냉정한 그림자가 스쳐 지나갔다.

"말해봐라. 어째서 리헤젠의 마석이 이것밖에 들어오지 않은 거지?"

"……."

"분명 300젠의 마석을 들여오도록 협상하고 종결하기 전까진 보고할 생각조차 하지 말라고 했을 텐데. 왜 반도 되지 않는 100젠의 마석을 오늘 들여온다는 결과를 가지고 온 건가?"

"폐……하. 그, 그것이……."

"베르한에 독점권을 빼앗겼나. 아니면 엘리카눔 종단이 유야무야 개입했나. 아니면 백이 중간에서 가로채기라도 한 건가. 어느 쪽이지?"

날카로운 물음에 자이칼 백작은 안절부절못하며 눈을 굴려댔다. 황제가 말한 세 가지의 경우 중 하나는 다분히 모욕적으로 느껴질 수 있었지만, 사실 200젠의 마석은 중간에서 그가 가로챈 게 맞았다. 천성이 기회주의적인 그는 얼마 전까지 젊은 황제가 뭘 알겠냐는 생각에 가볍게 일을

도모했다. 승계도 상식 이상으로 빠르게 이루어졌으니 어느 분야든 까막눈일 거라고 여겼다. 300젠의 마석을 들여오라는 명도 꽤 오래전에 내린 것이므로, 황제가 보는 업무가 한두 개도 아니고 그 정도쯤은 이미 잊어버렸으리라 생각했다. 그런데 당시 마석을 놓고 경쟁하던 곳까지 세세하기 기억하고 짚어내니 당황하지 않을 수가 없었다.

차가운 눈으로 그를 응시하던 제스는 알 만하다는 어조로 말했다.

"리헤젠에서 온 사절단을 불러와."

"예? 서, 설마. 폐하…….”

"이 모든 사태에 대해 직접 듣겠다. 듣지 못했나, 불러와.”

큰일이다, 사절단이 오면 모두 알게 되실 텐데. 백작이 두 눈을 질끈 감으며 고개를 조아렸다.

그때, 갑자기 문이 열리며 누군가가 들어왔다.

"아, 일을 하고 있다는 말은 듣지 못했는데.”

맑고 청아한 목소리의 주인이 조금 머뭇거리며 멈춰 섰다.

"아렌. 왜 더 자지 않고 일어났나.”

그녀의 등장에 목소리가 싹 바뀌었다. 살짝 고개를 든 백작은 하마터면 체신머리도 없이 입을 쩍 벌릴 뻔했다. 그……, 황제가 웃고 있다. 방금까지 무엇이든 베어낼 듯 강렬하던 눈동자가 어느새 봄바람처럼 부드럽고 포근하게 변해 있었다. 아렌 또한 제스를 향해 빙그레 웃으며 입을 열었다.

"제스야말로 일찍부터 잠에서 깼다고 들었어요. 아차, 일하던 중이었죠? 좋지 않은 때에 찾아왔다면 돌아가서 기다릴게요. 일, 언제쯤 끝나요?”

"지금 바로.”

제스는 냉큼 대답하며 자리에서 일어나 아렌을 향해 다가갔다. 경악하다 못해 부들부들 떨기까지 하는 백작을 스쳐 지나가면서, 그제야 무언가 생각났다는 듯 몸을 돌려 라미에를 바라봤다.

"라미에 경, 경은 지금 곧장 사절단을 만나 어떻게 된 일인지 보고서를 작성해 올리도록 해라."

"예, 알겠습……. ……예?"

생각 없이 대답하던 라미에가 눈을 크게 뜨며 입을 뻐끔거렸다. 이런 젠장, 왜 가만히 있던 나한테 불똥이 떨어지는 거야? 제스, 네가 일을 철저히 한다는 건 알겠는데! 나 좀! 그만 부려먹어! 나 어제도 밤 새웠다고! 라미에는 속으로 분통을 터뜨리는 것과 동시에 입술을 움직였다.

"폐하, 사실 전 오늘 휴가를 받아 나가기로……."

"경의 휴가는 내년에 쓸 것까지 이미 다 썼다 들었다."

"……."

"보고서는 오늘 내로 가져오도록."

제스는 짧은 말을 남기고 아렌을 데리고 나가버렸다. 둘이 방에서 나가자마자 라미에는 몸을 부르르 떨며 오웬을 향해 말했다.

"으으으……! 오웬, 들었냐? 폐하께서 왜 더 자지 않고 왔냐고 하신 거 말이야. 세상에, 폐하께선 중천에 떠 있는 해가 보이시진 않는 모양이지."

"하하……."

"보물 안듯 품에 안는 건 또 뭐야, 누가 저런 선머슴 같은 애를 데려가기라도 한대? 나 참. 폐하께선 여자 보는 눈 좀 키우셔야 해. 학창 시절에 억지로라도 여잘 만나게 했어야 했는데……."

"라미에, 너 폐하 앞에선 절대 그런 말 하지 마라. 혀 잘리기 싫으면."

"몰라! 차라리 혀 잘리고 퇴직하는 게 낫겠어. 제기랄, 졸지에 내 할 일만 늘었잖아! 저거, 분명히 노리고 온 거야."

"황후가 되실 분께 저거라니……. 어쨌든 열심히 해, 라미에. 응원한다."

오웬은 라미에에게 주의를 주면서 얼른 자리를 피해버렸다. 혹시나 함께 하자고 라미에가 물고 늘어질까 봐서였다. 그의 뒷모습을 원망스레 쳐다보던 라미에는 세상에 믿을 놈 하나 없다고 한숨 쉬며 걸음을 옮겼다. 둘마저 나간 방에 남은 건, 황제의 모습을 보고 받은 충격에서 아직도 헤어나지 못하고 있는 백작뿐이었다.

아렌과 제스는 꽃 내음이 가득한 들판을 걸으며 담소를 나누었다. 이야기할 것은 많았다. 이제껏 나눈 이야기보다 하지 않은 이야기가 더 많았기 때문이다. 때때로 아렌은 제스의 뒷모습을 보며 자신이 처음 제스를 봤을 때 죽어라 쫓아가지 않았다면 어쩔 뻔했느냐며 웃곤 했다. 그때마다 제스는 아렌의 목을 조르거나, 상처를 내거나, 남자라며 피했던 여러 행동 때문에 꿀 먹은 벙어리가 되어야 했다. 그러다 아렌이 실컷 놀려먹으면 그제야 여자인 걸 애초에 밝히지 그랬느냐며 한마디씩 던지곤 했다.

"봄이 오네요."

아렌은 봉우리가 움튼 꽃을 쓰다듬으면서 말했다. 입가에 보일락 말락한 희미한 미소를 띤 제스는 조금 긴 그녀의 머리카락을 부드럽게 쓰다듬었다. 잠시 후 그는 뭔가 생각났다는 듯 시종에게 일러 그것을 가지고 오라고 일렀다. 시종은 즉각 편지를 대령해 아렌에게 건넸다. 아렌은 조금 어리둥절해하며 그것을 받았다.

"이게 뭐예요?"

"선황께서 보내신 편지."

"할아버지께서!"

아렌은 크게 반색하며 편지를 얼른 펴보았다. 그러고는 생기발랄하게 반짝거리는 눈빛을 띤 채 낭랑하게 읽어 내려가기 시작했다.

"내 새끼, 잘 지내고 있느냐? 풋, 진짜 할아버지께서 보내신 거 맞네요. 큼큼, 이 할애비는 레이나스 공저에서 잘 지내고 있단다. 공기 좋고 적당히 아늑한 것이, 노년을 보내기에 아주 적격이야. 내 새끼가 어디서 어떻게 나고 자랐는지도 알 수 있어 더욱 좋구나. 국혼이 순조롭게 잘 진행되고 있다는 소식은 전해 들었다. ……내 새끼를 뺏기다니, 육시랄! 아들만 아니었어도 내 치도곤을……. 아, 방금 말은 듣지 못한 걸로 해라. ……제스, 계속 읽어요?"

아렌은 괜히 소리 내어 읽기 시작했다고 생각하며 제스의 눈치를 봤다. 제스는 어딘지 서늘한 눈으로 계속 읽으라고 눈짓했다. 아렌은 마른 목으로 침을 꿀꺽 삼키며 편지를 계속 읽었다.

"아무튼 아렌, 사랑스런 내 새끼. 그 무뚝뚝이를 데려가다니 앞으로 고생길이 훤하다. 내 이렇게 빨리 이야기가 진행될 줄 알았으면 승계 대신 연애와 결혼에 대한 교육이나 시킬 걸 그랬다. 녀석은 하도 고지식하고 또 고지식해서 말이다. 나와 에클렛은 불타는 정열의 소유자였는데 누굴 닮아 그 모양인지……. 에잉. 아참, 이건 제스 녀석에게는 절대 보여주지 말거라. 눈빛으로 죽이려들 게 내 뻔히 보이는구나. ……죄송해요, 할아버지. 벌써 읽어버렸어요."

"……."

"식을 올릴 시기가 정해지면 필히 전해다오. 할 수 있다면 너의 손을 잡고 식장에 들어가고 싶구나. ……그 옆에 눈물 자국이 좀 있네요. 할아버지 우셨나 봐요. 아, 그리고 아렌아. 마지막으로 당부할 것이 하나 있다……."

아렌은 거기서 말을 더 잇지 못하고 입을 다물었다. 침묵을 지킨 채로 마지막 줄을 몇 번이나 다시 읽고는 웬일인지 얼굴을 붉히기 시작했다.

그녀를 가만히 지켜보던 제스는 의아함을 느꼈다. 무엇이 적혀 있기에? 하지만 아렌은 끝내 읽어주지 않고 편지를 숨기고 황급히 자리를 피해버렸다.

"제스."

침대에 비스듬히 몸을 누이고 서류를 읽고 있던 제스는 조금 놀라며 일어났다. 아렌이 테라스 바깥에 서서 창을 톡톡 두드리고 있는 모습을 본 탓이다. 아무리 그녀의 방이 제스의 방 바로 옆이라곤 해도 테라스 사이는 조금 떨어져 있는데 그걸 건너왔단 말인가? 자칫하다 떨어지기라도 하면 어쩌려고. 제스는 얼굴을 딱딱하게 굳히고 창을 열었다. 버럭 화를 내려던 것도 잠시, 그녀의 몸이 그새 차가워진 걸 깨닫고 얼른 안아주었다. 한 손으론 테라스 문을 닫고, 다른 손은 그녀의 허리에 감으며 입을 열었다.

"다음부터 이런 방식으로 찾아오면 화낼 거다."

"미안해요. 제스 보고 싶은데 벨라가 도무지 내보내줘야 말이죠."

아렌은 작게 웃으며 제스의 가슴에 이마를 댔다. 벨라는 황후가 될 아렌을 모시고 있는 시녀의 이름이었다. 국혼 전인 데다 이렇게 야심한 시각이니 제스의 침실에 오려는 걸 막는 게 당연했을 것이다. 하지만 아렌은 누군가 막는다 해서 잠자코 있을 여자가 아니었다. 벨라는 아렌이 어떤 일을 벌일 수 있는지 아직 털끝만큼도 모르는 듯했다.

그런데 문제가 있었다. 아렌이 입고 있는 잠옷은 소재 자체가 매우 얇은 실크여서, 아무 생각 없이 등에 둘렀던 팔에 그녀의 몸의 곡선이 적나라하게 느껴졌다. 거기다 방금 씻고 왔는지 머리카락은 살짝 젖은 채 흐트러져 있고, 도톰한 입술은 이전보다 더 붉어 보였다. 목울대가 절로 빳빳해지고 팔에 힘이 들어갔다. 이대로는……. 안 될 것 같다.

"근데 제스, 뭐 하고 있었어요? 으와, 또 서류 보고 있었어요? 어두운데서 글자 보면 눈 나빠져요."

"……아렌."

"황제인데 왜 이렇게 할 일이 많은 거예요? 이건 기사단장일 때보다 더하잖아. 제스, 밥은 잘 챙겨먹고 잠도 잘 자고 있는 거 맞죠?"

"아렌, 어서 침실로 돌아가."

제스는 최대한 그녀의 나긋나긋한 몸을 의식하지 않으려 애쓰며 침착하게 말했다. 물론 눈을 크게 뜨고 있는 아렌은 전혀 알아채지 못하는 듯했지만, 이젠 참는 것도 한계에 다다랐기에 더 이상의 배려는 불가능했다. 제스는 아렌을 떼어내서 서둘러 방으로 돌려보내려 했다. 풀이 죽어잔뜩 시무룩해진 목소리가 들리지 않았다면.

"……저, 벌써 찬밥 신세예요?"

"뭐?"

제스가 반문하자 아렌이 이걸 말해야 할지 머뭇거리면서 눈을 굴렸다.

"사실 아까……. 편지 끝에 말이죠……. 뭐가 적혀 있었냐면……. 음……."

"……."

"손……주나 손녀……, 기다리시겠다고……. 그런데……. 그 뒤에 말이죠. 제스가 황제의 자리에 있으니만큼……. 비가 생기더라도 너무 속상해하진 말라고……."

가만히 그녀를 바라보던 제스는 얕은 한숨을 내쉬었다. 아렌에 대해서라면 쓸데없는 것까지 모두 헤아리는 선황이 어째서 저런 말을 꺼냈는지 골치가 아팠다. 저런 종류의 발언을 하면 아렌의 성격상 속상해할 것 정도는 충분히 짐작했을 텐데, 구태여 왜? 제스가 잠시 고민에 빠져 있는 동안 아렌은 더듬더듬 말을 이으며 열심히 산을 등반하고 있었다.

"물론 저도 이해해요. 이웃나라와의 친선을 위해 비를 들여야 될 때도 있고, 어떤 때는 귀족의 손발을 묶기 위해 일부러 딸을 데려올 때도 있죠……. 이해해요. 이해는……, 하는데……. 사실 자꾸만 신경이 쓰여서 제스를 보러 온 거예요."

"……."

"그러니까……. 이해는 한다는 말을 하고 싶어서 온 거예요. ……제스, 제 말 듣고 있어요? 제스!"

아렌의 목소리에 제스가 상념에서 깨어났다. 아렌은 울고 싶은 심정이었다. 찾아오자마자 내보내려고 하고, 그것도 모자라 자신이 하는 말에 귀를 기울여주지도 않는다. 설마 벌써 질린 걸까? 아직 비도 들이기 전인데. 시무룩하게 시선을 내린 순간, 차분한 목소리가 귓전에 다가왔다.

"비는 들이지 않는다."

아렌은 아까보다 눈을 더 크게 뜨고 고개를 들었다. 제스의 표정은 마치 오늘 회의가 있다고 말할 때처럼 사무적이었다.

"내가 널 두고 다른 여자를 안을 거였다면, 애초에 국혼을 추진하지도 않았겠지."

"……."

"비라니, 재미있군. 그래서 그렇게 부루퉁한 표정을 짓고 있었나."

말하는 동안 제스의 입가에 재미있다는 듯한 미소가 떠올랐다. 아렌은 '부루퉁하다니, 아닌데, 아닌데, 아니라고요…….'라고 조그마한 목소리로 중얼거리다 제스의 목에 팔을 감아 와락 안겼다. 그는 그녀를 마주 안아주며 낮게 웃음을 터뜨렸다. 본인도 모르게 질투를 한 그녀가 귀엽고 사랑스러워서 견딜 수가 없었다.

"제스."

아렌은 그를 부르며 먼저 입을 맞춰 왔다. 제스는 순간 놀란 듯 흠칫했지만, 이내 부드럽게 키스에 응해주었다. 두 사람의 몸을 가리던 옷이 사락거리며 내려갔고, 아렌은 이전보다 더 적극적으로 그의 몸을 쓸어내렸다.

솔직히 이제껏 별다른 생각은 없었다. 그저 제스의 곁에 있었기에 기뻤고, 즐거웠다. 하지만 그것은 제스의 위치를 망각했기에 가능했던 것이었다. '비'에 관한 이야기를 듣는 순간 저도 모르게 질투가 났다. 제스가 다른 여자와 — 이를테면 이자벨 — 다정하게 서 있는 모습을 상상하는 것만으로 심장이 내려앉았다. 그를 속박하긴 싫지만 놓기도 싫었다. 그런 마음을 진심으로 보여주고 싶었다.

침대가 푹신 가라앉았다.

"……이 상처는 뭐지?"

심상치 않게 낮은 목소리에 아렌이 황급히 고개를 들었다. 제스의 시선은 왼쪽 가슴 위, 세이를 살릴 때 생긴 기다란 흉터에 머물러 있었다.

"아무것도 아니에요."

조금 날이 선 푸른 눈동자와 마주치는 순간 아렌은 자신의 우둔함을 자책했다. 하지만 어떻게 말할 수 있을까. 자신이 사라졌던 동안 세이에게 다녀왔으며, 세이를 위해 죽었다가 간신히 살아났다고.

거기다 제스는 어쩐 일인지 꿈에서 자신이 죽는 모습을 보았다고 했는데, 그 성마른 불안감에 부채질을 하고 싶진 않았다.

"그자인가."

서툰 변명은 통하지 않았다. 제스는 조그맣게 읊조리면서 가슴 위 상처 위에 입술을 내리눌렀다. 그 상처를 긁어내는 것처럼 깨무는 행동은 무언가를 인내하는 듯 조급하다. 가슴을 가라앉히기 위해 한숨을 쉬더니 고개를 젖힌다. 목에 새파란 핏줄이 도드라져 보였다.

"제스……."

아렌은 그의 목에 팔을 감고 살짝 당겼다. 스산한 빛이 어렸던 푸른 눈은 곧 깨끗해지고, 품 안의 그녀를 으스러져라 안았다.

순간순간이 눈물이 나도록 아름다웠다. 잠시라도 떨어지는 온기가 이렇게 아쉬울 줄은 미처 깨닫지 못했다. 또다시 그로 가득해지는 감정이 깨어 있는 온갖 감각을 통해 애달프게 느껴졌다.

작은 보석처럼 빛나는 푸른 눈동자를 어루만지며 생각했다. 영원히 행복할 것이다. 그와 함께.

"제스, 제 소원 하나만 들어줘요."

제스가 서류에 박혀 있던 시신을 들자마자 부드러운 입술이 눈꺼풀 위에 촉촉이 닿아 왔다. 아렌은 국혼 일주일 전인데도 일에 매진하고 있는 제스를 곁에서 지켜보겠다며 집무실에 와 있던 차였다. 조금 전의 말은 제스의 손이 마지막 장을 넘겼을 즈음 아렌이 뱉은 말이었다. 소원이라니? 푸른 눈이 의아함을 담고 은색 눈동자를 마주 봤다. 쌍꺼풀진 고운 눈매가 초승달 모양으로 휘어졌다.

"우리 황성 밖으로 놀러 나가요. 물론 호위기사가 들러붙으면 피곤하니 신분은 숨기고요."

"안 돼, 위험하다."

대답은 칼날 같았다. 해맑게 웃고 있던 얼굴이 단박에 죽상으로 변했다.

"뭐가 위험해요? 제스가 같이 가는데."

"국혼이 다가오면서 하일렌엔 외국인도 다수 흘러들어 왔다. 그중엔 어떤 특이분자가 섞여 있을지 모른다."

"안전한 곳만 골라 가요."

"가려거든 국혼 후에 기사단을 대동하는 조건으로……."

"같이 나가요. 네? 가요. 가요. 가요."

"안 된다고 아까부터……."

"가요, 가요, 제스. 응? 가요, 제발. 소원이라니까요?"

제스가 독하게 마음먹고 밀어내면 모를까, 아렌이 계속 졸라대는데 당해낼 수 있을 리가 없었다. 그러고 보니 처음 만났을 때부터 지금까지 어떤 일에서든 결국엔 그녀의 뜻을 따랐던 것 같다. 제스는 심란한 한숨을 내쉬면서 일어섰고, 그것이 승낙의 뜻인 걸 알아차린 아렌은 만세 포즈를 취하더니 미리 준비해뒀다는 듯 제스가 입을 옷을 내밀었다. 하루 벌어 하루 먹고사는 평민들이나 입을 법한 허름한 옷에 머리와 얼굴을 대부분 가릴 수 있는 모자였다.

"……이걸 입으란 말인가."

아렌이 돌아온 후 잘 찡그리지 않았던 인상까지 써가면서 제스가 불만스럽게 말했다. 아렌은 제스의 것에 못지않게 허름한 외투로 제 옷을 가리면서 방긋 웃었다.

"제스는 그 옷을 입어도 멋있을 거예요."

"……."

반짝반짝 빛나는 눈동자를 보니 하고 싶었던 말이 도로 쏙 들어갔다. 역시 이길 수가 없다. 제스는 자포자기의 심정으로 옷을 들고 드레스 룸으로 걸어갔다. 유난히 느릿하게 울리는 발소리에선 '네 청이라 들어주긴 한다만, 되도록 하고 싶진 않다'라는 뜻이 전해져 오고 있었다. 하지만 아렌은 줄곧 벼르고 별렀던 황궁 외출을 곧 하게 된다는 기대감에 부풀어 그를 신경 쓸 여유는 없었다.

얼마간 기다리자 제스가 옷을 갈아입고 나왔다. 아렌은 곧장 의자에서 뛰어내리며 잔뜩 신나서 외쳤다.

"와! 제스, 생각했던 것 이상으로 잘 어울려요!"

그녀의 말과는 반대로 제스는 불편한 표정으로 단추를 여미고 있었다. 평민들이 입는 옷을 아예 입어보지 않은 건 아니었지만, 아무래도 오랜만이니 어색할 수밖에 없었다. 아렌은 팔을 뻗어 그의 옷깃을 정리해주고 선하게 웃었다.

"그럼 이제 갈까요? 나가는 건 걱정 말아요. 몰래 빠져나가는 길을 알아뒀으니까."

쓸데없는 것에서 철저한 그녀였다.

"제스! 여기예요, 여기!"

미리 물색해두었던지, 사람의 눈길이 닿지 않는 길만 쏙쏙 골라 궁을 빠져나온 아렌이 정원 한구석을 가리키며 제스를 불렀다. 따라오는 내내 심란했던 제스의 얼굴이 한층 더 어두워졌다. 아렌이 말한 '몰래 빠져나가는 길'은 다름 아닌 바닥에 작게 나 있는 개구멍이었던 것이다. 그 말인즉, 기어서 황궁을 빠져나가자는 말이었다. 즉시 허리를 굽혀 나가려는 아렌의 팔을 제스가 급히 낚아챘다. 그리고 쥐어짜내는 목소리로 어렵사리 입술을 열었다.

"아렌, 지금이라도 돌아가는 게 어떻겠나."

"자, 어서 가요. 얼른!"

"……."

아렌은 보채듯이 제스를 잡아끌었다. 그는 어쩔 수 없이 그녀를 따라 허리를 굽히려다 뒤에서 들려오는 익숙한 목소리에 움직임을 멈췄다.

"엉? 폐하?"

"여기 어쩐 일이십니까? 그런 차림으로……."

아렌이 먼저 뒤를 돌아본 후 제스의 얼어붙은 시선이 천천히 그녀를 따라 옮겨갔다. 역시……. 라미에와 오웬이었다. 그 둘은 제스와 아렌의 차림을 번갈아가면서 보더니 두 눈을 동그랗게 떴다. 평민 복장, 그 앞에 있는 개구멍, 막 허리를 굽히려던 제스……. 둘이 지금 뭘 하려는 건지는 굳이 확인하지 않아도 알 수 있었다. 하지만 이 상황을 납득할 수 없었던 라미에는 입술만 달싹거렸고, 제스는 침묵만 지켰다.

"폐하, 지금 설마……."

라미에가 입을 열자마자 제스의 어깨가 흠칫 떨렸고, 오웬이 급히 팔을 뻗어 라미에의 입을 틀어막았다.

"저희는 이만 물러나겠습니다. 신경 쓰지 마시고 하던 일 계속 하십시오."

자리를 피해주는 게 낫겠다고 판단했는지, 그는 저항하는 라미에를 붙들고 사라졌다. 아렌을 눈을 도르륵 굴려 제스를 바라봤다. 모퉁이를 끼고 사라지는 친우들 뒷모습을 바라보는 푸른 눈동자엔 어딘가 황망한 기운이 감돌았다.

"제스, 표정 좀 펴요. 결국 무사히 나왔잖아요."

"결과론적인 이야기를 하는 게 아니다. 아렌, 넌 좀 더 조심성을 키워야 할 필요가 있다. 그들이 만약 라미에와 오웬이 아닌 다른 이였다면 이는 황실의 위신이 달린 중차대한……."

"앗, 제스! 저기 기억나요?"

아렌이 길게 이어지려는 말을 끊고 제스의 소매를 잡고 쭉쭉 잡아당겼다. 그럼 그렇지, 누구를 상대로 설교를 늘어놓으려 했단 말인가. 제스는 얕은 한숨을 내쉬면서 아렌이 가리키는 곳으로 시선을 돌렸고, 곧 입을 딱 다물었다. 아, 저곳은.

"우리 저기 가보지 않을래요?"

"……."

"이리 와요, 제스. 빨리요!"

제스는 아렌의 손에 이끌려 선술집 안으로 들어갔다. 여기는 우리가 처음 만났을 때랑 변함없이 똑같네요. 앗, 아니. 테이블 위치가 조금 바뀐 것도 같고……. 아렌은 제스의 손을 꼭 잡은 채 안쪽으로 쭉 들어갔다. 그녀가 말한 대로 이곳은 아렌이 처음 하일렌에 왔을 때 제스와 만났던 선술집. 아렌은 그때 제스가 앉았던 자리에 털썩 앉아 해맑게 웃었다.

"제스, 여기 기억나요?"

"……."

"어, 설마 기억 못 하는 거예요?"

아렌이 섭섭하다는 듯 입술을 부루퉁 내밀자 제스는 그 모습을 빤히 응시했다. 귀엽다. 뜬금없을 법도 하지만 진심이었다. 곧장 일어서서 안아 주고픈 마음은 컸으나 자리가 자리이니만큼 시행에 옮기지 못해 그저 부드럽게 미소 지었다.

"기억한다. 하나하나, 전부 다."

그에 아렌은 홍당무처럼 빨개지도록 얼굴을 붉히면서 딸꾹질을 했다. 언제나 돌직구만 던지고 막무가내인 그녀에게도 '제스의 미소'라는 약점은 있었다. 쑥스러움에 몸을 배배 꼬아대기에 작게 웃으며 머리를 귀 뒤로 쓸어 넘겨주었다. 처음 봤을 때보다 많이 길어진 머리카락이 어깨 위에서 찰랑였다.

"으, 으음. 제스는 그때 절 보고 무슨 생각을 했어요?"

"어처구니없는 녀석."

"네? 뭐라고요?"

첫눈에 마음이 갔다는 등의 낭만적인 말을 기대했던 아렌의 얼굴이 다시금 찌푸려졌다. 하지만 제스는 그저 제가 했던 생각을 꾸밈없이 늘어놓았다.

"참 어처구니없는 녀석이라고 생각했지."

"체에."

"그리고 술 마시고 입술을 부딪쳐 왔을 때 정점을 찍었던 것 같군."

아렌의 얼굴이 순식간에 달아올랐다.

"그, 그, 그, 그 얘기는 또 왜 해요……."

"내가 왜 내가 없을 때 술을 마시지 말라는 건지 알기나 하나. 오웬의 집에서 술에 취한 너는 또다시 입을 맞춰 오려고 했다. 앞에 누가 있든 키스를 한다니, 그런 터무니없는 술버릇은 대체 어디서 배운 건가."

엄하게 으르듯 끝나는 말에 아렌은 입술을 나팔같이 빼냈다. 요즘 제스가 카일에게 몰래 수업이라도 받고 있는 건지, 잔소리가 너무 늘었다. 이러면 앞으로 고생길은 훤한데. 제스가 다시금 입술을 열려고 하자 아렌이 냉큼 말을 가로챘다.

"그러는 제스는 어땠는데요?"

"뭐가 말인가."

"그땐 제스는 절 남자로 알고 있었잖아요. 제가 키스했을 때 기분이 어땠냐고요."

웃음기가 감돌았던 제스의 얼굴이 딱딱하게 굳어졌다.

"……모른다."

됐어, 이거다! 아렌은 신이 나서 바로 맞받아쳤다.

"어라? 제스, 얼굴 빨개진 것 같은데? 설마 기분 좋았어요?"

"……모른다니까."

"모르는 게 어디 있어요! 다른 누구도 아닌 제스 마음인데!"

"옛날 일을 들추는 건 쓸모없는 짓이다."

"뭐야, 방금까지 옛날 일을 들먹였던 게 누군데 그래요?"

사실상 그들의 첫 키스였던 그때를 얼버무리듯 넘어가려는 제스를 보면서도 아렌은 전혀 섭섭하지 않았다. 얼굴은 최대한 냉정하고 무뚝뚝하게 굳히고 있는 제스였지만, 귀가 빨개지는 것까진 그로서도 어쩔 수 없었기 때문이다. 제스는 내 생각보다 훨씬 오래전부터 마음을 키워가고 있었구나. 마치 내가 그랬듯. 아렌은 행복하게 미소 지으며 제스를 바라봤고, 제스 또한 끝내는 어쩔 수 없다는 듯 입가를 허물어뜨리듯 웃어주었다.

"저어, 혹시 부부십니까?"

종업원이 테이블 위에 접시를 올려놓으며 조심스레 물었다. 아렌은 그 말을 어디서 들었던가 하고 곱씹어보다 크게 웃어버리고 말았다. 언젠가 세스의 뒤를 졸졸 따라다닐 때, 꼬치구이를 사러 온 그녀에게 상인이 똑같은 질문을 했었다. 그때는 얼굴이 달아오르고 몸 둘 바를 몰랐지만, 지금은…….

"네, 맞아요."

아렌은 방긋 웃으며 제스를 바라봤다. 동네방네 외치고 다니고 싶은 마음이었다. '제 남편 참 사랑스럽죠?'라고.

"먹기 싫다니까요!"

"먹으라고 했다."

"다른 건 몰라도 저것만은 먹기 싫다니까! 이 고집불……. 읍."

보고서를 가지고 막 황제의 방에 들어선 라미에는 깊은 한숨을 내쉬었다. 또다, 또. 벌써 국혼을 치른 지 반년이 넘어가는데 누가 있든 말든 상관없이 키스를 해대는 저 부부. 아니, 한창 물고 빨고 할을 시기긴 한데, 싸울 거면 끝까지 싸울 것이지 왜 중간에 키스하고 난리야. 라미에는 아내에게서 입술을 떼어내는 황제 제스를 보면서 질린 듯 몸을 부르르 떨었다. 아렌은 처음 봤을 때와는 달리 머리도 제법 길어 본연의 미모를 뽐내고 있었다.

"콩, 먹어야 아기에게도 좋을 것 아닌가."

아렌은 제스가 키스로 건넨 콩을 물고 멀뚱멀뚱 그를 바라보았다. 꽃잎에 내려앉는 나비처럼 다시 닿았다 떨어지는 키스에 이내 얼굴이 새빨갛게 물들기 시작한다.

그녀는 '아기에게 좋다'라는 말에 부루퉁하긴 하지만, 자신의 배를 쓰다듬으며 콩을 씹어 넘겼다. 제스는 그런 그녀가 대견하다는 듯 그녀를 다정하게 바라보며 머리를 쓰다듬어주었다. 콩 먹은 게 무에 그리 대수라고, 라며 라미에는 혀를 찼다.

"거동이 불편하진 않나?"

"아직, 괜찮아요."

"먹고 싶은 건?"

"아, 저 말이죠. 제스가 그때 제가 아플 때 만들어줬던 죽, 먹고 싶어요."

"그래. 오늘 저녁에 만들어주겠다."

"어, 그냥 해본 말인데. 해주지 않아도 돼요. 지금 식사도 충분히 만족스러운걸요."

"아니, 요즘 들어 입덧이 심해졌다고 들어서 한 번쯤 해줘야겠다고 생각하던 차였다. 거기다 너 요즘 베이판의 음식을 그리워하고 있지 않았나."

"말도 안 했는데 어떻게……, 안 거지……. 아, 하지만 정말 괜찮아요. 제스가 주방에 가면 주방장과 요리사들이 심장마비 걸려 기절할지도 몰라요."

"그런 건 네가 고려할 바가 아니다. 넌 네 몸만 생각해라."

뭐가 그리 좋은지 흐뭇하게 웃는 제스를 보면서 라미에는 이젠 놀라기도 지쳐 헛웃음을 토해냈다. 눈빛으로 사람 한둘쯤 썰어낼 것 같은 황제가 극진한 애처가인 건 익히 알려진 사실이지만, 실제로 보면 누구나 경악을 금치 못하곤 한다. 라미에조차 매일 마주하는데도 아직까지 적응이 안 되었다. 저렇게 웃을 수 있는 녀석이 이제까지 어떻게 웃지 않고 살았는지 신기하게 여겨질 정도였다.

"아, 라미에 경이 오셨어요."

아렌이 먼저 발견하고 말하자 그제야 짙고 푸른 남청색 눈동자가 라미에를 찾아들었다. 줄곧 머물렀던 따스한 기운도 금세 자취를 감추며 사라진다. 황후 앞에서와 그녀를 제외한 다른 이 앞에서는 무섭도록 바뀌는 게 황제였다. 실령 그 상대가 십년지기일지라도 말이다.

"무슨 일이지?"

라미에는 허리를 숙여 예를 표한 다음 옆구리에 끼고 있던 서류를 내밀었다.

"폐하께서 올리라 명하신 보고서입니다."

"……이번 공금횡령 건, 표면적으론 네르웬 백작이지만 좀 더 깊이 파보면 할튼 공작이 연루되어 있을 거다."

보고서를 한 번 훑어보지도 않고 쭈르륵 읊는 제스를 보며 라미에가 눈을 크게 떴다.

"어떻게 아셨습니까?"

"다음엔 공작을 동행하여 돌아오도록 해. 물론 죄인으로서 연행하란 뜻이다."

"곧바로, 말입니까?"

"심문은 내가 직접 할 테니 그때까지 필요한 자료를 준비해두도록 해. 2년 전 킬리야 광산 사건을 파보면 꼬투리가 나올 거다."

단호하게 명을 전달한 제스는 다시 아렌을 향해 고개를 돌렸다. 그녀의

배를 쓰다듬고, 귀를 대고 태동을 듣는 모습은 영락없는 팔불출 아버지
인데 언제 저런 걸 전부 조사했는지 알 길이 없었다. 자료를 준비하라고?
자료는 분명 명분 이상의 역할을 하진 않을 것이다. 저렇게 말하는 걸 보
면 이미 제스는 모든 걸 알고 있을 테고, 그가 조금만 심문한다면 공작이
든 백작이든 자신의 죄를 낱낱이 고백할 테니까.

라미에는 지나치게 유능한 상사 밑에서 일하는 것도 고역이라고 생각
하며 자리를 떴다.

"전하, 무슨 생각을 그렇게 하십니까?"

"……."

"천왕 전하."

라파엘의 부름에 천왕이 턱을 괴었던 손을 느릿하게 내려놓았다. 의자
에 앉아 있던 몸을 일으키며 그녀가 입을 열었다.

"라파엘."

"예?"

노장(老將) 라파엘은 답지 않게 심각해져 있는 천왕, 아라벨을 이상한 눈
으로 바라봤다. 아라벨은 어떤 고민할 만한 일이 있어도 조금도 신경 쓰
지 않는 태평한 성격의 소유자기에, 막상 그녀가 저렇게 심각해져 있자
덜컥 겁이 났다.

조금 엄숙해 보이는 얼굴로 생각에 잠겨 있던 그녀가 잠시 후 까끌한
목소리로 말했다.

"인간에게 천성이란 게 있다고 생각하나?"

"예? 갑자기 그게 무슨……?"

라파엘이 영문을 알 수 없다는 얼굴로 반문하자, 아라벨의 목소리가 급
작스럽게 가라앉았다.

"내 수년 전, 천계로 올라온 인간의 영혼 하나를 만났다. 원망과 증오, 분노로 똘똘 뭉쳐 있던 불쌍한 영혼이었지. 이종족도 아니고 인간의 영혼을 정화하는 데 그리 오래 걸린 경우도 드물다고 들었다. 그런데 그 영혼이 전생의 모든 기억을 잃기 전, 마지막 순간 나와 이야기를 나눴을 때 말이다. 영혼이 새까매질 정도로 증오와 분노로 점철되어 있는데도, 가장 크게 그녀를 지배했던 감정이 무엇인지 아나?"

"뭐였습니까?"

"……슬픔. 슬픔이었다."

"……."

"이 나조차 동요시킬 정도로 지대한 슬픔이었다. 그녀는 말했다. 자신은 짐승처럼 살아왔으며, 남들은 전부 자신을 구역질나는 쓰레기로 취급했다고. 그런데 세상에서 단 하나, 인간으로서 온전히 대해준 이가 있었다고 한다. 처음엔 그이에게서 위안을 받았다는 사실조차 인정하기 싫어 도리어 분노했다 한다. 그래서 그 앞에서 스스로 목숨을 끊은 거기도 하고 말이다. 그런데, 얼마 지나지 않아 이 천계에서 그이의 영혼과 만났다고 한다."

"전하, 혹시 그 영혼이……?"

"그래. 내 유일한 인간 친구의 대역을 맡았던 여자이지. 아렌이 잠시 죽어 천계로 왔을 때, 일방적으로 보았던 모양이야."

아라벨이 어딘지 모르게 씁쓸해 보이는 표정을 짓고 대꾸했다. 그러곤 창밖을 바라보며 말을 이었다.

"울더구나. 많이 울었어. 분명 미워하고 원망하긴 했지만, 유일하게 자신을 인정해주었는데 비뚤어진 마음 때문에 그녀를 괴롭히고 말았다고. 자신 때문에 죽은 게 틀림없다고 자책하고 용서를 구했다. 진심 어린 사과를 나한테 전해달라고 부탁했지만 규율상 그렇게 할 수 없었지. 어차피 그 영혼은 이미 기억이 지워지고 환생했기 때문에 나에게 그런 부탁을 했다는 것조차 잊고 있겠지만."

"……어쩔 수 없습니다, 전하. 과오를 후회하는 건 인간의 천성이라고 할 정도로 자주 있는 일이니까요."

"우리라고 무엇이 다를까."

자조적으로 내뱉은 천왕은 한동안 침묵을 지켰다. 그러고는 잠시 후 몸을 돌려 라파엘을 향해 숙연한 어조로 말했다.

"그런 의미에서 난 잠시 중간계에 다녀와야겠다."

"예에? 또 말입니까?"

"오랜만에 내 인간 친구를 보고 싶다. 금방 돌아올 테니 걱정 마라."

내던지듯 통보한 후에 아라벨은 곧장 자신의 유일한 인간 친구가 사는 곳으로 이동했다. 라파엘이 마지막에 안 된다며 소리치는 게 들렸지만 그저 못 들은 척 무시했다.

투명한 창문으로 쏟아져 내리는 햇볕 속에, 아렌이 있었다. 그녀는 피곤한지 어딘가 지친 얼굴로 의자에 기대어 자고 있었다. 공처가인 남편을 두었다고 했으니 간밤에 꽤 예쁨을 받아 잠을 잘 자지 못한 모양이다.

그런 짓궂은 짐작을 하며 시선을 돌렸을 때였다. 투명하게 빛나는 푸른 눈동자와 시선이 공중에서 딱 마주쳐버렸다.

"……누구세요?"

엄마를 닮은 은색 머리카락에, 아빠를 닮은 짙고 푸른 눈동자를 가진 어린 여자아이가 물었다. 엄마인 아렌을 깨우고 싶지 않은지 목소리는 알아듣기 힘들 정도로 작았다. 다섯 살도 되지 않아 보이는데 손에 쥔 책은 아카데미 고학년생들이나 읽을 법한 역사책이었다. 아버지와 어머니를 닮아 머리는 좋은 모양이지.

인형 같은 외모의 아이를 주의 깊게 살피던 아라벨은 곧 어깨를 쭉 펴며 자랑스럽게 말했다.

"나 말이냐. 나는 너의 어머니 친구다."

여자아이는 뭔가 미심쩍다는 얼굴로 아라벨을 응시했다. '엄마 친구라고? 한 번도 보지 못했는데…….'라고 묻는 듯한 눈빛이다. 그에 아라벨은 유괴범은 아니니 걱정 말라는 듯 어깨를 으쓱해 보였다. 여자아이는 아렌을 돌아봤다가 곧 아까보다 더 작은 목소리로 말했다.

"어머니는 깨우지 말아주세요. 성함이 어떻게 되세요? 깨어나시면 전해드릴게요."

"내가 찾아온 건 너희 어머니가 아니다. 내 너를 보러 왔다."

"저를요?"

"그래, 묻고 싶은 게 있어서 말이지."

"절 아세요?"

"물론. 샤이엔 엘룬 반 류라이어. 아르렐리아와 루제나스의 장녀."

푸른 눈동자가 의아함을 담고 커졌다. 아라벨은 아렌의 딸 속에 있는 영혼을 꿰뚫어보며 물었다.

"행복한가?"

"……."

"지금 너, 행복하나?"

처음엔 고개를 기울이고 큰 눈을 깜박이던 아이는, 이내 고개를 작게 주억거리며 배시시 웃었다.

"응, 행복해요. 어머니와 같이 있는걸요."

"어머니가 좋으냐?"

"세상에서 제일로요."

맑고 순수하게 웃는 얼굴은 그녀가 가장 좋아한다는 엄마를 닮아 있었다. 정말로 인간은 신기한 존재였다. 쉽게 변할 수 없을 듯하면서도 가장 쉽게 변한다. 증오로 똘똘 뭉쳐 있던 그 영혼이 어떻게 자신의 어미만큼 이나 순수하게 자랄 수 있었을까. 아렌의 사랑이 제법 극진했던 모양이다.

아렌이 뒤척이면서 작게 잠꼬대했다. 아라벨과 여자아이는 동시에 서로를 바라보며 검지로 입술을 가렸다. 서로에게서 자신과 똑같은 표정을 발견하게 된 그들은 약속이나 한 듯 장난스러운 웃음을 터뜨렸다.

부드럽고 밝은 미소를 짓게 된 여자아이를 보면서 아라벨은 생각했다.

'이제야 행복해 보이는구나. 그래, 이번에는 절대 전생과 같은 잘못을 저지르지 마라. 사랑을 받고, 아낌없이 사랑을 주면서, 그렇게 행복하게 살아라. 샤이엔. 아니…… 레베카.'

환생한 레베카의 상태를 확인한 아라벨은 느릿한 걸음을 움직여 어디론가 향했다. 그녀가 처음으로 중간계에 오게 된 것은 불과 몇 년 전의 이야기. 천족치고 어린 그녀는 줄곧 천계에서만 살아왔고, 성인식을 치르자마자 공석을 채우듯 바로 천왕에 올랐다. 평화로운 천계에서만 살아온 세월이, 어쩌면 그녀의 느릿한 성격을 형성하는 데에 큰 공헌을 했을지도 모른다.

그녀가 여유롭고 느긋한 성격이라고 하여, 여행과 모험을 좋아하지 않는 것은 아니다. 마황과 친분을 쌓게 되면서 가끔 마계에 놀러 가기도 하고, 별다른 눈치를 보지 않고 중간계에도 내려갈 수 있었다.

하도 삼계를 왔다 갔다 하다 보니, 처음에는 '천왕이 왜 마계에 있는 거냐'며 술렁이던 마족들도 이젠 특별한 반응을 보이지 않았다. 마계에 천사가 있는 게 익숙해진 것이다. 이상하게도.

"어디 보자, 이쪽이었던가……."

아라벨이 뒷짐을 진 채 하늘을 찌를 듯 솟아오른 석조건물과 장미꽃이 만발하여 잘 꾸며진 정원을 지나갔다. 피부만큼이나 뽀얗고 하얀 치맛자락은 바닥에 질질 끌렸으나 더러워지진 않았다. 그녀 주변에 항상 맴도는 보호마법 덕분이었다.

"이곳은 세월이 지나도 변하질 않는구나."

익숙한 듯 기사단 입구를 스치는 그녀의 눈동자 위로 언젠가의 새하얀 기억이 떠올랐다. 온 국민들이 성대하게 축하하러 참석한 국혼식, 거기엔 천왕 아라벨부터 시작하여 라파엘, 미카엘, 우리엘, 가브리엘까지 새하얀 날개를 펼치며 나타났다. 천왕은 그저 단 하나뿐인 인간 친구가 시집간다는 데 안 가볼 수 없다며, 그리고 네 대천사는 천왕을 홀로 보낼 수 없다며 강림한 것이다.

중간계에 온 것은 그들뿐만이 아니었다. 사탄과 레비아탄을 포함한 대귀족 마족들도 백치 같은 천사 놈들에게 뒤질 순 없다며 그들만의 위용을 뽐내며 국혼식에 모습을 드러냈다. 말로만 전해 듣던 천족과 마족을 눈으로 확인한 국민들은 하나같이 경탄해 마지않았다.

하일렌의 황제 폐하와 황후 마마는 하늘의 축복을 받은 분들이시다. 그런 소문이 날개 돋친 듯, 백성들 사이로 퍼져나갔다. 황후가 옆 나라 귀족이라는 데 불만을 품은 귀족들도, 그때 이후 감히 아무 말도 할 수 없었다. 몰래 황후 암살을 준비하던 귀족들도 쥐죽은 듯 사라졌다. 천왕, 천사, 마족들의 수호를 받고 있는 황후를 건드렸다간 어떤 일이 일어날지 모른다는 생각을 한 모양이었다. 이런 사태를 전혀 알지 못하는 아렌은, 그저 아라벨을 크게 반기며 기뻐했을 뿐이었다.

그때를 떠올리니 아렌을 보지 않고 온 게 은근슬쩍 아쉬워지기도 했다. 천계로 올라가기 전에 만나고 가는 게 좋겠다.

살짝 고개를 끄덕이며 혼자 납득한 아라벨은 어느 지점에 이르러서 걸음을 멈추었다. 복도에 줄지은 다른 방문보다 훨씬 크고 묵직해 보이는 갈색 문. 기사단장의 집무실이었다.

언제나 그랬던 것처럼 문고리를 열고 들어가기 전, 아라벨은 뭔가를 기억해내고 똑, 한 번 노크했다.

문이 갑자기 벌컥 열리자 안에 있던 남자가 화들짝 놀라며 이쪽을 바라봤다.

아라벨이 한 손을 척 올렸다.

"오랜만이구나."

"너, 너, 너……."

라미에가 눈을 휘둥그레 뜨며 입을 더듬거리자, 그의 품에 안겨 있던 여인도 자연히 시선을 돌렸다. 그녀의 앞섶이 무언가의 일을 예고하듯 풀어헤쳐진 건 본체만체하며, 아라벨이 안쪽으로 걸음을 옮겼다.

"술은?"

"이봐, 이봐. 지금 내가 하고 있는 거 안 보이는……."

"아, 여기 있구나. 내가 준비해놓으라는 말을 잊지 않은 모양이지."

아라벨은 반가운 기색으로, 술병이 진열되어 있는 장식장으로 손을 뻗었다. 그에 응답하듯 바람이 휙 일어났고, 안에 놓여 있던 와인병이 둥실 떠올랐다. 스스로의 의지를 가진 것처럼 날아와 그녀의 손에 안착하자 라미에의 품에 안겨 있던 여자는 소스라치게 놀라며 자리에서 도망쳤다.

이런 상황이 한두 번이 아니었던 라미에는 이를 갈며 아라벨을 노려봤다.

"너……, 왜 항상 때맞춰 찾아오는 거지?"

"무슨 말인지 모르겠구나."

아라벨은 생각을 읽을 수 없는 특유의 표정으로 창가에 걸터앉았다. 그리고는 손에 든 와인병을 기울여 몇 번 홀짝홀짝 마셨다.

"이거 꽤 맛있는 술이로구나. 특별히 준비한 게냐?"

"개소리 그만하고……!"

성큼성큼 다가온 라미에가 거칠게 와인병을 낚아챘다. 정말이지 한두 번이 아니다. 국혼식에 슬금슬금 나타나서 그가 꼬드기는 대로 따라올 땐 언제고, 방까지 와서는 술만 찾아 마셔대니 말이다.

말투가 애늙은이처럼 이상했지만, 여리여리한 몸매와 예쁘장한 얼굴 덕에 크게 신경 쓰이지 않았다. 어디 귀족가에서 숨겨 애지중지 키우고 있던 귀족가 여식이겠지. 그렇게만 생각하고 진도를 느긋하게 나가려 했다. 어차피 그에게 있어서 여자란 한 철 스쳐지나가는 바람과 같은 존재 였으니까.

그런데 이 여자가, 천계를 다스리다는 그 천왕일 줄이야.

라미에는 그녀에게 본격적으로 작업을 걸려는 순간 들이닥친 네 대천 사들을 보고 기절하는 줄로만 알았다. 그리고 뒤이은 그들의 노여움과 다 그침도.

「감히 천왕 전하께 손을 대려 하다니! 그 불경한 손과 목을, 이 내가! 이 라파엘이 친히 잘라주마!」

「시끄럽다, 라파엘.」

희번덕거리는 창을 들고 달려드는 네 천사를, 손짓 하나로 간단히 돌려보 낸 아라벨이 천천히 고개를 돌렸다. 라미에는 어안이 벙벙해진 채 그녀와 마 주봤다. 물끄러미 그를 바라보던 아라벨이 입가를 늘어뜨렸다.

「술은 잘 마셨다.」

「천왕……이라고……?」

「아, 그 표정은 꽤 귀엽구나. 조금 전에 나더러 아름답다느니, 밤을 불태우 자느니 그런 말을 할 때보다 말이다.」

「……。」

「다음엔 좀 더 맛있는 걸 준비해두길 바란다. 잘됐다. 중간계에 내려오면 올 곳이 하나 더 생겼어. 우리 닭들이 난리칠 테니 난 이만.」

인사 아닌 인사를 간단히 던진 아라벨은 그대로 중간계를 떠나버렸다. 그로부터 한 달 뒤, 이 정체 모를 여자는 라미에가 티파티에서 영애를 꼬실 때 다시 한 번 나타나 술을 요구했다. 보름 뒤, 길가에서 여자를 꼬실 때 다시 나타나 술을 요구했다. 3주 뒤, 두 달 뒤, 세달 뒤…… 질리지도 않고 나타나 그의 작업에 훼방을 두었다. 이쯤 되면 일부러 그러는 건지 의심까지 들었다.

"아, 마침 잘됐구나. 막 다 마신 차였는데 한 병 더 주련?"

"……."

무사태평한 그녀의 모습에 줄곧 무표정했던 라미에가 있는 대로 인상을 구겼다. 아라벨은 그에 상관 않고 와인병을 하나 더 꺼낸 다음 거기에 볼을 비볐다.

"중간계에서 나는 포도주도 참 맛있구나. 마계에서 마신 포도주도 환상적이었거늘. 귀염성 없는 마황이 다스리고 있는 곳인데 참 신기한 일이야."

"……이봐, 너는 천계에서 할 일이 없는 거야? 왜 자꾸 이곳에 나타나는 거지? 당신네 종족들은 중간계에 함부로 모습을 드러내면 안 된다고 알고 있는데."

라미에는 가감 없이 튀어나오려는 욕설을 애써 자제했다. 아무리 별것 없어 보이는 여자처럼 보이지만, 그래도 천왕이다. 마계의 왕과 대등하거나 엇비슷한 힘을 가진 천계의 왕. 마황을 떠올리기만 하면 온몸이 부슬부슬 떨렸다. 두려움, 그리고 노여움으로. 그놈은 사람을 사람으로 여기지 않았다. 한낱 벌레만도 못하게 유린하고 짓밟았다. 그런 놈들의 생각이야 뻔하지. 앞에 있는 이 여자도 마찬가지일 것이다. 그물에 걸린 곤충을 구경하는 양, 마지막 날갯짓을 보는 그 순간까지 하찮게 여기겠지.

라미에가 두 눈을 부릅뜬 채 노려보고 있자 아라벨이 잠시 침묵을 지켰다.

"물론 할 일이야 많다만……."

"그런데."

"국선생을 두고 발걸음이 떨어져야 말이지. 중간계에 오기 전까진 내 마황에게 은밀한 제안 하나를 하고 있었다. 마황 자리를 내게 넘기라고 말이지."

"……아?"

라미에는 대체 무슨 소릴 하냐는 얼굴이었다.

"마황이 되면 그런 포도주쯤은 원 없이 마실 것 아니야."

"겨우…… 그 이유 때문에?"

"그런데 중간계 포도주를 먹으니 생각이 바뀌었어. 이곳에서 평생 살고 싶구나. 닭 울음소리 따위는 듣지 않아도 되고 말이지."

더없이 기뻐 보이는 얼굴로 한 말에 라미에의 얼굴이 다시금 일그러졌다. 진지함이라곤 눈곱만큼도 찾아볼 수 없는 말을 저렇게 진지하게 말하기도 힘들 텐데. 아니, 애초에 천계의 왕이 마계와 중간계에 술을 마시러 온다는 건 말도 안 되는 일이다. 천왕이 애주가 ― 를 빙자한 술고래 ― 인 사실도 어처구니없을 지경인데! 그걸 묵과해주는 마황도 납득 안 가는 건 마찬가지였다. 결국은 똑같다는 부류라는 거겠지, 그 악마 같은 놈과.

"지금도 원 없이 마시고 계신 것 아니었나?"

이를 부드득 간 라미에가 장식장으로 다가가 다른 포도주를 집어던졌다. 아라벨은 가볍게 그것을 받아들고 입꼬리를 늘어뜨리며 웃었다.

"고맙다. 너 같이 성격 좋은 친구로 두어 내가 호강하는구나. 그리고 라파엘에게 이 일은 비밀로 해주는 거다."

"……."

아라벨은 즐겁게 술을 마셨다. 라미에는 그녀가 진짜 천왕일지 잠시 고민하다가, 이내 라파엘이라는 자가 오면 그녀의 음주행각에 대해 넌지시 흘려주리라 다짐했다.

"그나저나 정말 왜 자꾸 날 찾아오는 거야? 천왕씩이나 되는 천사가, 한낱 인간을."

"저번부터 제법 그 질문을 많이 하는구나. 내가 오는 게 그리도 싫으냐?"

아라벨이 곁눈으로 그를 흘끔 쳐다보았다. 라미에는 망설임 없이 대답했다.

"당연한 말을 하는군. 난 당신네들과 다시 얽히는 건 죽어도 사양이야. 사람을 장난감 가지고 놀 듯 하는 마족 따위는……."

"나는 마족이 아닌데."

아라벨이 짐짓 억울하다는 어조로 말했다.

"인간이 아니란 점에서 마찬가지. 그러지 말고 날 잡아서 술집이나 터는 게 어때? 보잘 것 없는 이곳보단 훨씬 있는 게 많을 텐데."

험악하게 인상을 구겨가며 말한 라미에가 신경질적으로 몸을 돌렸다. 꼬시던 여자가 도망간 데다, 남아 있는 저 여자는 꼬실 수도 없으니 밀린 일이나 처리해야겠다 싶었다.

아무 말 없이 그가 하는 양을 지켜보던 천왕이 갑자기 두 눈을 반짝였다.

"처음에도 생각했지만, 정말 재밌다. 너."

"방금 뭐라 그랬지?"

라미에가 고개를 휙 돌려 위협적으로 외쳤다. 아, 저 표정도 꽤 귀엽구나. 천왕은 창가에 느긋하게 등을 기대며 눈을 내리떴다. 저 인간을 처음 봤을 때부터 이런 생각을 하게 된 건 아니었다. 오랫동안 지속되는 국혼식이 지루했고, 그래서 그저 어디든 잠시 놀 곳이 있다면 좋겠다고 생각했을 뿐이다. 그러다 마주친 게 저 라미에라는 인간이었고, 그녀는 특유의 능력을 발휘하여 마황에 관련된 그의 기억을 엿볼 수 있었다.

성대가 터지고 목이 졸린다. 어깨뼈가 십자로 부서진다. 마황의 혀 놀림에 두려움과 공포는 살아 움직였다. 그가 느꼈던 감정 한 조각 한 조각이 마음속도 잔인하게 후벼 팠다. 단지 기억을 읽는 것뿐인데도, 맹렬하게 휘몰아치는 감정 때문에 스스로가 더 지쳐갔다.

이종족(異種族)에 대한 첫인상이 그러했다면 지금 라미에가 그녀에게 느끼고 있는 감정도 이해가 갔다. 증오와 두려움. 그는 아라벨을 마황과 똑같은 존재로 인식하고 있었다. 아직도 잊을 수가 없다. 네 대천사가 나타나서 아라벨의 정체를 밝히는 순간, 라미에의 표정이 어떻게 변했던지. 아라벨은 마음을 처참하게 쥐어짜내는 두려움과 고통을 고스란히 전해 받았다.

처음이었다. 동정이 아닌 걱정으로 인간을 바라본 것은.

아라벨은 손안에서 찰방거리는 와인병을 내려다봤다. 그 후 라미에를 몇 번 찾아온 것은 비단 이 술 때문만은 아니었다. 정말 기억 속에서의 마황이 말했던 것처럼, 혹여 목을 매 자살이라도 할까 싶어 그것이 염려되었을 뿐이었다.

하지만 그때마다 그 인간은 살아 있었다. 그녀를 마주하는 순간마다 마황이 떠올렸으나 겉으로는 애써 담담해했다. 깊고 아름다운 숲처럼 강한 생명력으로 생을 이어가고 투명한 열매를 맺고 있었다.

보기 좋았을 뿐이다. 그 모습이.

아라벨은 골똘히 생각에 잠긴 채 병을 만지작거렸다.

두고두고 볼 수 있도록 천계로 납치해갈까. 스치듯 그런 생각을 떠올렸다.

천계로 납치해가서 마족들을 보지 않게 되면, 언젠간 그 기억도 잊고 웃을 수 있을까. 그래, 그것 참 괜찮은 생각이다. 왠지 천계에 가서도 저 놈은 팔팔하게 잘 살아남을 것 같으니까.

아라벨은 하얗게 웃었다. 붉은빛으로 파닥대는 노을이 그녀의 잔잔한 미소 위에 머물렀다.

그로부터 15년 뒤, 하일렌은 역대 어느 황제의 집권기보다 평화로운 시대를 맞고 있었다. 내전도 없었고 전쟁도 없었다. 철저하고 냉혹한 치세를 펼치는 황제와 자비롭지만 강한 황후의 밑에서 제국은 더없는 번영을 누렸다.

아래에 딸 하나, 아들 하나를 두었음에도 황제와 황후의 금슬은 날이 갈수록 좋아진다는 소문도 파다했다. 황제를 알현한 기사나 대신들이 '어휴, 황후께서 오시니 황제께서 어떻게 하시는지 보셨나?', '봤지, 봤어. 세상에, 폐하께서 그렇게 변하실 줄이야.'와 같은 대화를 나누는 모습은 어느새 황성의 일상적인 풍경이 되었다.

기사단장 시절, 쏟아지는 일을 마다하지 않던 황제가 지금은 살며시 미간을 찌푸리곤 하는 이유는 다른 데 있는 게 아니었다. 단지 일이 많으면 황후를 보러 가지 못하기 때문에. 일을 하다가도 중단하고 황후를 보러 가서, 보좌관이 뒤늦게 뛰쳐나와 황제를 찾기도 했다.

이렇게 평온한 나날이 계속되었지만, 제1황녀 샤이엔에게 어제 청천벽력 같은 소식이 떨어졌다. 바로 하일렌의 공작 가문에 속한 로레윈 공자와 약혼을 하라는 것이었다.

어머니처럼 되고자 정치와 무술을 익힌 그녀로선 난데없이 벼락이 떨어진 것과 같았다. 거기다 얼굴 한 번 보지 못한 남자와 혼인이라니, 그게 말이나 되는 소린가.

샤이엔은 그날 밤 내내 머리를 싸매고 고민하다가 결국 결심했다. 가출을 하기로.

다음 날 해가 뜨자마자 그녀는 하녀로 위장한 채 황성을 나섰다. 졸음에 겨운 채 돌아다니는 병사들과 하녀들의 눈을 피하는 건, 검술로 단련된 그녀에겐 일도 아니었다. 불지 않는 바람 사이로 선선한 햇빛이 나부꼈다.

"가출하기 딱 좋은 날씨잖아!"

황성 입구에 아무도 없는 걸 확인한 샤이엔이 기쁨의 비명을 지르며 폴짝 뛰어나왔다. 그러자 기다렸다는 듯 그림자가 불쑥 튀어나왔다. 반사적으로 고개를 든 샤이엔이 흠칫했다. 눈부신 은발에 은안(銀眼), 곧은 허리와 우아한 자태. 낯이 익은 만큼 이곳에서 보면 안 되는 사람이었다.

"어, 어머니! 어떻게 여기에……!"

"네가 나올 때가 됐다고 생각했지."

샤이엔은 어머니를 닮아 빛나는 눈동자를 커다랗게 떴다.

"알고 계셨어요? 제가 나올 걸……."

"그럼. 나도 딱 네 나이 때 가출을 했거든."

"어머니께서 가출을요?"

"그런데 샤이엔, 너 뭐 잊은 게 있지 않니?"

"예?"

영문 모를 얼굴로 되묻는 샤이엔의 눈동자 위로, 달랑거리는 돈주머니가 비쳤다. 맞다, 돈! 샤이엔이 깜짝 놀라 어버버거리고 있자 아렌이 씩 웃으며 그녀에게 다가왔다.

찰그락. 샤이엔의 작고 고운 손에 쥐여지는 주머니에서 금화가 부딪히는 소리가 났다.

"가출했을 때 돈 없으면 굶어죽기 딱 좋단다."

"……네?"

"그리고 마지막으로 나가기 전, 이걸 읽어봐. 어젯밤 기억을 되짚으며 쓰느라 힘들었단다."

주머니와 함께 손바닥에 놓인 것은 종이 한 장이었다. 이게 뭐지? 가출하려던 게 들켰으면 바로 잡혀갈 거라고 생각했는데, 이것은 오히려 권장하는 것 같지 않은가.

어안이 벙벙해 있던 샤이엔은 천천히 시선을 끌어내렸다.

'엄마가 알려주는 필수 가출 전략, 지은이는 가출경력 1년인 엄마'라는 짓궂은 제목이 눈에 들어왔다.

1. 가출 편지는 남기지 마라. 행방불명이 차라리 낫다.

2. 위험한 도박은 하지 말되, 피할 수 없다면 사람이라도 건져라.

3. 못할 거 같으면 나서지 마라. 다시 말해서 나대지 마라.(★★★★★)

4. 남장은 하지 마라. 가면무도회 같은 곳은 절대 나가지 마라. 네가 고백하려고 했을 때, 주변사람들은 이미 다 알고 있다.

5. 방심하지 마라. 널 아는 사람이 늘 곁에 있을 수 있다.

6. 들켜도 당황하지 마라. 당황하면 더 티 난다. 곤란한 걸 숨길 줄 알아야 한다.

7. 잘 먹고 다녀라. 힘이 있어야 연애도 하고 놀기도 논다. 아프면 다 소용없다. 단, 사랑하는 사람 앞에서는 울어도 좋다.

8. 널 싫어하는 사람이 많을 수 있다. 지위 없는 네 솔직한 모습을 봐주는 사람들이니 고맙게 여겨라. 그리고 단점을 고쳐라.

9. 목표를 잊지 마라. 네 인생이 가장 행복할 수 있는 길을 찾아라. 단 네 행복은 남들의 행복을 해치지 않는 선내에서다. 네가 자리를 비웠다고 하여 남을 대타로 세우는 짓 따윈 하지 말기를.

10. 네가 행복할 수 있는 길을 찾았다면, 가족을 떠올려라. 그리고 언제든 널 축복해줄 가족들에게 돌아와 인생을 즐겨라.

이러면 너도 훌륭한 장기가출녀!

마지막까지 쭉 읽어본 샤이엔은 믿을 수 없다는 얼굴로 아렌을 바라봤다. 고요하지만 강한 미소가 그녀의 입가에 머물렀다.

"나는 네가 조금 더 넓은 세상에 나가길 원한단다, 샤이엔. 이곳에 갇혀 있기엔 너는 너무도 빛나는 아이인걸."

"어머니……."

"황성이 답답했지. 엄격한 아버지가 갑갑했을 거야. 하지만 잊지 말거라. 그건 전부 너를 사랑해서였다는걸. 나와 네 아버지는, 아니, 이 제국 전체가 너를 아껴."

"어머니!"

말 한 마디 한 마디마다 배어 있는 진한 애정에 울컥한 샤이엔은 결국 아렌의 품에 답싹 안기고 말았다. 아무리 바깥세상이 궁금하고 약혼이 하기 싫어 가출을 하기로 했더라도, 사실 사랑해마지않는 어머니께 인사를 드리지 못하고 온 것이 못내 마음에 걸리긴 했다. 아무리 저를 이해해주는 어머니라도 이것만큼은 막아설 테니까.

하지만 아니었다. 어머니는 제 짧은 생각으로는 헤아릴 수 없을 정도로 깊고 강한 사람이었다.

"자, 이제 슬슬 보초병들이 돌아올 시간이야. 그들이 오기 전에 얼른 나가렴. 혹 베이판에 가게 되면 할아버지 두 분께 안부도 전해주고.”

샤이엔은 제게 손을 흔들어주는 어머니를 몇 번이나 돌아보며 다짐했다. 꼭 어머니를 실망시키지 않겠다고. 저런 어머니께 부끄럽지 않을 사람으로 성장하여 돌아오자고.

어머니의 본가인 레이나스 가문 문장이 박힌 단검을 꾹 쥐고, 샤이엔은 먼 여정을 떠났다.

제 딸이 점이 되어 사라지고 한참이 지나서야 팔을 내린 아렌은 몸을 돌렸다. 걸음을 옮겨 그대로 어디론가 향하려던 아렌은 수풀 사이에서 인기척을 느끼고 고개를 돌렸다. 제 남편이자 황제인 제스가 언제부턴가 거기 서있었다.

“샤이엔을 그렇게 보내도 되는 건가?”

“어이쿠, 들켜버렸네요. 언제부터 거기 있었어요?”

아렌이 장난스럽게 웃자 제스가 미간을 좁히며 다가와서 샤이엔이 남긴 메모를 들이밀었다.

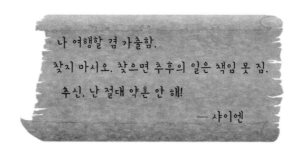

나 여행할 겸 가출함.
찾지 마시오. 찾으면 추후의 일은 책임 못 짐.
추신. 난 절대 약혼 안 해!
— 샤이엔

“……이걸 보자마자. 모녀가 동시에 사라졌기에, 어디 갔는지 생각했지.”

“아아, 이건 어디서 많이 본 것 같은 문구들이네요.”

포근한 미소를 지으며 메모를 넘겨받은 아렌이 흘끗 시선을 올렸다. 황후의 자리에 앉은 후 저렇게 기분이 좋지 않은 얼굴은 처음 보는데.

아렌은 제스의 두터운 한쪽 손을 가지런히 감싸 올렸다.

"싫어요? 샤이엔을 저렇게 보낸 게."

"감정적으로 논할 수 있는 문제가 아니다. 아직 샤이엔에겐 바깥은 위험해. 아직 검도 제대로 못 쓰는데, 황녀라는 신분을 알아차리고 누가 접근할지……."

"걱정 말아요. 샤이엔은 멀리멀리 날아갈 테니까. 그리고 당신 같은 사람을 만나게 되겠죠. 언젠가의 나처럼."

"……."

"그걸로 충분한 거 아녜요?"

제스의 단단한 손에 뽀얀 볼을 묻고, 아렌이 살짝 눈을 내리깔며 속삭였다. 푸른 별 같은 아름다움이 그녀의 속눈썹 위로 산산이 부서졌다.

"너는 항상……."

제스는 무언가를 억누르듯 신음처럼 말을 뱉어냈다.

"내가 약한 부분을 너무도 잘 알아."

"그래서 싫어요?"

아렌의 눈매가 선하게 휘어졌다. 제스는 애써 담담히 표정을 가다듬으며 그녀의 허리를 감싸안고 당겼다.

"그 답도 잘 알고 있겠지."

매끄럽게 마주치는 입술이 유난히 뜨겁다. 녹아드는 온기와 쏟아 부어지는 애정에 순간순간이 꿈결과 같았다. 허리를 쓸며 내려가는 손길에 욕망이 흐른다. 그들은 서로에게 굶주린 것처럼 혀를 나누었다. 숨죽인 숨소리와 작은 꽃봉오리 같은 열락이 외마디 비명처럼 터졌다.

해가 뜨든 말든 관계없이 그들의 밤은 얼마든지 깊어질 수 있었다.

Epilogue 2. 그대의 무덤 위에서

참으로 사랑하였다.

소중한 당신을, 진심을 다하여 사랑하지 않을 수가……, 없었다.

"어머니……. 어머니……. 어머니……."

해 저무는 하늘 아래, 누군가의 울음소리가 방을 가득 메웠다. 침대에 엎드린 채 눈물을 쏟아내고 있는 이는 화목한 황실의 3남 2녀 중 장녀로 자란 샤이엔 엘룬 반 류라이어라는 이름을 가진 여자였다. 자식 중 샤이엔을 가장 아끼고 사랑했던 어머니인 아르렐리아, 아렌은 침대에 누워 잠에 든 것처럼 고요하게 눈을 감고 있었다. 백발로 변한 긴 머리카락이 그녀의 뺨 주위로 흔들리고 있었다.

어머니의 임종을 지키고 있는 샤이엔은 심장이 쪼개지는 느낌이었다. 차라리 어머니 대신 자신이 죽고 싶기까지 했다. 그럴 수만 있다면…….

"어머니……."

일생 동안 어머니를 가장 극진히 모셔왔던 샤이엔이기에 슬픔은 배가 되었다.

그녀는 황실 적통을 물려받은, 황위 계승권에서 가장 강력한 제 1황녀

였다. 자칫 형제 자매간에 피 냄새나는 계승권 싸움이 생길 수 있었음에
도, 그녀는 어린 나이에 둘째 황자에게 모든 걸 양보하고 베이판으로 향
했다.

「다 네 거야. 나는 아무것도 욕심나지 않아. 누군가에게 소중한 걸 빼앗고
싶지 않아.」

그 말을 남기고서 샤이엔이 향한 곳은 어머니의 고국인 베이판이었다.
어머니는 때때로, 고국에 남은 당신의 레이나스 가문을 걱정했었다. 그
래서 샤이엔은 성인식을 치르자마자 베이판으로 넘어가 레이나스 가문을
지탱하는 기둥이 되었다.
그녀가 동생에게 넘겨준 것은 제국의 지존인 황제위. 모든 걸 가지고
태어났음에도 욕심 없이 양보하고 놓아줄 수 있었던 건, 오로지 어머니를
너무도 사랑해서였다.
"어머니, 어머니……."
주름진 손에 뺨을 묻고 울어대던 그녀는 결국 탈진했고, 시녀들에 의해
급히 의원에게 옮겨졌다. 나이 들어 늙었음에도 아렌의 얼굴은 한 송이의
꽃처럼 고왔다. 죽음이 다가오는데도 평온하게 가라앉은 표정 때문인지
도 모른다.

아렌은 힘겹게 눈을 떴다. 깊은 새벽의 공기와 같은 침묵 속에서 조금
은 서늘하게 느껴지는 손길이 이마에 와 닿았다. 아렌은 답답할 정도로
느릿하게 고개를 돌렸다.
"세이……, 세이예요?"
은청발의 미남자에게선 대답이 없었다. 그는 그저 아렌이 고통을 느끼

지 않도록 마력을 손에 담아 그녀를 쓰다듬어줄 뿐이었다. 아렌은 눈을 가늘게 떴다. 자꾸만 희뿌옇게 변해가는 시야 때문에 그가 잘 보이지 않았다.

"힘드십니까?"

빛을 담은 손길이 이번엔 눈가를 스쳤다. 거짓말처럼 눈앞이 확 트이면서 그제야 세이의 얼굴이 또렷이 보였다. 서서히 분명해지는 그는 40년의 시간이 지나면서 늙어버린 자신과 달랐다. 그와 함께했던 시절이 마치 유년의 기억처럼 밀려오면서 입가에 절로 미소가 떠올랐다.

"똑같아……, 정말……. 하나도 변함이 없네요. 세이는…….."

아렌은 말을 채 잇지 못하고 크게 기침을 토해냈다. 그녀를 응시하는 세이의 눈빛이 흐려졌다.

"아렌, 지금이라도 반려를 받아들이십시오. 그렇게만 하면 살 수 있습니다."

"……아니요, 세이. 나는 이대로 쉬고 싶어요. 그이가 먼저 간 지 너무 오래됐거든요……. 그 사람은 의외로 외로움을 많이 타는데……. 너무 많이…… 기다리게 하고 있네요…….."

아렌의 눈가가 불그스름하게 변해갔다. 젖어드는 눈가에 참을 수 없는 그리움이 묻어났다. 텅 비고 허전한 마음이 고스란히 느껴졌다. 그를 바라보는 세이의 입가가 점점 비틀어졌다.

"지금……. 처음으로, 당신을 그렇게 놔준 것이 후회가 된다고 하면…….."

"……."

"웃으시겠습니까?"

아렌은 조용한 심호흡을 여러 번 하면서 눈을 감았다. 그녀의 끝이 다가오고 있다. 그를 인식하자 세이는 자연히 이를 악물며 턱을 팽팽하게 당겼다.

"기다릴 겁니다."

"……세이."

"그리고 반드시 당신을 찾아낼 겁니다."

오르락내리락하던 가슴이 천천히 그 움직임을 멈추었다. 호흡이 멎고, 가늘게 떨리던 눈꺼풀도 호수처럼 가라앉았다. 그저 잠에 든 것 같은 고요하고 편안한 죽음이었다. 사후경직으로 그녀가 딱딱하게 굳을 때까지, 세이는 조금도 움직이지 못했다. 아렌이 잠시 물렸던 시종들이 허겁지겁 다가오는 소리가 들리자, 심장이 멎은 것처럼 우두커니 서 있던 세이가 그녀에게 이불을 덮어주었다. 그리고 속삭였다.

"안녕히 주무십시오, 나의 아렌. 얼마가 걸리더라도……, 기다리겠습니다."

"야, 빨리 와!"

귀가 뾰족하고 피부가 까무잡잡한 어린 마족이 뒤돌아서 손을 파닥거렸다. 허겁지겁 뒤를 따라가던 다른 마족 소녀가 숨이 가빠 헉헉대며 외쳤다.

"조금만……. 조금만 천천히 가! 나……. 너무 힘들……어……."

"그런 소리 할 때가 아니야! 일 년 중 오늘, 단 하루가 마황 폐하를 멀리서나마 뵐 수 있는 날인데 그렇게 꾸물대고 있을 거야!"

"알아. 아는데 조금만……, 천천히 가자."

"내 참, 널 기다렸다간 마황 폐하의 옷깃도 보지 못하겠어. 나 먼저 간다!"

마족 소녀는 자신을 내버려두고 휙 가버리는 마족 소년의 등을 원망스런 눈으로 바라보았다. 오늘이 줄곧 고대해왔던 날이긴 하다. 그런데 저렇게 매정하게 가버리다니. 소녀는 숨을 크게 몰아쉬면서 주저앉았다. 사실 오는 도중 넘어지는 바람에 난 무릎 상처가 매우 쓰렸다. 씨잉. 그녀는 아랫입술을 꾹 깨물며 상처를 바라보았다. 마족의 마력으로는 회복 마법을 쓰지 못한다는 게 이렇게 아쉬운 적이 없었다.

"괜찮습니까?"

응? 누구지? 소녀는 고개를 들다 말고 입을 헤벌렸다. 위에서 덮어 오는 큰 그림자의 주인은 남자였다. 그것도 아주 아름다운……. 그리고 로브 사이로 흘러나온 머리카락은 소녀가 태어나 처음 보는 은청색이었다. 신성하게까지 느껴지는 외모에 절로 입이 헤벌어졌다.

"넘어지셨습니까?"

그 아름다운 남자가 무릎을 굽혀 그녀와 시선을 맞추며 물었다. 매끄럽고 감미로운 목소리에 넋이 빠져 있던 소녀는 얼른 고개를 끄덕였다. 남자는 그녀에게로 팔을 뻗었다. 세상에, 로브 사이에 숨겨져 있던 손마저 저렇게 길고 멋있다. 그 손은 소녀의 무릎 앞에서 멈췄고, 곧 새하얀 빛을 흘려보내며 상처를 감쌌다. 눈 깜박할 사이에 상처는 사라졌고, 소녀는 자신의 눈을 의심할 수밖에 없었다. 방금 그 마법, 마족은 쓰지 못한다는 치유 마법이었다. 천족이 여기 와 있을 리는 없고, 피부에 스며들듯 느껴지는 기운도 분명 마족의 것이니 마족일 것이다. 마족이면서 치유 마법을 쓸 수 있는 존재는 단 하나밖에 없다.

"마황……, 폐하?"

소녀는 제가 뱉은 말에 오히려 놀라 눈을 휘둥그레 떴다. 내리떴던 눈꺼풀이 서서히 들리면서 홍채가 구별되지 않을 정도로 검은 눈이 드러났다. 소녀는 헉, 숨을 참으며 뻣뻣하게 굳어버렸다. 곧장 엎드려 용서를 구해야 하는데, 너무도 놀란 나머지 조금도 움직일 수가 없었다. 죽을 수도 있다는 생각에 온몸이 벌벌 떨렸다.

그녀를 빤히 보던 마황이 손을 들기에 눈을 질끈 감았다. 기다리던 고통은 느껴지지 않아 살짝 눈을 떠보니 마황은 검지로 자신의 입술을 지그시 누르고 있었다. 소녀가 황급히 고개를 끄덕이는 걸 확인하자마자 일어서서 인파 사이로 모습을 감추었다.

　세이는 그길로 마황성으로 돌아왔다. 잠시 바람이나 쐴까 하여 나간 것인데, 넘어져 다친 소녀를 보는 순간 생각나는 사람이 있어 그만 정체를 들키고 말았다. 물론 밝혀져도 상관이 없지만, 번거로워질 게 뻔하니까.
　세이가 손을 가볍게 휘두르자 그를 감싸고 있던 로브가 사르르 녹아들 듯 사라졌다. 마황성 가장 중앙에 위치한 큰 방에 들어선 순간, 그의 미간이 미세하게 찌푸려졌다. 안에 이미 누군가가 먼저 들어와 있었다.
　"기다렸다, 마황."
　긴 하늘색 머리카락을 늘어뜨린 여인이 특유의 느릿한 어조로 말했다. 옆에 있는 테이블에 빈병이 여러 개 뒹굴고 있는 걸 보니 이미 혼자 거하게 술자리 한판 벌인 모양이다. 그녀는 생긴 것 답지 않게 술을 무척이나 좋아했다.
　세이는 저 느긋한 여자를 당장이라도 내쫓아버리고 싶은 마음을 억누르며 입을 열었다.
　"……라파엘에게 끌려간 후로 한동안 보이지 않더니 오늘은 또 무슨 일입니까?"
　"놀러 왔다, 놀러."
　"이곳은 명색이 마계, 거기다 마황성인데 지나치게 마음대로 들락거리는 것 아닙니까?"
　"걱정 마라. 마족들이 처음 날 볼 땐 많이 놀라더니 이젠 동네 누나 보는 양 익숙하게 스쳐 지나가더구나."

"……."

"아, 이 와인은 정말로 맛있구나. 역시 날 위해 준비해둔 거겠지?"

세이는 부정하기도 귀찮아져서 그녀를 외면했다. 마음 같아선 당장이라도 내쫓고 싶었지만, 함부로 대할 수는 없었다. 100년 전에 아렌을 살린 게 바로 천왕이었기 때문이다. 하지만 인내심에도 한내가 있는 법, 언제까지 불쑥불쑥 찾아와 술을 모조리 동내고 가버리는 그녀를 봐줄 수 있을지는 자신도 가늠이 되질 않았다. 진심으로 죽이고 싶다는 생각이 들기 전, 저 여자를 끌고 갈 대천사를 소환하는 마법이라도 만들어야겠다.

세이는 아무렇지 않은 척 의자에 앉으며 속으로 빠르게 마법 설계를 시작했다. 천왕에게 매양 당하는 미카엘이나 우리엘보단 노장 라파엘을 소환하는 게 좋겠다. 이런 속내를 꿈에도 모르는 아라벨은 바캉스에 온 것처럼 와인을 즐기다가 뒤돌았다.

"참, 잊을 뻔했다. 내 마황에게 전할 게 있었는데."

"……."

"마황, 무슨 생각에 그리 잠겨 있나. 듣고는 있는 건가?"

"듣고 있으니 말씀하십시오."

아라벨은 천천히 다가와 세이 앞에 얼굴을 불쑥 들이밀었다. 턱을 괴고 시큰둥했던 그는 불쾌한 듯 얼굴을 찌푸렸고, 그녀는 그 반응을 즐기듯 얼굴 만면에 웃음을 지었다.

"네가 기다리고 기다리던 소식을 가지고 왔다."

"……설마."

"뭐일 것 같나?"

아라벨이 은근히 놀리듯 묻자 세이는 자리에서 벌떡 일어섰다. 신장 차이가 꽤 나는 고로 아라벨은 고개를 불편하게 젖혀 그를 올려봐야 했다.

"말장난하고 있을 시간 없습니다. 당장 말하십시오."

세이가 조금 초조하게 느껴질 정도로 빠르게 말했다. 미소를 머금은 입술이 달싹이며 무언가를 말하자, 세이는 뒤도 돌아보지 않고 모습을 감추었다. 천왕은 그가 사라진 빈자리를 보며 혀를 츠츠 찼다.

"마황은 대체 누굴 닮아 저리 성미가 급하나. 어찌 됐건 그녀가 태어났다는 걸 알려주는 시기를 미룬 건 참 잘한 일이었다. 태어나자마자 말했다면……. 생각하기도 싫다. 하마터면 천왕인 내가 갓난아기를 납치해 오는 데 일조할 뻔했지 않나."

하일렌의 황성에서 멀어지는 길, 마을에서 빠져나가는 길이었다. 로브로 머리부터 발끝까지 온몸을 칭칭 감싼 누군가가 빠르게 달려가고 있었다. 몸집만 봐도 여자임이 분명한 그녀는 성문에서 병사들이 살벌하게 지키고 있는 모습을 보자마자 노골적으로 걸음을 멈추고 휙 뒤돌았다. 성문을 지나가며 신분증을 검사하던 병사가 마침 그녀를 발견하고 크게 소리쳤다.

"어이, 거기!"

"제길."

여인은 고운 목소리로 나지막이 욕설을 내뱉으며 병사를 피해 뛰기 시작했다. 병사들은 '거기! 잠깐 멈춰!'라고 외치면서 그녀 뒤를 쫓았다. 여자치곤 날렵하다 해도 그리 멀리 달아나지는 못했다. 망했어. 황성에 다시 끌려들어가게 생겼네! 잔뜩 울상을 지은 순간, 골목과 골목 사이에서 팔이 불쑥 튀어나왔다.

"어……?"

놀라서 두 눈을 크게 떴을 때, 그녀는 이미 누군가의 품에 안겨 있었다. 반사적으로 비명을 지르기 위해 입을 벌렸으나 그의 손에 의해 틀어막혀 버렸다. 병사들이 우르르 멀리 가는 발소리에 그녀는 다행이다, 라고 생각했다 퍼뜩 정신을 차렸다.

아니, 다행인 게 아니잖아. 병사들은 따돌렸지만 날 안고 있는 이 사람, 대체 뭐야? 설마……, 납치범? 두려움이 엄습했지만, 빠져나갈 구멍은 있을 테니 침착해야 한다. 마법도 쓸 수 있으니, 여차하면 마나를 모조리 끌어 모아 발사하고 도망가면 될 것이다.

"납치범은 아니니 걱정하지 않으셔도 됩니다."

로브의 여자는 크게 놀라며 그의 품에서 빠져나왔다. 웬 납치범이 이렇게 목소리가 감미로운가 싶어 놀랐는데, 얼굴을 확인하니 더욱 놀랐다. 감탄하며 바라볼 만큼 잘생긴 청년이었다. 세상에 저렇게 아름다운 사람이 있다니. 더욱 놀라운 것은, 저런 미인인데도 남자다운 느낌은 물씬 풍긴다는 것이다. 거기다 짧은 머리카락은 보기 드문 은청색이라 그의 존재를 더욱 신비롭게 만들고 있었다. 남자로선 보기 드물게 긴 속눈썹은 검은 눈을 살짝 가리는가 싶었다.

곧은 눈꺼풀 밑의 검은 눈동자는 오롯이 여자를 향해, 그녀를 부분부분 뜯어보듯이 세심하게 살피고 있었다. 여자는 화들짝 놀라며 로브로 얼굴을 가렸다. 왜 이렇게 관찰하는 거야? 설마 황성에서 보낸 사람은 아니겠지?

"저기. 고마웠어요. 그럼 전 이만!"

여자는 후다닥 뛰어가 자리에서 벗어났다. 정말 이상한 느낌을 주는 사람이다. 그런데 왜 이렇게 가슴이 뛰는 거지. 그녀는 왼쪽 가슴을 꾹 누르면서 계속 달렸다. 마을 어귀를 벗어나 넓은 들판 위 언덕까지 뛰어가고 나서야 비로소 속이 좀 진정되었다. 속에서 차오르는 가쁜 숨에 덮인 것일 뿐이겠지만.

그녀는 이마에 송골송골 맺힌 땀을 훔치며 후드 모자를 젖혔다. 동시에 백금색 머리카락이 화사하게 흩날리며 폭포수처럼 떨어졌다.

그녀의 이름은 레아 쥬르넬 반 하리엔느. 황제인 아버지의 생일선물을 직접 마련하기 위해 잠시 황성에서 빠져나온 황녀이다. 사랑하는 아버지를 위해 손수 케이크라도 만들어서 귀환하려 했는데 무슨 죄인 잡는 것마냥 병사들이 쫓아올 건 뭐람.

레아는 기지개를 켜며 들판을 쭉 둘러보았다. 넓은 강을 따라 움직이던 시선 속에 뭔가가 포착되었다. 시야를 아름답게 물들이는 은청색 머리카락…….

엥, 아까 그 사람이잖아. 레아는 조금 당황하여 눈을 의심했다.

"당신……. 어떻게 여기 있어요? 뒤따라온 거예요? 이상하다. 내가 먼저 출발했는데……?"

"……."

"아하, 보기보다 걸음 무진장 빠른가 보네요. 나도 그리 느린 편은 아닌데. 설마 다리……. 다리 길이 차인가?"

레아는 자신이 말해놓고도 자기도 그다지 짧은 다리는 아니라고 생각하며 인상을 찌푸렸다. 투덜거리는 그녀 앞에 아까 입을 틀어막았던 손이 불쑥 튀어나왔다.

"반갑습니다."

"……?"

"인사, 모르십니까?"

"알죠! 당연히 알죠!"

눈을 깜박거리던 레아가 손을 맞잡고 위아래로 마구 흔들어대자 남자가 피식 웃었다. 스치듯 지나가는 미소가 정말이지 비현실적으로 아름다웠다. 레아를 유심히 살피는 검은 눈동자가 빛났다. 퉁. 누군가 심장에 돌을 던지는 듯, 레아의 가슴이 심하게 두근거렸다.

"……이름이 뭐예요?"

"세이라고 불러주십시오."

"세이……요?"

"예, 무척이나 소중한 사람이 지어준 이름입니다."

세이, 세이, 세이……. 평민인가? 평민으론 도무지 안 보이는데…….
몇 번인가 입안으로 그 이름을 굴려보며 고개를 갸웃하는 순간, 갑자기
강한 힘이 그녀를 잡아끌었다. 눈을 감았다 떴을 때, 그녀는 이미 정체 모
를 은청발 남자에게 안겨 있었다. 남자는 그대로 입술을 그녀의 귓가에
가져갔다. 곧 공기 속에 녹아들 듯 고요한 목소리가 번졌다.

"돌아와 주셔서 감사합니다, 진심으로."

"네?"

"당신은 제가 당신을 잊은 줄로만 알겠지만, 저는 단 한 순간도 잊지 못
했습니다. 기다렸습니다. 오랫동안……."

레아는 당연히 당황할 수밖에 없었다. 이 사람, 뭐야? 한 번도 만나본
적 없는데 날 어떻게 알고 기다려? 미친 건 아닌 것 같은데. 아마도 사람
잘못 본 모양이다. 얼른 그렇게 말해줘야지.

레아는 차분하게 세이의 어깨를 짚고 밀어냈다. 세이는 신사답게 그녀
를 순순히 놓아주었다. 레아는 당돌하게 눈을 빛내며 생각한 대로 말하려
고 입을 열었다가 도로 닫았다. 자신을 보고 웃고 있는 세이는 마치 다른
세계에서 온 낯선 이방인 같았다. 그저 아름다운 사람이라고만 여겼다.
하지만 그건 틀렸다. 입매에 맺히는 부드러운 미소가, 그리고 가늘어지는
눈동자가 무척이나 좋은 느낌을 주는 사람이었다.

방금까지 하려던 말은 어느새 세이의 미소에 떠밀려 자취를 감춘 지 오
래였다.

지금은 그저……, 가슴이 두근거리면서 아팠다.

왜 이렇게 심장이 지끈거리는 걸까, 저렇게 행복하고 진심 어린 미소를

보면서 왜…….

"우리, 만난 적이 있어요?"

레아는 그를 뚫어져라 응시하며 고개를 비스듬히 기울였다. 세이에게
선 아무 대답이 없었다. 그저 더없이 애정 어린 눈빛으로 그녀를 바라만
볼 뿐이었다.

쏴아아…… . 흐드러지게 아름다운 꽃비가 두 사람 사이를 축복하듯 어
루만지고 지나갔다.

외전. 같은 하늘 아래에서

"뭡니까, 이건?"

드래곤 로드, 하이네라는 제 앞에 들이밀어진 희뿌연 알을 내려다보며 불쾌하게 인상을 찌푸렸다. 알을 그녀 앞에 내던지다시피 한 검은 머리카락의 남자가 눈을 내리깔았다.

"블랙 드래곤 아일리스가 마족 케일린과 떡을 쳐서."

"카인, 아무리 블랙 드래곤 수장이라도 그대의 상관 앞이라면 그딴 말투는 쓰지 않는 게 좋지 않겠습니까?"

결벽증이 있는 하이네라가 한쪽 눈매를 가느스름히 좁히며 말했다. 카인은 한쪽 입술을 비죽 끌어올리며 입을 열었다.

"간밤에 힘을 내는 바람에 생겨난 알입니다."

"혼혈이란 말입니까?"

루비 같은 붉은 눈동자가 빛을 품고 반짝였다. 카인이 무심하게 얼굴을 굳히며 고개를 끄덕였다.

"그 블랙 드래곤과 마족은 제 선에서 죽이고 오는 길입니다."

"선 처치 후 보고라니, 참으로 훌륭한 태도입니다. 카인."

"그럼 이 알도 깨부수고 오겠습니다."

카인은 더 들을 것 없다는 듯 알을 들고 휙 뒤돌았다. 하이네라가 깜짝 놀라 벌떡 일어났다.

"잠깐만요, 카인. 그 알을 내려놓으세요."

"로드께서 친히 해주시겠다는 뜻이군요. 번거로웠는데 잘되었습니다. 한 방에 부숴주시길 바랍니다."

책상 위에 알을 내려놓은 카인이 뭔가 기대하는 얼굴로 그녀를 바라봤다. 새벽 내내 서류를 처리하느라 피곤한 얼굴이었던 하이네라가 무거운 한숨을 쉬며 이마를 짚었다.

"그런 말이 아닙니다, 카인. 그 알은 부수지 않을 것입니다. 부화할 때까지 둘 거예요."

의미를 알 수 없는 검은 눈동자로 그녀를 바라보던 카인이 입술을 느릿하게 열었다.

"제가 잘못 들은 것이겠지요."

"아뇨, 제대로 들으셨습니다. 이 알은 깨어날 때까지 둘 것입니다."

순간 카인의 눈에 불꽃이 확 타올랐다. 그 낌새를 눈치 챈 하이네라가 냉큼 알을 치웠고, 굉음과 함께 알이 있던 자리에 벼락이 내리쳤다. 힘없이 반토막 나버린 제 책상을 보며 하이네라가 혀를 끌끌 찼다. 저 다혈질, 저럴 줄 알았다.

책상이 부서지며 일어난 잔 먼지가 걷히자 카인의 검은 눈동자가 요요하게 빛났다.

"어째서입니까? 더러운 마족의 피가 섞여 있는 불결한 것인데요."

드래곤은 그 어떤 종족보다도 자존심이 강하고 혈통을 따지는 존재였다. 어떤 종족이든 피가 섞이면 부모와 자식까지 모조리 몰살하는 게 원칙이었다. 따라서 지금 카인이 알이 부화하기 전에 부숴버리는 건 당연한 행동이었다.

하지만 하이네라의 생각은 달랐다. 그녀는 카인이 더는 공격하지 못하도록 가슴팍에 알을 안으며 몸을 틀었다.

"하지만 우리들, 드래곤의 피가 섞여 있기도 하죠."

"부화할 그 생명체가 드래곤이라도 될 거란 말씀입니까?"

조용하면서도 살기가 섞인 목소리에도, 하이네라는 올곧은 눈빛으로 그에게 반박했다.

"드래곤의 피는 다른 종족보다 강합니다. 마족의 기운이 희미하게 느껴지긴 하나 드래곤의 기운이 더 짙습니다."

"확실히, 그렇지만……."

"부화할 이 아이가 온전한 드래곤이었을 경우, 당신은 일족의 귀한 후계를 살해한 것입니다. 그래도 괜찮겠습니까?"

차분하게 건네는 말에 카인의 입이 딱 다물렸다. 손(孫)이 귀한 종족인 만큼, 정말로 그렇다면 그는 크나큰 중죄를 지을 수도 있었다. 그걸 막아준 것이 로드인 하이네라가 될 테고.

"가능성은 희박할 것입니다."

"여지는 충분합니다."

깔끔하게 잘리는 대답에 카인이 하얀 이빨을 드러내며 으드득 갈았다.

"그렇다면 이 자리에서 단언해주십시오. 온전한 드래곤이 아닐 경우 바로 처형하실 거라고."

"알겠습니다."

하이네라가 고개를 끄덕이자마자 레어 안에 폭풍이 몰아쳤다. 꽃잎처럼 팔랑팔랑 휘날리는 서류 사이로, 거대한 블랙 드래곤이 모습을 드러냈다. 육중한 몸뚱이가 천장에 닿을 것처럼 느릿하게 움직였다.

― 번복하지 않으시리라 믿습니다.

노란 피막 위로 떠오른 가느다란 동공이 하이네라를 향했다. 그녀가 대답을 하기도 전에, 카인은 뒤돌아서 접혀 있던 날개를 쫙 펼쳤다. 한 번 크게 펄럭이자, 조금 전과는 비교할 수 없을 정도로 거대한 광풍이 일어나며 몸이 둥실 떠올랐다. 귀를 찢을 듯 휘몰아치던 바람이 사그라지고 하이네라가 고개를 들어보았다. 카인은 사라지고 제 품에 안긴 알은 온전히 그대로다. 그녀는 한숨을 푹 내쉬며 고개를 내렸다.

"다행입니다. 당신을 구해낼 수 있어서."

알은 드래곤 로드 하이네라의 보호 아래 쑥쑥 커갔다. 희뿌연 무늬가 점점 진해지고 몸집을 키워가면서 드래곤들은 차츰 그것이 헤츨링이 분명하다고 여겼다. 그럼 그렇지, 드래곤이 어떤 종족인데 마족의 피가 섞였다고 드래곤이 아닐 수가 있단 말인가.

하지만 그러한 오만을 비웃기라도 하듯, 알에선 반마족이 나왔다. 헤츨링치고는 너무도 작은 몸집에 드래곤 특유의 튼튼한 껍질도 가지지 못한 반마족. 이름 없는 반마족이 태어나는 날, 드래곤 일족 전체가 노했다.

"감히 마족 따위의 피가!"

"죽여야 합니다! 로드시여, 저 존재는 죽여야 마땅합니다!"

"그러게 제가 부화하기 전에 부숴버려야 한다고 하지 않았습니까."

난리를 쳐대는 드래곤들과 특히 가장 못마땅해하는 카인을 뒤로하고, 하이네라는 반마족을 안고 나왔다. 부화할 때까지 보호한 게 그녀이니 처형도 그녀가 책임져야 한다는 것이었다.

그녀가 오들오들 떨어대는 반마족을 안고 향한 곳은, 중간계와 마계 사이에 존재하는 틈새 공간이었다. 황량한 사막과도 같은 그곳에 내려앉으며, 하이네라가 슬픈 눈으로 고개를 내렸다. 겁에 질린 녹색 눈이 안쓰럽다.

"어떻게 해야 좋을까요, 당신을……."

그 순간, 하이네라는 근처에서 강한 마족과 천족의 기운을 동시에 느꼈다. 조금 전까지만 해도 아무것도 느껴지지 않았는데? 하이네라는 근처에 몰려다니는 모래폭풍을 살펴보았다. 바람에 휩쓸리는 모래가루가 눈을 사정없이 찔러댔지만, 강하고 붉은 눈은 한 점의 흐트러짐조차 없었다. 천천히 옮겨가던 시선이 어느 지점에서 뚝 멈추었다. 설마 하던 그녀가 그쪽으로 조심스레 발걸음을 옮기기 시작했다.

사막의 중간에 누군가 모래에 파묻혀 누워 있었다.

"누굽니까?"

하이네라는 탐색하듯 그를 응시했다. 잔잔하게 내리감긴 눈꺼풀 때문에 하마터면 죽은 자로 생각할 뻔했지 않은가. 보기 드문 긴 은청발, 하얀 얼굴을 쭉 살피다 보니 이상한 느낌이 들었다. 조금 전에 느꼈던 천족과 마족의 기운이 이 존재 하나한테서만 느껴졌던 까닭이다. 어떻게 이렇게 상반된 기운이 한 몸에 담길 수 있는 거지?

기이한 기분이 들어 기억을 되짚어보던 그녀는 잠시 후 작은 탄성을 내었다. 언젠가 전해 들은 적이 있었다. 천족과 마족의 혼혈로 태어나 천족을 말살시키다시피 한 자가 있다고. 그가 지금의 마황이라고. 그럼 이자가 말로만 듣던 그 마황이란 말인가?

"당신도 절 죽이러 오셨습니까, 로드?"

굳게 닫혀 있던 입술이 처음으로 열렸다. 하이네라는 깜짝 놀랄 수밖에 없었다. 천족의 피와 마족의 피, 서로 상반된 독과 해독제가 완벽하게 공존하고 있다. 삼천 년 가까이 살면서 이런 존재는 처음 본 까닭이었다.

서서히 뜨이는 검붉은 눈과 마주치자 순간 목덜미가 서늘해졌다. 생의 의지라곤 전혀 느껴지지 않는, 순수한 투지 때문에.

하이네라는 저도 모르게 한 발짝 물러섰다.

"아닙니다, 마황. 저는 당신을 해하기 위해 온 것이 아닙니다."

"하긴, 이번 드래곤 로드는 전례 없이 약하다고 하니 혼자 오실 리가 없겠지요."

보통 드래곤이라면 저런 말을 들었을 때 펄펄 뛰며 달려들었겠지만, 하이네라는 달랐다. 그녀는 실제로도 드래곤 중에서도 최약체였고, 그럼에도 불구하고 뛰어난 통치력 때문에 로드의 자리에 올랐기 때문이다. 그녀는 약하다. 카인이 마음먹고 달려든다면 힘없이 죽을 것이다. 삼천 년간 알고 있던 사실을 저자의 입으로 새삼스레 확인했다고 하여 화가 날 리 없었다. 물론 제 부하들이 들으면 경우가 다르겠지만.

하이네라가 조용히 있자 품속에 있던 반마족이 고개를 쏙 내밀었다. 주위를 두리번거리던 검은 털 뭉치는 마황을 발견하더니 팔다리를 버둥거리기 시작했다. 마치 그쪽으로 가고 싶어 하는 듯한 몸짓이었다. 당황한 그녀가 그를 붙들었으나 반마족은 기어이 바닥을 데구루루 굴러 마황 앞으로 갔다.

신묘하게 반짝이는 녹안을 바라보며, 마황이 입을 열었다.

"뭡니까? 이건."

"얼마 전에 태어난, 드래곤과 마족의 혼혈입니다."

"로드께서 이곳에 오신 것은 이것을 죽이기 위해서였군요."

"그렇……습니다."

하이네라가 머뭇거리며 대답하자 마황이 표정 없이 그녀를 바라봤다.

"그렇다면 죽이십시오. 그게 저것을 편하게 해주는 유일한 길일 것입니다."

— 끼잉…….

마황 앞에 겨우 몸을 가눈 털 뭉치가 눈가에 눈물을 그렁그렁 매달았다. 그를 착잡한 눈으로 바라보던 하이네라는 이내 표정을 수습하며 다시 마황을 바라봤다.

"저 아이를 살릴 다른 방법이 하나 더 있습니다만."

"관심 없군요."

"당신의 권속(眷屬)으로 만들어주십시오. 그렇다면 저 아이는 살 수 있습니다."

"저에겐 권속 따위 필요 없습니다. 특히 저런 하등한 생물체는."

"제 자식 같은 아이입니다. 부탁드립니다, 마황."

드래곤답지 않은 간곡한 어조로 부탁하자 마황의 눈썹이 작게 꿈틀댔다. 흥미 없는 건 여전하나, 고고한 체하길 좋아하는 드래곤이 저런 말을 하는 건 처음 보았기 때문이다. 거기다 자식 같은 아이라니, 반마족이 드래곤들의 수장에게?

마황의 한쪽 입술이 매끄럽게 올라갔다.

"이건 또 무슨 수작입니까, 로드?"

"수작이 아닙니다. 저는 그 아이를 살리고 싶어요. 제가 직접 낳은 것도 아니고 잠시나마 같이 있었을 뿐이지만, 살아주었으면 해요. 제 존재를 이해받을 수 있는 곳에서."

"……."

"당신만은 이해해주시지 않겠습니까. 두 개의 피가 섞인 같은 존재로서."

하이네라가 온화하게 말을 끝맺는 반면, 마황의 잇새에서는 비웃음이 터져 나왔다.

"그 말이 제 앞에서 금기인 건 알고 계십니까, 로드."

천천히 올라가는 그의 손에 검은 기운이 서서히 몰려들었다. 천족과 마족의 피가 섞인 것만으로 천계에서 모진 고문을 당해야 했던 마황에게는 확실히 조금 전의 말은 아킬레스건이었다. 하지만 그녀의 말은 온전한 사실 그대로를 전하려던 것이었다. 비꼬는 것이 아닌, 순수한 진심이었다.

어디서도 이해받을 수 없는 반마족을 보호해줄 수 있는 건, 같은 반마족뿐일 것이다.

"저를 죽이는 건 쉽겠지요."

하이네라가 평온하게 웃으며 두 팔을 들었다.

"허나 제가 죽으면 제 아이들이 마계로 올 것이고, 큰 사달이 날 것입니다. 마계에도, 중간계에도."

"세계 따위 어떻게 되든 상관없습니다만."

"그럴 리가 없을 겁니다. 마황, 당신이라면."

무슨 말을 하냐는 듯 마황의 한쪽 눈썹이 휘어 올라갔다. 잔잔하게 웃던 하이네라가 시선을 내려 반마족을 바라보았다.

"그 아이의 이름은 로도모나스입니다."

"물어보지 않았습니다만."

"제가 아이를 가지게 되면 붙여주고 싶었던 이름입니다. 고대어로 '축복받아 태어난 아이'라는 뜻이지요. 저는 아이를 가지진 못하지만⋯⋯."

하이네라가 씁쓸한 미소를 지으며 제 배를 매만졌다.

"앞으로 로도모나스를 보러 올 수는 없겠지만, 괜찮겠지요. 그대와 함께라면."

"멋대로 생각하십시오."

— 삐이, 삐익!

마황은 그대로 뒤돌아 가버리려고 했지만, 검은 털 뭉치는 힘차게 울면서 그의 바짓가랑이에 대롱대롱 매달렸다. 가차 없이 쳐내었지만, 도로 다시 돌아와서 붙는다. 그러고는 다시 시끄럽게 삐삐거리면서 울기 시작한다. 뭐 이런 게 다 있냐고 말하는 듯한 마황의 얼굴을 보며, 하이네라가 작게 웃었다.

"그 아이가 지금은 무력할지도 모르지만, 나중에는 틀림없이 성룡만큼이나 강해지겠지요. 많은 도움이 될 것입니다."

— 삐이……

저를 보고 작게 우는 로도모나스는, 마치 하이네라도 같이 있어달라고 말하는 것만 같았다. 하이네라는 가슴이 찡해지는 뜨거운 무언가를 느끼며 힘겹게 뒤돌았다. 로도모나스를 살린 것만으로 일족 전체가 분노할 것이다. 그를 거두는 것은 그녀의 권한 밖에 있는 일이다.

"로도모나스, 행복해야 한다."

그 작은 속삭임과 함께 하이네라는 허공에 녹아들듯 스르르 사라졌다.

마황은 오랜만에 아주 기가 막힌 상황에 처해 있었다. 그는 그저 조용한 공간의 틈새에서 시간을 죽이고 있었을 뿐인데, 갑자기 드래곤 로드가 나타나더니 웬 짐덩이를 내던지고 가버렸다. 하지만 그게 무슨 상관이란 말인가. 데려가지 않으면 그만이었다.

— 삐이이!

그런 그의 마음을 읽은 듯, 로도모나스가 앞발톱을 세워서 그의 바지에 단단히 박았다. 저를 놓고는 절대 갈 수 없다는 의지의 표명이었다. 마황은 짜증스럽게 인상을 찌푸렸다. 벽에 붙은 날파리 한 마리처럼 가벼운 생명이다. 그저 죽여버리면 그만이었지만, 손을 대기 귀찮을 정도로 하찮기도 했다. 이런 일에 일일이 힘을 끌어올릴 정도의 의지는 남아 있지 않았다.

그는 휙 뒤돌았다. 대롱대롱 달려 있던 로도모나스가 쭉 미끄러졌으나 괘념치 않고 걸음을 옮겼다. 로도모나스는 그가 사라지기 전 마지막 순간, 필사적으로 몸을 던졌다.

휘이잉.

모래바람이 날렸다. 세찬 회오리가 쓸고 간 자리는, 마치 아무것도 없었던 것처럼 텅 비어 있었다.

외전. 제국 아카데미의 봄

뜰에 살구꽃이 가득 피어 터지는 어느 봄날 어스름한 때, 가문과 재력이 아닌 오직 실력으로만 학생을 선발한다는 하일렌 제국 아카데미는 축제가 한창이었다. 분주하게 움직이는 사람들과 소음 사이로 어느 소년의 낭랑한 목소리가 울려 퍼졌다.

"제스! 너, 축제 가지 않을 거야? 네가 남자 인기투표 1위잖아!"

단정한 걸음으로 앞서 걸어가던 제스라 불린 소년이 걸음을 멈추고 뒤돌았다.

"관심 없다."

짙고 푸른 눈동자를 마주하자 라미에가 뒷머리를 벅벅 긁으며 말했다.

"이봐, 상대방 여자도 생각을 해줘야지. 네가 빠지면 여자 1위는 자동으로 남자 2위와 춤을 추게 되잖아. 매년 네가 언제 올지 기다리기만 하는 이자벨 공녀가 불쌍하지도 않냐?"

말을 끝맺기도 전에 뒤돌아서서 가버리는 제스를 보며 라미에가 어쩔 수 없다는 듯 고개를 설레설레 저었다. 쯧쯧, 저 녀석 저렇게 벽창호여서야 죽을 때까지 여자 한 번 사귀기나 할지 모르겠다. 이런…… 오웬이라도 데리고 와서 설득을 해야지, 원. 불쌍하게도 이자벨 공녀는 이번에도 바람맞게 생겼다.

건물 모퉁이를 돌아 라미에의 시선에서 벗어난 제스는 어느 한적한 공터로 들어섰다. 연한 녹음이 우거진 그곳은 누구의 방해도 받지 않고 검술 연습을 할 수 있는 최적의 장소였다.

주변을 쭉 둘러본 그가 호흡을 가다듬고 검을 뽑으려는 그때.

"어이! 거기!"

어디선가 낭랑한 여자아이의 목소리가 들려왔다.

"야! 거기! 나 내려갈 테니까 받아! 안 받으면 너 사람 하나 죽이는 거야!"

"……."

휘익, 하는 소리가 들리자 제스는 그를 향해 떨어지는 무언가를 반사적으로 받아냈다. 분홍색 바탕에 꽃무늬 원피스가 눈앞을 어지럽게 수놓으며 풀썩 가라앉았다. 챙이 큰 모자 아래로 바람을 안은 은색 머리카락이 구름처럼 날리더니 은색 눈동자가 반짝이며 드러났다.

"흐아아! 아무 대답도 없기에 안 받는 줄 알았네! 고마워!"

따스한 햇살 같은 미소가 잘 어울리는 귀여운 얼굴을 가진 그녀는 익숙한 듯 반말로 하대를 했다. 많아봐야 열 살 정도로 보이는 소녀를 가만히 바라보던 제스가 거의 내던지다시피 해서 땅에 내려놓았다. 다소 거칠게 느껴지는 행동에 소녀가 당황한 듯도 했지만 곧 제대로 몸을 가누어 섰다. 제스의 허리에 닿을락 말락 할 정도로 키가 작았으나 소녀의 살결은 희었고 입술은 연지를 찍어 바른 듯 붉었다. 어린데도 뚜렷한 이목구비가, 커서는 더 빛을 발할 성싶었다. 곧 제스를 바라본 소녀가 빙그레 웃으며 옆에 있는 나무를 가리켰다.

"고마워! 그게, 저 나무를 타고 올라갔는데 내려올 방법이 없지 뭐야! 뭐가 어떻게 된 건지 도움을 요청하려 해도 지나가는 사람은 하나도 없고……. 네가 지나가지 않았으면 꼼짝 없이 카일에게 잡혔을 거야, 정말 고마워!"

제스는 대꾸 한 마디 없이 휙 돌아서서 걸음을 옮기기 시작했다. 축제가 진행되는 동안 조용히 있을 수 있을 것 같아 택한 장소이건만, 그마저도 방해를 받게 되어 그의 심기는 과히 좋지 않았다. 라미에와 오웬에게서 시달림을 당하더라도 기숙사에 돌아가는 게 낫겠다 싶었다. 먼지 묻은 옷을 툭툭 털던 소녀는 제스가 '천만에.' 같은 예의상 하는 말도 하지 않고 떠나버리자 황당하다는 듯 그를 불렀다.

"저기, 잠깐만! 이봐! 나도 같이 가! 긴히 부탁할 것도……."

"따라오지 마라."

제스가 뒤도 돌아보지 않고 대꾸하자 소녀의 목소리가 성난 고양이처럼 앙칼지게 올라갔다.

"나 여기 지리 모른단 말이야! 길 좀 가르쳐줘!"

"……."

"내 말 듣고 있는 거야? 으씨……. 야! 난 이 복잡하기 짝이 없는 아카데미에서 나가고 싶단 말이야! 길 안내 좀 해달라고! 아니, 해! 이건, 이건……. 명령이야!"

"……명령?"

그 자리에 우뚝 서서 돌아보는 제스의 눈이 신기한 소동물을 보는 양 기묘한 빛을 폈다. 이제야 말이 통하는 것 같아 소녀가 쏙 들어간 허리 부근에 양손을 짚고 의기양양하게 외쳤다.

"그래, 내 명령을 잘 들으면 베이판에도 데려가주도록 하지!"

흥분해 눈을 반짝이는 소녀와는 달리 제스는 더 이상 말을 섞을 필요성을 찾지 못하고 걸음을 옮겼다. 나름대로 파격적인 제안을 했음에도 얼음장 같은 태도를 유지하는 데에 소녀가 당황하며 그의 옷깃을 탁 낚아채

졸졸졸 따라갔다.

"이봐! 너! 서! 서란 말이야! 너무 빠르잖아!"

보폭이 한참이나 넓은 제스를 따라잡기 위해 거의 뛰듯 걷던 소녀의 외침에 제스가 걸음을 딱 멈췄다. 천천히 고개를 돌려 그의 옷깃을 꽉 붙잡고 있는 그녀의 손에 시선을 옮겼다.

"놔라."

시퍼렇게 날이 선 푸른 안광을 마주하자 소녀가 저도 모르게 아, 소리를 내며 옷깃을 놓았다.

"따라오지 마라."

바람 소리가 날 정도로 냉정히 돌아서서 걸어가던 제스는 얕은 한숨을 내쉬며 다시 뒤를 돌아보았다. 줄곧 종종걸음으로 몰래 뒤따르던 소녀가 화들짝 놀라며 모르는 척 딴청을 피웠다. 발로 모래를 슥슥 훑으며 무언가 알 수 없는 그림을 그리고 있는 그녀를 향해 제스가 험악하게 읊조렸다.

"……따라오지 말라고 했다."

"생사람 잡지 마! 난 널 따라간 게 아니고 내 갈 길을 가고 있었던 것뿐이야!"

스산한 눈빛으로 그녀를 바라보고 있던 제스가 그녀를 향해 저벅저벅 다가왔다.

"어……."

덥석, 순식간에 덮쳐 온 커다란 손이 소녀의 가냘픈 양팔을 꽉 쥐었다. 뼈를 부러뜨릴 정도의 힘으로 팔을 옭죄며 그가 나지막이 경고했다.

"다시 한 번 말한다. 성가시니 따라오지 마라."

"이것 놔! 아파, 아프단 말이야!"

상상도 못 할 아픔에 소녀가 눈을 치뜨고 그의 손을 사납게 쳐냈다. 씨근거리는 그녀를 향해 제스는 아무런 말도 건네지 않고 휙 뒤돌아섰다. 소녀는 눈살을 찌푸리고 다다다 달려가 그의 앞을 가로막았다.

"뭐지?"

"너, 기사지?"

대답을 듣기도 전에 소녀가 원피스 소매를 거칠게 잡아 올리며 크게 외쳤다.

"자, 이것 봐! 새파랗게 멍이 들었잖아! 하일렌의 기사들은 약한 자를 존중하라는 기사도 정신도 없나 보지?"

제스는 그녀의 팔에 시선을 옮겼다가 눈을 가느스름하게 좁혔다. 그녀의 말처럼 제스가 잡았던 소녀의 팔엔 뽀얗고 흰 살에 대비되는 불그스름한 자국이 뚜렷이 남아 있다. 그것뿐인가, 실핏줄까지 터졌는지 살결 밑에 핏방울까지 엷게 맺혀 있었다. 소녀는 송곳니까지 보일 정도로 이를 갈며 외쳤다.

"무릇 기사는 용기, 경신(敬神), 인협(仁俠), 예의, 염치, 명예가 생명! 비록 어리다 하나 예의를 갖추지 않은 게 첫 번째, 잘못을 인정할 용기가 없음이 두 번째, 염치가 없는 게 세 번째! 이 세 이유로 넌 제대로 된 기사라 할 수 없⋯⋯. 어? 어? 또 왜 와?"

아르렐리아가 조금 겁을 먹고 뒤로 물러섰다. 자존심상 티를 내고 싶지 않았으나 아까 전의 엄청난 힘을 경험해 본능적인 두려움이 썰물처럼 밀려왔다.

그녀 앞에 멈춰 선 제스가 서서히 무릎을 굽혀 한쪽 무릎을 땅에 대고 앉았다. 시릴 정도로 푸른 눈동자가 새빨갛게 부어오른 팔에 머물렀다.

"많이 아픈 줄은 몰랐군."

"어?"

소녀는 돌변한 그의 모습에 의아한 눈빛을 떴다. 은빛 눈동자를 찾아

옭아맨 제스가 굳은 입매를 천천히 열었다.

"사과하지."

억양 없는 평탄한 어조였으나 그 속엔 약간의 당혹스러움이 묻어 있었다. 더 이상 아무 짓도 하지 않을 거라는 뜻도 완연히 전해져 잔뜩 긴장하고 있던 소녀의 전신이 조금씩 안도감에 젖어들었다.

"그런데 뭐……야, 이상해. 마치 이렇게 될 줄 몰랐다는 태도는 뭐지?"

"……."

"뭐야, 정말이야? 네 주변엔 온통 무쇠 같은 몸을 가진 놈들만 있어?"

"아마도."

그녀의 가시 박힌 말에도 제스는 정직하게 대답했다. 그의 말대로 그의 주변엔 온통 기사 훈련을 하는 또래 남자아이들뿐이었다. 여학생들에게 인기가 많으나 접촉을 해본 바 없는 데다 소녀처럼 어린 여자아이는 더더욱 면식이 없었다. 항상 상급생들과 검술 대련을 하는 제스는 자신의 힘이 어느 정도로 센지 모르고 그녀의 팔을 쥔 것이다.

천천히 주머니에서 무언가를 꺼낸 제스가 소녀에게 손을 뻗었다. 순간 소녀는 놀라 그의 손을 엉겁결에 뿌리쳤다. 탁, 치기 전에 손을 살짝 피한 제스가 조금 멀찍이서 그녀에게 손수건을 내밀었다.

"감아주려 했는데."

"……."

"싫다면 네가 직접 하도록."

처음보다는 냉기가 많이 누그러진 목소리에 소녀는 손수건을 받지도 않고 푸른 눈을 응시했다. 꺼지라고 으름장을 놓을 땐 음험했던 푸른 안광이 얼핏 부드럽게 보이기까지 했다. 본성이 그리 나쁜 사람 같진 않다. 소녀는 땀이 촉촉하게 배어들던 손바닥을 원피스에 대충 슥슥 문질러 닦고 그를 향해 조심스레 팔을 내밀었다.

"해줘."

"……."

"네가 매어줘."

제스는 별다른 말을 덧붙이지 않고 손을 뻗었다. 길고 가늘지만 단단한 손가락이 그녀의 팔 위에 살며시 닿자 소녀의 심장이 알 수 없는 이유로 세차게 고동쳤다. 조금 붉어진 얼굴을 들킬까 다른 쪽 손으로 모자의 챙을 살짝 내려 가렸다.

그 사이 멍이 든 부분 중심으로 제스의 손이 앞뒤로 움직이는가 싶더니 어느새 팔에 손수건이 두 겹 정도 덧대어져 있다. 놀라울 정도로 세심하고 빠르게 매듭까지 짓고 그가 손을 물렸다. 호흡을 가다듬고 팔을 들어 들여다보았다. 깔끔한 체크무늬 패턴의 손수건과 상반되는 귀여운 나비 모양 매듭에 소녀는 저도 모르게 작게 웃음을 터뜨렸다.

"사과, 받아줄게."

제스는 묘한 눈길로 그녀를 바라보았다. 웃음을 멈춘 소녀는 왠지 모르게 밀려드는 쑥스러운 마음에 제스의 시선을 슬쩍 외면했다. 잠시 망설이던 소녀가 머뭇거리며 입을 열었다.

"저기, 그런데 너 이름이……."

"어이! 제스!"

멀리서 울려 퍼지는 목소리에 소녀와 제스의 시선이 일제히 움직였다. 꽤 빠르게 뛰어온 모양인지 멈춰 선 라미에와 오웬은 허리를 숙이고 숨을 가삐 몰아쉬었다.

"무슨 일이지?"

"제스, 너, 이번에도, 축제에……. 헉, 참석하지 않을 생각이라며?"

오웬의 말소리는 가쁘게 몰아쉬는 숨 때문에 도막도막 끊겨 나왔다. 제스의 질책 어린 눈동자가 라미에에게 향했다.

"······라미에, 쓸데없는 짓을."

제스의 입장에서 축제에 가자고 조르는 이는 라미에 하나로 족했다. 비교적 제스의 일에 상관하지 않는 오웬마저 합세한다면 더욱 번거로워질 것은 뻔했다. 그의 심사를 헤아린 라미에가 어깨를 으쓱하며 넉살 좋게 대꾸했다.

"하하, 친구 놈이 청춘을 오로지 검술 훈련에만 소비하고 있으니 영 딱해서 말이야. 좋은 게 좋은 거라고, 이번 해엔 같이 즐겨보자는 뜻이지. 그런데······. 이 꼬맹인 뭐야?"

라미에의 연갈색 눈동자가 그제야 제스 옆에 서 있는 작은 여자아이에게 향했다. 은색 머리카락의 소녀는 '꼬맹이'라는 단어에 눈썹을 확 치켜들고 언성을 높였다.

"꼬맹이 아니거든? 내 이름은 아르렐리아야! 처음 보는 사람한테 다짜고짜 꼬맹이라니! 너, 예의라곤 약에 쓰려고 해도 없구나?"

그녀의 은색 눈을 들여다보던 라미에는 얄밉게 웃으며 그녀의 이마를 검지로 툭툭 쳤다.

"이렇게 작은데 꼬맹이가 아니면 뭐야? 그런데 너 어린애가 말투가 그게 뭐야? 너 몇 살이야?"

"······으씨. 나이 많은 게 자랑인가. 늙어서 좋겠수다, 늙다리."

아르렐리아가 내팽개치듯 그의 손을 밀어버렸다. 떠밀린 손을 허공에 멈춘 채로 라미에가 기가 막힌다는 듯 코웃음을 쳤다.

"뭐야? 이 꼬맹이, 말 한번 잘하네."

"꼬맹이라고 그만 부르지 그래? 너도 남자치고는 그렇게 큰 편 아니거든."

아르렐리아가 보란 듯이 위아래로 찬찬히 훑어보더니, 고개를 잘래잘래 흔들었다. 의외의 강펀치를 여러 번 맞은 라미에의 얼굴이 점점 달아올랐다. 강한 악력에 핏줄이 돋은 손을 쥐었다 폈다 하던 그가 애꿎은 자신의 허벅지를 내리쳤다.

"……아오! 이 쪼끄만 걸 진짜 한 대 쥐어박을 수도 없고! 제스, 너 이런 어린애는 어디서 만나서 달고 온 거야?"

"아, 이름이 제스구나!"

아르렐리아가 이름을 알게 되어 반갑다는 듯 두 눈을 초롱초롱 반짝였다. 잠깐 동안 미동 없이 서 있던 라미에가 못마땅한 눈초리로 그녀를 곁눈질하며 재차 입을 열었다.

"그런데 넌 학생도 아닌 것 같은데 왜 여기 있는 거야?"

"저기, 제스라고 했지? 잠깐만, 좀 비켜봐."

라미에는 자신을 완전히 무시하는 아르렐리아의 태도가 몹시 거슬리는지 그녀를 막아섰다.

"너 남의 말을 무시하는 거 아니다. 이거이거, 예절 교육을 다시 받아야 되겠는데?"

"적당히 좀 하고 비켜, 이 찐따야! 내가 이야기 나누고 있었던 사람은 따로 있거든!"

"뭐……. 뭐? 찐……. 뭐?"

아르렐리아의 폭언에 라미에의 표정이 순식간에 붉으락푸르락 여러 가지 색깔로 변했다. 둘의 대화를 옆에서 지켜보던 오웬이 참지 못하고 큰 소리로 웃음을 터뜨렸다.

"푸하하! 라미에, 너 어린 숙녀에게 당했구나."

씩씩대며 흥분하는 라미에를 달래려는 듯 오웬이 그의 등을 툭툭 쳤다. 하지만 그게 오히려 역효과를 내어 라미에가 세차게 코웃음을 쳤다.

"하! 오웬, 네 눈은 장식으로 달고 다니는 거야? 넌 이 꼬맹이가 숙녀로 보여?"

"흥, 이제 보니 찐따인 데다 시끄럽기까지 하네."

아르렐리아는 거만스럽게 팔짱을 끼고 라미에를 노려봤다. 서로 죽일 듯이 노려보며 한참을 으르렁거린 후 그들은 동시에 팩, 고개를 돌려버렸다. 그때, 그리 멀지 않은 곳에서 짜증과 울분이 섞인 목소리가 찢어지게 울려 퍼졌다.

"아르렐리아 님! 여기 계셨습니까!"

'아르렐리아 님'이라는 단어에 무심코 고개를 돌린 아르렐리아의 얼굴이 하얗게 질렸다. 어림잡아 열서너 살 정도로 보이는 준수한 외모의 소년이 금방이라도 온갖 잔소리를 쏟아낼 듯이 씨근거리며 성큼성큼 다가왔다. 이렇게 가까운 거리에선 도망가봤자 소용없다는 걸 익히 알고 있는 아르렐리아는 숨을 삼키며 그를 불렀다.

"카, 카일."

카일이 그녀 앞에 우뚝 멈춰 서서 천천히 팔짱을 꼈다.

"아르렐리아 님, 대체 여기서 뭘 하고 계셨는지 처음부터 끝까지 제게 말해보십시오. 일단은 들어드리겠습니다."

"그, 그게 말이야……. 그게……. 시험이……."

"예, 아카데미 시험을 치르기 싫어서 도망가셨군요. 그리고 또요?"

"음, 그게 말이지, 음……."

손가락을 꼼지락거리며 변명을 지어내는 아르렐리아를 내려다보던 카일이 멈칫했다. 아르렐리아를 보느라 미처 발견하지 못했던 제스, 오웬, 라미에를 본 것이다.

"……그런데 누구십니까? 저희 공녀님께 무슨 볼일이라도 있으십니까?"

'공녀님'이라는 단어에 제스는 눈썹을 미세하게 움찔댔다. 그와 반대로 라미에와 오웬은 꽤나 놀란 탓에 두 눈을 휘둥그레 떴다. 아르렐리아를 가리키는 라미에의 검지 끝이 미약하게 떨렸다.

"뭐? 이 꼬맹이가 공녀라고? 농담이지?"

"꼬맹이라뇨, 뉘신지 모르오나 말씀을 삼가주십시오. 그리고 볼일이 있으시다면 부디 저를 통해 해결해주시기 바랍니다."

카일이 굉장히 불쾌하다는 투로 라미에를 쏘아보며 말했다. 줄곧 말없이 서서 그들을 지켜보고 있던 제스가 툭 내던지듯 말했다.

"볼일 따윈 없다. 그쪽이 멋대로 따라온 것뿐이다."

"……그렇습니까? 실례했습니다."

카일이 정중하게 제스를 향해 목례를 해 보이고는 아르렐리아를 향해 돌아섰다. 자신의 아군이 라미에를 눌러버리는 모습을 싱글벙글 지켜보고 있던 그녀의 얼굴에서 미소가 점점 사그라졌다. 분명히 얼굴은 웃고 있는데 그의 등 뒤에서 검은 기운이 스멀스멀 흘러나오고 있었던 것이다. 덤으로 이마엔 푸르스름한 핏발까지 세운 채 그가 한 자 한 자 짓씹듯 말을 뱉어냈다.

"공녀님. 아무나! 멋대로! 따라가면! 안 된다고! 제가 누누이! 말씀드리지 않았습니까! 공녀님께선 대체 몇 번을 말해드려야 들으실 겁니까!"

"아아……. 카일, 알겠으니 그만해……."

아르렐리아가 괴롭다는 듯 앙증맞은 두 손으로 귀를 막고 고개를 푸드득 털었다.

하지만 카일은 숨도 못 쉴 정도로 빠르게 말을 이어나갔다.

"그만하기는요! 앞으로 세 시간은 더 떠들 테니 각오해두십시오! 이 일은 공작 각하께도 보고 올릴 테니 각오 단단히 하고 계십시오!"

"뭐! 아버님께 말씀드린다고! 카일, 제발 그것만은……."

"아니요, 이번만은 넘어가드릴 수 없습니다. 이 먼 타국 땅에서 길을 잃어버렸으면 어쩌실 뻔했습니까! 공녀님도 정말 생각이 있으신 겁니까! 없으신 겁니까! 요즘 세상이 얼마나 험한 줄이나 아십니까!"

눈초리가 마녀처럼 찢어져 있는 카일을 보며 아르렐리아가 고운 얼굴을 잔뜩 찌푸렸다. 입술을 쭉 내민 채 뭐라 뭐라 투덜거리며 소심하게 반항해보지만 카일의 잔소리는 쉼 없이 이어졌다. 둘을 지켜보던 라미에가 입언저리를 뒤틀며 능갈치게 코웃음을 쳤다.

"뭐야, 공녀라고 하기에 얼마나 대단한가 했더니 완전히 애물단지였잖아."

퍼억! 라미에의 말이 끝나자마자 아르렐리아는 힘차게 그의 발등을 구두로 찍어버렸다. 아르렐리아가 은색 눈을 번뜩이며 그를 흘겼다.

"너, 경고하는데 말조심해."

"윽, 이 꼬맹이가 진짜 봐주니까 주제도 모르고!"

단숨에 흥분한 라미에가 검을 뽑으려 하자 오웬이 뒤에서 그의 뒤통수를 내리쳤다. 퍽! 경쾌한 소리가 울림과 동시에 라미에가 뒤통수를 잡고 주저앉아버렸다. 으으, 라미에의 신음성을 배경으로 깐 오웬은 자상한 미소를 지으며 아르렐리아를 향해 말했다.

"죄송합니다, 공녀님. 이 녀석이 워낙 천방지축에다 입이 걸걸합니다. 공녀님의 넓은 아량으로 용서해주시지요."

"야! 오웬! 왜 사과하는 거야! 애초에 건방지게 굴었던 건 저 왈가닥이라고? 제스! 너도 봤잖아!"

라미에가 억울하다는 듯이 격양된 어조로 외치고 제스에게 시선을 옮겼다. 언제 움직였는지 제스는 열 걸음 정도 멀리 있는 벽에 기대 두 눈을 감은 채 미동도 없었다. 귀찮고 성가시다는 기운이 잔뜩 찌푸려진 미간을 통해 선명하게 전해졌으나, 흥분해서 이성을 잃은 라미에는 더더욱 언성을 높이며 그를 닦달했다.

"제스! 너라도 뭐라고 좀 해봐!"

"······시끄럽다, 라미에."

"야! 왜 다들 나만 갖고 그래!"

거칠고 갈라진 음성이 울리자 오웬이 라미에의 뒤통수를 한 번 더 후려쳤다.

"시끄러워. 네가 애냐?"

"으씨······."

오웬의 핀잔에 떨떠름하게 인상을 찌푸린 라미에는 아르렐리아를 흘겨보고는 고개를 팩 돌려버렸다. 그 모습을 보며 아르렐리아는 꼴좋다며 속으로 쾌재를 불렀다. 장애물 라미에가 잠잠해지자 그녀는 고양이처럼 살그머니 제스 앞에 걸어가 섰다. 제스는 또래에 비해 훤칠하게 큰 편이라 그의 얼굴을 보기 위해선 고개를 뒤로 힘껏 젖혀야 했다. 빨려들어 갈 것 같은 깊고 푸른 눈을 응시하며 그녀가 딸기 사탕을 먹은 것처럼 불그스름한 입술을 움직였다.

"제스라고 불러도 돼?"

"이미 부르고 있질 않나."

"그럼 허락한 거네?"

제스의 차가운 대꾸에도 아르렐리아는 전혀 기죽지 않고 천진난만하게 웃었다. 의미를 알 수 없는 눈으로 그를 응시하던 아르렐리아가 별안간 한 손으로 다른 쪽 팔을 잡았다. 더 정확히는 제스 때문에 멍이 든 부분을.

"아, 팔이······."

많이 아픈지 입술까지 질끈 깨무는 게 심상치 않다 여긴 제스가 몸을 굽혔다. 그 기회를 놓치지 않고 아르렐리아가 그의 머리카락을 손가락으로 감아 잡아당겼다. 반사적으로 목에 힘을 주고 버티기에, 그녀가 고개를 쑥 내밀어 볼에 가볍게 입을 맞췄다. 그 장난스러운 짧은 입맞춤에 제스는 물론이고 나머지 셋은 석고상처럼 굳어버렸다.

촉, 소리를 내며 아르렐리아가 입술을 떼고 빙그레 웃었다.

"헤헤, 이건 고마움의 표시! 언제가 될지는 모르겠지만 다음에 또 보자, 제스!"

봉숭아물을 들인 것처럼 발그스름해진 뺨을 두 손으로 감싸고 아르렐리아가 반대쪽을 향해 통통 튀어 뛰어갔다. 말문이 탁 막혀 입만 뻐끔거리던 카일이 비명을 지르며 그녀를 따라나섰다.

"공녀님! 잠깐만! 당장 이리 오십시오! 방금 뭘 하신…….뭘! 대체 뭘! 하신 겁니까! 공녀님!"

저 멀리로 사라지는 둘의 뒷모습을 보던 라미에와 오웬이 경악에 찬 시선을 일제히 제스에게로 몰았다. 서서히 몸을 일으키는 제스는 어떠한 감정을 숨기기 위해서인지 고즈넉한 주변 경관과 지독하게 안 어울릴 정도로 살벌한 눈빛을 드리우고 있었다. 차라리 얼굴을 붉히며 부끄러워하는 게 더 자연스럽게 보이련만, 도리어 그 반대로 행동하니 어딘가 더욱 수상쩍어 보였다.

이 상황에서 가장 먼저 침묵을 깬 건 역시 장난기 가득한 라미에였다.

"이야……. 제스 씨, 첫 순결을 어린아이에게 빼앗겼군요."

"……."

이 상황이 꽤 마음에 들었던지 라미에가 가볍게 웃음을 터뜨리며 말을 이었다.

"아카데미 최고의 인기남에게 임자가 생겨버렸다! 이거 완전 대박감인데. 아카데미 소식지에라도 올려야 되는 일 아닌지 몰라. 아카데미 내 모든 영애들이 울겠군그래."

"……."

"미안해. 미안해. 그렇게 쏘아보지 마."

제스의 날카로운 눈빛에 라미에가 저도 몰래 움찔하고 항복 제스처를 취해 보였다. 그런데도 그의 얼굴에 빈틈없이 깔린 서늘한 기색은 사라지질 않았다. 이런, 장난을 걸 타이밍을 잘못 잡았군. 라미에가 고개를 쭉 빼고 말머리를 돌렸다.

　"그런데 저 꼬맹이 정체가 뭐야? 하일렌에 저런 공녀가 있다는 소리는 못 들었는데. 타국의 공녀인가?"

　"알 바 아니질 않나."

　그렇게 말하며 돌아서는 제스의 귓불은 살짝 붉어져 있었다. 그를 놓치지 않고 간파해낸 오웬은 속으로 제스를 축제에 끌고 가 이자벨과 이어주는 데 힘을 써야겠다는 계획을 접었다. 그의 입가엔 저절로 흐뭇한 미소가 걸렸다.

꽁꽁 깨알 설정

— 오웬은 어렸을 때부터 라미에를 키우다시피 했다.

— 학창 시절 제스는 진지하게 라미에를 죽일까 고민한 적이 있다.

— 오웬은 재활 훈련을 부지런히 해서 지팡이 없이도 걸어갈 수 있게 되었다.

— 루키페르는 틈날 때마다 골반 댄스를 연습한다. 바니 보이로 아르바이트를 하는 모습도 종종 목격되곤 한다.

— 로도모나스는 맨날 푸딩만 먹어서 충치가 생긴다. 세이가 치료해주면서 굉장히 살벌하게 짜증낸다고.

— 라미에는 오웬의 말을 99퍼센트 신뢰한다. 가끔 속았다는 걸 알아도 그럴 리가 없다며 넘어간다.

— 기사단에서 오웬은 대부분 서류 작업만 도맡았다. 제스, 라미에, 오웬이 기사단에 들어올 적에는 기사단 입단이 그리 어렵지 않았다.

— 라미에가 바람둥이가 된 건 첫사랑에게 호되게 배신당했기 때문이다. 첫사랑이 일주일마다 다른 남자를 만났고 당시만 해도 순정남이었던

라미에는 그에 굉장히 충격을 받았다. 그 후로 라미에에게 첫사랑 이름은 금기어가 됨과 동시에 '가장 바보 같은 짓 = 한 여자에게 목매는 것'이라는 공식이 생겨버렸다. 공교롭게도 그 첫사랑 이름을 가지고 있던 길드는 라미에에게 씹어 먹혔다.

— '내가 제일 차제남'은 하일렌보드차트 7주 연속 1위했다. 후속곡은 오랜 준비 끝에 발매된 '그 XX'. '그 황제'라고 한다.

— 제스는 아렌에게 배운 대로 딸의 기저귀를 잘 갈아주었다.

— 제스는 적어도 일주일에 한 번, 많게는 네 번 아렌에게 음식을 만들어주었다.

— 세이는 앉아서 잔다.

— 제스는 시도 때도 없이 검을 닦는다. 황제가 된 후에도 가끔 서류를 미뤄두고 검을 닦는다.

— 제스와 아렌의 국혼식엔 천왕과 네 대천사, 고위마족들이 참석했다.

— 국혼식 아침, 은색 꽃이 달려 있는 머리핀이 아렌 앞으로 배달되었다. 누가 보낸 것인지는 아렌은 아는 모양. 아렌은 그 머리핀을 국혼식 단 하루 끼고 아주 소중히 보관했다.

— 천왕 아라벨은 세이보다 훨씬 어리지만 세이를 마치 남동생처럼 생각한다.

— 아라벨은 애주가지만 술이면 뭐든 좋아한다. 술버릇이 무엇인지 남들이 모를 정도로 술이 세다. 항간에는 고위천사였던 아라벨이 대작으로 이겨 당시 천왕에게서 천왕 자리를 받은 게 아닐까 하는 소문까지 돌고

있다.

— 카일은 하일렌의 백작 영애에게 세찬 대시를 받고 결혼까지 골인했다. 하지만 아렌의 보모 역할은 절대 그만두지 않겠다고 선언했고, 아렌에 이어 그녀의 자식들의 보모가 되었다.

— 아렌의 자식들은 아렌 못지않게 악마였다.

— 카일은 아렌의 자식들을 키우며 하루가 다르게 늙어갔다.

— 카일은 어렸을 적 아렌을 지키기 위해 직접 레이나스 가문의 기사단에 들어가 검술 훈련에 매진했다.

— 황비와 카트린느를 포함한 붉은 연꽃 대부분은 처형당했다.

— 황제 에슬란은 아렌의 아버지를 데리고 장장 하루 동안 설교를 늘어놓았다. 주제는 '내 새끼는 내 새끼가 하고 싶은 대로 내버려두어야 한다'.

— 황제 에슬란은 그 후에 여러 음반을 내고 하얀 엘프의 들판에서 편안한 죽음을 맞이했다.

— 제스의 어머니 에클렛과 당시 황자의 신분이었던 에슬란 황제는 도서관에서 처음 키스를 했다. 물론 그 후에 황제는 에클렛에게 볼이 새빨개지도록 얻어터졌다. 소문으론 흥분한 에클렛이 결투까지 신청했다고 한다.

— '이 일을 어떡하지'라며 발을 동동 구르던 황제는 결국 국가에서 가장 귀한 금속을 녹여 에클렛의 검을 만들어주었다. 그것으로 에클렛의 화는 풀렸지만, 당시 에슬란 황제의 부친은 뒷목 잡고 쓰러질 뻔했다고 한다.

— 이자벨의 가문인 힐버른 가문과 에클렛의 가문인 카르시안 가문은 오래전부터 굉장히 친밀한 관계를 유지해왔다.

— 로도모나스는 까무잡잡한 피부 때문에 까마귀와 은근한 경쟁 관계에 놓여 있다. 만나기만 하면 서로가 더 까맣다며 싸운다. 로도모나스는 까마귀를 잡으러 뛰어다니다 자주 길을 잃는다. 텔레포트가 없었으면 일찍이 미아가 되었을지도 모른다.

— 로도모나스는 핍박을 많이 받으면서 자랐기 때문에 생명체 취급을 하지 않으면 굉장히 예민하게 반응한다. 밉보이면 날카로운 이빨로 검지를 사정없이 물어뜯는다. 강아지들을 데려와서 배를 내보이게 한 후 서열을 잡는 것처럼, 날개를 잡고 눈싸움을 하면 서열을 잡을 수 있다.

— 로도모나스의 천적은 제스. 제스는 서열 잡는 법을 정확하게 알지는 못했지만 '이건 뭔가'라는 생각으로 보고 있었는데 얼결에 제압해버렸다. 로도모나스 내에서 서열은 '세이 = 제스 〉아렌, 이옌나스 〉기타 생명체들 〉카일, 프레드릭'이다.

— 로도모나스는 쑥쑥 성장하여 훌륭한 청년으로 자랐다.

— 아렌과 만날 당시 만삭이었던 오웬의 아내는 예쁜 딸아이를 낳았다.

— 제스는 학창 시절 말수가 적은 것으로 벙어리라는 소문이 돌았다는 것을 알지 못한다. 나중에 라미에와 오웬에게서 전해 듣고 소문의 주범을 죽이겠다며 살기등등하게 일어섰다고 한다.

— 루키페르는 사실 세이가 자기를 죽이러 올 때 쫄았다.

— 루키페르는 내심 아렌이 마황후가 될까 봐 전전긍긍했다.

— 라미에는 속기에 능하다.

— 아렌이 제스에게 여자인 걸 고백할 때,

"뭐, 네가 여자라고?"
"네! 제스! 난 여자예요! 어서 기뻐해!"
"제길…….".
"왜 그래요, 제스?"
"사실 나는……, 게이다……."

이렇게 적고 싶었다는 건 안 비밀…….

— 전 황제에게는 에클렛을 포함하여 다섯 명의 부인이 있었다. 차제 남 황제가 아카데미 시절 에클렛한테 계속 작업 걸어서 (강제 키스 하고 불꽃싸대기를 맞긴 했지만) 어쨌든 결혼엔 성공. 황후(정실부인) 한 명, 비 네 명이었는데 지금은 황후는 비었고 비만 네 명, 황태자 제스, 황자 이엔을 제외한 나머지 모든 남자인 황손(황자) 일곱은 황제가 될 싹이 보이질 않아 황제 폐하께서 일찍이 공개처형 시켜버렸다. 이엔도 마찬가지로 황제가 될 만한 인재는 아니지만 황비가 죽어라고 보호. 황제는 황비도 황자도 그리 곱게 보고 있진 않았다.

— 황후인 에클렛은 제스가 세 살 때 여러 번의 암살 위협에 시달렸다. 그게 모두 황비가 꾸민 일이란 걸 걸 깨닫고 멀리 떠나버린다. 제스가 황실과 가까워지길 원하지 않았던 에클렛은 제스에게 아버지에 대한 이야기나 네가 황태자라는 말을 해주지 않았다. '카르시안'이라는 성도 바깥에선 말하지 말라고 했다. 성도 밝히지 않고 이름도 줄임말이니 라미에가 어렸을 때 아무리 뒷조사를 해도 제대로 정보가 나오지 않은 것. 카르시안 성을 알고 있는 건 이니셜이 새겨진 검을 가지고 있는 아렌과 세이뿐이었다.

380 공녀님!
공녀님! 4

홀로 남은 황제는 에클렛이 도망갔는데도 황후의 자리를 누구에게도 주지 않았다. 황비가 이젠 황자를 황태자에 올려달라 그래도 황제에게서 묵살만 당하고 있었다. 황제님은 에클렛과 황태자 제스가 언젠간 돌아올 거라 기다리고만 있었다. 제스와 황제 부자상봉은 한 번 있었는데 — 무투대회 끝나고 나서 — 조금 멀리 있었던 데다 고개를 숙이고 있었기에 제대로 보질 못했다. 그때가 사실은 20년 만의 부자상봉. 많이 닮았다 한들 세 살 때 보고 20년간 못 본 아이인데 스치듯 보고 알아보기란 불가능했고, 근위대가 황실 전속이기 때문에 기사단은 황실과의 접점이 없었다. 고로 서로의 존재를 전혀 알지 못했다.

작가 후기

안녕하세요, 작가 박희영입니다.

'공녀님! 공녀님!'(애칭 공공)은 2011년 11월 7일부터 연재를 시작하여 2012년 12월 19일에 완결 낸 제 처녀작입니다. 글이라고는 평생 동안 흔한 조각글조차 써보지 않았던 터라, 문장 엉망, 단어도 엉망, 개연성은 더 엉망이었지요……. 2년이 흘러 다시 글을 열어본 순간 어찌나 깜깜했던 지요. 그래도 '2년 전의 내가 낸다고 생각하자.'는 생각을 했기에, 느낌은 그대로 살리면서 많이 보강하는 식으로 갔습니다. 완결 후 한참 뒤에 이렇게 종이책으로 나오는 거다 보니, 제 세 완결작이 죄다 올해에 나오게 되었네요.

'할퀴어주겠어!'든 '11살, 23살'이든 저에게 똑같이 소중한 작품이지만, 공공만큼 의미가 깊은 글은 다시는 없을 것 같습니다. 처음 써보고 처음 끝맺은 글이라는 건 의미가 참 크네요.

원래 처녀작은 작가의 모든 취향이 반영되어 있다고들 하죠. 네, 정말 그런 것 같습니다. 제가 좋아하는 캐릭터는 정말 여기 다 모여 있어요. 검의 대가, 마법, 흑막, 마족, 모험, 여행, 추리, 천사들, 전생과 환생

등……. 워낙 제가 좋아라하는 소재다 보니 쓰는 내내 정말 즐거웠습니다.

공공에는 총 세 번의 인사를 하게 되네요. 완결할 때 한 번, 이북으로 낼 때 한 번, 그리고 지금……. 매번 마지막이라고 생각했지만 이번은 진짜 마지막일 것 같습니다.

즐거웠어, 공공. 정말 아낀다.

다음은 감사 인사입니다. 먼저 용량 깡패인 공공을 이북으로 내주신 데다 종이책으로까지 제안해주신 도서출판 가하에 감사합니다. 사실 종이책 계약을 하고 이 두꺼운 분량을 어떻게 수정할까 두려움에 떨고 있었는데, 용량 상관없이 제가 원하는 대로 담게 해주신 담당자님께 정말 감사할 따름입니다. 연락하면 항상 친절하게 대해주시는 이승진 담당자님과 편집부 여러분께도 감사합니다.

글을 쓰다가 막힐 때, 글을 쓰기 싫을 때, 글에 염증과 회의를 느낄 때, 그리고 일상 속에서 힘들어할 때마다 위로해주고 제가 쓰는 소설 모두에 아낌없는 도움을 준 동희 언니, 한나에게 이 자리를 빌려 감사의 인사를 전합니다.

사랑하는 아빠, 엄마, 그리고 언니. 벌써 세 번째 인사네……. 마르고 닳도록 다시 말해도 모자라다. 사랑합니다. 오래오래 행복하게 같이 살아요.

사랑하는 깜지. 늦게나마 나에게 와줘서 고마워, 친구이자 딸 같은 내 반려고양이.

공공과 함께해주셨던 독자님들, 그리고 지금 이 마지막 페이지를 넘기고 계신 독자님께도 감사드립니다. 모쪼록 공공을 읽으시는 동안 즐거우셨으면 하고 바라봅니다.

저는 이제 다음 작에 집중하러 갑니다. 항상 행복하세요.

2014년 06월

박희영(도토루모카) 올림